पतझड़ का सावन

रानू

www.diamondbook.in

प्रकाशक : डायमंड पॉकेट बुक्स (प्रा.) लि.
X-30 ओखला इंडस्ट्रियल एरिया, फेज-II
नई दिल्ली : 110020
फोन : 011-40712200
ई-मेल : ebooks@dpb.in
वेबसाइट : www.diamondbook.in
मुद्रक :

Patjhad Ka Sawan
By : Ranu

विवेक एक पुरुष था - मानव था। उसकी छाती में भी एक दिल था - दर्द भरा दिल। अर्चना अब उसकी पत्नी थी। अर्चना रात भर उसकी बांहों में समाई रही थी। फिर उसे उस पर दया क्यों नहीं आती? पिछली रात ही तो उसने अर्चना पर अपना सारा प्यार न्यौछावर करने का सपना देखा था। और फिर पागलपन के इस दौरे में अर्चना का दोष भी क्या था! ऐसी घटना तो किसी के साथ भी घट सकती थी।

—इसी उपन्यास से....

दो शब्द

प्रिय पाठकों,

सुप्रसिद्ध उपन्यासकार रानू का भावनापूर्ण उपन्यास 'पतझड़ का सावन' प्रस्तुत करते हुए हमें अपार हर्ष हो रहा है। आशा है यह उपन्यास आपको अवश्य पसन्द आएगा।

यदि आप चाहते हैं कि हर माह इसी प्रकार के रोचक उपन्यास आपको घर बैठे मिलते रहें तो 'डायमण्ड पॉकेट बुक्स द्वारा संचालित अपने घर में अपनी लायब्रेरी योजना' के सदस्य बन जाएं, जिसके अन्तर्गत 45 रुपए मूल्य की पुस्तकें 40 रुपए की वी.पी. से भेजी जाती हैं, डाक व्यय फ्री।

आशा है लाखों पाठकों की तरह आप भी इस योजना से लाभ उठाएंगे।

- प्रकाशक

पतझड़ का सावन

हैदराबाद की शाम ने अपनी धुंध का आंचल फैलाया तो वातावरण की तपन कुछ कम हो गई। विवेक ने घड़ी देखी और घर से निकलने की तैयारी करने लगा। आज उसका नेवता था - शैलेन्द्र एण्ड शैलेन्द्र कम्पनी के मालिक शैलेन्द्र उपाध्याय की कोठी में। उपाध्याय जी की कम्पनी सरकारी या गैर-सरकारी कालोनी या बड़ी-बड़ी इमारतें बनाने का ठेका लिया करती थी। विवेक इस कम्पनी में एक सहायक इंजीनियर था। दो मास पहले ही उसे यह नौकरी मिली थी - बहुत कठिनाइयां झेलने के बाद।

बचपन ही से उसे गरीबी में सांस लेने की आदत-सी पड़ गई थी परन्तु इधर जब उसने अपना पहला वेतन प्राप्त किया तो जीवन की शांति का अनुभव होने लगा था। पिताजी एक कॉलेज में चपरासी थे इसलिए शिक्षा प्राप्त करने के लिए उसे कॉलेज में छात्रवृत्ति मिलने लगी थी। यूं भी वह शिक्षा प्राप्त करने में अन्य छात्रों से आगे था, मेहनत से उसने कभी हार नहीं मानी।

दसवीं कक्षा में उत्तीर्ण हुआ तो पिताजी का निधन हो गया, परन्तु उसने साहस का दामन नहीं छोड़ा। मां ने बेटे का साहस देखा तो पूरा साथ दिया। घर-घर झाड़ू-बर्तन किया और बेटे का सहारा बनी रही। कॉलेज में उसे छात्रवृत्ति मिलना बन्द नहीं हुई। उसने आई.एस.सी. और फिर बी.एस.सी. भी कर लिया, इतने अच्छे अंकों से कि इंजीनियरिंग करने के लिए भी उसे छात्रवृत्ति मिल गई। इंजीनियर बनने के बाद जब मां को सुख देने के दिन आए तो वह इस संसार से ही चल बसी। तब विवेक ने पहली बार स्वयं को संसार में बिल्कुल अकेला महसूस किया था। संसार में उसका था ही कौन?

मां की मृत्यु के बाद उसने अपने जीवन की गाड़ी चलानी चाही परन्तु इंजीनियर बनने के पश्चात् उसे कई महीनों तक नौकरी नहीं मिली और जब नौकरी मिली तो शैलेन्द्र एण्ड शैलेन्द्र कम्पनी में। दो महीने की नौकरी में उसने महसूस किया कि वह जब भी सेठ जी अर्थात् उपाध्याय जी के पास किसी काम से जाता है तो सेठ जी उसे कुछ विचित्र ही दृष्टि से देखते हैं - वरन् परखते हैं। उससे बातें करने में भी रुचि लेते हैं, एक दिन तो उन्होंने उसके जीवन की कहानी भी सुनी थी। यह ज्ञात करके कि वह इस संसार में बिल्कुल अकेला है, वह कुछ सोच में डूब गए थे।

सेठ जी ने जब विवेक को अपनी कोठी पर बुलाते हुए चाय पीने का नेवता दिया था तो उसे बहुत आश्चर्य हुआ था अब भी वह इस बात को समझने से वंचित था कि सेठ जी ने

केवल उसे ही क्यों बुलाया है? कम्पनी में अन्य कर्मचारी भी तो हैं... अनुभवी आर्किटैक्ट तथा अनुभवी इंजीनियर। वह तो केवल एक सहायक इंजीनियर है।

विवेक तैयार होकर घर से निकला। कोठी पहुंचा। शहर से दूर काफी एकान्त भाग में थी यह कोठी - अत्यन्त सुन्दर। दूसरों का घर बनाने वाला अपने लिए एक सुन्दर कोठी क्यों नहीं बनाता। मुख्य द्वार से लॉन में जाते हुए उसके मन में विचार उठा, क्या कभी वह भी ऐसी सुन्दर कोठी का मालिक बन सकता है?

हरे-भरे लॉन में फुलवारियों के मध्य कोठी एक सफेद गुलाब के समान खिल रही थी। विवेक ने सदा गरीबी का जीवन व्यतीत किया था इसलिए सेठ जी की शान देखकर उस पर एक अनजाना भय छा गया। धड़कते दिल के साथ तीन सीढ़ियां पार करके वह बरामदे पर चढ़ा। बड़े-बड़े दरवाजे खुले हुए थे। रेशमी परदे के पीछे कमरे के अन्दर की धुंधली झलक विवेक के एहसास पर छाने के लिए बहुत थी। उसने कांपती अंगुली द्वारा द्वार पर लगी घंटी का बटन दबा दिया। अन्दर पियानो समान सुरीला स्वर उत्पन्न हुआ - टन...टन...टन। विवेक के दिल की धड़कन और तीव्र हो गई।

कुछ ही पलों बाद एक नौकर दरवाजे का परदा सरकाकर सामने प्रकट हुआ। उसने विवेक से कुछ पूछना चाहा कि तब ही विवेक ने अपनी घबराहट पर काबू पाते हुए कह दिया, 'मैं विवेक अवस्थी हूं। मुझे सेठ जी ने बुलाया था।'

'ओह!' नौकर चौंका। फिर बोला, 'आइए-आइए, सेठ जी आप ही की प्रतीक्षा कर रहे हैं।'

विवेक अन्दर पहुंचा। एक बड़ा कमरा...अन्दर के कमरों में जाने वाले दरवाजों पर भी परदा पड़ा हुआ था। दीवार से दीवार तक मोटी कालीन...बड़े और चौड़े सोफे...दीवार पर दो बड़ी तस्वीरें। अन्य वस्तुएं भी सुन्दर थीं...बहुमूल्य थीं। विवेक सेठजी की शान देखता ही रह गया।

'बैठिए।' नौकर ने एक सोफे की ओर संकेत किया।

विवेक कुछ सकुचाया परन्तु फिर वहीं सोफे पर बैठ गया। ठाठ-बाट की उसकी आदत नहीं थी इसलिए इस आरामदायक सोफे पर उसने पीठ भी नहीं टेकी। नौकर उसे बिठाकर चला गया तो वह एक बार फिर कमरे के अंदर सजी वस्तुओं को देखने लगा। ऐसी वस्तुएं उसने दुकानों के शो-केस में भी नहीं देखी थीं।

कुछ देर बाद सेठ जी पधारे। विवेक उन्हें देखते ही खड़ा हो गया। उसने नमस्ते किया तो सेठजी ने बहुत प्यार से कहा, 'जीते रहो बेटा।' फिर एक सोफे पर बैठते हुए उन्होंने उसे भी बैठने को कहा।

विवेक को सेठजी का प्यार भरा व्यवहार बड़ा विचित्र लगा, अपने कानों पर उसे विश्वास नहीं हो रहा था। कुछ सकुचाते हुए वह अपने स्थान पर फिर बैठ गया।

'बेटा...।' सेठ जी ने बात आरम्भ की। बोले, 'यह कोठी पसन्द आई तुम्हें?'

'बहुत अधिक।' विवेक ने कुछ मुस्करा कर उत्तर दिया।

'इस कोठी का समय ऐसा भी आ सकता है जब इसमें रहने वाला हमारे वंश का कोई भी नहीं होगा।' सेठ जी ने एक आह भरी। बात उन्होंने जारी रखी। बोले, और यह बात मैं बिल्कुल भी पसन्द नहीं करता।'

बात पहेलियों में थी फिर भी विवेक सोचने पर विवश हो गया कि सेठ जी उससे यह सारी बातें क्यों कर रहे हैं?

सहसा अन्दर के कमरे से इस कमरे में एक प्रौढ़ा तथा एक नवयुवती प्रविष्ट हुई। लड़की का रंग श्याम था परन्तु आंखें बड़ी तथा पलकें लम्बी थीं...तीखी। काफी बनाव श्रृंगार कर रखा था उसने। विवेक को समझते देर नहीं लगी कि प्रौढ़ा सेठजी की धर्म पत्नी है तथा लड़की सेठजी की पुत्री। उनके सम्मान में वह खड़ा हो गया। हाथ जोड़ते हुए उसने उन्हें नमस्ते भी किया।

'यह इस कोठी की मालकिन है।' सेठजी ने उसी प्रकार बैठे-बैठे प्रौढ़ा की ओर इशारा करते हुए विवेक से कहा। फिर लड़की की ओर भी संकेत किया। बोले, 'और यह अर्चना है...हमारी इकलौती बेटी।' सेठ जी ने 'इकलौती बेटी' पर जोर दिया।

विवेक ने उन दोनों को एक बार फिर नमस्ते किया। फिर उन दोनों के बैठने के बाद उनकी आज्ञा पर स्वयं भी बैठ गया। मन ही मन उसने लड़की का नाम दोहराया...अर्चना।

'तुम्हारा परिचय मैं इन्हें पहले ही दे चुका हूं।' सेठ जी ने विवेक को बताया।

विवेक हल्के से मुस्करा दिया। समझ में नहीं आ सका कि सेठ जी ने उसे अपने घर में पहले से ही क्यों महत्त्व दे रखा है? कनखियों से उसने लड़की को देखा। वह उसी को देख रही थी...आंखों में उदासी लिए हुए, इस प्रकार मानो उसे स्वयं से ही नहीं उससे भी सहानुभूति थी। विवेक कुछ समझा नहीं।

'अर्चना को अन्दर ले जाओ।' सहसा सेठ जी ने अपनी धर्म-पत्नी से कहा।

विवेक को ऐसा लगा मानो सेठ जी ने उसकी दृष्टि की चोरी पकड़ ली है और इसीलिए अपनी बेटी को अन्दर भेज दिया है। एक नया भय उस पर छाने लगा। सेठ जी उसका साहस देखकर कहीं भड़क न उठें। उनके एक साधारण कर्मचारी की यह मजाल कि उनकी इकलौती बेटी पर आंखें उठाए। धड़कते दिल के साथ वह सेठ जी के क्रोध भरे शब्दों की प्रतीक्षा करने लगा।

सेठ जी की धर्म पत्नी तथा बेटी जब दूसरे कमरे में चली गई तो सेठ जी उससे सम्बोधित हुए। उन्होंने नम्रता से कहा, 'बेटा, तुम्हारे पास माता-पिता नहीं हैं और हमारे पास कोई बेटा नहीं है जो मेरे बाद इस कोठी को आबाद करे तथा मेरे इतने बड़े कारोबार को देखे। क्या ऐसा नहीं हो सकता कि तुम हमारे बेटे बन जाओ?'

'जी?' विवेक को अपने कानों पर विश्वास ही नहीं हुआ। सेठ जी इतना अधिक उस पर दयालु क्यों होने लगे? उसे अपना बेटा बनाना चाहते हैं या...उसने यह सोचने का साहस छोड़ दिया कि सेठ जी उसे दामाद बनाना चाहते हैं। इतनी बड़ी बात उसके सपनों के बाहर थी। उसने कहा, 'मैं कुछ समझा नहीं।'

'मैं तुम्हें अर्चना के लिए पसन्द कर चुका हूं बेटा।' सेठ जी ने उसे अधिक भ्रम में नहीं रखा।

विवेक को तब भी सेठ जी की बात पर विश्वास नहीं हुआ। बल्कि वह बौखला भी गया। इतने बड़े सेठ...शैलेन्द्र एण्ड शैलेन्द्र कम्पनी के मालिक शैलेन्द्र उपाध्याय भला अपनी इकलौती बेटी का विवाह अपने एक साधारण कर्मचारी से क्यों करने लगे? उन्हें तो उससे लाखों गुना अच्छे वर अपनी बेटी के लिए मिल सकते थे। कहीं सेठ जी उसकी गरीबी का मजाक तो नहीं उड़ा रहे हैं? परन्तु ऐसा असम्भव था। उस जैसे साधारण नवयुवक का मजाक उड़ाने के लिए वह अपनी बेटी का सहारा क्यों लेते?

'अब केवल तुम्हारे निर्णय की ही देर है बेटा।' सेठ जी ने उसकी बौखलाहट को कम करते हुए उसे विश्वास दिलाया।

विवेक की समझ में बात कुछ-कुछ आने लगी। सेठ जी को बेटा भी चाहिए तथा दामाद भी...ऐसा दामाद जो बेटा बनकर रहे...घर जमाई बनकर क्योंकि सेठ जी अपनी इकलौती बेटी को अपने से अलग नहीं रखना चाहते थे। उसका दिल प्रसन्नता से प्रफुल्लित हो उठा। यह उसके भाग्य के तारे अचानक ही कहां से चमक पड़े? क्या किसी का भाग्य इस प्रकार भी जाग उठता है? उसने सोचा उसे घर जमाई बनने में अन्तर ही क्या पड़ता है? अर्चना से उसका विवाह हो गया तो एक दिन सेठ जी तथा उनकी धर्मपत्नी के बाद इस कोठी को अपने पुरखों की सम्पत्ति समझकर उसे यूं भी आना पड़ेगा? फिर अभी से ही यहां रहने में क्या अन्तर पड़ेगा? और फिर उसके अतिरिक्त उसे स्वयं भी तो माता पिता के प्यार की सख्त आवश्यकता है। फिर भी उसने अपने कानों पर एक बार और विश्वास कर लेना आवश्यक समझा। उसने कहा सेठ जी, 'मैं ठहरा एक गरीब इन्सान...आपका नौकर। आप इतने बड़े व्यक्ति हैं। क्या आप वास्तव में मुझे अपने वंश के योग्य समझते हैं।'

'बेटा...' सेठ जी ने कहा, 'तुम जानते हैं कि तुम्हें दामाद बना कर हम पछताएंगे नहीं। हमें तुम पर विश्वास है।'

विवेक ने लपक कर झुकते हुए सेठ जी के पैर छू लिए। ऐसे देवता के पैर छूना उसने गर्व की बात समझी जिसने उसके भाग्य को जगा दिया था। सेठ जी ने उसे उठाकर अपने बगल में बिठा लिया। विवेक का मन हुआ वह सेठजी के हाथ चूम ले। एक आज्ञाकारी बेटे के समान वह उसके समीप सिर झुका कर बैठ गया। तभी एक नौकर चाय तथा मिठाई की ट्रे पहिएदार गाड़ी पर वहां ले आया। साथ में सेठ जी की धर्म पत्नी भी थी। विवेक अर्चना के लिए भी

इच्छुक हुआ। काश वह यहां आकर बैठ जाती...चाय में उसका साथ देती तो कितना अच्छा होता। अर्चना के विचार से ही उसके मन में लड्डू फूटने लगे। अभी तो उसने उसे पूरी तरह ठीक से देखा भी नहीं था। परन्तु उसके विषय में कुछ कहने का जरा भी साहस नहीं हो सका। उसके लिए यही एक बहुत सन्तोष की बात थी कि वह शैलेन्द्र एण्ड शैलेन्द्र उपाध्याय का इकलौता दामाद बन रहा था।

* * *

विवाह हो गया...शीघ्र ही...बहुत साधारण केवल गिने चुने लोग ही आए...सगे सम्बन्धी। विवेक को इस साधारण विवाह पर आश्चर्य अवश्य हुआ परन्तु अफसोस नहीं। शायद, सेठ जी व्यर्थ के खर्चे पर विश्वास नहीं रखते थे। परन्तु विवेक को इससे क्या लेना था? वह गरीब था। यदि अपने पैसे से विवाह करता तो इस रौनक का एक भाग भी पूरा नहीं कर पाता। उसने आशा की कि सेठ जी उसे हनीमून के लिए किसी पहाड़ पर भेजना पसन्द करेंगे। बड़े लोगों की शान कुछ ऐसे ही बढ़ती है। परन्तु विवाह के बाद के दिन अभी दूर थे। उसने अपनी ओर से किसी भी वस्तु की मांग नहीं की। अब इस घर की हर वस्तु उसकी थी...उसकी अपनी। इस घर में वह वही अधिकार रखता था जो अर्चना का था।

फिर सुहागरात अपने यौवन पर आकर मानो ठहर-सी गई। विवेक को मेहमानों से बारह बजे ही समय मिल गया क्योंकि उसका अपना यहां कोई भी नहीं था। वह उस कमरे में प्रविष्ट हुआ जहां अर्चना नई नवेली दुल्हन बनी घूंघट काढ़ कर बहुत बेसब्री से अपने जीवन की नई घड़ी आरम्भ करने की प्रतीक्षा कर रही थी। परन्तु उससे अधिक मानो विवेक सहमा-सहमा सा था...कुछ सकुचाया-सा। जाकर अपनी नई-नवेली दुल्हन के करीब खड़ा हो गया। एक पल सी प्रकार खड़ा रहा। फिर उसने अपनी पॉकेट से एक अंगूठी निकाली...सोने की अंगूठी जिसे उसने पहली बार अपनी कमाई से खरीदा था...इस विशेष अवसर के लिए। अंगूठी पर लिखा था...विवेक।

विवेक वहीं पलंग के किनारे बैठ गया। उसने बहुत हल्के से घूंघट का किनारा पकड़ा...अपने दोनों हाथों द्वारा, और फिर घूंघट उलट दिया। अर्चना का मुखड़ा उसके सामने फूल समान खिलकर आ गया। झुकी-झुकी लम्बी पलकें...माथे पर बिंदिया...मांग में सिन्दूर। दुल्हन के रूप में गहनों से सजी अर्चना उसे बहुत अच्छी लगी। आज पहली बार अर्चना को उसने बहुत ध्यान से देखा...इतने करीब से। उसे विश्वास नहीं हो रहा था कि वह इतना भाग्यवान है जिसके पास कल तक कुछ भी नहीं था और आज सब कुछ है। उसने तय कर लिया कि वह अर्चना को इतना प्यार देगा जितना कोई किसी को नहीं दे सकता। पति-पत्नी का यह प्यार उनके दिन रात साथ ही से तो बढ़ता है।

फिर उसने अर्चना का हाथ पकड़ा...उसकी अंगुलियां देखीं...लम्बी अंगुलियां, परन्तु नाखून लम्बे नहीं थे। उसे अर्चना की सादगी पसन्द आई। उसने उसकी एक अंगुली में अंगूठी पहनाने से पहले कहा, 'यह अंगूठी इस गरीब को मुंह दिखाई में एक तुच्छ भेंट है।' उसने अंगूठी पहना देना चाहा।

परन्तु तभी जैसे बहुत जोर का शोर उठा। धरती पर मानो भूकम्प आ गया। धमक से दीवारें कांप गईं। विवेक चौंक गया, कुछ इस प्रकार कि उसके हाथों से अंगूठी छूटकर पलंग पर गिर पड़ी। अर्चना ने विवेक को देखा। शोर आया और समाप्त होने लगा तो विवेक को ज्ञात हुआ कि यह किसी रेलगाड़ी का शोर है। उसने पूछा, 'क्या कोठी के पीछे से रेलगाड़ी जाती है?'

'जी।' अर्चना ने छोटा-सा उत्तर दिया।

विवेक ने एक पल सोचते हुए अंगूठी उठा ली। इसे अर्चना की अंगुली में पहनाते हुए उसने पूछा, 'तुम्हारे पिताजी ने रेल की पटरी के पास कोठी क्यों बनाई? और कोई स्थान उन्हें नहीं मिला?'

'कोठी हमारी पहले बनी थी। रेल की पटरी बाद में निकली है।'

'ओह!' विवेक ने कहा, 'तब तो तुम लोगों की नींद बहुत खराब होती होगी?'

'आरम्भ में कुछ परेशानी अवश्य हुई थी परन्तु धीरे-धीरे आदत पड़ गई।' अर्चना उसकी बातों का उत्तर देते हुए उससे घुल-मिल गई थी।

'हां, यह तो आदत की बात है। आखिर रेलवे कालोनी के करीब से भी तो रेलगाड़ी निकलती है। वहां भी तो मानव ही रहते हैं।'

बात आई गई हो गई। वह रात जीवन की एक यादगार रात थी। विवेक को हर वास्तविकता एक सपना समान लग रही थी और यह सपना एक झटके के साथ उस समय टूटा जब उसकी आंखें सुबह खुलीं...सुबह लगभग आठ बजे...कोठी के अन्दर एक विचित्र शोर-गुल सुन कर कुछ ऐसा शोर था। मानो कोई लड़ रहा हो, चीख रहा हो...अर्चना के स्वर में। विवेक ने स्वर पहचाना तो चौंककर उठ बैठा। वह कमरे से बाहर निकला। स्वर की ओर जाते हुए उसने दूसरा कमरा पार किया। फिर तीसरा कमरा पार करके वह चौथे कमरे में गाया तो अर्चना को देखते ही वह कांप गया। अर्चना को दो नौकरों ने बाजुओं से सख्ती के साथ पकड़ रखा था, जिनसे छुड़ाने के लिए वह पागलों समान चीख रही थी। उसे मानो पागलपन का दौरा पड़ गया था। नौकर अर्चना को खींचकर साथ वाले तथा कोठी के किनारे वाले कमरे में ले जाना चाहते थे कि विवेक को देखकर रुक गए।

विवेक ने देखा, अर्चना की बड़ी-बड़ी आंखें इस समय रक्त समान लाल हैं। लटें बिखर कर लिथड़ गई हैं। चेहरे का रंग पागलपन के क्रोध के कारण काला हो गया। वह शायद चीखते-चीखते थक गई थी इसलिए कुछ अधिक ही होंठों को खोल कर गहरी-गहरी सांस ले

रही थी। अपने हाथों की अंगुलियों को पंजे समान बनाकर वह नौकरों के मुखड़ों को नोंच लेना चाहती थी। उसकी अंगुलियों के नाखून नहीं थे फिर भी नौकरों के हाथ तथा कलाइयां कहीं-कहीं से छिल गए थे रक्त निकल आया था। विवेक की अब समझ में आया कि अर्चना के नाखून क्यों लम्बे नहीं हैं। उसके घरवालों ने भी नाखून काट रखे हैं। विवेक फटी-फटी दृष्टि से अर्चना को देखता ही रह गया। विवेक ने अर्चना की वास्तविकता का अनुमान किया तो उसे ऐसा लगा मानो शैलेन्द्र उपाध्याय ने उसे आकाश की सैर कराते-कराते नीचे धरती पर फेंक दिया है। उसका दिल टूट गया। अभी तो उसने अपने प्यार की पहली ही पेंग बढ़ाई थी।

अर्चना ने विवेक को देखा - पागलों समान आंखें और बड़ी करके तथा पुतलियों को गोल-गोल नचाते हुए, इस प्रकार मानो उसे पहचानने का प्रयत्न कर रही हो। उसने कहा - 'कौन है यह आदमी? यहां आ....यहां आ - मैं तेरा मुंह नोंच लूं - यहां आ।' अर्चना ने दांत पीसते हुए विवेक की ओर लपकना चाहा परन्तु नौकरों की पकड़ मजबूत थी। वह आगे नहीं बढ़ सकी। नौकर अर्चना को खींचकर साथ वाले अन्तिम कमरे में ले जाने लगे। ले जाकर उसे वहां छोड़ा और फिर लपक कर द्वार बाहर से बन्द कर दिया। ऐसा न हो कि अर्चना कमरे से बाहर निकल आए। एक नौकर दरवाजे पर ताला लगाने लगा। ऐसा न हो कि विवाह में आया कोई मेहमान अनजाने में द्वार खोल दे।

विवेक ने उस कमरे का निरीक्षण किया जहां वह खड़ा हुआ था। मेहमानों के बच्चे दरवाजे पर खड़े सहमी-सहमी दृष्टि से यह सारा तमाशा देख रहे थे। उसे बड़ा क्रोध आया। उसने एक नौकर से पूछा - 'तुम्हारे मालिक कहां हैं?'

'बैठक में बैठे हैं छोटे मालिक।' नौकर ने सभ्यता से उत्तर दिया।

छोटे मालिक! विवेक ने व्यंग्यात्मक ढंग से सोचा, मानो इन दो शब्दों में उसके लिए उपहास भरा हुआ था। वह तुरन्त बैठक में पहुंचा। बैठक में मेहमानों के साथ उपाध्याय जी तथा उनकी धर्म-पत्नी बैठी हुई थीं - बहुत खामोश - उदास। सबको मानो विवेक की ही प्रतीक्षा थी। सबने विवेक को देखा, कुछ सहमी-सहमी दृष्टि से, मानो कोई बम फटने वाला हो। उपाध्याय जी का सिर झुका हुआ था - झुका ही रहा। उन्होंने विवेक से दृष्टि मिलाने का साहस नहीं किया। विवेक उपाध्याय जी के पास आया, उसने पूछा - 'बाबू जी, यह सब क्या है? अर्चना को क्या हो गया है?'

'बेटा...।' सहसा उपाध्याय जी की छोटी साली ने कहा - 'अर्चना जब दस वर्ष की थी तो उसकी मां उसे लेकर मेरे पास गौंडा में आई थी। वहां हमारा एक बहुत बड़ा फार्म है। तब हमारे पास एक नन्हीं-सी बच्ची थी - चार महीने की बच्ची। अर्चना को उससे बहुत प्यार हो गया। दिन भर वह मेरी बच्ची को गोद में लिए रहती। एक शाम हम दोनों बहनें बैठक में बैठे बातें कर रहे थे। मेरे पति शहर से नहीं लौटे थे। शहर में उन्हें कुछ काम पड़ गया था। उस समय अर्चना बच्चों वाली गाड़ी में मेरी बच्ची को लिटाए लॉन में टहल रही थी कि अचानक बच्ची रोने

लगी। अर्चना ने बच्ची की गाड़ी बरामदे से लगाकर खड़ी कर दी और उसकी चुसनी लेने अन्दर आई परन्तु जब चुसनी लेकर बाहर गई तो उसके मुंह से बहुत जोर की चीख निकली। हम दोनों बहनें लपक कर बाहर गए तो देखा कि बरामदे में अर्चना बेहोश पड़ी है। हमने यह भी देखा कि मेरी बच्ची की गाड़ी रक्त से लथपथ है। एक चीता मेरी बच्ची को दांतों में दबाए भाग रहा था। मैं चीखती-चिल्लाती तथा छाती पीटती दीवानी समान चीते की ओर दौड़ी परन्तु तब तक चीता मुख्य द्वार से बाहर निकल चुका था। मैं बेहोश होकर वहीं गिर पड़ी। उसके बाद हम पर जो बीती तुम स्वयं अनुमान लगा सकते हो। अपनी बच्ची का शव भी हमें नहीं मिला। उस दिन के बाद से अर्चना पर अक्सर ऐसा दौरा आ जाता है। आरम्भ में तो यह दौरा प्रतिदिन आता था। बीच में बहुत कम हो गया था परन्तु इधर कुछ वर्षों से पन्द्रह-बीस दिन पर फिर आने लगा है। जीजाजी ने बहुत से डॉक्टरों का इलाज कराया परन्तु कोई लाभ नहीं हुआ।'

विवेक को उपाध्याय जी पर बड़ा क्रोध आया। क्या इसलिए उन्होंने उसे अपना दामाद बनाया है कि वह अपनी पागल लड़की के उत्तरदायित्व से मुक्त हो सकें? क्या यह उसकी गरीबी तथा उसकी मजबूरी का मजाक नहीं है? उसने उपाध्याय जी से पूछा, 'आपने यह बात मुझे विवाह से पहले क्यों नहीं बताई?'

'बेटा...।' इस बार उपाध्याय जी की पत्नी ने कहा - 'तुम परेशान मत होओ। डॉक्टर ने कहा है कि अर्चना की यह बीमारी विवाह के बाद शीघ्र ही दूर हो जाएगी।'

विवेक ने मस्तिष्क पर बल डालकर उपाध्याय जी को देखा। वह हाथ पर सिर टेके लज्जित से नीचे देख रहे थे। विवेक अपने दुर्भाग्य पर मन ही मन रो दिया। अब क्या हो सकता है? अब क्या होगा? उसका विवाह तो हो चुका है। उसे दुःख हुआ कि अब उसे अपनी प्रसन्नता के साथ दूसरे की प्रसन्नता के लिए भी संघर्ष करना पड़ेगा। विवेक वहां से हट कर अपने कमरे में चला आया, अर्चना को दोबारा देखने नहीं गया। दिल टूट चुका था इसलिए वह एकान्त में रो लेना चाहता था परन्तु वह रो भी नहीं सका। अपने कमरे में बैठकर वह अर्चना के बारे में सोचने लगा। उसके सभी रिश्तेदारों को अर्चना की वास्तविकता ज्ञात थी। सबने मिल कर उसके साथ कितना बड़ा विश्वासघात किया है।

उस दिन अर्चना दिन के लगभग ग्यारह बजे संभली तो उसे बंद कमरे से निकालकर उपाध्याय जी ने अपने करीब बैठा लिया। उसके दुर्भाग्य पर वह सदा ही उदास रहते थे। उन्होंने अर्चना के सिर पर हाथ रखकर उसे आशीर्वाद दिया फिर उसे विवेक के पास ले गए। विवेक अपने कमरे में खिड़की के करीब चुपचाप बैठा बाहर कुछ दूर पर गई रेल की दो पटरियां देख रहा था जिस पर से पिछली रात ट्रेन निकली थी। बहुत निराश था वह। आहट पाकर उसने अर्चना को देखा। अर्चना अब फिर वही सुन्दरता की छवि थी - वही भोलापन - कमसिनी। अर्चना की आंखों में आंसू थे - अपनी विवशता पर - अपने दोष के कारण - वह दोष जिसमें

उसका अपना कोई हाथ नहीं था। उपाध्याय जी ने विवेक से दृष्टि न मिलाने के लिए अर्चना को वहीं छोड़ दिया और कमरे से बाहर चले गए। अर्चना का भविष्य अब विवेक के हाथ में था। अर्चना को चाहे वह अपना ले - चाहे ठुकरा दे। अर्चना ने अपनी पलकें नीची कर लीं। एक पल उसी प्रकार खड़ी रही फिर लपक कर विवेक के चरणों में गिर पड़ी। फूट-फूट कर वह रो पड़ी। अपने आंसुओं से उसके चरण भिगोती हुई बोली - 'मुझे क्षमा कर दीजिए। मुझे क्षमा कर दीजिए। मैं नहीं चाहती थी कि मेरा विवाह हो परन्तु...।'

विवेक एक पुरुष था - मानव था। उसकी छाती में भी एक दिल था - दर्द भरा दिल। अर्चना अब उसकी पत्नी थी। अर्चना रात भर उसकी बांहों में समाई रही थी। फिर उसे उस पर दया क्यों नहीं आती? पिछली रात ही तो उसने अर्चना पर अपना सारा प्यार निछावर करने का सपना देखा था। और फिर पागलपन के इस दौरे में अर्चना का दोष भी क्या था? ऐसी घटना तो किसी के साथ भी घट सकती थी। चीते का वह भयानक दृश्य देखकर तो किसी को भी मानसिक शॉक पहुंच सकता था। फिर अर्चना तो उस समय एक छोटी-सी बच्ची थी। अर्चना की स्थिति पर ध्यान करके उसका दिल करुणा से भर गया। अर्चना को उसने अपने कदमों से उठाया - झुककर उसे बांहों से पकड़ते हुए, और फिर खड़े होकर उसे अपनी छाती से लगा लिया। अर्चना विवेक का सहारा प्राप्त करते ही सिसक पड़ी। सिसक-सिसक कर रोती रही - बहुत देर तक - और जब उसे कुछ ढाढ़स बंधी तो विवेक उसे पलंग के पास ले आया। साथ बिठाकर उसके आंसू अपनी अंगुलियों से पोंछते हुए बोला - 'घबराओ नहीं, यदि डॉक्टर ने कहा है कि विवाह के बाद तुम अच्छी हो जाओगी तो निश्चय ही अच्छी हो जाओगी। वैसे मैं और भी अच्छे-अच्छे डॉक्टरों से मिलूंगा। उनसे राय लूंगा कि तुम्हारे मस्तिष्क पर छाए शॉक को हटाने के लिए हमें क्या करना चाहिए।'

उस दिन विवेक ने अर्चना के इलाज के लिए जब उपाध्याय जी से बात की तो ज्ञात हुआ कि उन्होंने अपनी बेटी के इलाज में कोई कमी नहीं छोड़ी है। देश-विदेश के बड़े-बड़े डॉक्टरों तथा साइकाइअट्रिस्ट (मनोचिकित्सक) ने यही कहा है कि अर्चना किसी भी समय स्वयं ही स्वस्थ हो सकती है - एक चमत्कार के रूप में। कुछेक मनोचिकित्सकों ने यह भी कहा है कि विवाह के बाद अर्चना के मस्तिष्क पर भी कुछ मनोवैज्ञानिक प्रभाव पड़ सकता है। परन्तु विवेक को सन्तोष नहीं मिला। वह उपाध्याय जी से पता लेकर डॉक्टर भाटिया से मिला जो शहर के एक विख्यात डॉक्टर थे तथा जिन्होंने इलाज के लिए अर्चना की पूरी जांच पड़ताल की थी। जब कभी भी अर्चना पर दौरा पड़ता था अर्चना के मस्तिष्क का टेंशन (तनाव) कम करने के लिए सुई लगाने वही आते थे। आज भी सुई लगाने के लिए उन्हें बुलाया गया था। यह बात विवेक को उपाध्याय जी से डॉक्टर का पता लेते समय ज्ञात हुई।

डॉक्टर भाटिया ने विवेक से घरेलू व्यवहार किया। अपने सामने उसे बिठाया और विवेक के पूछने पर उसे अर्चना के विषय में वही सारी बातें कहीं जो विवेक उपाध्याय जी से सुन

चुका था। विवेक कुछ निराश-सा हो गया। उसने पूछा - 'लेकिन डॉक्टर, विवाह के बाद अर्चना कैसे ठीक हो सकती है जब विवाह से पहले ठीक नहीं हो सकी।'

'सैक्स के द्वारा...।' डॉक्टर ने कहा - 'सैक्स से मस्तिष्क का घनिष्ठ सम्बन्ध होता है।'

विवेक एक पल सोचता रहा। उसके मन में एक भय उत्पन्न हुआ। उसने कहा - 'डॉक्टर यदि मैं रात के समय सो रहा होऊं और तब उस समय अर्चना पर यह दौरा...।'

'ऐसा होने की कोई संभावना नहीं है।' डॉक्टर ने उसकी बात काटकर कहा - 'और न ही अब तक अर्चना के साथ ऐसा कभी हुआ है। दौरे सदा दिन में आते हैं जब मानव का मस्तिष्क जाग रहा हो - काम कर रहा हो। निद्रा में तो शरीर को सभी इन्द्रियां आराम करती हैं।'

'तुम जितना डर रहे हो बेटा उतना डरने की कोई बात नहीं है।' डॉक्टर ने उसे समझाते हुए उसका भय दूर किया। उसने कहा - 'अर्चना मेरी रोगिणी ही नहीं, मेरी बेटी समान भी है। एक युग से मैं उसका इलाज कर रहा हूं। उसका दिल बहुत कोमल है। बहुत भावुक लड़की है वह इसलिए उसे कभी डांटना नहीं। उस पर कभी क्रोध मत करना। फिर तुम देख लेना, एक दिन वह अवश्य ठीक हो जाएगी। हां, दौरा आने से पहले की पहचान तुम्हें अवश्य जान लेनी चाहिए ताकि तुम सतर्क होकर उसे अपने काबू में कर लो। ऐसा न हो कि दौरा पड़ने के बाद वह घर की किसी वस्तु को हानि पहुंचा दे। उस पर जब भी दौरा आया है सुबह के समय ही आया है... सूर्य निकलने के बाद तथा बारह बजे से पहले... दो से चार घंटे के लिए। दौरा आने से पहले वह थोड़े समय के लिए गुमसुम हो जाती है। ऐसा लगता है इसी समय उसके मस्तिष्क पर वह घटना प्रभाव डालने लगती है जो उसने बचपन में अपनी आंखों से देखी थी... मेरा मतलब, वह घटना, जब उसने चीते द्वारा उस छोटी बच्ची को खाते हुए देखा था। गुमसुम होने के कुछ क्षण बाद उसका शरीर कांपने लगता है। आंखें लाल हो जाती हैं और उसी के बाद दांत पीसते हुए उस पर दौरा आ जाता है।'

विवेक कुछ क्षण खामोशी से बैठा सोचता रहा। फिर एक गहरी सांस लेकर उठ खड़ा हुआ। उसे डॉक्टर की बात पर विश्वास था... विश्वास करना पड़ा।

दिन बीतने लगे। विवेक का दिल टूट चुका था फिर भी उसने अर्चना का दिल तोड़ना उचित नहीं समझा। डॉक्टर की बात उसे याद थी... अर्चना बहुत भावुक लड़की है। उसके दिल को ठेस न पहुंचाने के लिए वह एक सप्ताह तक दफ्तर नहीं गया। ऐसा न हो कि अर्चना यह समझ बैठे कि वह उसके पागलपन से दूरी बरत रहा है। वह अर्चना के साथ बैठता। देर तक बातें करता। अपने जीवन की गाथा सुनाता... कुछ उसकी भी सुनता। बातों-बातों में विवेक को उसने बताया... 'मैं पागलपन के दौरे का शिकार हूं ना, इसलिए पिताजी ने शहर से इतनी दूर कोठी बनाई है। तब भी मेरी वास्तविकता कुछ लोगों से छिपी नहीं रह सकी।'

अर्चना के कहने के ढंग में इतना भोलापन था कि विवेक तड़प उठा। दया के कारण उसका दिल भर आया था। उसने उसे सांत्वना दी... 'घबराने की कोई बात नहीं है। डॉक्टर ने कहा है तुम अब शीघ्र ही इस बीमारी से मुक्ति पा जाओगी।'

विवेक सदा ही उसे सांत्वना देता था। अर्चना जब उस घटना का वर्णन करती जिसमें उस नन्हीं बच्ची को चीते ने उसकी आंखों के सामने खाया था तो विवेक तुरन्त विषय बदल देता। अर्चना उस बच्ची को गुड़िया कहकर पुकारती थी। अर्चना को विवेक के सहारे के साथ प्यार की भी आवश्यकता थी इसलिए विवेक उससे मीठी-मीठी बातें करता परन्तु उसके दिल में प्यार का वह पौधा नहीं खिल सका जिसका बीज उसने सुहागरात में बोया था। उसके दिल में अर्चना के प्रति सहानुभूति थी। अर्चना उसकी पत्नी थी। होश में वह उसे प्यार करती थी। उसकी पूजा करती थी। उससे सहानुभूति न रखना अन्याय होता। उस पर अत्याचार होता।

मन के अन्दर सहानुभूति रखते हुए वह उससे प्यार प्रकट करता ताकि उसके मस्तिष्क में टेंशन कभी न उठ सके। यही अर्चना का इलाज था। सुबह के समय विवेक जब भी अर्चना के साथ होता अनिच्छुक होते हुए भी वह सतर्क रहता। ऐसा न हो कि अर्चना दौरे का शिकार होकर उस पर अचानक आक्रमण कर बैठे। तब वह उसे बहुत ध्यान से देखता रहता। ऐसा करते समय वह मन ही मन स्वयं को धिक्कारता भी। इतनी अच्छी पत्नी - इतने ऊंचे वंश की सुपुत्री होते हुए भी वह उसके चरणों की दासी है और वह उससे भय खा रहा है। परन्तु वह उस वास्तविकता को भी कैसे झुठला सकता था जो एक भयानक रूप लेकर अर्चना के अन्दर उपस्थित थी?

रात के समय जब अर्चना उसके साथ वाले पलंग पर सो जाती तो वह लेटे-लेटे सोचता कि यदि अर्चना पागलपन के दौरे से मुक्त होती तो कितना अच्छा होता। वह अर्चना को प्राप्त करके स्वयं को धन्य कहता। परन्तु अर्चना यदि ठीक होती तो भला उपाध्याय जी अपनी लाड़ली का विवाह उससे ही क्यों करते? उन्हें तो एक से एक बढ़कर अच्छे घर जमाई मिल जाते। निश्चय ही अर्चना केवल उसी के भाग्य में लिखी थी। अर्चना द्वारा ही उसके भाग्य जागेंगे, उस समय जब अर्चना पूर्णतया स्वस्थ हो जाएगी।

कभी-कभी गई रात तक विवेक को नींद नहीं आती तो वह उठकर बैठ जाता। खिड़की के पास खड़े होकर सिगरेट पीते हुए, बाहर के संसार में सूनी रेल की पटरियां देखने लगता जो चांदनी में चमकती होतीं। इस एक सप्ताह में विवेक ने चांदनी को बढ़ते ही देखा था। वह अर्चना के प्रति चिन्तित था परन्तु अपने सास-ससुर से वह बहुत खिसियाया हुआ था। उन्होंने उसे धोखा देकर उस पर अन्याय किया था - अत्याचार किया था परन्तु इसका बदला वह अर्चना से नहीं लेना चाहता था।

यही कारण था कि वह अपने सास-ससुर से बहुत कम बातें करता और वह भी सीधे मुंह बातें नहीं करता। उपाध्याय जी तथा उनकी धर्मपत्नी मन मार कर सब्र कर लेतीं। दोष उन्हीं का

था - विवेक का जरा भी नहीं। अपनी रोगिन लड़की उसके गले मढ़कर उन्होंने उसे किस बात की सजा दी थी? अपनी मानसिक परेशानी को कम करने के लिए विवेक ने इसी एक सप्ताह में सिगरेट पीना भी आरम्भ कर दिया था। खिड़की पर खड़े-खड़े वह देर तक सिगरेट के कश लेता और धुआं फूंकता रहता। अपने विचारों से वह उस समय जागता जब सामने से रेलगाड़ी अपने पूरे शोर के साथ चिंघाड़ती हुई निकलती - रात साढ़े बारह बजे। तब विवेक पलट कर अर्चना को देखता। कमरे के नीचे नीले प्रकाश में अर्चना उसके मन की चिंता से अनभिज्ञ बहुत सन्तोष के साथ सो रही होती। रेलगाड़ी की छक-छक का उस पर कोई असर नहीं होता। वह इस शोर में सोने की अभ्यस्त हो चुकी थी। विवेक खिड़की बन्द कर देता और फिर अपने पलंग पर जाकर लेट जाता।

इस बीच मेहमानों से कोठी खाली हो गई। सब चले गए। जाते-जाते सभी ने उसे आशीर्वाद दिया। उसके लिए शुभकामना की। इस बीच विवेक ने एक बार उस कमरे को भी देखा जो दौरा पड़ने के बाद अर्चना के लिए सुरक्षित था। कमरे की स्थिति देखकर उसका दिल भर आया। एक चारपाई, गद्दा तथा तकिया - दीवारों में सलाखेंदार एक खिड़की थी। कमरा किसी पागलखाने से कम नहीं था।

आठवें दिन से विवेक दफ्तर जाने लगा। दफ्तर शहर में था। अपनी मानसिक उलझनों से बचने के लिए वह स्वयं को व्यस्त रखने लगा। कुछ दिनों बाद एक बार जब वह दफ्तर से लौटा तो उसे ज्ञात हुआ कि आज फिर अर्चना पर दौरा पड़ा था।

विवेक के दिल में अर्चना के प्रति जो सहानुभूति थी वह अनजाने तौर पर कुछ कम हो गई। यदि वह अर्चना को पागलपन की स्थिति में देख लेता तो यह सहानुभूति कुछ अधिक ही कम होती। उसने सन्तोष की सांस ली कि उसे अर्चना की वह स्थिति देखने को नहीं मिली। ऐसे अवसर कई बार आए... लगातार चार मास तक। परन्तु जब भी दफ्तर से लौटने के बाद उसे अर्चना के पागलपन के दौरे के बारे में ज्ञात हुआ उसके दिल में उसके प्रति समाई सहानुभूति अनजाने तौर पर कम होती चली गई। विवेक इस सूचना को सुनने का अभ्यस्त हो गया। वह एक कान से सुनता तथा दूसरे कान से निकाल देता।

उस दिन अर्चना बहुत उदास रहती। विवेक के पास बैठकर आंसू बहाती रहती... अपनी विवशता प्रकट करती। परन्तु इसमें उसका दोष भी क्या था? उसका दिल न तोड़ने के लिए विवेक उसे समझा-बुझाकर चुप करा देता। इसके अतिरिक्त उसके पास चारा ही क्या था? डॉक्टर की बात पर उसे अब भी विश्वास था। चमत्कार कब, कहां तक किस स्थिति में हो जाए कोई नहीं जानता। उस रात तथा उस रात के बाद कुछ रात अर्चना अपने सन्तोष के लिए अपने प्रेम के लिए तथा अपनी पति भक्ति के लिए विवेक की बांहों में सोती। विवेक जानता था अर्चना को अब कम से कम पन्द्रह दिन तक दौरा नहीं आने का। उसे अर्चना को अपनी बांहों में सुलाने में कोई आपत्ति नहीं होती। वह अर्चना को हर प्रकार से प्रसन्न रखता। उसे पत्नी का

पूरा अधिकार देता। उसे डॉक्टर की बात का पूरा-पूरा ध्यान रखना था। तभी अर्चना अच्छी हो सकती थी। अर्चना के अच्छा होने के बाद ही वह अपने जीवन की नई योजना बना सकता था।

एक दिन सुबह का समय था। अर्चना पर पिछला दौरा दस दिन पहले पड़ा था। दोनों नहाने-धोने के बाद एक-दूसरे के समीप बैठे नाश्ते की प्रतीक्षा कर रहे थे। समय बिताने के लिए विवेक दफ्तर से लाई एक फाइल देखते हुए बता रहा था कि अगले दिन उसे दो-चार दिन के लिए इमारत सम्बन्धी कुछ आवश्यक वस्तुएं लेने बम्बई जाना पड़ेगा। हैदराबाद में यह वस्तुएं उपलब्ध नहीं हैं। अर्चना का मन करता था कि वह भी अपने पति के साथ जाए। परन्तु वह अपनी बीमारी से विवश थी। बाहर उसे कुछ हो जाता तो उसे कौन संभालता? उसके पति को परेशानी ही नहीं होती वरन् उसकी बदनामी भी होती। मन मार कर वह चुप रह गई। सहसा कुछ देर बाद वहां एक नौकर आ गया - उन्हें नाश्ते के लिए बुलाने। उसने कहा - 'छोटे मालिक, नाश्ता तैयार...।' परन्तु तभी वह कहते-कहते चौंक गया। बोला - 'मालिक, छोटी मालकिन को संभालिए।' उसने लपक कर अर्चना को पकड़ लिया - बहुत सख्ती के साथ।

विवेक भी चौंक गया। उसने देखा, अर्चना की आंखें लाल हो रही हैं। शरीर कांप रहा है। वह दांत पीस रही है। विवेक कांप उठा। फाइल फेंकते हुए उसने लपक कर अर्चना को पकड़ लिया। तभी अर्चना पर भयानक पागलपन का दौरा पड़ा। वह तड़प कर अपने आपको छुड़ाते हुए चीखने और चिल्लाने लगी। उसे काबू में करने के लिए विवेक तथा नौकर ने पूरा बल लगा दिया। काबू में आने के लिए अर्चना की दुर्गति बन गई। साड़ी का आंचल गिरा ही नहीं वरन् साड़ी खुल भी गई। ब्लाउज के अनेक बटन टूट गए। अर्चना अर्द्धनग्न-सी हो गई। विवेक को अर्चना पर बड़ा क्रोध आया। नौकरों के सामने अर्चना की यह स्थिति जाने कितनी बार हुई हो। इससे अधिक नग्नता में भी उसे नौकरों ने देखा हो तो कोई सन्देह नहीं। नौकर जिस प्रकार अर्चना के शरीर को पकड़े थे वह भी उसे अच्छा नहीं लगा। उसके दिल में समाई अर्चना के प्रति सारी सहानुभूति तुरन्त समाप्त हो गई। भला कौन पति चाहेगा कि उसकी पत्नी नौकरों के सामने नग्नता का प्रदर्शन इस प्रकार करे? यह तो उसका सरासर अपमान था। अर्चना चीख रही थी - 'छोड़ दो मुझे, छोड़ दो। मैं तुम लोगों का रक्त पी जाऊंगी। तुम लोगों ने मेरी गुड़िया का रक्त पिया है। छोड़ दो, छोड़ दो।' स्वतन्त्र होने के लिए अर्चना तड़पने लगी, छटपटाने लगी।

अर्चना का स्वर सुनकर वहां उसके माता-पिता लपक आए। अन्य नौकर भी दौड़े चले आए। विवेक ने जब सब नौकरों के सामने अर्चना को तमाशा बनते देखा तो उसने खिसियाकर अर्चना को छोड़ दिया। उसके छोड़ने के बाद जिस प्रकार उस नौकर को पल भर के लिए अर्चना को संभालना पड़ा वह और लज्जापूर्ण था। विवेक ने इसकी चिन्ता नहीं की वरन् उसे अर्चना से घृणा-सी होने लगी। वह कमरे से बाहर निकल गया। एक अन्य नौकर को लपक कर

अर्चना को संभालना पड़ गया था। विवेक जाकर बैठक में बैठ गया और परेशानी की स्थिति में सिगरेट फूंकने लगा। अपने दुर्भाग्य को वह कोसने लगा कि क्यों उसे शैलेन्द्र कंपनी में नौकरी मिली? क्या और कोई स्थान नहीं था जहां उसे नौकरी मिलती? अर्चना का स्वर उसके कानों में आ रहा था - 'छोड़ दो मुझे...छोड़ दो मुझे...मैं तुम लोगों को जीवित चबा जाऊंगी...हत्यारो...।'

विवेक के कानों में चीख घृणा बनकर चुभने लगी तो वह कोठी से भी बाहर निकल गया। वह अपने दफ्तर पहुंचा। इतनी सुबह दफ्तर बन्द था। उसने चौकीदार से दफ्तर खोलने को कहा। अपने दफ्तर में बैठकर वह स्वयं को व्यस्त रखने के लिए काम करने लगा परन्तु जब काम में मन नहीं लगा तो वह सिगरेट पीते हुए अपनी परेशानी कम करने का प्रयत्न करने लगा। चौकीदार द्वारा उसने अपने दफ्तर में ही सामने की दुकान से नाश्ता मंगाया और उचाट मन से पेट की आग बुझाई। फिर बैठे-बैठे यही सोता रहा - इस बार अर्चना को दसवें दिन दौरा पड़ा है? क्या ऐसा तो नहीं कि दौरे के खाली दिन घटते जा रहे हैं? यदि यह दिन ऐसे ही घटते रहे तो एक दिन... विवेक सोचते हुए कांप गया। नहीं-नहीं - मानो उसने स्वयं से कहा - ऐसा नहीं होना चाहिए। दौरे का निश्चित काल बढ़ना चाहिए, घटना नहीं चाहिए। अर्चना को अच्छा होना ही चाहिए। परन्तु कैसे? आखिर कब तक वह उस चमत्कार की प्रतीक्षा करे जिसकी आशा डॉक्टर भाटिया ने दी है। उसने डॉक्टर भाटिया से बात करने के लिए उन्हें फोन किया। पता चला कि वह उसके ससुर जी के यहां ही गए हैं। उसने उनसे बाद में बात करने का निश्चय कर लिया। धीरे-धीरे दफ्तर में अन्य कर्मचारी आने लगे तो उसका मन काम में लगने लगा।

उस दिन विवेक ने बम्बई जाने के लिए अपनी सारी तैयारी कर ली। वह फाइल ले ली जिसमें आवश्यक वस्तुएं खरीदने की सूची थी। फिर जब वह कोठी वापस पहुंचा तो शाम के छः बज चुके थे। शान्ति छाई हुई थी। आज उपाध्याय जी दफ्तर नहीं गए थे। वह उसे बैठक में बैठे मिल गए। साथ में डॉक्टर भाटिया भी थे। विवेक उन्हें देखकर रुक गया।

'बेटा...।' डॉक्टर भाटिया ने कहा, 'मैं तुम्हारी ही प्रतीक्षा में बैठा हूं, बैठो।' उन्होंने विवेक को सामने वाले सोफे पर बैठने का इशारा किया। परन्तु विवेक उसी प्रकार खड़ा रहा। वह मानो अपने ससुर जी के साथ उनसे भी रुष्ट था। आखिर उन्हीं की राय पर तो अर्चना का विवाह किया गया था। डॉक्टर भाटिया ने बात जारी रखी। बोले - 'हम जानते हैं कि अर्चना की स्थिति देखकर तुम पर क्या बीती है? फिर भी अर्चना को कुछ मत कहना। उसे इस समय तुम्हारे प्यार की और भी अधिकता से आवश्यकता है। उसके दौरे का यह असाधारण समय था। थोड़ी-सी भी लापरवाही उसके स्वास्थ्य पर बुरा प्रभाव डाल सकती है।'

विवेक ने कुछ नहीं कहा। वह समझ गया कि उसके ससुर उससे ऐसी बात करने का साहस नहीं रखते थे। एक तो अपनी पागल लड़की के साथ उसे फंसा दिया और अब उसे प्यार करने को भी कह रहे हैं। इसलिए उन्होंने डॉक्टर भाटिया को बैठा रखा था। हुंह! विवेक ने मन

ही मन उपाध्याय जी को धिक्कारा। फिर अपने कमरे में चला गया। अर्चना अपनी सामान्य स्थिति में उसके कपड़ों को सजाकर सूटकेस में रख रही थी। उसे देखकर वह रुक गई। विवेक जाकर पलंग पर बैठ गया - चुपचाप अर्चना की पीठ उसकी ओर थी।

अर्चना एक क्षण उसी प्रकार खड़ी रही - खामोश - सिर झुकाए अपने आप से लज्जित। फिर वह विवेक की ओर पलटी। उसकी आंखों में उदासी तथा निराश कामनाओं का घना अन्धकार था। आशा की मानो अन्तिम ज्योति भी मिट गई थी। वह मानो काफी रो लेने के बाद ही संभली थी। वह विवेक के समीप आई। विवेक के बगल में ही बैठ गई वह। फिर बोली - 'मैं जानती हूं कि आप मुझसे नाराज हैं। परन्तु आप ही बताइए मैं आपका मन जीतने के लिए क्या करूं? मेरे तो भाग्य फूटे ही थे, साथ में...साथ में...।' अर्चना का स्वर कांपने लगा। आंखें छलक आईं फिर भी उसने अपना वाक्य पूरा कर दिया। बोली - 'साथ में आपको भी ले डूबी।' अर्चना के होंठों से हिचकी निकल गई।

अर्चना की दर्द भरी बातों ने विवेक के दिल पर बड़ा प्रभाव डाला। उसकी सिसकियां विवेक के कानों में पिघले सीसे के समान उतर गईं उसके आंसुओं को देखकर उसका दिल भर आया। उसकी बड़ी-बड़ी आंखों में आंसुओं की मोटी-मोटी बूंद देखकर किसका दिल नहीं पिघलता? फिर भी विवेक ने कुछ कहा नहीं। केवल अर्चना को देखता रहा...चुपचाप। उसके देखने के ढंग में अर्चना के प्रति अपार सहानुभूति थी। आखिर इस अबला को किस बात का दण्ड मिल रहा है? क्यों इसके साथ प्रकृति ने ऐसा मजाक किया?

'आप मेरी ओर से स्वतंत्र हैं।' अर्चना ने अपने को संभालते हुए सिसकियों पर काबू किया और बोली - 'अपने जीवन के यह सुन्दर दिन मेरे लिए नष्ट मत कीजिए। जाकर कहीं और विवाह कर लीजिए। किसी और के साथ घर बसा लीजिए। मेरा क्या है - पहले पन्द्रह-बीस दिन पर दौरा आता था और अब दसवें दिन आरम्भ हो गया है। कुछ दिन बाद...कुछ दिन बाद...।'

'अर्चना...!' विवेक ने बहुत प्यार से अर्चना का हाथ पकड़ लिया। उसे अर्चना पर बड़ी दया आई। उसने कहा - 'ऐसी बातें नहीं करते। डॉक्टर ने मुझे विश्वास दिलाया है कि तुम अवश्य अच्छी हो जाओगी।'

'जाने कब वह समय आएगा?' अर्चना ने मानो अपने जीवन से उकता कर कहा।

'आएगा - अवश्य आएगा।' विवेक को स्वयं भी सन्देह था परन्तु उसने अर्चना को विश्वास दिलाया, 'कुछ कामों में देर होती है...अंधेर नहीं होती।' उसने बातों का विषय बदलना आवश्यक समझा। सूटकेस की ओर देखकर संकेत करते हुए पूछा - 'यह क्या कर रही थीं?'

'आप कल बम्बई जाने वाले हैं ना, इसीलिए कपड़े रख रही थी।'

'तुम्हें मेरा कितना ध्यान है।' विवेक ने उसकी प्रशंसा की। उसे अर्चना की यह सेवा अच्छी लगी।?

'जब तक भली चंगी हूं सेवा कर लेने दीजिए।' अर्चना ने कहा - 'उसके बाद पता नहीं...।'

'फिर वही बातें!' विवेक ने अर्चना का वाक्य पूरा होने से पहले ही उसके होंठों पर हथेली रख दी। उसने प्यार से कहा - 'अब ऐसी बातें करोगी तो मैं सचमुच ही नाराज हो जाऊंगा।' विवेक को प्यार प्रकट करना था हर स्थिति में, क्योंकि वह चाहता था...दिल की गहराई से चाहता था कि वह अच्छी हो जाए। डॉक्टर भाटिया ने अभी कुछ देर पहले ही कहा था कि अर्चना का यह बहुत नाजुक समय है।

अर्चना अपने पति का प्यार प्राप्त करके हल्के से मुस्करा दी।

विवेक को दूसरे दिन बम्बई जाना था इसलिए अर्चना उस रात उसकी बांहों में ही सोई। आज ही अर्चना पर दौरा पड़ा था इसलिए आने वाले कुछेक दिनों में अर्चना का दौरा पड़ने की संभावना नहीं थी। इसके अतिरिक्त अर्चना पर केवल सुबह ही दौरा पड़ता था इसलिए उससे डरने का भी प्रश्न नहीं उठता था। अर्चना बगल में सो रही थी और विवेक सोच रहा था कि अर्चना के लिए वह बम्बई के मनोचिकित्सकों तथा डॉक्टरों से भी बात करेगा। यदि आवश्यकता पड़ी तो किसी को हवाई जहाज से अपने साथ लेता भी आएगा। अर्चना को हर स्थिति में अच्छा होना ही है। आखिर इस प्रकार कब तक जीवन चलेगा।

दूसरी सुबह जब नौकर ने सूटकेस कार में रख दिया और विवेक अपने कमरे से निकलने को तैयार हुआ तो अर्चना की आंखों में आंसू आ गए, सुबह से वह यूं भी आज कुछ अधिक ही उदास थी। वह सोच रही थी कि उसका पति जा रहा है। पता नहीं अब दोबारा वह अपने होश में उसे देख पाएगी या नहीं? उसके पागलपन के दौरे का क्या ठिकाना? भले-चंगे रहने के दिन तो कम ही होते जा रहे हैं। विवेक ने चलने से पहले उसे देखा तो चौंक गया। उसने कहा - 'यह क्या? तुम्हारी आंखों में आंसू?'

'हां, बस यूं ही आ गए।' अर्चना ने मुस्कराने का असफल प्रयत्न किया। सोचा, मन की बात बता देने पर विवेक रुक जाएगा। विवेक से उसे कितना अधिक प्यार था। कितना विश्वास था उसे उस पर, उसके प्यार पर। और इसीलिए उसने उसे रोकने का प्रयत्न नहीं किया। वह चाहती थी कि उसका पति कुछ दिन बाहर रह कर घर के परेशान वातावरण से मुक्त हो जाए।

विवेक ने अर्चना के आंसुओं का मतलब समझा भी और नहीं भी समझा। इन आंसुओं का मूल्य क्या था? उसने तो इन आंसुओं को देखे बिना ही इनका मूल्य लगाया था - अपने प्यार से। प्यार का बीज उसने सुहागरात में बोया था। वह नहीं फूट सका, प्यार का पौधा नहीं खिल सका तो वह क्या करे? तब उसके जीवन की नई सुबह आरम्भ भी नहीं हुई थी। आंखें खुली भी नहीं थीं कि प्यार का सपना टूट गया था। आंखें खुलीं भी तो अर्चना पागलपन का शिकार बनी हुई थी। अर्चना के पागलपन का भयानक अहसास करके प्यार का बीज दिल के अन्दर जाने कहां दब कर रह गया था। यदि ऐसा हो गया तो इसमें उसका क्या दोष था? प्यार

तो अपने आप उत्पन्न होता है। फिर भी उसने एक पति होने के नाते अपनी पत्नी को जो अधिकार दिया था वह कम नहीं था। उसने अर्चना की साड़ी का आंचल थामा और अपने हाथों से उसके आंसू पोंछते हुए बोला - 'आंसुओं को यूं नहीं बहाना। प्रसन्न रहना। मैं शीघ्र ही लौट आऊंगा।' विवेक ने बहुत हल्के से अर्चना का एक कपोल चूमा। फिर कमरे से बाहर निकला तो अर्चना उसके साथ बरामदे तक आई। वह कार के पीछे बैठा और जब कार चलती हुई मुख्य द्वार पर पहुंची तो अपने पीले पलटकर देखा। अर्चना बरामदे में बहुत उदास खड़ी हुई थी। कार हवाई अड्डे की ओर बढ़ गई। वह जीवन में पहली बार हवाई जहाज से यात्रा करने जा रहा था। परन्तु मन के अन्दर नाम मात्र भी प्रसन्नता नहीं थी। जब मन दुःखी होता है तो संसार की कोई भी बात अच्छी नहीं लगती।

दो

शाम का वातावरण था - बम्बई की शाम का वातावरण। धुंध गहरी हो जाना चाहती थी। सूर्य ऊंची-ऊंची इमारतों के पीछे जाने कहां छिप गया था, डूब गया था। समुद्र का किनारा - हवाओं का बहाव तेज था। शाम के समय समुद्र किनारे यूं भी हवाएं मन-मोहक और तेज होती हैं। ताजमहल होटल के समीप ही दक्षिण की ओर जाती हुई पी.जे. राम चांदनी मार्ग बिल्कुल समुद्र से लगा हुआ है जिसके किनारे फुटपाथ के बाद कूल्हे तक ऊंची तथा मोटी दीवार है जिस पर इस समय विवेक बैठा हुआ था - चुपचाप - बिल्कुल एकांत में - अन्य लोगों की समीपता से दूर - सागर की ओर पैर लटकाए जहां उसके कदमों में अठारह-बीस फुट नीचे सागर का पानी दीवार से टकरा कर छप-छप कर रहा था।

जब कभी हवाओं के तेज बहाव पर पानी का बड़ा रेला अपने शोर के साथ दहाड़ते हुए दीवार से टकराता तो पानी के छींटे ऊपर उड़कर विवेक के शरीर को भी भिगो जाते थे। परन्तु विवेक को मानो इसका जरा भी होश नहीं था। उसे उन लोगों की भी चिंता नहीं थी जो बाएं हाथ की ओर कुछ दूर पर गेट वे ऑफ इंडिया के आसपास समुद्री किनारे की शाम का आनन्द उठा रहे थे। उसकी दृष्टि दूर सागर की सतह पर उस ओर थी जहां चंद्रमा पानी का आंचल उठाकर बहुत हल्के-हल्के झांक रहा था। ऐसा लग रहा था मानो चन्द्रमा सागर की गहराई से ही ऊपर उभर रहा था। उसकी चांदनी में सागर की लहरें हल्के-हल्के चमकने लगीं - झिल्मिलाने लगीं। यह चमक, यह झिल्मिलाहट धीरे-धीरे बढ़ने लगी जैसे-जैसे चन्द्रमा सागर के ऊपर आता गया और चन्द्रमा ऊपर आ गया - पूर्णतया - शायद पूनम का चांद था यह गोल - बिल्कुल गेंद के समान जैसे प्रकृति के हाथों ने उठाकर इसे सागर की सतह पर रख दिया हो। इसके झाग में सागर की लहरें दूर-दूर तक चमक उठीं - झिलमिला उठीं।

ऐसा लगता था मानो सागर की लहरें मुस्कराकर थिरकते चन्द्रमा का स्वागत कर रही हों। विवेक ने सोचा, सागर के अंधकार को चन्द्रमा तथा लहरों को मुस्कान मिल गई। परन्तु क्या

उसके अपने जीवन के अंधकार को चमक तथा दिल को मुस्कान प्राप्त हो सकेगी? क्या दुःख नहीं सहा उसने अपना भविष्य चमकदार बनाने में? दिल की शान्ति तथा प्रसन्नताएं समेटने के लिए उसने कौन-सी मेहनत नहीं की और जब वह इन्हें प्राप्त करने योग्य हो गया तो उपाध्याय जी ने उसे खुशियों का झूठा सपना दिखाकर उसके गम का बोझ तथा दिल की परेशानियों पर मुहर लगा दी। अर्चना उसकी पत्नी है। अर्चना का जीवन भर का साथ तो उसके लिए एक लाइलाज रोग बन गया है। इस रोग से भला वह कैसे छुटकारा पा सकता है?

विवेक अपने जीवन में आज तक कभी किसी होटल में नहीं ठहरा था इसलिए उसने होटल में ठहरने की शुरुआत की भी तो ताजमहल होटल से जिसका नाम उसने कई बार सुन रखा था। बम्बई में उसने आज कुछ वस्तुओं का ऑर्डर बुक किया था। फिर शाम ढले वह टहलता हुआ उस जगह चला आया था जहां इस समय बैठा हुआ था। उसे कुछ वस्तुओं का ऑर्डर कल बुक करना था - कुछ का परसों भी। उसके बाद वह अर्चना के लिए किसी अच्छे डॉक्टर, किसी अच्छे मनोचिकित्सक से मिलने का इरादा रखता था। परन्तु इसके साथ वह अर्चना से दूर भी रहना चाहता था - कुछ दिनों के लिए - इसी बम्बई में, ताकि उसकी चिंता से कुछ तो मुक्त रहे, परेशानी कुछ तो घटे।

अर्चना से प्यार जताते-जताते मानों वह थक गया था - उकता गया था। वह भी एक मानव था। अपने विवेक को वह धोखा देकर अर्चना पर प्यार प्रकट करता रहता? और आखिर कब तक? सहानुभूति, सहानुभूति ही होती है और प्यार प्यार होता है। प्यार का पहला पग सहानुभूति भी है जो बढ़कर दीवानगी की सीमा पर भी पहुंच जाता है। विवेक ने प्यार का जो पहला पग उठाया था उसे परिस्थितियों ने सहानुभूति तक ही सीमित रखा। यही कारण था कि उसके दिल में अर्चना के लिए वह प्यार नहीं उत्पन्न हो सका जिसकी उसने सुहागरात में इच्छा की थी। वह इस बात का निर्णय नहीं कर सका कि वह अर्चना से दूर रहने के लिए कितने दिन तक बम्बई में रहेगा? रहेगा भी या नहीं? मानव को जिससे सहानुभूति होती है उसकी सहायता करने का वह इच्छुक तो होता ही है।

चन्द्रमा क्षितिज पर ऊपर उठ रहा था...ऊपर उठ गया...और...और...और...इसके साथ ही चांदनी छिटककर बढ़ने लगी। काफी समय बीत गया विवेक को यहां बैठे हुए - अपनी परिस्थितियों पर ध्यान देते हुए...अतीत पर सोचते हुए - वर्तमान पर रोते हुए...तथा भविष्य...क्या होगा वह स्वयं नहीं जानता था।

सहसा पानी का एक बड़ा रेला आया - चन्द्रमा के झाग में नहाया हुआ। यहां आकर रेला बहुत तेजी के साथ छपाक से विवेक के कदमों के नीचे दीवार से टकराया। लहरें छिन्न-भिन्न हो गईं। पानी की धारा एक झटके के साथ इस प्रकार उछली कि विवेक का पूरा शरीर भिगो गई। पानी दीवार के इस पार सड़क तक चला आया था। विवेक चौंक गया। अपने विचारों से जागा तो वह उठ खड़ा हुआ...वहीं फुटपाथ पर। उसने एक गहरी सांस ली। फिर होटल की

ओर चल पड़ा...ताजमहल होटल की ओर। उसने सड़क पार करनी चाही...बेख्याली में। वह सड़क पार कर ही रहा था कि अचानक समीप से ही उसके कानों में कार के पहियों के जाम होने की एक चीख सुनाई पड़ी। कार की हेडलाइट्स में उसकी आंखें चौंधिया गईं। उसने संभलना चाहा परन्तु तभी उसके शरीर से कार इस झटके से आ टकराई कि वह इसकी लपेट में आ गया। तब भी कार रुकते-रुकतें गज भर आगे निकल गई और जब कार रुकी तो विवेक कार के नीचे था। उसकी आंखों के सामने अंधकार छाने लगा। ऐसा लगता था मानो उसका दम ही निकल जाएगा। शरीर की हड्डियों के जोड़ मानो हिल गए थे। बाएं हाथ की कलाई उखड़कर या टूटकर लटक गई थी। दाहिने हाथ की उंगलियां जोड़ों से छिलकर शून्य पड़ गई थीं। शरीर की चमड़ी अनेक अंगों पर सड़क की रगड़ लगने से फट गई थी। रक्त निकल आया था। सिर में भी चोट आई थी। रक्त की धार गर्दन तक बहने लगी।

कार के पहिए की चीख सुनकर आसपास से जाने वाली जनता चौंक गई थी। कार रुकी देखकर जनता कार की ओर लपक आई। जनता ने तुरन्त कार को घेर लिया...ऐसा न हो कि कार चालक भाग निकले। पुलिस भी आ गई। वह कार का नम्बर नोट करने लगी। चालक कार से बाहर निकला। कार चालक कोई पुरुष नहीं लड़की। लड़की ने पुलिस को कार का नम्बर नोट करते देखा तो कांप गई। यह क्या, बैठे-बिठाए एक मुसीबत आ खड़ी हुई? जनता ने विवेक को कार के नीचे से खींचकर बाहर निकाला। विवेक के शरीर से रक्त बहता देखकर वह और घबरा गई। विवेक की ओर झुककर उसने घबराए स्वर में कहा - 'अरे! आपको तो बहुत चोट आ गई। आई...आई एम वेरी सॉरी।'

'ऊंह!' सहसा जनता में से एक व्यक्ति ने लड़की को धिक्कारा। बोला - 'पहले कार से दबा दिया और अब कहती है सॉरी।'

आसपास खड़ी जनता भुनभुनाने लगी...लड़की को कोसने लगी...गालियां देने लगी। लड़की बुरी तरह बौखला गई। मस्तक पर पसीना आ गया। उसने असहाय दृष्टि से विवेक को देखा। इतने सारे लोग उसे घेरे खड़े हैं और वह अकेली जान! वह क्या करे और क्या नहीं करे।

दर्द में तड़पने के पश्चात् विवेक ने लड़की की विवशता समझी। उसने अपने गंवाते होश पर काबू किया और फिर लड़की से कराहते हुए बोला - 'कृपया मुझे किसी अस्पताल में पहुंचा दीजिए।'

'ओह!' लड़की ने अपनी बौखलाहट पर काबू पाते हुए समीप खड़े लोगों को देखा। नजरों द्वारा सहायता मांगते हुए कार के पीछे का द्वार खोला तो कुछ व्यक्तियों ने उसकी दृष्टि का अर्थ समझ लिया। उन्होंने विवेक को संभालकर उठाते हुए कार की पिछली सीट पर लिटा दिया। लड़की ने द्वार बन्द किया और तुरन्त आगे बैठ गई...स्टेयरिंग संभालने के लिए। तभी उसके समीप कार के द्वार पर झुकते हुए पुलिस ने कहा - 'अपना लाइसेंस दिखाइए।'

लड़की बौखला गई। उसके पास यहां इस समय कोई भी लाइसेंस नहीं था। वह देहरादून से बम्बई में अपने मामा के यहां आई हुई थी - डॉक्टर तिलक प्रसाद के यहां जो सर्जरी के विशेषज्ञ थे।

'अरे काए को खाली-पीली बात करके छोकरी को रोकता है?' सहसा भीड़ में खड़े एक व्यक्ति ने अपने विशेष बम्बई ढंग में पुलिस पर बिगड़ते हुए कहा, 'देखता नहीं वह आदमी मर रहा है।' उसने विवेक की ओर इशारा किया।

पुलिस वाला कार का नम्बर नोट कर चुका था। उसने परिस्थिति की कोमलता समझते हुए लड़की को चले जाने दिया। लड़की ने चैन की सांस लेते हुए कार तुरन्त आगे बढ़ा दी। कुछ दूर तक कार चलती हुई वह अपनी घबराहट पर काबू पाती। फिर मस्तक का पसीना पोंछने के बाद उसने कहा, क्षमा कर दीजिएगा, मुझे वास्तव में इस दुर्घटना का बहुत अफसोस है। दरअसल बगल से ओवर टेक करती कार मेरी कार के इतना समीप से निकली थी कि मैंने सोचा कहीं उसका पिछला भाग मेरी कार से न टकरा जाए इसीलिए एक झटके से कार किनारे कर ली थी। क्या पता था कि आप सामने पड़ जाएंगे।' लड़की ने दुर्घटना का कारण सत्य ही बताया था। बात समाप्त करते-करते उसने कार एक मोड़ पर मोड़ी।

लड़की को विवेक का कोई उत्तर नहीं मिला। उसने अन्दर की बत्ती जलाई और सामने के दर्पण में पीछे देखा - दर्पण को एक हाथ द्वारा विवेक के मुखड़े के सामने लाते हुए, विवेक आंखें बंद किए बेसुध सा पड़ा हुआ था। लड़की बुरी तरह चौंक गई। पैर ब्रेक पर जाम हो गया। कार सड़क के बीच रुकने लगी। उसने स्टेयरिंग मोड़कर कार सड़क के किनारे लगा दी। पलट कर उसने विवेक को ध्यान से देखा। कहीं उसकी कार के नीचे आया व्यक्ति मर तो नहीं गया? परन्तु वह गहरी-गहरी सांसें ले रहा था। लड़की को संतोष मिला। उसने विवेक की एक झलक देखी। बिखरी लटें...गोरा रंग...घनी भवें। रक्त से एक ओर की कनपटी तथा गाल लाल था। अपनी कार के नीचे आया व्यक्ति उसे एक अच्छे वंश का दीपक लगा। उसने कार आगे बढ़ा दी।

लड़की का नाम भावना था।

भावना का जैसा नाम था वैसा ही उसका भावुक दिल भी था। उसने इसी वर्ष बी.ए. किया था और अब शीघ्र ही उसके घर वाले उसका विवाह कर देना चाहते थे। रंग गोरा...सुन्दर रूप...कद लम्बा...शरीर आकर्षक। यही कारण था बी.ए. पास करने से पहले ही उसके माता-पिता के पास उसके लिए अनेक रिश्ते आने लगे थे। एक अत्यन्त मनपसनूद रिश्ता उसके मामा द्वारा उसकी मां के पास बम्बई से आया तो मां को लड़का देखने बम्बई आना पड़ गया था। मां अकेली आना चाहती थी परन्तु भावना ने लड़के के प्रति अपनी पसन्द का महत्त्व जता कर बम्बई चलने की जिद्द पकड़ ली। साथ ही उसके पिता प्रभु नारायण ने भी सुझाव दिया कि लड़के वाले भी लड़की देख लें तो अच्छा होगा। मां को अपने पति के सुझाव पर

भावना को लाना पड़ गया था। प्रभु नारायण का अपना एक बड़ा फार्म था, देहरादून शहर से लगभग पन्द्रह मील दूर। वहीं उनका एक बंगला था। लगभग चार वर्ष पहले वह खेत में अपने ट्रैक्टर के समीप से जा रहे थे कि अचानक ट्रैक्टर में लगा हल उनके पैर में लग गया - कुछ अन्दर तक। रक्त निकल आया था। इलाज में लापरवाही बरती तो गैंगरीन हो गया। विवश होकर जान बचाने के लिए डॉक्टरों ने उनका एक पैर काट दिया था। अब वह दिन-दिन भर पहिएदार कुर्सी पर बैठे रहते तथा खेतों की रखवाली किया करते थे। यही कारण था कि वह बम्बई की यात्रा नहीं करना चाहते थे। खेती का क्रियात्मक काम करने के लिए नौकरों की कमी नहीं थी।

भावना की एक छोटी बहन भी थी। कॉलेज में पढ़ रही थी इसलिए बम्बई नहीं आ सकी थी।

भावना इससे पहले भी कई बार बम्बई आ चुकी थी। उसके मामा की भी एक बेटी थी...प्रीति। उसकी सभी सहेलियां भावना की भी सहेलियां बन गई थीं। इस समय प्रीति डॉक्टरी पढ़ रही थी - डॉक्टरी में उसका चौथा वर्ष था। इस बार भावना तथा मां आज ही बम्बई पहुंची थीं। स्टेशन पर जब कोई लेने नहीं आया तो उन्हें बहुत ही आश्चर्य हुआ था। मां जब अपने भाई के घर पहुंची तो ज्ञात हुआ कि उन्हें उनके आने की सूचना का अभी तक कोई तार नहीं मिला। तार उनके पहुंचने के एक घंटे बाद प्राप्त हुआ था...उन दोनों के सामने ही। तब प्रीति पूना गई हुई थी - अपनी सहपाठिकाओं के साथ एक टूर में। तार मिला होता तो वह भला क्यों जाती? भावना को उसकी अनुपस्थिति बहुत अखरी। परन्तु जब ज्ञात हुआ कि वह अगले दिन दोपहर तक लौट आएगी तो उसे बड़ा संतोष मिला। प्रीति को अगले दिन दोपहर तक लौटना था इसलिए डॉक्टर तिलक प्रसाद ने भावना के लिए लड़के वालों से फोन द्वारा बात की और फिर उन्हें अगले दिन ही शाम के समय चाय पर बुला लिया ताकि लड़का-लड़की एक दूसरे को देखकर पसन्द कर सकें। नेक काम में देर क्यों?

भावना की मां जी अपनी भाभी के साथ व्यस्त हो गई। डॉक्टर तिलक प्रसाद अपने रोगियों में लग गए थे। उनके बंगले से ही सटा हुआ उनका क्लीनिक था। एक ही कम्पाउण्ड था - एक ही लॉन था परन्तु भावना प्रीति के न होने के कारण दिन भर घर में पड़ी बोर होती रही थी। फिर जब शाम कटते नहीं कटी तो वह अपनी एक सहेली से मिलने की इच्छुक हो गई थी। इससे पहले वह जब बम्बई आई थी तो नाबालिग थी...साथ ही कार चलाना भी नहीं जानती थी...बालिग होने के बाद उसने कार चलाने का लाइसेंस भी ले रखा था ताकि प्रीति के साथ घूमते समय उन्हें चालक की आवश्यकता न रहे। चालक की उपस्थिति उसकी तथा प्रीति की बातों में संकोच उत्पन्न करती थी।

शाम के समय अपनी सहेली से मिलने के लिए जब उसने अपने मामाजी से कार की चाबी ली थी तो मां ने मना भी किया था...यह देहरादून नहीं है - बम्बई है - यहां कार चलाना

आसान नहीं है। पर वह अपनी जिद पर अड़ी रही - बड़े शहरों में तो कार चलाना और आसान होता है। एकतरफा यातायात होने पर दुर्घटना का भय जरा भी नहीं होता और बम्बई में लगभग सभी खास सड़कों पर एकतरफा यातायात होता है। उसका साथ उसके मामा ने भी दिया था तथा साथ में कार की चाबी भी उसे थमा दी थी। भावना को वह अपनी बेटी से कम नहीं समझते थे। शाम ढले वह अपनी सहेली के पास चली गई थी तथा इस समय वह वहीं से लौट रही थी कि पी. जे. राम चांदनी मार्ग पर एक दुर्घटना हो गई थी।

भावना ने सोचा, यदि इस दुर्घटना के विषय में मां को न पता चले तो अधिक अच्छा होगा। पता चल जाएगा तो वह बहुत नाराज होंगी। भविष्य में कार चलाने को मिलना भी बन्द हो जाएगी। परन्तु फिर उसके मन में अचानक ही एक विचार उठा, यदि अस्पताल पहुंचने के बाद इस व्यक्ति की मृत्यु हो गई तब क्या होगा? वह कांप गई। उस पर न सही उसके मामा जी पर तो मुकदमा हो ही सकता है क्योंकि पुलिस वाले ने उसका नाम नहीं लिखा परन्तु कार का नम्बर तो वह नोट कर ही चुका है और कार का रजिस्ट्रेशन उसके मामा के नाम ही है। तभी उसके मन में एक और विचार आया, क्यों न वह इस व्यक्ति को अपने मामा जी के पास ले जाकर सारी घटना बता दे! उसके मामा तो स्वयं एक विख्यात डॉक्टर हैं - डॉक्टर तिलक प्रसाद। वह उसकी सहायता अवश्य करेंगे। उनका अपना एक छोटा-सा अस्पताल भी है। उसने कार अपने मामा के बंगले की ओर मोड़ दी।

भावना ने अपनी कार डॉक्टर तिलक प्रसाद के बंगले के पोर्टिको में रोकी। फिर लपक कर वह बंगले के अंदर पहुंची अपने मामाजी के पास। रात का खाना खाने के बाद एक आराम कुर्सी पर बैठे वह चिकित्सा सम्बन्धी पुस्तक पढ़ रहे थे। मां शयन कक्ष में अपनी भाभी के साथ पलंग पर बैठी बातें कर रही थी। भावना ने हांफते-हांफते अपने मामाजी को सारी घटना कह सुनाई।

डॉक्टर तिलक प्रसाद घबराकर उठ खड़े हुए। मां ने सारी बातें सुनीं तो बेटी को डांटने से न रुकीं। उनकी चिन्ता न करते हुए डॉक्टर तिलक प्रसाद ने तुरन्त जाकर विवेक की स्थिति परखी; विवेक अब बेहोश था। अनेक अंगों पर रक्त जम गया था। सांस चल रही थी। उन्होंने तुरन्त नौकरों को आज्ञा दी कि उसे संभाल कर उठाते हुए क्लीनिक के एक पलंग पर लिटा दें। आज्ञा देकर वह इन्जेक्शन देने की तैयारी करने चले गए। अर्चना विवेक के साथ ही थी। नौकरों ने विवेक को एक पलंग पर लिटा दिया। क्लीनिक निजी थी इसीलिए अनेक प्राइवेट कमरे थे। फिर डॉक्टर तिलक ने विवेक को सबसे पहले ऐनटिटिनस का इन्जेक्शन लगाया, फिर उसकी पूरी जांच की। विवेक की स्थिति खतरे से पूर्णतया बाहर थी। उन्होंने भगवान को धन्यवाद कहा। उन्होंने विवेक के घाव धोए। बाएं हाथ की कलाई की हड्डी उखड़ी ही नहीं टूट गई थी। उन्होंने हड्डियां तथा कलाई ठीक स्थान पर बिठाई। इस पर कोहनी से लेकर अंगुलियों तक प्लास्टर चढ़ाया, कुछ इस प्रकार कि अंगुलियों का अन्तिम पोर ही प्लास्टर के

बाहर रह सका। उन्होंने अंगुलियों तथा अन्य अंगों के घावों पर भी पट्टियां बांध दीं। भावना हर समय खड़ी सब कुछ देखती रही। उसे संतोष मिला कि इस व्यक्ति का बायां हाथ ही टूटा है - दाहिना नहीं। उसने वहां विवेक को ध्यान से देखा। विवेक में उसने असाधारण आकर्षण पाया। उसे विवेक पर दया आई। इस बेचारे को क्यों उसी की कार से घायल होना था!

उस रात भावना को काफी देर तक नींद नहीं आई। हर पल वह विवेक के बारे में ही सोचती रही, वह कौन है? कहां से आया है? बम्बई में कहां रहता है? वह स्वयं को भी धिक्कारने लगी। अपनी कार वह क्यों इतनी लापरवाही से चला रही थी कि उस बेचारे से टक्कर हो गई? बेचारा! भावना के दिल में विवेक के प्रति सहानुभूति बढ़ती ही चली गई...केवल सहानुभूति।

दूसरे दिन सुबह जब भावना की आंखें खुलीं तो सबसे पहले उसे विवेक का विचार आया। वह व्यक्ति...वह अजनबी...उसका स्वास्थ्य अब कैसा है? वह उठी। विवेक के स्वास्थ्य के बारे में सब कुछ जान लेने की उसकी इच्छा बढ़ने लगी। वह क्लीनिक की ओर बढ़ गई। जब वह उसके कमरे के द्वार में प्रविष्ट हुई तो विवेक उसकी ओर पीठ किए पलंग पर सिरहाने की ओर तकिया ऊंचा करके पीठ टेके बैठा हुआ था...बहुत खामोश। विवेक का पलंग द्वार से अधिक दूर नहीं था। दरवाजे की ओर ही सिरहाना था ताकि बाहर का वातावरण वह सामने की खिड़की द्वारा देख सके।

विवेक की आंखें बहुत सुबह ही खुल गई थीं। पिछली रात की सारी घटना उसे याद आ चुकी थी। वह कृतज्ञता से उस लड़की के बारे में सोच रहा था जो उसके निवेदन पर उसे अस्पताल पहुंचा गई थी। भावना विवेक के सामने गई तो विवेक को उस पर संदेह हुआ। क्या यही लड़की तो नहीं है जिसकी कार से उसकी पिछली रात दुर्घटना हुई थी! पिछली रात दर्द की डूबी स्थिति तथा इस समय की स्थिति के देखने में अन्तर था। भावना विवेक को देखकर मुस्करा दी परन्तु विवेक गंभीर ही रहा। भावना वहीं पलंग के समीप रखे स्टूल पर बैठती हुई बोली - 'अब आपकी तबियत कैसी है?'

विवेक एक क्षण खामोश रहा। खामोशी से इस लड़की को देखता रहा। फिर गम्भीरतापूर्वक बोला - 'ठीक हूं।'

'मुझे कल की दुर्घटना का बहुत दुःख है।' भावना ने कहा - 'परन्तु धन्य है भगवान जिसने आपको बचा लिया। यदि आपको कुछ हो जाता तो शायद मैं जीवन भर स्वयं को क्षमा नहीं कर पता◌ी।'

विवेक ने कोई उत्तर नहीं दिया। वह उत्तर देता भी क्या!

भावना ने देखा, विवेक के अनेक अंग चोट लगने के कारण सूज गए हैं। दाहिने हाथ की सभी अंगुलियां तो कुछ अधिक ही सूजी हुई थीं। भावना ने विवेक की शारीरिक पीड़ा का अनुमान लगाया तो दिल में टीस उठ गई। उसने कहा - 'आपके स्वस्थ होने की जिम्मेदारी मुझ

पर है। इसलिए जब तक आप पूर्णतया स्वस्थ नहीं हो जाते यहां से मत जाइएगा। किसी भी वस्तु की आवश्यकता पड़े तो नर्स से कह दीजिएगा। मैं इसी बंगले में रहती हूं। मेरा नाम भावना है। यह क्लीनिक अपनी ही है।'

सहसा वहां डॉक्टर तिलक प्रसाद आ गए। पीछे-पीछे एक नर्स तथा एक क्लर्क भी था। क्लर्क के हाथ में रजिस्टर था। भावना ने अपने डॉक्टर मामा को देखा तो सम्मान में खड़ी हो गई। उसके डॉक्टर मामा ने उसे देखा तो चौंक गए। बोले - 'अरे बेटी, तुम इतनी सुबह-सुबह क्यों यहां चली आई! नाश्ता आदि करके निकलतीं। तुमने तो अभी स्नान भी नहीं किया।'

भावना उत्तर देने की बजाए हल्के से मुस्करा दी।

'अब दर्द कैसा है?' डॉक्टर तिलक प्रसाद विवेक की ओर पलटे। उन्होंने उसकी दाहिनी कलाई पकड़ी।

'ठीक हूं।' विवेक ने कहा।

'ठीक कहां हो?' डॉक्टर तिलक प्रसाद ने विवेक के दाहिने हाथ की नाड़ी अटोलने के बाद कहा - 'चोट लगने के कारण तुम्हें ज्वर आ गया है।' फिर उन्होंने नर्स से थर्मामीटर द्वारा विवेक का ताप लेने को कहा। उन्होंने विवेक से भी कहा...'तुम अपना पता बता दो ताकि हम तुम्हारे घरवालों को सूचित कर दें।'

विवेक ने एक पल सोचा। घरवालों को सूचित करने से लाभ भी क्या होगा! सास-ससुर से वह सीधे मुंह बात नहीं करता। अर्चना को ज्ञात होगा कि उसका पति एक दुर्घटना के कारण घायल हो गया है तो उसके मस्तिष्क पर और धक्का पड़ जाएगा। उसने कहा - 'केवल ताजमहल होटल में सूचित कर दें कि कमरा नम्बर एक सौ दो मेरे नाम पर सुरक्षित रखें।'

भावना ने विवेक को ध्यान से देखा। ताजमहल में ठहरने वाला कोई साधारण व्यक्ति नहीं होता।

'ओह! तो तुम बाहर से आए हो?' डॉक्टर ने पूछा।

'जी।'

'फिर भी तुम्हारे घरवालों को सूचित करना तो आवश्यक है ही।'

'मैं उन्हें इस घटना की सूचना देकर परेशान नहीं करना चाहता।' विवेक ने मानो खिसियाते हुए कहा।

भावना से विवेक का खिसियाना छिप नहीं रह सका। विवेक ने जो कुछ कहा था वह सत्य था या झूठ वह अनुमान नहीं लगा सकी, कौन व्यक्ति नहीं चाहेगा कि उसके घरवालों को उसकी दुर्घटना की सूचना मिले? यह नवयुवक गरीब होता तो बात अलग थी। वह सोच सकती थी कि वह नवयुवक अपने घरवालों का खर्च बचा रहा है। परन्तु यह नवयुवक एक अमीर घराने का दीपक होने के कारण ही तो ताजमहल जैसे बड़े होटल में ठहरा होगा। इसके

घरवालों को यहां आने में क्या कष्ट हो सकता है? इस नवयुवक के घरवाले इसकी देखरेख के लिए नौकर भी तो भेज सकते हैं। भावना को विवेक एक भेद भरा व्यक्ति लगा।

'खैर...।' डॉक्टर ने कहा - 'उन्हें सूचित करना न करना तुम पर निर्भर करता है। परन्तु हमें अपने अस्पताल के रिकॉर्ड के लिए तुम्हारा नाम पता ज्ञात कर लेना अत्यन्त आवश्यक है।' डॉक्टर ने क्लर्क को करीब बुलाया। क्लर्क ने करीब आकर रजिस्टर खोला। फिर कलम संभाली।

'नाम?' डॉक्टर ने पूछा - 'मेरा मतलब पूरा नाम।'

'विवेक अवस्थी।' विवेक ने एक पल की खामोशी के बाद कहा।

भावना को विवेक की यह पल भर की खामोशी भी बड़ भेद भरी लगी। भला इस व्यक्ति को अपना नाम पता बताने में क्यों संकोच हो रहा है? विवेक का नाम उसने मन ही मन दोहराया।

'पता?' डॉक्टर ने पूछा।

विवेक ने अपना हैदराबाद का पता भी बता दिया।

'पेशा?'

'इंजीनियर हूं।'

भावना ने विवेक को और भी ध्यान से देखा। यह नवयुवक कोई छोटा या साधारण इंजीनियर नहीं है। छोटा या साधारण इंजीनियर कभी ताजमहल होटल में नहीं ठहरता।

क्लर्क ने रजिस्टर में सारी बातें लिखीं और वहां से चला गया। नर्स ने थर्मामीटर द्वारा विवेक का तो देखा। डॉक्टर ने दवाइयां लिखकर नर्स को कागज थमा दिया। वह दूसरे वार्ड के रोगियों को देखने चला गया तो भावना भी उसके पीछे-पीछे कमरे से बाहर निकल गई।

भावना जब बंगले के निवास स्थान के भाग में प्रविष्ट हुई तो उसका मस्तिष्क विवेक के विचार से वंचित नहीं था, वह सोच रही थी कि विवेक के खिसियाने का कारण क्या हो सकता है? क्यों अपना नाम बताने में वह सकुचाया था? परन्तु विवेक उसके लिए एक अपरिचित व्यक्ति था। उसका क्या अधिकार पहुंचता था कि वह विवेक से उसकी निजी बातें पूछे? अपनी उत्सुकता पर काबू करने का प्रयत्न करते हुए वह नाश्ते की तैयारी करने लगी।

नाश्ता करने के बाद वह लॉन में एक वृक्ष की छांव तले झूले पर बैठ गई। विवेक का विचार फिर उसे सताने लगा। मन की उत्सुकता बढ़ने लगी। किसी की कोई क्रिया जब भेद भरी लगती है तो उसका भेद जान लेने के लिए मानव का मन कभी-कभी अनायास ही उत्सुक हो उठता है। यही बात भावना के साथ भी थी। यदि उसे विवेक भेद भरा व्यक्ति नहीं लगा होता तो शायद वह उसके बारे में इस समय कुछ नहीं सोचती। अचानक विवेक के खिसियाने का कारण उसके मन में आने लगा। विवेक के खिसियाने का कारण भावना को पिछली रात की दुर्घटना दिखाई दी। विवेक एक बड़ा इंजीनियर है...एक व्यस्त व्यक्ति है। निश्चय ही इस दुर्घटना

के कारण उसका बहुत सारा काम रुक गया होगा। भावना ने इस हानि का उत्तरदायी स्वयं को समझा क्योंकि विवेक की यह दुर्घटना उसी के कारण हुई थी। उसने इस हानि के लिए क्षमा याचना करना आवश्यक समझा। विवेक से मिलने के बाद एक बार फिर उसके कमरे की ओर चली पड़ी।

भावना जब विवेक के सिरहाने की ओर से कमरे में प्रविष्ट हुई तो वहां विवेक के अतिरिक्त कोई नहीं था। उसने देखा कि विवेक पहले के समान ही बैठा हुआ है...दरवाजे की ओर पीठ करके तकिए पर टेके हुए। उसके सामने एक तिपाई जैसी छोटी मेज रखी हुई थी जिसके पाए उसके शरीर के दोनों ओर थे। मेज पर एक ट्रे थी जिसमें चाय से भरा प्याला रखा था। विवेक चाय पीने का प्रयत्न कर रहा था...अपने दोनों हाथों द्वारा, जहां बाएं हाथ का प्लास्टर कोहनी से अंगुलियों की पोर तक चढ़ा था और जहां दाहिने हाथ की अंगुलियों पर पट्टी बंधी थी। अंगुलियां काफी सूजी हुई थीं। प्याला उठाने में उसे बड़ी कठिनाई हो रही थी। दोनों ही हाथ कांप रहे थे। प्याला किसी प्रकार उठाया तो प्याला भी कांपने लगा। चाय छलकने लगी।

भावना को विवेक पर बड़ी दया आई। करुणा से उसका दिल भर गया। उसी के कारण तो इस नवयुवक का यह हाल हुआ है। शायद प्याला विवेक के हाथ से छूटकर गिर पड़ने वाला था, उसके होंठों तक पहुंचने से पहले ही। परन्तु तभी भावना ने लपककर झुकते हुए अपने एक हाथ द्वारा प्याला संभाल लिया। विवेक की अंगुलियां जहां-तहां रुक गईं - भावना की अंगुलियों से छूती हुईं। पट्टी बंधी होने के पश्चात् विवेक के अन्दर भावना के स्पर्श ने बिजली-सी उत्पन्न कर दी। ऐसा ही कुछ भावना ने भी महसूस किया - अचानक ही दोनों की सांसें एक-दूसरे से टकरा गईं। भावना की सांसों की सुगंध विवेक के नथुनों द्वारा दिल की गहराई में उतर गई। उसके कुंवारे दिल ने जीवन में पहली बार इस सुगंध की मिठास का अहसास किया था।

हां, उसका दिल कुंवारा ही था - वास्तव में कुंवारा था क्योंकि उसके मन में जो प्यार पत्नी के लिए था वह केवल सहानुभूति तक ही सीमित था। सहानुभूति तक सीमित रहने से पहले जो प्यार उसकी पत्नी के प्रति उसके मन में उत्पन्न हुआ था वह विवाह के बाद का था - कुंवारे जीवन का प्यार नहीं था। जिसमें उमंगें होती हैं - तरंगें होती हैं - अंगड़ाइयां होती हैं...सपने होते हैं। वह एक ऐसा प्यार था जिसे विवाह के बाद दिल विवश हो कर करता है ताकि गुजरते दिनों के साथ दिलों का समझौता होते-होते वह प्यार एक अटूट प्यार तथा एक सच्चा प्यार बन सके। परन्तु विवेक को तो विवाह के बाद पहली ही सुबह ज्ञात हो गया था कि उसकी पत्नी पागल है। दिल टूटने के बाद वह किस प्रकार अपने प्यार को अटूट और सच्चा बताता? पत्नी के पागलपन की कहानी सुनकर तो उसके अन्दर की सारी इच्छाएं दम तोड़ गई थीं, प्यार में उठाया उसका पहला कदम परिस्थितियों में जकड़कर केवल सहानुभूति तक ही

सीमित रह गया था। यही कारण था कि शांति की तलाश में भटकता दिल भावना की अंगुलियों का स्पर्श प्राप्त करते ही उसकी ओर झुक गया - खिंच गया।

उसने भावना को बहुत ध्यान से देखा...एक डॉक्टर की बेटी, भावना तथा डॉक्टर की बात से यही ज्ञात होता था। उसने मन ही मन लड़की का नाम दोहराया...भावना। उसने भावना की आंखों में झांका। नजरें टकराईं। भावना उसकी नजरों की डोर में मानों बंध-सी गई। दो जवान दिलों ने अंगड़ाई ली, दिल धड़क उठे। नजरों की डोर द्वारा दोनों ने एक-दूसरे के दिल की धड़कनें सुनीं। भावना के होंठों पर बहुत हल्की मुस्कान की एक कंपन आ गई। वह यह भूल गई कि आज उसे कोई देखने भी आ रहा है। उसने बिना कुछ कहे चाय का प्याला विवेक के होंठों से लगा दिया।

विवेक ने एक घूंट चाय पी - भावना की लम्बी-लम्बी सफेद अंगुलियों को देखते हुए जहां गुलाबी नाखून फैशन की मांग के अनुसार लम्बे थे, फिर एक क्षण बाद जब दूसरी बार भावना ने चाय का प्याला उसके होंठों से लगाया तो उसने अपनी पट्टियों से लिपटी अंगुलियों द्वारा भावना को कलाई से सहारे के लिए पकड़ कर प्याले का किनारा ठीक से अपने होंठों के बीच से लगा लिया। चाय की सतह होंठों को ठीक से छू नहीं रही थी। भावना उसकी अंगुलियों की हल्की पकड़ अपनी अंगुलियों पर देखकर हल्के से मुस्करा दी। इसके बाद विवेक ने धीरे-धीरे भावना के हाथ द्वारा सारी ही चाय समाप्त कर दी। भावना ने प्याला मेज पर ट्रे में रख दिया। ट्रे उसके सामने से उठा कर नीचे फर्श पर रख दी। फिर उसने पूछा, 'आपन कुछ खाया नहीं?'

'नर्स टोस्ट लाई थी परन्तु मैंने ही लौटा दिया।'

'क्यों?'

'मन नहीं था।'

तभी वहां नर्स आ पहुंची। उसके हाथ में एक छोटी शीशे की कटोरी थी। उसने फर्श पर रखी ट्रे देखी। ट्रे में रखे चम्मच को उठाने के लिए झुकने ही वाली थी कि तभी खाली प्याला देखकर चौंक गई। आश्चर्य से पूछा उसने, 'अरे आपने चाय पी ली?'

'जी हां।' विवेक ने कहा, 'क्यों?'

'आप चीनी की चाय नहीं पीते?'

'चीनी?' विवेक कुछ समझा नहीं।

'जी हां - चीनी।' नर्स ने कहा, 'मैं चीनी लाना भूल गई थी। इसीलिए तो लेकर आ रही हूं।' नर्स ने अपनी हाथ की कटोरी की ओर इशारा किया।'

'जी!' विवेक चौंका। क्या उसने फीकी चाय पी ली थी? भावना के विचारों में वह ऐसा खो गया था कि उसे चाय के स्वाद का पता ही नहीं चला। क्या भावना के स्पर्श में इतनी मिठास थी कि चाय का फीकापन ही बदल गया? उसने भावना को देखा।

भावना उसके मन की स्थिति समझ चुकी थी। वह स्वयं लजा गई। लजा कर उसने भी हल्के से मुस्कराते हुए अपने दिल की स्थिति प्रकट कर दी। लाज के कारण उसके कपोल गुलाबी हो गए तो वह उठी और तुरन्त वहां से भाग गई। नर्स कुछ समझी नहीं। समझी तो केवल इतना कि डॉक्टर तिलक प्रसाद की भानजी इसलिए मुस्कराकर भागी है क्योंकि वह विवेक के फीकी चाय पीने पर अपनी हंसी नहीं रोक सकी थी उसने चाय की ट्रे उठाई और कमरे से बाहर निकल गई।

भावना के चले जाने के बाद विवेक सोच में पड़ गया। उसने भावना की तुलना अपनी पत्नी अर्चना से की। भाग्य ने उसके साथ धोखा करके उसके जीवन का सूत्र एक पागल लड़की से बांध दिया है। भावना से तुलना करते समय उसने अर्चना को पहले से भी अधिक बदसूरत पाया। भावना सुन्दर थी और उसके लजाने का ढंग विवेक के दिल की गहराई को छू गया...कुछ इस प्रकार मानो प्यार का वह बीज फूट गया हो जिसे उसने अपने दिल के अन्दर सुहागरात के समय बोया था।

प्यार का पौधा खिल उठा था। कलियां चटक रही थीं - फूल बनकर मुस्कराने के लिए। उसने महसूस किया कि वह भी प्यार प्राप्त कर सकता है...वह प्यार जिसकी उसे तलाश है। वह भी जी जान से किसी पर निछावर हो सकता है। समय या परिस्थिति से बगावत करके एक बार अपना जीवन नए सिरे से आरम्भ कर सकता है। वह प्रसन्न रह सकता है परन्तु...सहसा विवेक ने सोचा...यह कैसे सम्भव है? इस नादान लड़की को जब ज्ञात होगा कि वह विवाहित है तो उसका दिल टूट जाएगा? वह उसे क्या समझेगी? आवारा? दुराचारी? पत्नी के होते हुए एक पराई लड़की पर दृष्टि रखता है? यदि उसने अपने विवाहित होने की बात छिपा ली तब भी क्या यह बात सदा के लिए छिपी रह सकती है? यदि वह अपनी पत्नी को छोड़कर भाग भी जाता है तो क्या उसकी तलाश में उपाध्याय जी समाचार पत्रों तथा पुलिस का सहारा नहीं लेंगे? विवेक अपने दिल में उत्पन्न हुए प्यार के पौधे के प्रति कोई निर्णय नहीं कर सका फिर भी उसने इसे खिलने दिया...प्यार की कली को फूल बनने के लिए छोड़ दिया।

भावना प्रीति के कमरे में पहुंची। अपनी लाज भरी मुस्कान पर काबू पाने के लिए उसने एक मैगजीन उठाई तथा पलंग पर बैठकर उसे पढ़ने के बहाने विवेक के विषय में सोच-सोच कर हल्के-हल्के मुस्कराने लगी। इस प्रकार मुस्कराने का कारण केवल यही था कि उसके दिल के अन्दर भी प्यार जन्म ले चुका था। विवेक ने उसके हाथों द्वारा फीकी चाय पी थी। उसके विचारों में वह निश्चय ही इतना खो गया था कि उसे चाय के फीके स्वाद का ज्ञान ही नहीं हुआ। बहुत देर तक वह इसी एक बात पर ध्यान देती रही। अब वह यह बात सोचना भी नहीं चाहती थी कि शाम को उसे कोई देखने आ रहा है।

इस घटना के बाद भावना ने विवेक के पास फिर जाना चाहा, उसके समीप बैठकर बातें करना चाहा परन्तु लाज के मारे वह ऐसा साहस नहीं कर सकी तो छिप-छिपकर ही दरवाजे के

सामने से निकलते हुए वह विवेक को देख लेती थी। विवेक उसकी उपस्थिति से अज्ञात उसे पलंग पर लेटा मिलता...बिल्कुल खामोश...मानो उसी के विचार में खोया हो। तब उसे देखते ही भावना के मन में लड्डू फूट पड़ते। प्यार में और वृद्धि हो जाती। तब उसे इस विचार से घृणा होने लगती कि कोई उसे देखने आ रहा है...पसन्द करने आ रहा है! पसन्द? पसन्द में उसका अपना अधिकार भी था। परन्तु विवेक के प्रति अपनी पसन्द की वह पुष्टि नहीं कर सकी थी। विवेक के मन में उसके प्रति क्या है वह पूर्णतया नहीं ज्ञात कर सकी थी। फिर भी उसे अपने प्यार पर विश्वास था - अपने आप पर विश्वास था तथा विवेक पर भी विश्वास था। उसके देखने का ढंग...आंखों में झांककर खो जाने का ढंग...खोकर फीकी चाय पी जाना इस बात का प्रतीक था कि उसके दिल में भी प्यार का फूल खिल चुका है। अब केवल होंठों द्वारा ही मन की बात कहनी शेष रह गई थी।

भावना अपनी इस नई प्रसन्नता में प्रीति को भी सम्मिलित कर लेना चाहती थी। अपने दिल का भेद प्रीति को भी बता देना चाहती थी। प्रसन्नता एक ऐसी वस्तु है जिसे जितना बांटा जाए उतनी ही इसमें वृद्धि होती है। परन्तु भावना के लिए इस समय केवल प्रीति ही ऐसी बहन थी - ऐसी सहेली थी जिसके साथ वह अपनी प्रसन्नता बांट सकती थी इसलिए वह बहुत बेसब्री के साथ उसके लौटने की प्रतीक्षा करने लगी। आज दोपहर तक प्रीति को लौटना ही था।

परन्तु प्रीति दोपहर तक तो क्या शाम तक भी नहीं लौट सकी। यहां तक कि अपने निश्चित समय पर लड़के वाले भी आ गए। भावना को उनका आना अच्छा नहीं लगा तथा प्रीति की अनुपस्थिति बहुत अखरी। फिर भी उसे लड़के वालों के सामने हर स्थिति में जाना था। बाद में विवेक द्वारा अपने प्यार की पुष्टि प्राप्त करने के बाद वह इस विवाह से इन्कार कर सकती थी। नई नवेली दुल्हन जैसी संवरी वह श्रृंगार मेज के सामने बैठी मां की प्रतीक्षा कर रही थी परन्तु दिल विवेक के लिए ही धड़क रहा था, मन करता था लड़के वालों के सामने जाने के बजाए वह विवेक के पास चली जाए।

सहसा कमरे में प्रीति प्रविष्ट हुई। उसे देखते ही भावना खिल उठी। उसे मानो बहुत बड़ा सहारा मिल गया। प्रीति भी चहक उठी। चहककर भावना से लिपट गई। भावना जितनी भावुक थी उतनी ही प्रीति चंचल थी। कूट-कूटकर उसके शरीर में चंचलता भरी थी। बातें करने में भी खूब तेज थी। उसे ज्ञात था कि उसके पिताजी ने अपनी बहन को भावना के लिए लड़का देखने के लिए बुलाया है परन्तु वह कब आएंगी यह बात उसे ज्ञात नहीं थी।

अपनी फूफी के साथ भावना को आया देखकर उसका खिल उठना स्वाभाविक ही था। भावना को उसने अपने से अलग किया। उसे सामने करके उसकी दोनों बांहें पकड़े हुए उसने शिकायत भरे स्वर में कहा, 'आने से पहले पत्र क्यों नहीं लिखा? पत्र लिख देती तो मैं भला पिकनिक पर क्यों जाती? कितने दिनों बाद हम मिले हैं। पहले आ जाती तो तुझे भी पिकनिक

पर साथ ले चलते। तेरा होने वाला आया है।' सहसा प्रीति ने मानो भेद की बात कही, 'देखा है कि नहीं? मैं तो अनेक बार उससे पहले भी मिल चुकी हूं। बड़ा सुन्दर नवयुवक है। बी.एस.सी. एग्रीकल्चर पास कर चुका है। तेरा ध्यान खूब अच्छी तरह रखेगा। फूफा के मन का लड़का भी मिल गया तथा तेरे मन का भी।' सहसा प्रीति चौंकी। उसने कहा, 'अरे मैं भी क्या हूं जो उसके विषय में तुझे ही बताने बैठ गई। पिताजी तो फूफी को पत्र में सब कुछ लिख ही चुके हैं।'

भावना उसी प्रकार गम्भीर रही। उसे प्रीति के आ जाने से सन्तोष अवश्य मिला परन्तु उसकी बातों से उसे कोई प्रसन्नता नहीं प्राप्त हुई, बल्कि दिल के अन्दर अनजाने तौर पर एक टीस उठने लगी। उसे ऐसा महसूस हुआ मानो सब कोई मिलकर उसे जबरदस्ती सूली पर चढ़ा रहे हैं - उसकी इच्छा के विरुद्ध। उसकी पलकों के कोने भीग गए। उसने प्रीति को सब कुछ बता देना चाहा - दिल में उत्पन्न हुई नई प्यार की धड़कन के विषय में - अपने तथा विवेक के विषय में...शायद वह प्रीति को सब कुछ बता भी देती परन्तु तभी कमरे में उसकी मां चली आई - हाथों में चाय की ट्रे लिए हुए। मां को देखकर भावना ने स्वयं को संभाल लेना चाहा। उसने अपना चेहरा दूसरी ओर फेरते हुए तुरन्त अपनी अंगुलियों से आंसू पोंछे तो प्रीति से भावना के आंसू छिपे नहीं रह सके। भावना की गंभीरता भी उसे बहुत भेद भरी लगी। उसे बड़ा आश्चर्य हुआ भावना की इच्छा के विरुद्ध तो यह सम्बन्ध नहीं बन रहा है? परन्तु ऐसा होता तो भावना बम्बई क्यों आती? प्रीति की समझ में कुछ भी नहीं आया।

मां ने समीप आकर भावना को चाय की ट्रे थमाते हुए कहा, 'ले बेटी।' भावना ने हाथ बढ़ाकर ट्रे पकड़ ली। मां ने अपने हाथों से भावना का आंचल ठीक किया। उसके गालों की लाली सुधारी। फिर बोली, 'लड़के वालों के सामने घबराना मत। यह समय लड़की के लिए बड़ा नाज़ुक होता है।' मां ने प्रीति को देखा। फिर उससे बोली, 'तू भी जल्दी से तैयार होकर आ जा। भावना के साथ तू रहेगी तो यह कम घबराएगी।' मां ने भावना से फिर कहा, 'आ चल बेटी, सब तेरी प्रतीक्षा कर रहे हैं।'

भावना मां के साथ सिर झुकाए लाजवन्ती बनी आगे बढ़ गई...बहुत आहिस्ता-आहिस्ता कदम उठाते हुए, इस प्रकार मानो फर्श पर फूल बिछे हैं और उसके फूल से कोमल पैरों से कहीं किसी फूल का दिल न मसल जाए।

भावना के जाने के बाद प्रीति भावना के प्रति कुछ खोई-खोई सी मेहमानों के सामने जाने की स्वयं भी तैयारी करने लगी। पूना से लौटते समय उसकी टूर की बस पूना से देर में चली थी। यही कारण था कि बम्बई में अपने बंगले दोपहर के बजाए शाम को पहुंची थी। पोर्टिको में अपने पिता की कार के समीप एक दूसरी कार देखकर समझ गई थी कि घर में मेहमान आए हैं - वह मेहमान जिनसे भावना के रिश्ते की बात चल रही थी। कार को वह पहचानती थी। बैठक में प्रविष्ट हुई थी तो आशा के विरुद्ध अपनी फूफी को देखकर वह चौंक गई थी। उसने

लपककर उनके पैर छू लिए थे। फिर जब ज्ञात हुआ था कि भावना भी आई है तो वह लपककर भावना के पास चली आई थी।

बैठक में पहुंचकर भावना ने चाय की ट्रे बीच की मेज पर रख दी। फिर मां के इशारे पर एक सोफे पर बैठ गई - पलकें झुकाए। वास्तव में लड़की के लिए यह कितना नाजुक समय होता है। जीवन भर का प्रश्न होता है। इसी समय और निर्णय भी लेना पड़ता है। परन्तु भावना ने अपने प्रति इसे जरा भी नाजुक नहीं समझा। उसने इस महत्त्वपूर्ण क्षण की जरा भी चिन्ता नहीं की...उसने लड़के को देखा...लड़का उसी को निहार रहा था - मुस्कराती दृष्टि से - भावना ने तुरन्त पलकें नीचे झुका लीं। परन्तु वह एक ही दृष्टि में लड़के को भली-भांति देख चुकी थी।

लड़का अच्छा था - सुन्दर तथा स्वस्थ...परन्तु भावना के दिल के अन्दर इस नवयुवक की छवि समाने की जगह जरा भी नहीं थी। एक छवि पहले ही दिल में समा चुकी थी इसलिए अपनी अन्तरात्मा, अपने विवेक से अन्याय करने का प्रश्न ही नहीं उठता था। उसका दिल विवेक की ओर लगा हुआ था इसलिए वह यहां अधिक नहीं बैठ सकी। जब मेहमानों के हाथ में चाय का प्याला आ गया तो वह यहां से उठकर दूसरे कमरे में चली गई। उसकी इस बात को लाज की अदा समझकर लड़के वाले उसी के विषय में बातें करने लगे। लड़के को एक ही दृष्टि में लड़की भी पसन्द आ गई थी। भावना की मां ने भगवान को मन-ही-मन धन्यवाद कहा और सबका मुंह मीठा कराने लगी।

भावना दूसरे कमरे में जाकर फूट-फूट कर रो पड़ना चाहती थी फिर भी वह ऐसा नहीं कर सकी। कभी-कभी मानव का मन अनायास ही रो लेना चाहता है परन्तु रो नहीं पाता। कुछ क्षण तक वह एक दर्पण के सामने खड़ी स्वयं को देखती रही और खून के आंसू पीती रही। प्रीति अब तक तैयार नहीं हुई थी। भावना कुछ सोचकर बैठक के बगल वाले कमरे से बाहर बरामदे में आई। फिर वह क्लीनिक की ओर बढ़ गई। वह विवेक के कमरे में प्रविष्ट हुई। विवेक उसी के विचारों में तल्लीन था। भावना को देखा तो चेहरे पर रौनक आ गई। दिन भर उसने भी तो भावना की प्रतीक्षा की थी, यह जानते हुए भी कि जिस प्रकार लाजवन्ती बनकर वह सुबह यहां से गई थी...उसको दृष्टि में रखते हुए भावना का यहां दोबारा आना कठिन ही था। भावना को देखकर विवेक तुरन्त बैठ गया।

भावना ने जिस प्रकार अपना बनाव- श्रृंगार किया था उसे देखते हुए विवेक को भ्रम हुआ कि इस सुन्दरी ने यह सब उसी को दिखाने के लिए किया है। विवेक को विश्वास नहीं हुआ। इतनी जल्दी भावना अपनी सुन्दरता का सहारा लिए उसके मन और मस्तिष्क पर छा जाना चाहती है? भावना विवेक के पलंग के पास रखे स्टूल पर बैठ गई...बहुत खामोश - इस प्रकार मानो किसी चित्रकार के सामने बैठकर चित्र बनवाना चाहती हो। कुछ भी उसने नहीं कहा। विवेक को भी नहीं देखा। उसके मुखड़े पर गम्भीरता छाई हुई थी। उसकी दृष्टि खिड़की द्वारा

क्षितिज में उस स्थान पर थी जहां शाम की डूबती धुंध में एक तारा जाने कब से टिमटिमा रहा था...सांध्य तारा।

'कहीं जाने की तैयारी है क्या?' सहसा विवेक ने पूछा - अपने भ्रम में डूबकर - कुछ मुस्कराते हुए...वास्तविकता से अनभिज्ञ।

भावना ने उसे देखा। कुछ खो-सी गई वह। परन्तु फिर हल्के से मुस्करा दी। इतनी बेजान मुस्कान थी यह! वह फिर गम्भीर हो गई।

'सुबह की बात का आपको अफसोस है क्या?' विवेक ने उसकी गम्भीरता का कारण ज्ञात कर लेना चाहा।

सुबह की बात याद करके भावना के होंठों पर एक मुस्कान चली आई - एक जानदार मुस्कान। इतनी सारी अभिलाषाएं अनजानेपन में इस मुस्कान के अन्दर छिपी हुई थीं। उत्तर देने के बजाए उसने उसी मीठी मुस्कान के साथ पलकें नीचे झुका लीं।

'सुबह की घटना के कारण क्या आपने मुझसे कभी न बात करने की सौगन्ध खा रखी है?' विवेक ने फिर पूछा।

भावना ने तब भी कोई उत्तर नहीं दिया। उसी प्रकार मुस्कराती रही...होंठों पर लाज भरी मुस्कान लिए हुए।

तभी भावना को ढूंढती हुई वहां प्रीति चली आई। बोली, 'तू यहां बैठी है और लड़के वाले तुझे अपने पास बिठाने को बुला रहे हैं।'

लड़के वाले? विवेक ने सोचा। दिल पर एक धक्का-सा लगा। जब कोई वस्तु प्राप्त होने के बाद खोने लगती है तो उस वस्तु की कमी अधिकता के साथ महसूस होती है। यद्यपि विवेक अपने दिल में उत्पन्न हुए प्यार के विषय पर कोई निर्णय नहीं कर सका था फिर भी उसने एक नए जीवन के एक नए संसार का सपना देखा था। अनजाने में उसने दिल की शांति के लिए अगणित आशाएं बांध ली थीं। प्यार मिले, न मिले, परन्तु जिसे मानव प्यार करता है वह किसी और के भाग्य में आता है तो दिल में जलन का उत्पन्न होना स्वाभाविक ही है। जवान दिल की मांग ही ऐसी है। उसने भावना को देखा - बहुत निराश दृष्टि से।

भावना के मन में टीस उठी। इस नवयुवक को प्यार की किरण दिखाने के बाद वह इसके संसार में सदा के लिए अन्धकार कर देना क्यों चाहती है? चाहती भी है या नहीं? उसने आज सुबह की घटना द्वारा क्यों इस नवयुवक के मन में प्यार की ज्योति जलाई थी? ज्योति जलाने के बाद क्यों उसने अपनी लाज भरी मुस्कान द्वारा विवेक के दिल में प्यार की कलियां चटकाई थीं? लाजवन्ती बनकर भाग जाने के बाद क्यों उसने विवेक के दिल पर अपने प्यार की मुहर लगाई थी? यहां इस समय आकर तथा उसके सामने बैठकर क्यों अपनी परिस्थिति द्वारा उस कली को फूल बना रही थी जो विवेक के दिल में आज सुबह ही खिली थी? कली? परन्तु फूल बनने से पहले ही प्रीति की बातों ने इस कली को पतझड़ की लपेट में ले लिया था।

भावना ने विवेक की दृष्टि में कुछ ऐसे ही तूफानी प्रश्नों का शोर सुना तो उसे प्रीति की बात अच्छी नहीं लगी। विवेक पर उसे दया आई। उसने विवेक के दिल में खिली प्यार की कली को तूफानी लपेट से बचाते हुए कहा 'मैं वहां न जाऊंगी।'

'क्यों?' प्रीति को बड़ा आश्चर्य हुआ।

भावना उत्तर देने के बजाए विवेक को देखने लगी - प्यार से, मानो प्रीति के बजाए विवेक को उत्तर दे रही हो कि जब वह उस पर जी-जान से निछावर है तो फिर किसी पराए को अपने प्रति आशा दिलाने का पाप क्यों मोल ले?

प्रीति ने भावना को देखा - बहुत आश्चर्य से। फिर उसने विवेक को देखा। विवेक भावना को ही देख रहा था। विचित्र-सा संगम था दोनों की दृष्टि के टकराव का जहां मानो प्यार की प्यासी लहरों को दिल की वास्तविक शांति मिल जाती है। उसने दृष्टि तिरछी करके एक बार फिर भावना को देखा। बात बहुत कुछ समझ में आ गई और कुछ-कुछ नहीं भी आई। उसने भावना से कहा - 'इस समय चलकर वहां बैठ जा वरना डैडी का बड़ा अपमान होगा। बाद में जो निर्णय देना हो दे देना। तेरी इच्छा के विरुद्ध कोई जबरदस्ती तेरा हाथ किसी के हाथ में नहीं दे देगा।'

भावना ने एक पल सोचा। प्रीति ठीक ही कहती है। यूं भी उसे अपने मामाजी का अपमान करने का क्या अधिकार है? वह तो जो कुछ भी कर रहे थे उसके भले के लिए ही कर रहे थे - उसके माता-पिता की इच्छा पर। मेहमानों के मध्य बैठने में हर्ज ही क्या था? बाद में जो होगा देखा जाएगा। वह उठकर खड़ी हुई। चलने से पहले उसने विवेक को देखा - प्यार के रास्तों में आशाओं के अगणित फूल बिछा कर। विवेक के प्यार का अथाह सागर प्राप्त हो गया। बड़ी आशाओं से वह मुस्करा दिया तो भावना के होंठों पर भी बड़ी प्यारी मुस्कान खेल गई। इस मुस्कान में कितनी सारी आशाएं छिपी थीं यह वही जानती थी - तथा कुछ कुछ विवेक भी - और उससे कुछ कम प्रीति भी।

भावना को मेहमानों के मध्य अधिक देर नहीं बैठना पड़ा। लड़के वाले जब उसे पसन्द करने के बाद विवाह की बातें करने लगे तो भावना वहां से उठकर चली गई। साथ में प्रीति भी थी इसलिए वह प्रीति के कमरे में गई। यूं भी भावना प्रीति को दिल की बातें बताकर हमराज बना लेना चाहती थी। प्रीति भी उसके दिल का भेद जान लेने के लिए पहले ही अधीर थी। पलंग पर एक साथ बैठने के बाद भावना ने प्रीति को विवेक के विषय में सब कुछ बता दिया - एक-एक बात...पिछली रात की घटना (दुर्घटना) से लेकर अब तक सारी बातें। अन्त में उसने चाय पिलाने के विषय में कहा - 'मुझे भी ध्यान नहीं रहा कि उससे पूछ लूं कि चाय में चीनी है या नहीं।'

'तेरे पूछने का प्रश्न ही नहीं उठता था।' प्रीति ने अपने स्वभाव अनुसार मजाक किया - 'तेरा हाथ लगते ही चाय इतनी मीठी हो गई होगी कि उसे चीनी की आवश्यकता ही नहीं पड़ी।'

'तूने किसी को ऐसी चाय पिलाकर आजमाया है क्या?' भावना को प्रीति की बात से आनन्द मिला तो उसने मुस्करा कर पूछा।

'हाय...अपने ऐसे भाग्य कहां?' प्रीति ने एक गहरी सांस के साथ आंखें नचाते हुए छत की ओर देखा। फिर बोली, 'अपनी कार के नीचे आने वाला तो कभी बच ही नहीं सकता।' प्रीति उठ खड़ी हुई। फिर बोली - 'आ चल, जरा मैं उसे ठीक से तो देख लूं जो मेरी प्यारी बहन की कार के नीचे आकर स्वर्ग प्राप्त कर लेना चाहता था।' प्रीति ने प्यार से दांत पीसते हुए भावना के कपोल पर एक चुटकी काटी।

'न बाबा न...मैं तेरे साथ उसके पास नहीं जाऊंगी।' भावना ने खड़े होते हुए कहा।

'अरे वाह! जाएगी क्यों नहीं?' प्रीति ने कहा - 'अब उससे मिलने में हर्ज ही क्या है?'

'मिलने में कोई हर्ज नहीं?' भावना ने कहा - 'परन्तु यदि तूने उससे मेरे लिए कोई मजाक कर दिया तो मैं लाज के मारे वहां एक क्षण भी खड़ी नहीं रह सकूंगी।'

'ऊं...?' प्रीति ने एक पल आंखें नचाकर सोचा। फिर बोली, 'खैर, मैं अकेले ही उसका इंटरव्यू लिए लेती हूं। तू यहीं ठहर।' बात समाप्त करने के बाद प्रीति अपना डॉक्टरी वाला सफेद कोट पहनने लगी।

'यह कोट क्यों पहन रही है?' भावना ने आश्चर्य से पूछा।

'तेरे रोगी की जांच जो करनी है।' कोट पहनने के बाद प्रीति ने स्टेथोस्कोप गले में डालते हुए कहा!

'मेरा रोगी?'

'हां।' प्रीति ने स्टेथोस्कोप यन्त्र पहनने के बाद आंखों पर चश्मा लगाया। पढ़ने-लिखने के लिए उसे चश्मे की आवश्यकता पड़ जाती थी। चश्मा पहनने पर उसके मुखड़े पर वास्तविक गम्भीरता आ गई। चश्मा लगाने से मुखड़े के रंग रूप में यूं भी काफी अन्तर पड़ जाता हैं

'देख प्रीति...।' भावना को प्रीति की योजना अच्छी नहीं दिखाई पड़ी तो उसने उसे सचेत करना आवश्यक समझा। बोली, 'तू कोई ऐसी-वैसी बात मत कर बैठना जिसका वह बुरा मान जाए। वह गम्भीर स्वभाव का व्यक्ति लगता है।'

परन्तु प्रीति मानो उसकी बात अनसुनी करके क्लीनिक की ओर चल पड़ी।

भावना भी उसके पीछे-पीछे चल पड़ी। बैठक में मेहमान अब तक थे इसलिए बगल वाले कमरे के द्वार से दोनों बंगले के बरामदे में निकलीं और फिर क्लीनिक की ओर बढ़ गईं। प्रीति अनुभवी डॉक्टरों की गम्भीरता लिए विवेक के वार्ड में प्रविष्ट हुई तो भावना द्वार पर ही रुक गई। विवेक की दृष्टि बचाकर वह प्रीति को देखने लगी - धड़कते दिल के साथ।

प्रीति विवेक के समीप पहुंची। विवेक द्वार की ओर सिरहाना करके बहुत खामोश लेटा हुआ था। प्रीति ने सबसे पहले विवेक के सिरहाने लटका चार्ट हाथ में लिया परन्तु दृष्टि उसकी कनखियों द्वारा विवेक पर ही रही। विवेक ने जब उसे देखा तो प्रीति ने तुरन्त अपनी दृष्टि चार्ट पर बिछा दी। विवेक ने सोचा यह लड़की तो अभी कुछ देर पहले ही यहां आई थी। डॉक्टर के मेहमानों में शायद यह भी सम्मिलित थी। डॉक्टरों को नेवता नहीं देगा तो किसे देगा? शायद मेहमानों से शीघ्र ही छुटकारा प्राप्त करने के बाद अब वह अपनी ड्यूटी संभाल रही है।

'लड़का बुरा नहीं है।' सहसा प्रीति ने एक गहरी सांस लेकर कहा - कुछ इस प्रकार मानो दरवाजे पर खड़ी भावना को सुना रही हो।

'जी?' विवेक के कान प्रीति की बातें सुनने से वंचित नहीं रह सके। वह चौंक गया।

'चार्ट बुरा नहीं है।' प्रीति ने मस्तक पर बल डालकर बात बनाई।

विवेक खामोश हो गया। उसे विश्वास हो गया कि पहले उसके कानों ने गलत सुना था।

प्रीति ने चार्ट अपने स्थान पर छोड़ा। फिर विवेक के पास आई। स्टूल पलंग के समीप करके वह उस पर बैठ गई। उसने स्टेथस्कोप अपने कान से लगाया। फिर विवेक की ओर झुकते हुए उसने स्टेथस्कोप का विशेष ट्यूब विवेक की छाती पर रखा और उसके दिल की धड़कनें टटोलने लगी।

विवेक को बड़ा आश्चर्य हुआ। उसे ज्वर तो अब था नहीं। चोटें सिर और हाथों में लगी थीं। उसके विचार में, इससे दिल की धड़कन का क्या सम्बन्ध था? उसने कहा - 'मैं तो अच्छा-भला हूं। चोट तो सिर और...।'

'दिल आवश्यकता से अधिक तेजी के साथ धड़क रहा है।' विवेक की बात काटकर प्रीति ने कहा - 'बहुत भेद भरे ढंग में।'

'जी?' विवेक को विश्वास नहीं हुआ। आखिर यह डॉक्टर कहना क्या चाहती है?

भावना दरवाजे की आड़ में खड़ी सब कुछ सुन रही थी - प्रीति की बातों का अर्थ समझ रही थी। वह मुस्कराए बिना नहीं रह सकी।

'क्यों जी?' सहसा प्रीति ने खड़े होते हुए कृत्रिम क्रोध प्रकट किया। बोली - 'आपको मेरी कार के नीचे आने की क्या आवश्यकता थी?'

'जी?' विवेक चौंक गया। बौखला भी गया।

'आपको मेरी कार के नीचे आने की क्या आवश्यकता थी?' प्रीति ने फिर पूछा - 'और कोई कार आपको नहीं मिली?'

'आपकी कार?' विवेक को इस डॉक्टर की बातें पहेलियों समान लगीं।

'जी हां, मेरी कार।' प्रीति ने उसे रुआब में लेकर गर्दन झटकी। उसने बात जारी रखी। बोली - 'जिसे मेरी बहन चला रही थी।'

'आपकी बहन?' विवेक अपनी बौखलाहट पर काबू करते हुए उठकर बैठ गया। उसने सोचा, क्या यह भावना की बहन है?

'जी हां मेरी बहन...भावना।' प्रीति ने उसके विचारों से निश्चिंत होकर कहा...जिसका हाथ लगते ही आपकी फीकी चाय मीठी हो गई थी।'

विवेक ने 'ओ' शब्द पर होंठों को गोल किया। सारी बात उसकी समझ में आ गई। यह लड़की उससे मजाक कर रही थी। वह मुस्करा दिया। फिर कुछ झेंप भी गया दरवाजे की आड़ में खड़ी भावना ने विवेक की मुस्कान का अहसास किया उसके दिल में फूल खिल उठे। विवेक को प्रीति की बातों द्वारा बहुत आनन्द मिला। जीवन में पहली बार किसी जवान लड़की ने उससे इतना प्यारा मजाक किया था। फिर उसे आनन्द आता भी क्यों नहीं? पहली बार उसे महसूस हुआ मानो कोई अपने लिए नहीं उसके लिए प्रसन्नता समेटने का प्रयत्न कर रहा है।

'भावना पसन्द है आपको?' प्रीति ने मजाक में गम्भीर बनकर मानो भेद की बात पूछते हुए अपनी आंखों पर से चश्मा उतारा।

विवेक झेंप गया। दृष्टि नीची करके वह मुस्कराने लगा।

'वैसे मैं भावना की मौसी भी लगती हूं।' अचानक प्रीति ने फिर कहा।

'जी!' विवेक फिर चौंका।

'जी हां।' प्रीति ने उसे समझाया - 'भावना की एक मौसी है...अर्थात् मेरे डैडी तथा भावना की माताजी की चचेरी बहन। उनके पति के साले के चचेरे भाई के चाचा के बहनाई के चचेरे भाई की पत्नी की चचेरी बहन मेरी मम्मी हैं। इस रिश्ते से मैं भावना की मौसी हुई कि नहीं।'

विवेक सोच में पड़ गया।

बाहर दरवाजे की आड़ में खड़ी भावना को अपनी हंसी पर काबू पाना कठिन हो गया।

'वैसे भावना भी एक रिश्ते से मेरी फूफी लगती है।' प्रीति ने फिर कहा।

'जी!' विवेक चौंका, विचित्र लड़की है यह!

'जी हां।' प्रीति ने उसकी चिंता न करते हुए फिर कहा...'अब देखिए ना मेरे डैडी की बहन...अर्थात् भावना की माता जी - अर्थात् मेरी फूफी की ममेरी बहन की चचेरी बहन की लड़कियों में से एक लड़की मेरे डैडी के बहनोई अर्थात् मेरे पापा के चचेरे भाई के साले के चचेरे भाई की पत्नी भी है। इस रिश्ते से भावना मेरी फूफी हुई कि नहीं?'

'ऊं...!' विवेक फिर सोच में पड़ गया।

'वैसे एक रिश्ते से भावना मेरी नानी लगती है।' प्रीति ने फिर कहा...अपने हाथ में लिए चश्मे को खिड़की की सीध में दूर करके शीशे के मध्य देखते हुए।

'जी!' विवेक फटी-फटी आंखों से प्रीति को देखने लगा।

'जी हां। अब देखिए यह रिश्ता कैसे बनता है।' प्रीति ने विवेक को देखते हुए कहा - 'मेरी नानी के भाई की...।'

दरवाजे की आड़ में खड़ी भावना अब और अधिक अपनी हंसी पर काबू नहीं कर सकी तो कमरे के अन्दर लपकती हुई बोली....'प्रीति...।' उसने तुरन्त प्रीति का हाथ पकड़ा और उसे खींचती हुई बोली - 'अब बस भी कर।' प्रीति ने स्वयं को छुड़ाने का प्रयत्न किया परन्तु भावना ने उसे नहीं छोड़ा। वह उसे खींच कर अपने साथ कमरे के बाहर ले ही गई।

विवेक मुस्कराए बिना नहीं रह सका। भावना के दिल की बात उसके सामने स्पष्ट हो चुकी थी। उसने अपने प्यार, अपनी परिस्थिति पर ध्यान दिया। क्या उसका भावना के अन्दर रुचि लेना पाप नहीं होगा? परन्तु मन की भावना पर किसका अधिकार रहा है? जब भावना मन पर छा चुकी थी - तो कोई क्या करे? और भावना उसके मन पर छा चुकी थी...मस्तिष्क में समा चुकी थी...एक ही दिन के अन्दर इस प्रकार कि उसे मन तथा मस्तिष्क से निकालना आसान बात नहीं थी। भावना को प्राप्त करने न करने की बात अलग थी परन्तु इस समय उसे दिल में समाए रखने की इच्छा अवश्य बनी हुई थी। इस बात से उसे शांति तथा प्रसन्नता मिली कि उसने तप कर लिया, जब तक वह भावना की संगति में रहेगा, उसे कभी पता नहीं चलने देगा कि वह विवाहित है। यदि भावना को ज्ञात हो गया कि वह विवाहित है तो वह उसे कभी प्यार नहीं करेगी जबकि इस समय उसे प्यार की आवश्यकता थी...बहुत अधिकता के साथ आवश्यकता थी ताकि उसे शांति प्राप्त हो सके, प्रसन्नता प्राप्त हो सके।

इस शांति तथा इस प्रसन्नता की तलाश तो उसे युगों से थी। ऐसा कौन-सा पाप उसने किया था जिसके कारण प्रकृति ने उससे इस शांति तथा प्रसन्नता को प्राप्त करने का अधिकार छीन लिया था? यही कारण था कि जब उसे इस अधिकार को प्राप्त करने का अवसर मिला तो उसने इसे हाथ से नहीं जाने दिया। भावना उसे प्यार करने लगी है। वह भी भावना को प्यार करता है...सच्चे मन से - उसके कुंवारे दिल का यह पहला प्यार था। जो फूल बनकर उसके दिल में खिल उठा था इसलिए उसने सोचा कि वह प्यार के फूल को कभी मुरझाने नहीं देगा - चाहे संसार बदल जाए।

भावना के साथ उसे कैसा सम्बन्ध रखना है? मन में उठे इस प्रश्न पर बहुत सोचने-विचारने की आवश्यकता थी। उसने इसे आने वाले समय के लिए छोड़ दिया। उसने अपने जीवन को लेकर अर्चना से भावना की तुलना की। वहां अर्चना की संगति में रहकर भी वह अकेला रहता था...परेशान तथा चिंतित, यहां भावना से दूर रहने के पश्चात् भावना का प्यार उसका साथी है। भावना के विचार से ही उसके दिल में ठण्डक दौड़ जाती है...भावना का प्यार उसकी प्रसन्नता है। उसने सोचा काश वह कुंवारा होता - स्वतन्त्र होता, तो आज अपने प्यार को साकार रूप देने में उसे कितनी अधिक आसानी होती। वहां अर्चना के साथ उसके माता-पिता हैं...धोखेबाज माता-पिता, यहां भावना के साथ उसे दूसरों की सेवा करने वाले पिता मिलते,

एक शायद अनेक सालियां मिलतीं चंचल तथा नटखट सालियां जैसे एक अभी-अभी आई थी। वह नवयुवक कितना भाग्यशाली होता है जिसके पास ऐसी सालियां होती हैं। उसके ससुर के घर में तो कोई उससे मजाक करने वाला ही नहीं है। जिसको देखो वही मनहूसियत की तस्वीर बना मुंह लटकाए हुए है। हुंह! यह भी कोई जीवन है। विवेक को भावना तथा प्रीति का सही रिश्ता ज्ञात नहीं था। जो परिचय उसे प्रीति द्वारा भावना के प्रति प्राप्त हुआ था उनके अनुसार ही उसने सोचा।

भावना के जाने के बाद विवेक को भावना की हर पल प्रतीक्षा रही। प्यार का भेद खुल चुका था इसलिए वह कभी भी आ सकती थी। भावना काफी देर तक नहीं आई तो विवेक का मन उदास हो गया परन्तु मन निराश नहीं हुआ। उसे यहां काफी दिन ठहरना था इसलिए भावना से निरन्तर मिलते रहने की पूरी संभावना थी। आखिर प्यार की आग दोनों ओर बराबर-बराबर ही लगी थी। ऐसा नहीं होता तो उसकी बहन यहां नहीं आती? यहां आकर क्यों अपनी बहन के लिए मजाक करती!

उस शाम भावना लाज के कारण विवेक के पास नहीं जा सकी। हर पल वह प्रीति के साथ ही रही। प्रीति उसे विवेक के लिए छेड़ती तो भावना लाजवन्ती बनकर स्वयं में ही सिमट जाती। प्रीति विवेक की प्रशंसा करती तो भावना अपनी पसन्द पर फूल उठती। उसे ऐसा महसूस होता मानो उसका तथा विवेक का साथ आज का नहीं वर्षों का है। वह विवेक के साथ जीवन व्यतीत करने का सपना मानो अनजाने में एक युग से देखती आई थी और उसे आज विवेक वास्तव में मिल गया था।

रात के खाने के लिए जब सब खाने की मेज के चारों ओर बैठे तो लड़के वालों की ही बातें चल रही थीं। बहन की बात सुनकर डॉक्टर तिलक प्रसाद अपनी पसन्द की दाद स्वयं देते-देते नहीं थकते थे। आखिर उन्हीं ने तो भावना के लिए लड़के का चुनाव किया था भावना को लड़के की प्रशंसा जरा भी अच्छी नहीं लग रही थी। उसने सोचा था कि उसका प्यार विवेक के साथ जब एक अटूट सीमा पर पहुंच जाएगा तब वह मां को अपनी पसन्द का लड़का बताकर इस विवाह से इन्कार कर देगी अपना यह विचार जब उसने प्रीति पर प्रकट किया तो वह उससे पूर्णतया सहमत हो गई थी। परन्तु जब इस समय मां अपने भाई की पसन्द के लड़के से बहुत सारी आशाएं बांधने लगी तो भावना से अपनी खामोशी सहन नहीं हो सकी। लड़के की प्रशंसा पर प्रीति भी बार-बार भावना को देख रही थी। कुछ समझ में नहीं आ रहा था कि वह भावना को क्या इशारा करे?

'मां...।' सहसा भावना को ही कहना पड़ा...'आप लोगों को लड़का पसन्द हो या न हो परन्तु मुझे जरा भी पसन्द नहीं।'

'क्या?' प्रीति को छोड़कर अचानक सभी चौंक गए। मां के हलक में तो जैसे कौर अटक गया। कौर को हलक से नीचे सरकाने के लिए उसने तुरन्त पानी के कुछ घूंट पिए। फिर बोली - तू पागल हो गई है क्या?'

'मैं पागल नहीं हूं।' भावना ने उसी दृढ़ निश्चय से कहा...'मैं जो कुछ भी कह रही हूं सत्य कह रही हूं। बहुत सोच समझकर कह रही हूं।'

डॉक्टर तिलक प्रसाद तथा उनकी धर्मपत्नी खाना खाते-खाते रुक गए थे। यदि कोई खाने पर ध्यान दिए हुए था तो वह थी प्रीति। वह इस प्रकार खाना खा रही थी मानो उसके कानों ने कुछ सुना ही न हो।

'बेटी...।' सहसा डॉक्टर तिलक प्रसाद ने भावना को समझाना चाहा, 'वह लड़का तेरे पिता की पसन्द का है। वह बी.एस.सी. एग्रीकल्चर पास है। तुम्हारे फार्म को...।'

'मामाजी...।' भावना ने अपने मामाजी की बात काट दी। वह बोली - 'लड़के के साथ जीवन निर्वाह मुझे करना है, पिताजी को नहीं। मैं विवाह करूंगी तो अपने मनपसन्द लड़के से करूंगी...और किसी से भी नहीं।'

'लेकिन उस लड़के में बुराई क्या है?' मां ने जैसे भावना पर खिसियाते हुए पूछा, 'अच्छा भला लड़का है - सुन्दर, होनहार। क्या कमी है उसमें?'

'कमी यह है कि मैं उसे पसन्द नहीं करती।' भावना अपनी जिद्द पर अड़ी रही।

'बिल्कुल ठीक...।' सहसा बीच में कहते हुए प्रीति ने सामने रखे शीशे के कटोरे से चम्मच द्वारा बैंगन का भरता निकालकर अपनी प्लेट में डाला। बात उसने जारी रखी। बोली - 'माई डिअर फूफी जी, अब आप ही बताइए, जब मुझे बैंगन का भरता पसन्द है और कोई मेरी थाली में कद्दू का भरता डाल देता है तो मैं उसे कैसे खा सकती हूं?'

भावना की मां ने प्रीति की बात सुनी तो एक पल के लिए सटपटा गई। विवाह के विषय में यह बैंगन तथा कद्दू की बातें कहां से आ टपकीं?

'तू चुप रह।' सहसा प्रीति की मां ने उसे डांटा।

प्रीति फिर गम्भीर बनी अपना खाना खाने लगी। इस कौर में उसने बैंगन का भरता बहुत अधिक ही मात्रा में सम्मिलित किया...बच्चों के समान क्रोध प्रकट करते हुए। परन्तु उसकी बात ने विवाह के विषय को अवश्य समाप्त कर दिया। कुछ देर के लिए मेज पर खामोशी छा गई। प्रीति के अतिरिक्त कोई खाना भी नहीं खा रहा था। इस कुछ देर की खामोशी में भावना की मां को ज्ञात हो गया कि बेटी केवल अपनी पसंद के लड़के से ही विवाह करेगी। बेटी की जिद्द के आगे मां को झुकना ही पड़ा। उसने खाना छोड़ दिया। बोली - 'ठीक है बेटी, हम तेरी ही पसन्द के लड़के से तेरा विवाह करेंगे।' मां ने बात समाप्त की और उठकर चली गई। उसे भावना के इन्कार का अफसोस था परन्तु वह कर भी क्या सकती थी।

प्रीति ने कनखियों से भावना को देखा। फिर उसकी जीत पर एक आंख दबा दी। भावना हल्के-से मुस्करा दी।

उस रात भावना जब प्रीति के कमरे में लौटी तो बहुत देर तक दोनों विवेक का विषय लेकर ही बातें करती रहीं। भावना की बातों में कितनी मिठास थी, कितनी अप्रसन्नता थी तथा अगले दिन की प्रतीक्षा में कितनी बेकरारी थी यह प्रीति अच्छी तरह समझ रही थी।

दूसरे दिन सुबह प्रीति विवेक के कमरे में पहुंची तो उसके हाथ में कापी तथा किताबें थीं। विवेक पहले ही तैयार बैठा था - प्रीति के लिए नहीं, भावना के लिए। प्रीति को देखा तो चौंक गया। फिर मुस्करा दिया।

'कहिए श्रीमान जी।' प्रीति ने मुस्करा कर पूछा - 'रात में नींद आई?'

'जी हां।' विवेक ने उत्तर दिया।

'झूठ...बिल्कुल झूठ।' प्रीति ने झुक कर उसकी आंखों को देखा। बोली, 'यदि नींद आती तो यह आंखें इस प्रकार लाल क्यों रहतीं?'

विवेक चौंक गया। पिछली रात उसे वास्तव में नींद नहीं आई थी। भावना के विचारों में वह ऐसा तल्लीन रहा कि नींद नहीं आ रही थी और जब नींद आई भी तो सुबह होने से कुछ पहले ही आई थी। आंखें उसकी अब भी बोझिल थीं। उसने मुस्कराते हुए कहा, 'नींद आई थी परन्तु देर में आई थी।'

'यह हुई न बात।' प्रीति ने कहा - 'वैसे घबराइए नहीं - आपकी आंखें जरा भी लाल नहीं हैं। मैं तो यह जानना चाहती थी कि आप कितनी देर तक करवटें बदलते रहे। खैर...।' प्रीति ने अपनी कलाई पर बंधी घड़ी देखी। फिर उसे देखकर बोली - 'मैं चल रही हूं - कॉलेज का समय हो गया है, बाई।' उसने चलते-चलते हवा में हाथ लहरा दिया। अचानक कुछ याद करके वह रुक गई। बोली - 'अरे!' वह पीछे पलटी। विवेक के पास लौटी। बोली - 'जो बात बताने आई थी वह तो भूल ही गई।'

'जी!' विवेक चौंका। ऐसी क्या बात थी जो भावना की बहन उसे बताने आई थी?

'भावना को वह लड़का पसन्द आ गया जो उसे देखने आया था।' प्रीति ने गम्भीरता बरती।

'जी?' विवेक और भी अधिक चौंक गया। प्रीति की बात पर उसे विश्वास नहीं हुआ फिर भी दिल पर चोट लगी।

'जी हां...।' प्रीति ने कहा - 'उस महाशय को तो भावना देखते ही लट्टू हो गई। मैंने तो कल ही से उन्हें जीजा जी कहना आरम्भ कर दिया है। आपसे भेंट कराऊंगी, इस बार आने दीजिए, घबराइए नहीं। विवाह में आपको भी सम्मिलित होने का नेवता मिलेगा।'

प्रीति बहुत गम्भीर थी। उसकी गम्भीरता को देखकर विवेक को उसकी बातों पर विश्वास होने लगा। उसका मुखड़ा उदास हो गया। दिल टूट गया, मन के अन्दर टीस उठी। आंखों में

आंसू आते-आते रह गए, उसने इतना बड़ा सपना क्यों देख लिया? इस बार भी सपना पूरा होने से पहले ही उसकी नींद खुल गई और वह वास्तविकता से परिचित हो गया। वह क्यों ऐसा दुर्भाग्य लेकर उत्पन्न हुआ है? उसने प्रीति को देखा, प्रीति कनखियों से उसके मुखड़े पर आए रंग को देख रही थी - बहुत ध्यान से - और मन ही मन विवेक की स्थिति पर आनन्दित हो रही थी। विवेक ने उसे देखा तो तुरन्त बोली - 'अच्छा, मैं चलूं। बाई।' प्रीति ने हवा में एक बार फिर हाथ लहराया और कमरे से बाहर निकल गई।

विवेक उसी प्रकार बैठा रह गया - विचारों में तल्लीन - और सोचता रहा अपने दुर्भाग्य पर - मन ही मन आंसू बहाते हुए उसने भावना से क्यों इतनी सारी आशाएं बांध ली थीं? क्यों प्यार के रास्ते पर चलता हुआ एक ही दिन में इतना आगे निकल आया था कि अब वापस लौटना असम्भव हो रहा था? क्यों उसने भावना की सहानुभूति का इतना अनुचित अनुमान लगाया? सहानुभूति! सहानुभूति के नाते ही तो वह अर्चना को भी प्यार देता आया है। फिर क्या भावना भी उससे सहानुभूति रखने के कारण ऐसा नहीं कर रही है? वह भावना की ही कार से घायल हुआ है, यही कारण है कि भावना उसका दिल नहीं तोड़ना चाहती।

विवेक को यह एक विचित्र ही लीला लगी। जैसा उसने अर्चना के साथ किया था, भावना ने उसके साथ कर दिया। वह बड़े लोग हैं - जन्म से ही। इनके अन्दर हीन भावना नाम मात्र भी नहीं होती। यही कारण है कि भावना हीनहीं उसकी बहन भी उसके साथ घुल-मिल गई थी। इन्हें क्या अन्तर पड़ता है? विवेक ने सोचा वह तो एक गरीब घर में उत्पन्न हुआ था। उत्कर्ष भावना से तो वह अभी परिचित भी नहीं हुआ है। क्यों उसने इन बड़े लोगों की सहानुभूति को गलत समझा? विवेक का मन करता था वह रो ले - आंसू बहा ले परन्तु कभी-कभी आंसू बहाने के लिए सहारे की आवश्यकता भी पड़ती है और उसे यहां तो क्या इस संसार में ही कोई सहारा देने वाला नहीं था...वरन उसे ही समाज के एक कपटी ठेकेदार ने अपनी पागल बेटी का सहारा बना दिया था। अब वह अपने मन की शान्ति के लिए क्या करे...और क्या नहीं करे? उसके मन की भावना ने उससे कितना बड़ा मजाक किया था। उसका मन करने लगा कि वह यहां से भाग जाए, इस अस्पताल को छोड़कर चला जाए परन्तु जाता भी कहां? फिर भी उसने उठने का प्रयत्न किया। शारीरिक घाव तो कहीं भी ठीक हो सकते हैं। हाथ अंगुलियों पर चढ़े प्लास्टर कहीं भी काट कर उतारे जा सकते हैं। परन्तु अनजाने में जो घाव उसके दिल में लगा था उसका इलाज क्या हो सकता था? उसे अपने आप से घृणा होने लगी। अपने दुर्भाग्य को कोसते हुए उसने यहां से भाग निकलने के लिए पैर पलंग से नीचे लटकाया ही था कि तभी डॉक्टर तिलक प्रसाद वहां आ गए। वह अपने राउण्ड पर थे। उनके पीछे-पीछे एक नर्स भी थी।

'कहो विवेक, अब कैसे हो?' डॉक्टर तिलक प्रसाद ने आते ही उसके मस्तक पर हाथ रखते हुए पूछा।

'ठीक हूं जी।' विवेक ने मुस्कराने का प्रयत्न करते हुए कहा परन्तु उसका स्वर गम्भीर था।

'वैरी गुड।' डॉक्टर तिलक प्रसाद ने उसके मस्तक पर से हाथ हटाया। उसकी सूजी हुई दाहिने हाथ की अंगुलियों को देखा। सूजन कल से आज कुछ कम थी। उन्होंने कहा, 'तुम्हारे हाथ का प्लास्टर कटने में अभी चार मास लगेंगे। परन्तु तुम्हारी अंगुलियां ठीक होने तथा अन्य घाव भरने में अधिक समय नहीं लगेगा। इसलिए मैं चाहता हूं कि तब तक तुम इसी क्लीनिक में रहो। अंगुलियां ठीक होने तथा घाव भरने के बाद तुम जा सकते हो। तुम्हारे हाथ का प्लास्टर तो कहीं तथा किसी भी अस्पताल में कट सकता है। यहां तुम्हें अधिक रोक कर मैं तुम्हारा समय नष्ट नहीं करना चाहता।' डॉक्टर ने विवेक के अन्य घावों की सूजन की भी जांच की फिर निश्चिंत होकर दूसरे रोगियों को देखने बगल के वार्ड में चला गया।

विवेक बैठे-बैठे सोचने लगा - उसे यहां से तुरन्त क्यों नहीं चले जाना चाहिए? जो घाव उसके दिल में लगा है वह इस अस्पताल में भरने की बजाए बढ़ता ही जाएगा। यहां रहने से तो दिल का यह घाव नासूर हो जाएगा। फिर क्यों न वह इस अस्पताल को सदा के लिए छोड़कर चला जाए?

विवेक अभी कोई निर्णय नहीं कर पाया था कि वहां भावना आ गई। भावना उसे देखकर मुस्कराई परन्तु विवेक उसी प्रकार गम्भीरता की छवि बना रहा। उसने अपना चेहरा भी फेर लेना चाहा परन्तु ऐसा नहीं कर सका। भावना के चेहरे पर ऐसा आकर्षण था कि वह ऐसा नहीं कर सका - अपनी दृष्टि दूसरी ओर नहीं फेर सका। भावना उसके दिल की स्थिति से अज्ञात वहीं स्टूल पर बैठ गई - उसके पलंग के समीप ही। प्यार से पूछा उसने - 'अब आपकी तबियत कैसी है?'

विवेक ने कोई उत्तर नहीं दिया। भावना को देखता ही रहा - आंखों में निराशा का अन्धकार लिए और सोचता रहा, भावना के व्यवहार में कितना अपनत्व है...उसकी मुस्कान में कितना अपनत्व है। कौन ऐसा नवयुवक होगा जो इस अपनत्व का अनुचित अनुमान लगाकर नहीं भटक जाएगा? परन्तु यह उत्कर्ष भावना में डूबे लोग...इन्हें क्या पता कि हीन भावना में डूबा एक गरीब व्यक्ति इनकी उदारता, इनके दिल की विशालता का अनुचित अनुमान लगा कर अन्दर ही अन्दर घायल हो रहा है।

'आप बहुत खामोश हैं?' भावना ने उत्तर न पाकर उसी मुस्कान से पूछा।

'लड़का पसन्द आया आपको?' सहसा विवेक ने पूछा, एक फीकी और बेजान मुस्कान के साथ, इस प्रकार मानो भावना को ताड़ना देकर अपने दिल का सन्तोष ढूंढ रहा हो।

लड़के के नाम पर भावना हल्के से मुस्कराई - लजाई भी। लजा कर उसने अपनी पलकें नीचे झुका लीं। वह विवेक को कैसे बताती कि इसी व्यक्ति के कारण तो उसने वह रिश्ता ठुकरा दिया है?

विवेक ने भावना की शर्मीली मुस्कान का अर्थ और भी गलत लगाया। प्रीति की बात की पुष्टि हो गई तो उसकी पलकें भीग गईं। उसने कितनी आशाओं से अपने सूने जीवन में प्यार का एक छोटा-सा दीपक जलाया था परन्तु उसे क्या पता था कि इस दीपक में तेल ही नहीं है। यह जलते ही बुझ जाएगा!

पल भर की खामोशी यूं ही बीत गई तो भावना ने फिर विवेक की तरफ देखा। परन्तु तभी वह चौंक गई। बोला, 'अरे! आपकी आंखों में आंसू!'

विवेक ने कुछ कहना चाहा। दिल का लावा उगल देना चाहा परन्तु गला भर आया। आंखें छलक पड़ीं तो आंसू गालों पर बह आए। दिल में उठती टीस पर काबू पाने के लिए वह अपने दांतों द्वारा हल्के-हल्के होंठ काटने लगा।

भावना से विवेक की स्थिति देखी नहीं गई। वह कुछ समझ नहीं सकी। तुरन्त खड़ी हो गई। उसने पलंग से सटकर खड़ी होते हुए पूछ्ज्ञ - 'क्या बात है विवेक जी? आपकी तबियत तो ठीक है ना?' भावना उसे छूते-छूते रह गई।

विवेक को भावना का सहारा मिला तो उसने फूट-फूटकर रो पड़ना चाहा। परन्तु तब भी ऐसा नहीं हो सका। वह भावना को कैसे बताता कि वह अपनी मूर्खता के कारण उसके दिल की विशालता तथा उदारता का अनुचित लाभ उठाते हुए उससे प्यार कर बैठा है...प्यार के रास्ते पर वह कितना आगे निकल आया है?

'बताइए न आपको क्या कष्ट है?' भावना विवेक के आंसू देखकर तड़प उठी थी। विवेक का कष्ट उससे सहा नहीं जा रहा था। उसने कहा - 'आपको मेरी सौगन्ध।'

'भावना!' भावना की सौगन्ध पाकर विवेक के होंठों से बिना अधिकार ही उसका नाम निकल गया। उसने स्वयं को पहचाना। अपनी वास्तविकता पर ध्यान दिया। उसे भावना का नाम इस प्रकार लेने का अफसोस हुआ। उसने अपनी स्थिति संभाली। फिर सिर झुकाते हुए बोला - 'क्षमा कीजिएगा - मुझे आपका नाम इस प्रकार नहीं लेना चाहिए था।'

भावना उसके दिल की स्थिति नहीं समझ सकी परन्तु उसकी बात सुनकर वह हल्के से मुस्करा अवश्य दी। वहीं उसके पलंग के किनारे बैठती वह बहुत प्यार से बोली - 'नहीं, ऐसी बात नहीं है। सच पूछिए तो इस संसार में केवल आप ही को मेरा नाम लेना चाहिए - पूरे अधिकार के साथ।'

विवेक ने चौंक कर भावना की आंखों में झांका भावना की आंखों में प्यार का अथाह सागर था - केवल उसके लिए। विवेक तब भी कुछ नहीं समझा। समझने का साहस नहीं कर सका। क्या वह फिर तो कोई अनुचित अनुमान नहीं लगा रहा है?

'मैं ठीक कह रही हूं।' भावना ने फिर कहा - 'मानव जिसे प्यार करता है उसे स्वयं पर पूरा अधिकार दे देना चाहता है। कहिए ना - भावना...भावना...भावना।'

'भावना।' विवेक ने उसके साथ कहा। उसे विश्वास नहीं हो रहा था फिर भी उसे विश्वास करना पड़ा। प्यार की यह कैसी पहेली थी जिसे समझकर भी वह गलत समझ रहा था? उसने कहा - 'परन्तु वह...आपकी बहन तो कह रही थीं कि...।'

'कौन? प्रीति? वह यहां आई थी क्या?' भावना ने आश्चर्य से पूछा।

विवेक ने अपने आंसू पोंछे - अपनी आस्तीन द्वारा। फिर भावना को प्रीति की एक-एक बात बता दी - वह बातें जो प्रीति ने आज सुबह कही थीं। अन्त में बात समाप्त करते हुए उसने कहा - 'मैं तो निराश होकर चुपचाप यहां से चले जाने की सोच रहा था।'

'जाते कैसे?' भावना ने उसे स्वयं पर अधिकार देने के बाद उस पर भी अपना अधिकार जताया। बोली, 'पकड़ कर नहीं ले आती? आपका पता अस्पताल के रजिस्टर में जो लिखा है। आने दीजिए उस प्रीति की बच्ची को।' भावना ने प्यार के क्रोध से दांत पीसा।

भावना ने जिस प्रकार उसके जाने के बाद उसे पकड़ कर ले आने का अधिकार जताया था वह विवेक को बहुत अच्छा लगा। मानव जिसे प्यार करता है उसे स्वयं पर अधिकार देने के साथ स्वयं उस पर भी पूरा अधिकार जमा लेना चाहता है। विवेक हल्के से मुस्करा दिया। सोचने पर विवश हो गया कि प्रीति कितनी चंचल है। उसे रुला कर ही छोड़ा। प्रीति जैसी लड़की जिस वातावरण में रहती होगी वहां कितनी चहल-पहल रहती होगी। डॉक्टर तिलक प्रसाद के बंगले में अकेलेपन नाम की तो कोई वस्तु ही नहीं होगी, एक यह घर है और एक वह कोठी है जो हैदराबाद के एकांत में बसी है। जब अर्चना की स्थिति सामान्य रहती है तो एकान्त में बसी वह कोठी किसी वीराने से कम नहीं लगती और जब अर्चना पर पागलपन का दौरा पड़ता है तो ऐसा लगता है मानो वीराने के भूत चीख रहे हों। विवेक ने जब इस घर की शांति तथा प्रसन्नता की तुलना अपने ससुर के घर के वातावरण से की तो उसे अपने ससुर से घृणा होने लगी। उसने यह भी महसूस किया कि वह जितना भावना के समीप आ गया है उतना ही अधिक अर्चना के प्रति दिल में समाई सहानुभूति कम हो गई है। उसे अर्चना की अब जरा भी चिन्ता नहीं है।

उस दिन भावना विवेक के पास काफी समय तक बैठी रही। उसने उसे बताया कि प्रीति उसकी सगी नहीं ममेरी बहन है। सगी बहन देहरादून में है। उसने उसे अपने पिताजी के विषय में भी बताया...उनका फार्म...खेती-बाड़ी...उपज। उसने बम्बई आने का कारण भी बता दिया और अन्त में हंसती हुई बोली, 'खाने पर मेरे इन्कार कर देने के बाद प्रीति ने यदि बैंगन के भरते की उपमा नहीं दी होती तो शायद बात आसानी से समाप्त नहीं होती।

'बैंगन का भरता?' विवेक ने आश्चर्य से पूछा।

'जी हां-।' भावना ने कहा, और फिर उसने खाने पर की सारी बातें बता दीं।

विवेक मुस्कराए बिना नहीं रह सका।

उस दिन जब डॉक्टर तिलक प्रसाद का राउण्ड लेने का समय आया तो भावना उसके पास से चली गई। जाते-जाते दोबारा आने का वादा कर गई।

फिर मुलाकातें बढ़ीं, जैसे-जैसे मुलाकातें बढ़ीं, प्यार भी बढ़ता गया। दोनों एक-दूसरे के समीप आ गए, इतना अधिक मानो पल भर के लिए भी एक दूसरे से अलग नहीं होना चाहते हों। विवेक के पतझड़ जैसे जीवन को वसन्त के फूलों की मुस्कान मिली। भावना के कोरे मन को फूलों की नई ताजगी प्राप्त हुई। वह क्लीनिक में डॉक्टर तिलक प्रसाद का राउण्ड लगने से पहले तथा बाद में विवेक के पास अवश्य आती। समय निकालकर उसके पास जा बैठती। घण्टों उससे बातें करती रहती।

प्रीति दिन भर कॉलेज में रहती थी। इसलिए उसे विवेक से बातें करने के लिए काफी समय मिल जाता था। एक शाम जब वह विवेक के वार्ड में बैठी हुई थी तो उसने बातों-बातों में विवेक से पूछा, 'दुर्घटना की अगली सुबह जब मामाजी आपसे कह रहे थे कि आप अपना पता दे दें ताकि वह आपके घर इस दुर्घटना के विषय में सूचित कर दें, तो उस समय आपने इतना खिसिया कर क्यों उत्तर दिया था?'

'खिसिया कर उत्तर दिया था?' विवेक ने आश्चर्य प्रकट करते हुए उस सुबह की बातें याद करने का प्रयत्न किया।

'जी हां।' भावना ने उसे याद दिलाया, 'आपने कहा था कि आप अपनी दुर्घटना के विषय में सूचित करके घर वालों को परेशान नहीं करना चाहते हैं।'

विवेक को तुरन्त याद आया...हां, उसने यह बात कही थी...अवश्य, परन्तु इसलिए नहीं कि वह अपने घरवालों को परेशान नहीं करना चाहता था। वास्तविकता तो यह थी कि वह अपने ससुर तथा सास से सीधे मुंह बात नहीं करता था। फिर उन्हें सूचित करने से लाभ भी क्या होता? उल्टे अर्चना को जब ज्ञात होता कि उसका पति दुर्घटना के कारण घायल हो गया है तो उसके मस्तिष्क पर और धक्का पड़ जाता। इस समय विवेक भावना को अपनी यह वास्तविकता बता कर उसके प्यार से वंचित नहीं होना चाहता था। उसने कहा, 'हां, मैं वास्तव में नहीं चाहता हूं कि मेरी दुर्घटना की सूचना प्राप्त करके मेरे घरवाले परेशान हों। कुछ आवश्यक बंधनों के कारण वह यूं ही परेशान है।'

'परन्तु इसमें...।' भावना ने मानो न चाहते हुए भी पूछ्ज्ञ, 'इसमें खिसियाने की क्या बात थी?'

विवेक ने एक पल सोचा...हां, उसने खिसियाकर ही तो डॉक्टर तिलक प्रसाद को उत्तर दिया था - अपनी घरेलू परेशानियों में उलझकर। परन्तु इस समय वह भावना के प्रश्न का क्या उत्तर दे, उसकी समझ में कुछ नहीं आया। उसने आश्चर्य प्रकट करते हुए अनजान बनकर पूछा, 'क्या उस दिन मैंने खिसिया कर उत्तर दिया था!'

'बिल्कुल।' भावना ने अपनी बात की पुष्टि की।

'मुझे इसका अफसोस है।' विवेक ने सोचते हुए उत्तर दिया, 'मैं अपने इस अनुचित व्यवहार के लिए डॉक्टर साहब से क्षमा मांगने को तैयार हूं।' विवेक भावना का प्यार न खोने के लिए कुछ भी करने को तैयार था।

'क्षमा मांगने की कोई आवश्यकता नहीं।' भावना ने मुस्कराकर कहा, 'मामाजी ने आपके इस व्यवहार पर जरा भी ध्यान नहीं दिया था। ध्यान मैंने दिया था और इसलिए आपके वार्ड से जाने के बाद मैं बहुत देर तक आपके इस अनूठे व्यवहार पर सोचे बिना नहीं रह सकी थी। बड़ी कठिनाई के बाद कारण समझ में आया था।'

कारण समझ में आया था? विवेक ने सोचा। कारण तो केवल वही जानता था...भावना को कैसे उसके दिल हाल ज्ञात हुआ! विवेक का दिल धड़क उठा।

'आपके खिसियाने का कारण यह था क्योंकि दुर्घटना के कारण आपके अन्दर अपना अत्यधिक समय नष्ट होने का भय उत्पन्न हो गया था।' भावना ने विवेक के मन में उठते विचारों से अज्ञात कहा।

'हो सकता है।' विवेक ने चैन की सांस लेते हुए कहा।

'और आपको बहुमूल्य समय नष्ट करने की जिम्मेदार मैं थी।' भावना ने फिर कहा, 'इसलिए मैं आपसे क्षमा मांगने के लिए दोबारा आई थी। परन्तु उस समय आपके हाथ में चाय का प्याला कांप रहा था। सब कुछ भूलकर...।' भावना कहते-कहते लाज में डूबती हुई कुछ सकुचाई।

'मेरी फीकी चाय मीठी करके मेरे दिल में सदा के लिए समा दी।' विवेक ने उसकी बात मुस्करा कर पूरी कर दी। उसे भावना की बात से बहुत आनन्द मिला।

'उस दुर्घटना पर आपने मुझे क्षमा किया या नहीं!' भावना को विवेक की बात तथा कहने का ढंग बहुत प्यारा लगा तो उसने लाज से पलक झुकाते हुए बहुत प्यारे ढंग में मुस्करा कर पूछा।

'भावना...।' विवेक अपने दाहिने हाथ की पट्टियां चढ़ी अंगुलियों द्वारा भावना का हाथ पकड़ते-पकड़ते रह गया। उसने कहा, 'यह दुर्घटना नहीं थी, वह तो एक शुभ घटना थी...शुभ घड़ी थी। यदि मैं उस दिन तुम्हारी कार के नीचे नहीं आता तो आज तुम्हारे साथ यह सुन्दर दिन कैसे देखने को मिलता? सच पूछो तो कार की घटना की वह शुभ घड़ी मेरे जीवन में बहुत पहले ही आ जानी चाहिए थी।' विवेक ने अन्तिम वाक्य में अपनी वास्तविक इच्छा प्रकट करते हुए एक आह भरी।

'बहुत पहले ही आ जाना चाहिए थी!' भावना कुछ समझी नहीं।

'हां, पिछले जनम में ही।' विवेक ने बात बनाई।

विवेक की बात सुनकर भावना खिल उठी। विवेक उसे कितना अधिक प्यार करता है। नारी कितनी भोली होती है! शायद उसका भोलापन ही उसकी मूर्खता होती है...और शायद

उसकी मूर्खता ही उसका भोलापन होता है। विवेक की बातों में आकर भावना ने कहा, 'पिछला जनम ही क्या, हमारा साथ तो जनम-जनम का है। नहीं होता तो इस अनोखे संयोग से इस जनम में हमारा मिलन क्यों होता?'

भावना को विवेक पर इतना अधिक विश्वास था यह भावना से अधिक विवेक जानता था। भावना आंखें बन्द किए अपने प्यार में कितने विश्वास से खो गई थी। परन्तु वह भावना को अपनी वास्तविकता कैसे बता सकता था! प्यार में इतना आगे निकल जाने के बाद उसके पिछले जीवन का विषय जानते ही क्या भावना का दिल नहीं टूट जाता! क्या वह उससे घृणा नहीं करने लगती! उसे धोखेबाज तथा मक्कार कह कर नहीं कोसती...धिक्कारती नहीं! उसकी वास्तविकता जानकर भावना उसे जीवन भर क्षमा नहीं कर सकती। परन्तु विवेक अपनी वास्तविकता छिपाने के अतिरिक्त अब कर भी क्या सकता था।

वह अपने जीवन के रास्ते के ऐसे मोड़ पर पहुंच चुका था जहां से वापस लौटना अब असम्भव था, इस रास्ते पर आगे कोई मंजिल हो न हो, परन्तु वह वापस नहीं लौट सकता था। उसे आगे ही आगे बढ़ना था। परिस्थितियों के दबाव में आकर यदि उसने ऐसा किया तो कौन-सा अनुचित काम किया! यह कैसा धोखा था जो वह भावना को दे रहा था फिर भी दिल के अन्दर प्यार की सच्ची पुकार थी? भावना चली गई तो वह सोचने पर विवश हो गया कि क्या अब वह समय नहीं आ गया है जब उसे अपने जीवन का एक निर्णय कर लेना चाहिए! आखिर इस प्रकार का यह प्यार कब तक चलेगा? दो नाव में पैर रखकर चलने वाला एक यात्री आखिर कब तक नहीं डूबेगा! परन्तु विवेक अपने जीवन का कोई निर्णय गई रात तक नहीं कर सका। वह निर्णय करता भी तो क्या करता! भावना के लिए अपनी पत्नी से छुटकारा पाना विवेक के लिए आसान बात नहीं थी।

यदि वह अर्चना से तलाक लेने के लिए अदालती कार्यवाही का सहारा लेता तो तलाक आसानी से नहीं मिलता - शीघ्र भी नहीं मिलता। उपाध्याय जी शहर के साधारण व्यक्तियों में से नहीं थे। अपनी बेटी की प्रसन्नता प्राप्त करने के लिए जब वह किसी को धोखा दे सकते थे तो अपनी बेटी की प्रसन्नता स्थिर रखने के लिए वह कुछ भी कर सकते थे। अपनी एकमात्र बेटी का जीवन नष्ट होता देखकर वह अपने पैसे के बलबूते पर उसके पीछे गुण्डे लगवा सकते थे - उसका जीवन नष्ट कर सकते थे। ऐसे धोखेबाज व्यक्ति का क्या ठिकाना था? विवेक ने जब अपने ससुर के लिए ऐसी बातें सोचीं तो उसके मन में अपने ससुर के प्रति समाई घृणा और बढ़ गई। साथ ही अर्चना के प्रति दिल में रही-सही सहानुभूति भी समाप्त हो गई। यदि वह किसी प्रकार अपनी सुरक्षा करता हुआ अर्चना से तलाक लेने के लिए अदालत का सहारा लेता भी तो न्याय में विलम्ब अवश्य होता और फिर परिणामस्वरूप उसकी वास्तविकता एक दिन भावना को मालूम हो ही जाती।

विवेक यही सब बातें सोचता हुआ बहुत देर तक पलंग पर करवटें बदलता रहा और जब कुछ समझ में नहीं आया तो उसने अपने प्यार की डगमगाती नाव को समय की लहरों पर छोड़ दिया।

भावना विवेक के पास प्रतिदिन ही आती रही - जब कभी भी उसे समय मिलता। वह आती और जब मुस्कराकर उसके समीप बैठती तो उसकी सांसों की भीनी-भीनी सुगंध विवेक के नथुनों द्वारा दिल की गहराई में उतर जाती। तब विवेक अपनी तमाम चिंताओं से मुक्त हो जाता। वह भूल जाता कि वह विवाहित है। उसके ऊपर उसकी पत्नी की जिम्मेदारी है। वह अपने जीवन के इस विषय पर सोचना भी नहीं चाहता था। भावना के प्यार में, उसकी मीठी मुस्कान में, उसकी प्यारी-प्यारी बातों में वह इस प्रकार खो जाता कि अपने कटु अतीत को याद ही नहीं रखना चाहता।

भावना के साथ कभी-कभी प्रीति भी विवेक के पास आती - दिन में एक बार तो वह अवश्य ही आती। प्रीति को देखते ही विवेक मुस्करा देता - इस आशा में कि प्रीति उससे कुछ मजाक करने ही आई है। प्रीति उस पर अपना अधिकार जताती, एक साली समान। उससे खूब मजाक भी करती। उसे मूर्ख बनाने का भी प्रयत्न करती परन्तु विवेक अब इतनी आसानी से उसकी बातों में नहीं आने वाला था। इस वास्तविकता के पश्चात् वह कभी-कभी जानबूझकर उसकी बातों में आते हुए मूर्ख बन जाता था। ऐसा करने में उसे वही आनन्द प्राप्त होता जो एक पिता को अपने नन्हे बच्चे के सामने मूर्ख बनते हुए प्राप्त होता है - उस समय जब वह अपने नन्हें बच्चे के साथ खेलते हुए उसके छिपने के बाद उसे ढूंढ़ने का प्रयत्न करता है, यह जानते हुए भी कि वह बच्चा कहां छिपा है। परन्तु जब कभी विवेक मूर्ख बनना स्वीकार नहीं करता तो उस पर नखरा दिखाकर क्रोध में पैर पटकती और फिर वार्ड से भाग जाती।

उसके जाने के बाद उसके इस बचपने पर विवेक तथा भावना दोनों ही हंसे बिना नहीं रह पाते। भावना भी जब दोबारा आने का वचन देकर चली जाती तो विवेक इन दोनों बहनों की तथा इनके खानदान की प्रशंसा मन ही मन किए बिना नहीं रहता। तब उसके मन में समाई अपने ससुर के खानदान के प्रति घृणा असीमित होने लगती। भावना का प्यार प्राप्त करके विवेकी को अपने जीवन का मूल्य ज्ञात हो गया था। उसे भी तो इस संसार में हर प्रसन्नता समेटने का अधिकार पहुंचता था। आखिर उसे भी तो मन की शांति की सख्त आवश्यकता थी।

संसार में हर उत्पन्न होने वाले मानव को मन की शांति तथा प्रसन्नता प्राप्त करने का अधिकार हे फिर वह क्यों न इस अधिकार को प्राप्त करने से वंचित रहे? भावना जब भी आती विवेक का प्यार उसके प्रति और बढ़ जाता। वह उससे पल भर के लिए भी जुदा होती तो उसकी तड़प में वृद्धि हो जाती। भावना के प्यार में डूबने के पश्चात् कभी भूले भटके उसे अर्चना याद आ जाती तो वह उसके लिए जरा भी चिंतित नहीं होता। अब विवेक के मन में अर्चना के

प्रति सहानुभूति नहीं रह गई थी तो वह उसके प्रति चिंतित होता भी क्यों? भावना को भी अब किसी की चिंता नहीं थी। चिंता थी तो केवल विवेक की। मन के अन्दर शीघ्र ही सदा के लिए उसकी बन जाने की तड़प थी। उस समय उसका मन हर पल विवेक की ओर ही लगा रहता जब प्रीति के जोर देने पर उसे प्रीति के साथ तीन घण्टे के लिए कोई फिल्म देखने या प्रीति की सहेली से मिलने जाना पड़ता।

इस मध्य विवेक की शारीरिक पीड़ा बहुत कम हो गई। बाएं हाथ का प्लास्टर कटना शेष रह गया था परन्तु घाव भर चले थे। अंगुलियों की पट्टी खोल दी गई थी। सूजन कम हो गई थी। केवल अंगुलियां मोड़ने तथा मुट्ठी कसने में ही दर्द शेष रह गया था। वह अब चम्मच द्वारा अपना आहार दाहिने हाथ द्वारा थोड़ी-सी कठिनाई के साथ ले लेता था। कभी-कभी सिगरेट भी पी लेता था। एक हाथ द्वारा वह सिगरेट होंठों के बीच रखता। फिर बाएं प्लास्टर चढ़े हाथ द्वारा माचिस की डिबिया किसी वस्तु पर दबाकर दाहिने हाथ की अंगुलियों द्वारा माचिस की तीली निकालता और फिर किसी प्रकार तीली जलाकर सिगरेट सुलगा लेता था।

यदि कभी भावना उसके समीप होती तो उसकी सहायता कर देती। वह अपने हाथों से सिगरेट उसके होंठों के बीच रखकर सुलगा देती तब विवेक का दिल उसकी सफेद, लम्बी तथा सुन्दर अंगुलियों को देखकर मचल उठता। जी चाहता कि सिगरेट छोड़ कर उसकी अंगुलियां चूम ले या अपने होंठों के बीच रखकर प्यार से दांतों द्वारा हल्के से काट ले। परन्तु क्लीनिक के अन्दर ऐसा करने का साहस विवेक में कभी नहीं हो सका। कोई देख लेता तो जाने क्या सोचता? कार दुर्घटना के समय उसकी पॉकेट में इतने रुपए अवश्य थे जिनसे वह इस समय अपनी सिगरेट की प्यास बुझा सकता था। क्लीनिक के नौकर प्रीति या भावना के आदेश पर उसके लिए सिगरेट खरीदकर ले आते थे।

विवेक के दाहिने हाथ की अंगुलियां जब कुछ काम करने लगी थीं तो भावना उसे कुछ पत्रिकाएं भी पढ़ने के लिए दे जाती थीं। भावना की अनुपस्थिति में विवेक का मन इन पत्रिकाओं को पढ़ने में लग जाता था। जब वह अपने पलंग पर लेटे-लेटे थक जाता या बैठे-बैठे उकता जाता तो कभी-कभी अस्पताल के लॉन में भी निकल आता था - सुबह या शाम के समय। सागर के किनारे बसे इस शहर की सुबह-शाम बहने वाली तेज तथा ठंडी हवाएं उसका दिल बहला दिया करती थीं। क्लीनिक का लॉन अत्यन्त सुन्दर था - क्यारियों से सुसज्जित - फूलों से सुगन्धित। लॉन में मां की दृष्टि बचा कर कभी-कभी भावना भी पल दो पल के लिए उसके पास चली आती थी। तब विवेक को ऐसा महसूस होता मानो भावना की सांसों की सुगन्ध के आगे लॉन के फूलों की सुगन्ध दब गई हो। उसका फूल-सा खिला मुखड़ा देखकर फूलों ने लाज के कारण अपना सिर झुका लिया हो। हां, विवेक के दीवाने दिल में भावना के प्रति कुछ ऐसा ही एहसास था।दिल दीवाना हो तो कुछ भी सोच सकता है।

कुछ दिन और बीते तो विवेक को एक नई चिंता सताने लगी ऐसा न हो कि उसके ससुर अपने दामाद के वापस न लौटने पर चिंतित होने के बाद उसकी तलाश करना आवश्यक समझ बैठें। आखिर उनके दामाद का, बिन बताए, इतने दिनों तक गुम रहने का कारण क्या हो सकता है? उसकी तलाश में वह निश्चय ही समाचार पत्रों का सहारा लेंगे और तब परिणामस्वरूप भावना पर उसके विवाहित होने का भेद अवश्य खुल जाएगा। फिर क्यों न वह पहले ही सावधानी बरतकर अपने ससुर जी को लिख दे कि वह किसी आवश्यक काम के कारण रुक गया है? फिर निश्चय ही वह उसकी खोज करने के बजाए उसके लौटने की प्रतीक्षा करने पर विवश हो जाएंगे। इस प्रकार उसे भावना के साथ निश्चिंत होकर प्यार करने के कुछ दिन और प्राप्त हो जाएंगे। भावना यहां देहरादून से आई है। एक न एक दिन तो उसे वापस जाना ही है। जब वह चली जाएगी तो वह भी हैदराबाद लौट जाएगा। यदि उसके हाथ पर प्लास्टर चढ़ा देखकर उसके सास-ससुर ने कुछ पूछा तो वह बता देगा कि अपनी दुर्घटना की सूचना देकर वह अर्चना के मस्तिष्क पर आघात नहीं पहुंचाना चाहता था। कम से कम इस समय विवेक के दीवाने दिल को भावना से पहले जीवन का भेद छिपाने के लिए यही एकमात्र उपाय सूझा। अपने जीवन के प्यार की नाव मंझधार में छोड़ चुका था फिर किनारे की चिंता क्या करना? आगे क्या होगा वह देखा जाएगा। भाग्य का लिखा कौन मिटा सकता है?

इन बीते दिनों में विवेक के दाहिने हाथ की अंगुलियां कुछ और ठीक हो गई थीं। वह जैसे-तैसे पत्र लिखने योग्य हो गया था। इसलिए जब उस दिन भावना उसके पास आकर बैठी तो उसने कहा, 'भावना जी, क्या मुझे कागज तथा कलम मिल सकती है?'

'क्यों नहीं मिल सकती है?' भावना ने मानो उसे अपने को आज्ञा देने का पूरा अधिकार देते हुए कहा। फिर पूछा, 'कोई विशेष काम है?'

'अपने घर पर पत्र लिखना चाहता हूं।'

'मामाजी ने तो पहले ही कहा था कि वह आपके घर वालों को सूचित कर देना चाहते हैं परन्तु आप ही ने मना कर दिया।' भावना ने कहा।

'मैं उन्हें यह नहीं बताना चाहता कि मैं दुर्घटना के कारण देर से आ रहा हूं।' विवेक ने कहा, 'मैं तो उन्हें केवल यह सूचित करना चाहता हूं कि कुछ आवश्यक काम के कारण मुझे लौटने में देर हो जाएगी।'

'ओह!' भावना को जैसे याद आया। उसने कहा, 'हां, आपने एक बार ऐसा कहा था।' भावना ने उठते हुए कहा, 'मैं अभी आई।'

वार्ड से निकलकर भावना बंगले के निवास स्थान में प्रविष्ट हुई और जब वापस आई तो उसके हाथ में एक कापी तथा कलम ही नहीं बल्कि कापी के साथ लगा एक टिकटदार लिफाफा भी था, आकर वह विवेक के समीप अपने स्थान पर बैठ गई। लिफाफा उसने कापी

में रखा। फिर घुटनों पर कापी रखकर खोली। कलम का ढक्कन खोलने के बाद लिखने को तैयार होकर बोली, 'हां क्या लिखना है?'

विवेक एक क्षण के लिए चौंका। सोचा, पत्र में एक लड़की की लिखाई देखकर क्या उसके ससुर को किसी प्रकार का कोई सन्देह नहीं हो जाएगा? उसने कहा, 'आप रहने दीजिए। मैं स्वयं लिख लूंगा।'

'आप?' भावना ने उसके दाहिने हाथ की अंगुलियों की ओर देखा।

'जी हां, मैं स्वयं लिख लूंगा। मेरी अंगुलियां अब बिल्कुल ठीक हैं।' विवेक ने अपने दाहिने हाथ की मुट्ठी भींची और बोला।

'आप की इच्छा।' भावना ने कापी तथा कलम उसकी ओर बढ़ा दिया।

विवेक ने कापी तथा कलम ले लिया। बगल की मेज पर रखता हुआ बोला, 'पत्र अभी नहीं बाद में लिखूंगा - इत्मीनान से।' वह मुस्कराया।

भावना भी मुस्करा दी।

फिर वही प्यार की बातें - कुछ इधर की, कुछ उधर की, जैसा कि सिलसिला जारी रखने के लिए होता है। दो जवान दिल जहां धड़कते हों वहां जितनी भी बातें हों, कम ही होती हैं। फिर अगली बार आने का वादा करके जब भावना चली गई तो विवेक ने अपने ससुर को अपना पता ठिकाना दिए बिना एक छोटा-सा पत्र डाल दिया कि वह कुछ आवश्यक काम पड़ जाने के कारण देर से आएगा। अर्चना के प्रति अब उसके मन में कोई सहानुभूति नहीं थी इसलिए उसके विषय में उसने कुछ नहीं लिखा। वह इस बात से भी परिचित था कि उसके ससुर को ज्ञात है उनका दामाद उनकी बेटी को प्यार नहीं करता है, वह उनकी बेटी के साथ एक पति का केवल धर्म निभा रहा है फिर भी पत्र में अर्चना के विषय में कुछ न लिखने के पश्चात् उसे विश्वास था कि उसके ससुर उसकी ओर से अपनी बेटी को शुभकामना अवश्य कह देंगे। बेटी को उसकी ओर से प्यार करने का यही एक उपाय था।

पत्र लिखने के बाद विवेक ने लिफाफे पर उपाध्याय जी का नाम तथा पता लिखा। पत्र लिफाफे में बन्द किया। फिर एक नौकर को बुलाकर पत्र देते हुए इसे लैटर-बॉक्स में डालने को कह दिया। नौकर चला गया तो विवेक मानो एक बहुत बड़ी चिन्ता से मुक्त हो गया।

* * *

कुछ दिन और बीते।

शाम का समय था। वातावरण में गहरी उदासीनता थी। विवेक लॉन में एक पत्थर की बेंच पर बैठा हुआ बहुत खामोशी के साथ इस वातावरण पर ध्यान दे रहा था जिसका आभास उसने यहां आने के बाद आज पहली बार किया था। फूलों के होंठों पर खामोशी थी। पत्तियां टहनियों सहित झुकी-झुकी सी थीं। भंवरे फूलों से दूर मंडरा रहे थे। भंवरों की दूरी को जब

विवेक ने अपनी बेवफाई से उपमा दी तथा फूलों की उदासीनता को भावना की उस स्थिति में देखा जो उससे बिछड़ने के बाद भावना के सामने आ सकती थी तो विवेक का दिल तड़प उठा। विवेक के दिल में चोर था इसलिए उससे यहां और अधिक बैठते नहीं बना। वह उठा और चुपचाप अपने वार्ड के पलंग पर आकर बैठ गया और अपने तथा भावना के भविष्य के विषय में सोचने लगा। ऐसे प्यार का क्या परिणाम होगा? क्या परिणाम होगा ऐसे प्यार का?

सहसा वार्ड में भावना प्रविष्ट हुई। आकर उसके समीप ही बैठ गई वह...बहुत खामोशी के साथ। उदास भी बहुत थी वह - मुखड़े पर पहली जैसी ताजगी न होंठों पर कोई मुस्कान - आंखों की चमक भी फीकी पड़ गई थी। विवेक की आंखों के सामने लॉन में लगे फूल चले गए। कितना मेल था इन फूलों से भावना की उदासीनता का। एक अज्ञात भय से विवेक का दिल धड़क उठा। क्षण भर के लिए वह भी खामोश रह गया। भावना की उदासीनता का कारण उसे समझ में नहीं आया। भावना से भेंट होने के बाद उसने पहली बार भावना को इस प्रकार उदास देखा था।

अनेक प्रकार का सन्देह उसके मन में जन्म लेने लगा। कहीं ऐसा तो नहीं कि भावना को उसके जीवन का भेद ज्ञात हो गया है। परन्तु ऐसा असम्भव था। भावना को यदि उसके जीवन का भेद ज्ञात हो जाता तो वह उसके पास आती ही क्यों? इस प्रकार उदास क्यों बैठ जाती? उसकी वास्तविकता जानने के बाद उससे घृणा नहीं करने लगती? उसे तुरन्त इस क्लीनिक से नहीं निकाल बाहर करती? उसे धिक्कारती नहीं? कोसती नहीं? उसका मुंह नहीं नोंच लेती? विवेक से जब भावना की पहेली भरी खामोशी तथा उदासी देखी नहीं गई तो उसने मुस्कराने का प्रयत्न करते हुए पूछ ही लिया, 'क्या बात है भावना? आज तुम बहुत उदास हो।'

'मां कल जा रही है। साथ में मुझे भी ले जा रही है।' भावना के मुखड़े पर उदासी का अन्धकार और गहरा हो गया।

विवेक के दिल पर गहरी चोट लगी। टीस भी उठी। भावना के बिना वह यहां कैसे रहेगा? भावना का प्यार ही तो उसका जीवन है। उसकी समीपता उसके मन की शांति है। भावना से मिले उसे दिन ही कितने हुए थे। अभी तो उसने भावना से दिल भरकर बातें भी नहीं की थीं। उसे ठीक से देखा भी नहीं था। उसके साथ शहर के किसी एकान्त भाग में कभी गया भी नहीं था। उसे अपनी बांहों में समाकर एक बार भी प्यार नहीं किया था। उसके स्वस्थ होने से पहले वह चली जा रही है...क्यों? विवेक खामोश ही रहा।

'हम अपने प्रोग्राम से अधिक दिन ही यहां ठहर गए हैं...।' भावना ने मानो विवेक के दिल में उठा प्रश्न पढ़ा तो फिर कहा, 'और ऐसा प्रीति की जिद्द के कारण हुआ है। वह नहीं चाहती थी कि हम इतना शीघ्र बिछड़ें। परन्तु मां अब और अधिक दिन यहां नहीं ठहरना चाहती। पिताजी अपंग हैं ना, इसलिए मां को उनकी चिंता दिन रात लगी रहती है।'

विवेक ने मन ही मन प्रीति को धन्य कहा। फिर भी उसने इच्छा की कि भावना यहां से नहीं जाए...कभी नहीं जाए - वह भी तथा भावना भी। भावना को लेकर वह यहां से भाग जाए - कहीं दूर - जहां उन्हें कोई भी नहीं देख सके, परन्तु उसका भेद भरा जीवन? क्या भावना उसके जीवन का भेद जानकर कभी उसे क्षमा कर सकेगी? उसकी वास्तविकता ज्ञात करके उसका दिल टूट नहीं जाएगा? एक नारी होकर वह दूसरी नारी का जीवन क्यों नर्क बनाना चाहेगी? आखिर वह भावना के साथ इस प्रकार छिपकर भाग चलने का कारण उसे क्या बताएगा? विवेक से कोई उत्तर नहीं बन पड़ा। वह खाली-खाली दृष्टि से भावना को देखने लगा। काश, आज वह कुंवारा होता तो भावना को उसका बनने से कोई भी नहीं रोक सकता था। हां, काश वह कुंवारा होता।

'प्रीति मां को आज रात में हमारे विषय में सब कुछ बता देगी।' भावना ने विवेक की खामोशी में प्यार की जुदाई का उमड़ता दर्द देखा तो फिर बोली, 'फिर कल प्रीति मां को तुमसे मिलाने भी लाएगी।' भावना के दिल में प्यार की जुदाई ने असहनीय तड़प उत्पन्न की तो वह 'आप' से तुम पर उतर आई। भर्राते स्वर में उसने कहा, 'फिर देहरादून पहुंचकर मां पिताजी से बात करेगी और पिताजी मेरी पसंद की पुष्टि करने के बाद तुम्हारे घर पत्र लिख देंगे। तब तक तुम अपने घर पहुंच जाना...हूं?' भावना ने बहुत प्यार से उसे सन्तोष दिया। ऐसा न हो कि विवेक उसके जाने के बाद उसकी जुदाई में अधिक तड़पे या आंसू बहाए। भावना को अपने प्यार पर कितना अधिक विश्वास था।

विवेक के दिल की धड़कनें और तेज हो गईं। उसे अपने जीवन का भेद खुलता दिखाई दिया। वह अपनी ही दृष्टि में गिरने लगा। परन्तु फिर उसने स्वयं को संभाल लिया। अपने मुखड़े पर गम की छाया स्थिर रखी। फिर बहुत हल्के से मुस्करा कर उसने 'हां' के संकेत पर अपना सिर हिला दिया, इस प्रकार मानो वह भावना की बातों से पूर्णतया सहमत था। इसके अतिरिक्त उसके पास चारा भी क्या था? अब आज रात में वह सोचेगा कि उसे कल सुबह भावना की मां से क्या बातें करनी हैं? किस प्रकार वह अभी इस विवाह को टाल सकता है? इस विवाह को कम से कम कुछ समय के लिए उसे अवश्य स्थगित करना था ताकि आगे की बातें सोचने का समय मिल सके। कोन जानता है समय उसके पक्ष में ही पलटा खाए?

उस शाम दोनों ही गम की तस्वीर बने हुए थे। भावना का प्यार सच्चा था। वह विवेक पर अपने दिल की गहराई से निछावर थी। शायद विवेक का प्यार भी सच्चा था। वह भी तो अपने दिल की गहराई से भावना पर निछावर नहीं होता तो उसके बिछड़ने के एहसास से वह इतना दुखी क्यों होता? विवेक का यह पहला प्यार था। फिर भी वह अपने पहले प्यार का सहारा लेकर ऐसे सपने नहीं देख सका जिसे देखने का अधिकार उन प्रेमियों को प्राप्त होता है जो अपने जीवन में पहली बार प्यार करते हैं।

विवेक अपने इस प्यार से पहले के जीवन की ऐसी स्थिति में जकड़ा हुआ था जिसने उसे प्यार का रंगीन स्वप्न देखने की कभी आज्ञा ही नहीं दी थी। वह अपने प्यार के कारण अपनी वास्तविकता बता कर भावना को दुखी नहीं करना चाहता था। वह अपने जीवन का एक महत्त्वपूर्ण भेद छिपाते हुए भावना को धोखा दे रहा था फिर भी उसका प्यार सच्चा था। प्यार का एक रूप यह भी है। इस प्यार का परिणाम क्या होगा वह स्वयं नहीं जानता था। फिर भी मन के अन्दर तीव्र इच्छा थी - वह भावना से कभी नहीं बिछड़े।

उस शाम विवेक को उदास देखकर भावना उसके पास बहुत देर तक रही - उस समय तक जब प्रीति उसे लेने नहीं आ गई। उस दिन विवेक ने प्रीति को पहली बार उदास देखा। प्रीति की उदासी उसने अपने प्रति महसूस की - उसकी बहन भावना के लिए भी महसूस की। उन दोनों की जुदाई का अहसास करके प्रीति मानो उनसे अधिक ही उदास थी। भावना को अपने साथ ले जाने से पहले प्रीति ने उससे कहा - 'विवेक जी, मेरी बहन मुझसे तो मिलकर अनेक बार बिछड़ी है। लेकिन आपसे यह पहली बार बिछड़ेगी इसलिए आपके दिल की तड़प का अनुमान मैं अच्छी तरह लगा सकती हूं परन्तु घबराइए नहीं, भावना आपसे पहली बार ही नहीं अन्तिम बाद भी बिछड़ रही है। इसके बाद जब आप दोनों का मिलन होगा तो सदा के लिए हो जाएगा। फिर अपनी प्रसन्नता में मुझे नहीं भूल जाइएगा।' प्रीति ने मुस्कराने का असफल प्रयत्न किया।

विवेक ने सोचा, प्रीति शायद ठीक ही कहती है - भावना उससे पहली बार ही नहीं अन्तिम बाद भी बिछड़ रही है। परन्तु इसके बाद जब उसका मिलन भावना से होगा तो क्या वास्तव में वह मिलन सदा के लिए हो जाएगा? विवेक को इस पर सन्देह था। प्रीति तथा भावना उसे छोड़कर चले गए तो विवेक पलंग पर लेटकर खामोशी से अपनी परिस्थिति पर ध्यान करने लगा। अगली सुबह जब भावना की मां जी उससे मिलने आएंगी तो उसे इनसे क्या बातें करनी हैं और क्या नहीं? वह उसके पिता का नाम पूछेंगी तो क्या बताएगा?

यह तो बड़ा अच्छा हुआ कि संयोगवश उसने क्लीनिक के रजिस्टर में केवल अपना नाम तथा पता लिखाया था - खिसियाते हुए उपाध्याय जी का नाम नहीं लिया था - परन्तु अब यदि उसने भावना की माताजी के पूछने पर अपने पिताजी का नाम शैलेन्द्र उपाध्याय बता दिया तो वह एक प्रश्न अवश्य खड़ा कर सकती हैं - उसका नाम विवेक अवस्थी है फिर उसके पिता का नाम अन्त में उपाध्याय कैसे हो सकता है आखिर प्रीति भावना की माताजी को उसके विषय में बताते हुए या सुबह भेंट कराते समय उसका परिचय देते हुए उसका नाम तो बताएगी ही। तब उसके पास इन नामों के अन्तर का कारण क्या होगा? मान लिया कि भावना की माताजी ने नामों के अन्तर पर कोई ध्यान नहीं दिया तब भी वह उन्हें किस प्रकार सहमत कर सकता है कि भावना के पिता अभी कुछ दिनों उपाध्याय जी को एक भी पत्र न लिखें। यदि भावना की माता तथा पिता मान भी गए तो ऐसा कब तक टलेगा? एक न एक दिन तो उन्हें उपाध्याय जी

को पत्र लिखना ही पड़ेगा। भावना कब तक उसकी प्रतीक्षा करेगी? फिर उसके बाद क्या होगा? सोच-सोच कर विवेक का दिल कांप जाता था। फिर भी वह इस पक्ष में जरा भी नहीं था कि भावना उससे घृणा करे। कितनी कठिनाई के बाद उसने अपने जीवन में प्यार की सच्ची मिठास का आभास किया था। वह क्यों इसे खोने पर तैयार होता? विवेक इन्हीं सब विचारों में बहुत देर तक उलझा रहा परन्तु किसी परिणाम पर नहीं पहुंच सका। उसे विश्वास-सा होने लगा कि उसके इस प्यार का परिणाम बहुत भयानक हो सकता है...उसके पक्ष में इतना अधिक नहीं जितना भावना के पक्ष में। विवेक ऐसा होने नहीं देना चाहता था परन्तु वह कर भी क्या सकता था।

उसने जिन परिस्थितियों में पड़कर जिस ढंग से भावना को प्यार दिया था तथा स्वयं भी प्यार प्राप्त किया था उसका उत्तरदायी वह स्वयं ही तो था। उसका दिल तड़प उठा जब उसने आभास किया कि उसके इस पाप का दण्ड उससे अधिक भावना उठाएगी। काश, वह भावना को अपने दिल की स्थिति बता सका होता। यदि वह भावना को अपने दिल का हर भेद सच-सच बता दे, अपने दिल की वास्तविकता उस पर खोल दे, अपने दिल की मजबूरी प्रकट करके उससे क्षमा मांग ले तो क्या वह अपने निःस्वार्थ प्यार के कारण उसे क्षमा कर सकेगी? यदि भावना ने उसे क्षमा कर भी दिया तो क्या भावना के माता-पिता अपनी बेटी को एक विवाहित व्यक्ति की दूसरी पत्नी बन जाने की आज्ञा देना पसन्द कर सकते हैं? यूं तो भावना स्वयं भी उसे क्षमा नहीं करेगी। काश, उसे भावना से क्षमा मिलने की जरा भी आशा होती तो वह उसे दूर...बहुत दूर ले जाता....इतना दूर जहां कोई उन दोनों के प्रेम में बाधा डालने का स्वप्न भी नहीं देख सकता था। परन्तु क्या कभी ऐसा सम्भव हो सकता है?

* * *

दूर-दूर तक हरियाली छाई हुई थी - खेत और खलिहान यहां-वहां थे। मदमाती हवाओं पर पक्षी क्षितिज में कलाबाजियां लगाते हुए चहक रहे थे। पक्षियों की चीं-चीं-चीं-चीं का सहारा लेकर एक संगीत-सा बिखर जाता था सारे वातावरण में जिसकी धुन पर क्षेत्र का कोना-कोना थिरक उठता था और इस वातावरण में सम्मिलित थे दो जवान दिलों के धड़कते ठहाके। ऐसा लगता था मानो इन दो जवान दिलों के धड़कते ठहाकों में डूबकर यह क्षेत्र ही नहीं सारा संसार झूम रहा था।

खेतों के घनत्व का सहारा लेकर विवेक तथा भावना आंख मिचौली खेल रहे थे। कभी इन खेतों भावना छिप जाती तो विवेक उसे ढूंढता तो कभी विवेक छिप जाता तो भावना उसे ढूंढती फिरती। जब कोई एक-दूसरे को पकड़ता तो दोनों आपस में एक-दूसरे की बांहों में समाकर लिपट जाते। फिर ठहाके होते और ठहाकों के साथ वातावरण का संगीत। दोनों बहुत प्रसन्न थे - संसार की बातों से निश्चिंत। दोनों ही दिल की गहराई से इच्छुक थे - काश, ऐसा

समय कभी न टले...समय अपने स्थान पर ठहर जाए - कुछ भी नहीं बदले - कुछ भी नहीं। जीवन की यह ऐसी सुन्दर, ऐसी सुहानी घड़ी थी जिसकी डोर थामकर दोनों ही इसे रोक लेना चाहते थे।

एक बार फिर भावना को खेतों में छिपने का अवसर प्राप्त हुआ। एक बार फिर विवेक की भावना को ढूंढकर पकड़ना था। भावना के छिपने के बाद विवेक ने आहट लेना आरम्भ कर दिया। खेत के किसी भाग में पक्षी भी फुदकता तो विवेक आहट पाकर उस ओर लपक जाता। भावना आस-पास होती तो खेत के घनत्व में सांस रोककर वह चुपचाप वहीं बैठ जाती। सहसा एक बाद फिर विवेक की आहट मिली - खेत के किनारे...खलिहान के समीप विवेक उधर ही दौड़ पड़ा, कुछ इस तेजी के साथ कि खलिहान के पास किसी से टकराते-टकराते बचा।

वह चौंक गया। आंखों पर विश्वास ही नहीं हुआ। ऐसा लगा मानो धरती पर भूकम्प बिखर गया, प्रसन्नताओं के उस ढेर के समान जिसे उसने बड़ी कठिनाइयों के बाद एकत्र किया था। उसके सामने अर्चना खड़ी थी...उसकी अपनी धर्मपत्नी...सादी साड़ी में लिपटी...कन्धे पर हल्का शॉल डाले हुए। साथ में उपाध्याय जी भी थे। अर्चना की दृष्टि में निराशा का गहरा अन्धकार था फिर भी आंखों में एक चमक थी - ऐसी चमक मानो कहीं दूर किसी नाकाम हंसरतों की मजार पर एक दीपक जलता हुआ अपने हल्के प्रकाश में सिसक रहा हो। अर्चना के होंठों पर भी एक तड़पती हुई आह थी। कोई शिकवा न शिकायत थी उससे। विवेक उसे देखता ही रह गया। फिर बोला, 'तुम?'

अर्चना के होंठों पर एक बहुत ही हल्की-सी मुस्कान चली आई - दम तोड़ती मुस्कान...तड़पती...मानो कह रही हो कि मैंने कब मना किया था दूसरा घर बसाने के लिए, फिर छिपकर मुझे क्यों छोड़ गए? अर्चना के होंठ कांपने लगे। कांपते होंठों से भी उसने मुस्कराने का असफल प्रयत्न करते हुए कहा, 'आपको देखने को आंखें तरस रही थीं, बस...इसलिए चली आई।' अर्चना का स्वर भर्रा गया। पलकों के कोने भीग गए।

विवेक के दिल पर आरे चल गए। दिल टुकड़े-टुकड़े हो गया। अर्चना कुछ भी थी परन्तु उसकी धर्मपत्नी पहले थी। सुहागरात के बाद भले ही उसके प्यार का सपना टूटकर बिखर गया हो परन्तु उसके बाद भी उसकी पत्नी ने उसकी बांहों में अगणित रातें बिताईं थीं। इन अगणित रातों में उसने भले ही अपने लिए प्यार का कोई सपना नहीं देखा हो परन्तु अपनी पत्नी को उसका पूरा अधिकार देते हुए उसने उसे प्यार के अनेक स्वप्न अवश्य दिखाए थे। इन बातों को वह कैसे भूल सकता था? कितनी लगन थी इस लड़की में उसकी सेवा करने की! बिछड़ने से पहले उसने कितने प्यार से कहा था - जब तक भली चंगी हूं सेवा कर लेने दीजिए, उसके बाद पता नहीं...।

भावना खेत के किनारे, घनत्व की आड़ में खड़ी सब कुछ देख रही थी...सब कुछ सुन रही थी। आंखों पर विश्वास नहीं होता था। उनकी बातें भावना के कानों में मानो पिघले शीशे के समान गरम-गरम उतर रही थीं। कोई मानो उसका दिल निचोड़कर रक्त निकाल रहा था। उससे सहन नहीं हो सका तो वह खेत के घनत्व से निकलकर बाहर आ गई। आकर उन तीनों के समीप खड़ी हो गई। अर्चना को उसने एक बार फिर ध्यान से देखा। फिर मस्तक पर बल डालकर उसने विवेक से पूछा - 'कौन हैं यह लोग?'

'यह लड़की विवेक की धर्मपत्नी है और मैं इस अभागिन का पिता हूं।' सहसा विवेक के बजाए उपाध्याय जी ने उत्तर दिया।

भावना की छाती पर मानो बम गिर पड़ा। उसने विवेक को देखा। विवेक ने अपनी दृष्टि झुका ली - एक अपराधी के समान...एक पापी के समान। भावना के लिए सब कुछ सुनने के लिए नहीं रह गया। उसने अर्चना को देखा। अर्चना खामोश थी। उसने अपने पिता जी को देखा, इस प्रकारर मानो उन्हें इस लड़की के सामने उसके पति की वास्तविकता खोलकर उसका अपमान नहीं करना चाहिए था। परन्तु वह कुछ कह नहीं सकी तो एक ओर जाती पगडण्डी पर आगे बढ़ गई। उपाध्याय जी ने एक दृष्टि विवेक पर डाली, फिर भावना को देखने के बाद अपनी बेटी के पीछे-पीछे चल पड़े, इस प्रकार मानो बेटी के दिल के सन्तोष के लिए विवेक को उसके हाल पर छोड़ दिया हो।

विवेक तब भी अपनी पलकें ऊपर नहीं उठा सका भावना से दृष्टि नहीं मिला सका, भावना से दृष्टि मिलाना तो दूर वह अर्चना तथा अपने ससुर को जाता हुआ भी नहीं देख सका। फिर भी वह जानता था कि अर्चना तथा उपाध्याय जो उसे छोड़कर जा चुके हैं। उसे इस बात का भी अहसास था कि भावना के दिल पर अंगारे लोट रहे हैं, और यह सत्य भी था भावना के दिल पर अंगारे ही नहीं लोट रहे थे उसकी आंखों से शोले भी बरस रहे थे - घृणा भरे आंसुओं के रूप में। नफरत की इस आग द्वारा वह मानो विवेक को जलाकर राख कर देना चाहती थी। क्या बिगाड़ा था उसने इस व्यक्ति का जो इसने उसे प्यार की ऐसी सजा दी? कितनी अभिलाषाओं से उसने इस व्यक्ति पर विश्वास किया था और...भावना क्रोध के कारण और अधिक कुछ नहीं सोच सकी। क्रोध के कारण उसका शरीर कांप रहा था। उसने दांत पीसते हुए कहा, 'धोखेबाज...मक्कार - क्या मिल गया तुझे मेरा जीवन बिगाड़ कर? नीच पापी...।'

'भावना...।' विवेक ने अपनी स्थिति उसके सामने स्पष्ट कर देना चाही।

'मत ले अपने गन्दे होंठों से मेरा नाम।' भावना ने उसे घृणा से झिड़कते हुए उसकी बात काट दी। बात उसने जारी रखी। बोली, 'और जाकर डूब मर चुल्लू भर पानी में।' भावना वहां से भाग निकलने को पलटी।

परन्तु तभी विवेक ने उसकी एक बांह पकड़ ली। जब भेद खुल ही गया है तो इसका विवरण भी उसने भावना को बता देना आवश्यक समझा। उसने कहा, 'भावना...।'

परन्तु भावना अब कुछ भी सुनने को तैयार नहीं थी। विवेक ने उसके शरीर को हाथ लगाया तो उसके तन-मन में आग भड़क उठी। उसका हाथ हवा में लहराया और फिर परन्तु विवेक का एक भी शब्द पूरा होने से पहले ही उसके गाल पर जा पड़ा - तड़ाक।

तड़ाक? विवेक चौंक गया। आंखें खुल गईं तो उसने देखा कि रात का नीला अन्धकार छाया हुआ है, वह क्लीनिक के वार्ड में अपने पलंग पर है। चारों ओर सन्नाटा छाया हुआ है। जो घटना उसने अभी-अभी देखी थी वह वास्तविकता नही थी - एक सपना थी। विवेक तुरन्त उठकर बैठ गया। अपने स्वप्न पर ध्यान करने लगा।

वह हरे-भरे खेत-खलिहान - भावना के साथ संसार की हर बातों से निश्चिंत होकर आंख मिचौली खेलना - फिर अचानक अर्चना का वहां पहुंच जाना और फिर अन्त में भावना का वह घृणा पूर्ण थप्पड़। उस रात विवेक अपनी उलझनों में इतना अधिक डूबा रहा था कि काफी देर में नींद आई थी। फिर भी वह अपने प्यार के किसी परिणाम पर नहीं पहुंच सका था। परन्तु जब उसने अपने स्वप्न पर ध्यान दिया तो ऐसा लगा मानो उसे अपने प्यार का परिणाम मिल गया है। एक न एक दिन उसकी वास्तविकता भावना पर अवश्य प्रगट होगी और फिर उसका परिणाम वही होगा जो उसने अभी-अभी अपने स्वप्न में देखा है - नफरत और केवल नफरत। भावना उसे देखना भी पसन्द नहीं करेगी।

इससे तो अच्छा कि वह मुंह छिप कर चोर समान वहां से भाग जाए। कम से कम भावना की घृणा अपनी आंखों से तो देखने को नहीं मिलेगी। उसके धिक्कारते शब्द तो सुनने को नहीं मिलेंगे। घृणा पूर्ण तमाचा तो गालों पर नहीं पड़ेगा। उसकी माताजी से अपने सफाई में और झूठ बोलने का पाप तो नहीं मोल लेना पड़ेगा। हां, उसे यहां से चला जाना चाहिए - चुपचाप - केवल एक पत्र लिखकर छोड़ते हुए - भावना के नाम। इसी में उसका भला था। तथा उसकी पत्नी अर्चना का भी, इसी में भावना का भी भला था। उसे धोखेबाज समझकर वह धीरे-धीरे अपने पहले प्यार की यादों को भूल जाएगी। हां, उसे ऐसा ही करना चाहिए। विवेक के पास भावना की कलम अब तक थी - कापी भी थी। उसने कापी खोली। एक पृष्ठ पर पत्र लिखना आरम्भ किया।

भावना,

मेरा तुम्हारा सम्बन्ध केवल यहीं तक था - इस अस्पताल की चारदीवारी तक। आज से मेरा रास्ता अलग है - और तुम्हारा अलग। इससे पहले कि बात आगे बढ़े, मैं जा रहा हूं - सदा के लिए। मुझे भूल जाना और हो सके तो क्षमा भी कर देना।

-विवेक

विवेक ने पत्र समाप्त किया तो पलकों के कोने भीग गए। दिल नहीं चाहता था कि भावना को छोड़कर जाए। दिल के अन्दर टीस उठ रही थी। गला भी सूख रहा था। काश, कोई ऐसा

रास्ता होता जो उसे स्वतन्त्र करके सदा के लिए भावना से मिला देता। परन्तु ऐसा कोई रास्ता नहीं था। उसने पत्र को चूम लिया। फिर मोड़कर इसकी तह बनाई। और फिर बगल की मेज पर इस प्रकार रख दिया कि भावना की दृष्टि इस पर पड़ सके। भावना का सुबह सुबह उसे लॉन में न देखकर वार्ड में आना उसकी आदत में सम्मिलित था। विवेक ने एक कृषण आहट ली। सन्नाटा उसी प्रकार छाया हुआ था। पूरा अस्पताल - पूरी बम्बई - शायद पूरा संसार सोया हुआ था। विवेक उठा और चुपचाप वार्ड से बाहर आकर क्लीनिक की सीमा से बाहर निकल गया।

तीन

विवेक ताजमहल होटल पहुंचा। बिल अदा करने के बाद अपना सामान लिया। फिर टैक्सी द्वारा शांताक्रूज हवाई अड्डे पर पहुंचा। उसे बम्बई से तुरन्त बाहर निकलना था - जैसे-तैसे - कहीं के लिए भी - ऐसा न हो कि भावना उसके पास पहुंच जाए। भावना पहुंच जाएगी तो वह निश्चय ही स्वयं पर काबू नहीं रख सकेगा। उसे अपनी छाती से लगा लेगा। उसे प्यार कर लेगा। फिर इसके बाद क्या होगा वह इसकी परवाह नहीं कर सकेगा। विवेक को भावना से बिछड़ने के बाद उसकी कमी का आभास कुछ अधिक ही होने लगा था। यही कारण था कि वह बम्बई से तुरन्त बाहर निकल जाना चाहता था परन्तु ऐसा लगता था मानो भावना अपने प्यार की डोर द्वारा उसे बांधकर अपनी ओर खींच रही है।

बड़ी कठिनाई के बाद ही वह अपने आप पर काबू कर सका। सुबह के पहले हवाई जहाज द्वारा वह बम्बई से बाहर निकलने में सफल हो गया तो उसने चैन की सांस ली। फिर भी भावना के बिछड़ने की तड़प उसकी आंखों में आंसू भर लाई। अब वह कभी भी भावना का मुंह नहीं देख सकेगा - उससे नहीं मिल सकेगा जिसको धोखा देने के पश्चात् उसने दिल की गहराई से प्यार किया था तथा जिसने उससे भी पूरे विश्वास के साथ प्यार किया था।

विवेक अपनी कोठी पहुंचा तो रविवार का दिन था। कोठी के बरामदे पर पग रखा तो वहां उसका स्वागत करने वाला कोई नहीं था। होता भी कैसे? यहां किसी को सूचित करके वह आया होता तो बात और थी। बरामदे पर ही एक नौकर द्वारा उसे पता चला कि अर्चना इस समय दौरे का शिकार है। विवेक एक पल सन्न खड़ा रह गया। वापस लौटने की सारी मानसिक शांति छिन्न-भिन्न हो गई। मन किया बम्बई वापस लौट जाए या कुछ समय के लिए कहीं और चला जाए - उस समय तक के लिए जब तक अर्चना ठीक न हो जाए। परन्तु नौकर से भेंट हो चुकी थी। वह कोठी के बैठक में प्रविष्ट हो गया।

बैठक में उसके सास-ससुर चिंतामग्न बैठे हुए थे। उसने उनमें जरा भी रुचि नहीं ली। इन्हीं लोगों के कारण आज वह अपने प्यार को साकार रूप देने में असमर्थ था। उसके ससुर ने उसे देखा - उसके प्लास्टर चढ़े हाथ को देखकर उन्होंने दृष्टि द्वारा आश्चर्य भी प्रकट किया परन्तु

विवेक ने उसकी परवाह नहीं की। नौकर उसका सामान उसके कमरे में पहुंचा रहे थे, उनके साथ वह अपने कमरे की ओर बढ़ गया। घर में इस समय खामोशी छाई हुई थी। वह समझ गया कि अर्चना इस समय अपने पागल कक्ष में बन्द है। जिस पत्नी के लिए वह अपने प्यार को ठुकराकर इतने दिनों बाद घर वापस लौटा था उससे इस समय मिलने की उसकी इच्छा बिल्कुल भी नहीं हुई। मिलने से लाभ भी क्या होता? उसे देखते ही वह चीखने-चिल्लाने लगती, दौरा पड़ने के बाद अपने सामने आए व्यक्ति पर वह तब तक चीखती रहती जब तक थक नहीं जाती - या जब तक उसके सामने आया मानव वहां से हट नहीं जाता।

विवेक अपने पलंग पर बैठ गया - थका-हारा-सा। अपनी परेशानी को कम करने के लिए वह सिगरेट जलाकर फूंकने लगा। तभी उसके कमरे में उपाध्याय जी आ पहुंचे। विवेक ने उन्हें देखा परन्तु उसी प्रकार खींचा बैठा रहा। उसके ससुर जी उसके कुछ समीप आकर खड़े रहे। एक पल खामोश रहे मानो उसके अपराधी होने के कारण उन्हें उससे बातें करने का भी अधिकार नहीं है। फिर मानो बातें आरम्भ करने के बहाने उन्होंने पूछा - 'यह...हाथ में चोट कैसे लग गई?'

'दुर्घटना हो गई थी।' विवेक ने उसी प्रकार रुखाई से कहा।

'परन्तु तुमने पत्र में तो...।' उपाध्याय जी ने कहना चाहा।

'और क्या लिखता? लिखकर अर्चना के मस्तिष्क को और झटका देता?' विवेक ने मानो चिढ़कर कहा।

उपाध्याय जी को विवेक की रुखाई बुरी नहीं लगी। विवेक उनसे नाराज है तो क्या हुआ? बेटी का तो ध्यान रखता है। नहीं ध्यान होता तो अपनी दुर्घटना के बारे में लिखकर अर्चना को आघात नहीं पहुंचाता? उन्हें सन्तोष मिला। उन्होंने कहा, 'बेटे' अब अर्चना के दौरे का कोई ठिकाना नहीं रहा। कभी सप्ताह में एक बार आ जाता है तो कभी दो दिन बाद ही। डॉक्टर ने कहा है कि...।'

'मैं डॉक्टर से स्वयं बात कर लूंगा।' विवेक ने उनकी बात काट दी। फिर सिगरेट ऐश ट्रे में रखकर मसल दिया। वह उठा और स्नान की तैयारी में कमीज के बटन खोलने लगा। विवेक डॉक्टर की बातें सुनते-सुनते थक चुका था। इसलिए उसे डॉक्टर से मिलने की कोई जल्दी नहीं थी।

उपाध्याय जी एक पल उसी प्रकार खड़े रहे। फिर चले गए। उस घर जंवाई पर अधिकार जताकर कहते भी क्या जिसके साथ उन्होंने इतना बड़ा विश्वासघात किया था।

स्नान करते समय तथा स्नान के बाद हल्का भोजन करते समय भावना विवेक के मन और मस्तिष्क में हर पल छाई रही। उसके जाने के बाद उसका पत्र प्राप्त करके उस पर क्या बीती होगी यह अन्दाज लगाते हुए विवेक कांप-कांप उठता था। इस समय वह क्या कर रही होगी? शायद देहरादून के लिए यात्रा कर रही हो। यात्रा के मध्य वह उसे कोस रही होगी - घृणा

से धिक्कार रही होगी। हां, वह इसी योग्य है कि भावना उसे कोसे घृणा से धिक्कारे। एक भोली-भाली लड़की को उसे धोखा देने का क्या अधिकार था? क्या अधिकार था उसे भावना के अरमानों से खेलने का?

चारों ओर से फुर्सत पाने के बाद विवेक ने डॉक्टर भाटिया को फोन किया। फोन जब 'कनेक्ट' हुआ तो आवाज आई, 'हैलो?' आवाज डॉक्टर भाटिया की ही थी।

'डॉक्टर भाटिया बात कर रहे हैं?' विवेक ने आवाज पहचानने के पश्चात् अपने सन्देह की पुष्टि की।

'कौन? विवेक बेटा?' डॉक्टर भाटिया विवेक का स्वर पहचान चुके थे।

'ही हां डॉक्टर साहब।' विवेक ने कहा।

'कब आए बेटा तुम?' डॉक्टर भाटिया ने पूछा।

'आज ही आया हूं - कुछ देर पहले।'

'अच्छा हुआ बेटा तुम आ गए।' डॉक्टर भाटिया ने कहा - 'तुम्हारा आना बहुत आवश्यक था। इस समय तुम्हें अर्चना के समीप हर पल हरने की विशेष आवश्यकता है।'

'क्या?' विवेक ने पूछा।

'अर्चना पर विवाह का प्रभाव उल्टा पड़ गया है।' डॉक्टर भाटिया ने चिंता प्रकट की।

'विवाह का प्रभाव उल्टा पड़ गया है?' विवेक ने आश्चर्य से पूछा।

'हां, बेटा-।' डॉक्टर भाटिया ने कहा, 'परिणामस्वरूप अर्चना के दौरा पड़ने का समय ही अनिश्चित नहीं हुआ है बल्कि उस पर काफी देर तक भी दौरे का प्रभाव रहने लगा है। फिर भी हमें एक नई आशा हाथ लग गई है।'

'नई आशा?' विवेक कुछ समझा नहीं।

'हां...।' डॉक्टर भाटिया ने कहा - 'जब कोई वस्तु अपनी चरम सीमा पर पहुंच जाती है तो उसका अन्त स्वयं ही हो जाता है। यह प्रकृति का नियम है।'

नियम? विवेक ने तिरस्कृत ढंग में सोचा। अर्चन को बेवक्त दौरा पड़ने लगा है और वह भी लम्बे समय के लिए तो डॉक्टर ने अच्छा बहाना ढूंढ लिया। विवेक को डॉक्टर भाटिया का यह ज्ञान सिद्धान्त पसन्द नहीं आया। वह खामोश रहा।

'अर्चना का मुझे पूरा-पूरा ध्यान है।' डॉक्टर ने विवेक का उत्तर न पाकर फिर कहा, 'उसके रोग के लक्षण से यही सिद्ध होता है कि उसे कभी भी बहुत सख्ती के साथ दौरा पड़ सकता है इस दौरे में क्रोध के कारण वह कभी भी बेहोश हो सकती है। उसके बाद जब उसे होश आएगा तो शायद वह सदा के लिए अपनी सामान्य स्थिति पर आ जाएगी।

शायद! विवेक ने फोन रखते हुए सोचा। अधिक बात करने की उसने आवश्यकता नहीं समझी। डॉक्टर भाटिया उपाध्याय जी के गहरे मित्र थे। वह अर्चना के प्रति उसे सांत्वना के अतिरिक्त क्या दे सकते हैं? अर्चना भी उनकी बेटी समान है। फिर वह कब चाहेंगे कि अर्चना

का पति निराश होकर अर्चना को छोड़ने का विचार बनाए? वह एक घर जंवाई है। उसे घर जंवाई बनाकर इस वंश का उत्तराधिकारी इसीलिए बनाया गया है ताकि वह अर्चना की देखभाल करे - पति बनकर उसका इलाज करे। यह कहां का न्याय था? किस अपराध का दंड था?

उसे उपाध्याय जी के साथ डॉक्टर भाटिया से भी घृणा होने लगी। उन्हीं की राय पर तो यह विवाह हुआ था। विवेक फिर भी अर्चना से घृणा नहीं कर सका। यद्यपि उसके दिल में अर्चना के प्रति सहानुभूति समाप्त हो चुकी थी फिर भी उसके मन के अन्दर अर्चना के प्रति घृणा नहीं उत्पन्न हो सकी। अर्चना के पागलपन में उसका दोष भी क्या था? विवेक तब भी अर्चना के पास नहीं गया। सहानुभूति समाप्त होने के बाद उसके दिल में अर्चना के प्रति किसी सहानुभूति की चिंता भी नहीं थी।

वह कोठी से बाहर निकल गया। उसे एकांत की आवश्यकता थी। भावना की याद उसे सता रही थी। वह जाकर एक पार्क में बैठ गया और बहुत देर तक उसी के विचारों में खोया रहा। दिल था कि भावना की ओर खिंचा जा रहा था। मन करता था कि वह उड़कर भावना के पास चला जाए। उससे क्षमा मांग ले। उसे अपनी बांहों में समा ले। मिलन होने के बाद बिछड़ने की तड़प बड़ी असहनीय होती है।

विवेक जब कोठी लौटा तो शाम डूब चुकी थी। वातावरण ने धुंध की चादर फैलाते हुए कोठी को एकान्त का सहारा देकर भूतों का अड्डा बना दिया था। भूत शायद अभी सो रहे थे क्योंकि जब वह बैठक से प्रविष्ट हुआ तो खामोशी छाई हुई थी। इस समय यदि अर्चना अपने पागलपन के दौरे के प्रभाव में चीखती-चिल्लाती होती तो निश्चय ही इस कोठी को चलते रास्ते यात्री देखकर डर जाते।

विवेक बरामदे से होकर बैठक में प्रविष्ट हुआ तो अर्चना एक लम्बे सोफे पर अपने माता-पिता के मध्य बैठी हुई थी। वह बहुत उदास थी - जीवन से थकी-हारी, मानो अपने पागलपन से स्वयं भी उकता गई थी। अर्चना को शाम से कुछ पहले ही होश आया था। होश आने के बाद जब उसे पता चला कि उसका पति आया हुआ है तो उसका चेहरा प्रसन्नता से खिलने के बजाए और उदास हो गया था इतने दिनों बाद उसका पति आया था और वह उसका स्वागत भी नहीं कर सकी। वह अपने पति से अपनी इस विवशता के कारण क्षमा मांग लेना चाहती थी परन्तु जब उसे ज्ञात हुआ कि वह कोठी में नहीं है तो उसका दिल टूट गया था। वह समझ गई कि उसका पति उसके पागलपन से उकता गया है।

उसे अपना जीवन स्वयं पर ही नहीं अपने माता-पिता तथा पति पर भी भारी लगा। उसने निराश होकर आत्महत्या कर लेनी चाही। ऐसे जीवन से लाभ ही क्या जिसका बोझ उठो हुए सभी परेशान थे? अर्चना शायद आत्महत्या कर भी लेती परन्तु उसके माता-पिता ने उसका यह भयानक इरादा भांप लिया था। उसे रोककर विनती करते हुए उससे उसके जीवन की भीख

मांगी थी। उसे समझाया था - घर की वह अकेली सन्तान है, यदि उसने आत्महत्या कर ली तो वह किसके सहारे जीवित रहेंगे? उनका क्या होगा? और उस आशा का क्या होगा जिसका दामन थाम कर विवेक उसके साथ जीवन व्यतीत कर रहा था? अर्चना को अपने सुख से अधिक अपने माता-पिता के सुख का ध्यान था अपने माता-पिता से अधिक अपने पति की खुशियों की अभिलाषा थी। अपनी तड़प भूलकर वह जीवित रहने पर विवश हो गई थी।

इस समय जब विवेक बैठक में प्रविष्ट हुआ तो अर्चना ने विवेक को सहमी-सहमी दृष्टि से देखा। विवेक के हाथ पर प्लास्टर चढ़ा देखकर उसने खड़ी हो जाना चाहा। उससे स्वास्थ्य के बारे में पूछना चाहा। परन्तु विवेक उस पर एक दृष्टि डालने के बाद आगे बढ़ चुका था। अर्चना के दिल पर मानो विवेक ने घृणा से घूंसा मार दिया। वह तड़प उठी। उसके प्रति ने उससे यह भी नहीं पूछा कि उसका स्वास्थ्य कैसा है? उसकी ओर सहानुभूति से देखा भी नहीं। अर्चना का मन चाहा वह फूट-फूटकर रो पड़े। शायद अर्चना रो भी पड़ती यदि उसके सिर पर हाथ रखकर उसके पिताजी उसे सांत्वना नहीं देते।

'सब ठीक हो जाएगा बेटी - सब ठीक हो जाएगा।' उपाध्याय जी ने कहा।

परन्तु सब्र करने के पश्चात् अर्चना की पलकें भीग गईं। गालों पर आंसू भी ढलक आए। इतने दिनों बाद इसकी भेंट अपने पति से हुई थी और वह उससे बात किए बिना ही चला गया।! उससे यह भी नहीं पूछा कि वह कैसी है? अर्चना अपने दिल की तड़प पर काबू पाने के लिए दांतों द्वारा हल्के-हल्के अपना निचला होंठ काटने लगी। फिर भी होंठ कांपकर सिसक पड़ते थे।

'आओ बेटी - चलो - विवेक से मिल लो।' उपाध्याय जी अर्चना की बांह थामकर उसे उठाते हुए बोले। अर्चना उठ गई तो वह स्वयं भी खड़े हो गए।

अर्चना ने खड़े-खड़े अपनी साड़ी के आंचल से अपनी भीगी पलकें पोंछी। भीगे गाल पोंछे। अपनी सिसकियों पर काबू किया तो एक बार होंठ के साथ पूरा शरीर भी कांप गया। उपाध्याय जी ने उसे बांह से थामा। अपनी पत्नी को देखा। फिर बेटी को लिए उसके कमरे की ओर बढ़ गए, इस प्रकार मानो बेटी के शव को सहारा दिए ले जा रहे हों।

उपाध्याय जी जब विवेक के कमरे के द्वार पर पहुंचे तो विवेक खिड़की के समीप एक कुर्सी पर बैठा बाहर के वातावरण में रेल की पटरियां देख रहा था जो शाम की धुंध में डूबती जा रही थीं। हाथ में सिगरेट जल रही थी। उड़ता धुआं उसके दिल की परेशानी की तस्वीर बन रहा था। उसने अर्चना को देखा। अर्चना की दृष्टि झुकी हुई थी। उसने उपाध्याय जी को देखा। उपाध्याय जी कुछ समझ न सके कि विवेक से क्या कहें? अर्चना को वहीं छोड़कर वह चले गए। अर्चना तब भी वहीं खड़ी रही - उसी प्रकार सिर नीचा किए हुए - अपनी बीमारी में निर्दोष होते हुए भी लज्जित विवेक ने भी उसे नहीं बुलाया। सिगरेट पीता हुआ वह बाहर देखने लगा, इस प्रकार जैसे उससे नाराज हो। उसकी बीमारी का बोझ कब तक उठाता?

विवाह के बाद कोई रोग उत्पन्न हुआ होता तो बात अलग थी। और फिर पागलपन के दौरों का शिकार होने वालों से कौन दूर नहीं भागना चाहेगा?

अर्चना के दिल पर विवेक की रुखाई ने बिजली गिरा दी। मन ही मन वह तड़प कर रह गई। दिल रो उठा। वह आगे बढ़ी। कमरे में पलंग पर आकर वह चुपचाप बैठ गई। विवेक ने तब भी उससे कोई बात नहीं की। पत्थर की मूर्ति बना वह उसी स्थान पर बैठा रहा तो अर्चना का दिल फटने लगा। दर्द सहन नहीं हो सका तो वह उसी प्रकार पैरों को लटकाए पलट कर वहीं तकिए में मुंह छिपाती हुई लेट गई और सिसक पड़ी - हल्की-हल्की हिचकियों के साथ रो पड़ी। विवेक तब भी अपने स्थान से नहीं उठा। पलट कर उसने अर्चना को देखा भी नहीं। यद्यपि उसका मस्तिष्क अर्चना की ओर अवश्य था परन्तु दिल भावना की ओर लगा हुआ था। जिसने अनजाने में अर्चना के लिए कठोर बना दिया था।

अपने पति के दिल की भावना से अज्ञात अर्चना सोच रही थी कि उसके पति के स्थान पर कोई भी व्यक्ति होता तो वह अब तक उससे अवश्य उकता गया होता। उसने तो स्वयं ही अपने पति को धोखा दिया है। क्यों नहीं उसने विवाह से पहले अपने पति को अपने पागलपन के दौरे के विषय में बताया? अर्चना को अपने लिए पति का दिल जीतने की चिंता नहीं थी वह अपने पति की प्रसन्नता के लिए चिंतित थी। उसकी प्रसन्नता के लिए वह कुछ भी करने को तैयार थी। परन्तु अब वह अपने पति के लिए कर भी क्या सकती है? अर्चना उसी प्रकार दबी-दबी सिसकियों से रोती रही, जाने कब तक?

उस रात नौकर ने उन दोनों का खाना लाकर कमरे में रख दिया और बिना कुछ कहे चला गया। परन्तु खाना खाने का मन किसी का भी नहीं था। अर्चना उसी प्रकार अपना मुंह छिपाए सिसक रही थी इसलिए उसे पता भी नहीं चला कि नौकर खाना लाकर रख गया है। पता चलता तो वह विवेक से खाना खाने के लिए एक बार तो अवश्य कहती। परन्तु विवेक ने खाना देखने के पश्चात् अर्चना से कुछ नहीं कहा। उसी प्रकार बैठा-बैठा बहुत देर तक सिगरेट पीता रहा, इस प्रकार मानो अपने दुर्भाग्य पर खिसिया रहा हो।

विवेक जब अपने कपड़े बदलने के लिए उठा तो उसने देखा कि अर्चना पलंग पर पैर लटकाए करवट लेती हुई तकिए में मुंह छिपाकर सो गई है। एक क्षण खड़ा होकर वह उसी प्रकार अर्चना को देखता रहा। एक बार फिर उसके मन के अन्दर सहानुभूति ने जन्म लिया - केवल सहानुभूति। उसने अपने हाथ की जलती सिगरेट ऐश ट्रे में डालकर बुझा दी। फिर वह अर्चना के समीप आया, बहुत आहिस्ता से उसने अपने दोनों हाथों द्वारा उसकी पिंडलियां थामीं। फिर संभालकर पलंग पर करते हुए उसे ठीक से लिटा दिया। फिर एक पल खड़ा सोचता रहा। उसे इस कमरे में सोना चाहिए या नहीं? अर्चना के दौरे का कोई ठिकाना नहीं। जब दिन में दौरा आने का कोई समय निश्चित नहीं है तो फिर रात में भला क्या होगा? यदि रात के समय अर्चना पर पागलपन का दौरा आ गया और उस समय वह सो रहा हो तब क्या होगा? विवेक

ने अनुमान लगाया तो कांप गया। यद्यपि इस समय उसके दिल में अपनी धर्मपत्नी के लिए सहानुभूति दोबारा समा चुकी थी फिर भी वह इस कमरे में सोकर किसी प्रकार का खतरा उठाने को तैयार नहीं हुआ। उसने अपनी रात की वेश-भूषा उठाई और कमरे से बाहर निकला। पलटकर उसने द्वार को बाहर से बन्द कर दिया। फिर दूसरे कमरे में जाकर कपड़े बदलते हुए सोने की तैयारी करने लगा।

विवेक सुबह साढ़े चार बजे उठा। कोठी के वातावरण पर खामोशी छाई हुई थी। उसने सबसे पहले जाकर अर्चना के कमरे का द्वार खोला और अन्दर प्रविष्ट हुआ। अर्चना सो रही थी - निद्रा में निश्चिंत। इस समय उसका चेहरा तकिए में नहीं छिपा था। वह एक ओर करवट लिए बहुत आराम से सो रही थी। निश्चय ही उसने रात में करवटें बदली थीं। विवेक ने रात के नीले प्रकाश में अर्चना को फिर देखा। अर्चना की घनी काली लटें जिस प्रकार बिखरी हुई थीं उसके मध्य उसका सांवला मुखड़ा कुछ अधिक ही आकर्षक हो गया था। उसकी कमलिनी जैसी आंखों की पंखुड़ियां बन्द होकर मानो और लम्बी हो गई थीं। गहरी-गहरी सांसों के उतार-चढ़ाव के साथ उसकी छाती ही नहीं नथुने भी फूल रहे थे। वह यौवन की सताई हुई एक ऐसी लड़की थी जिसे हर समय प्यार की ही नहीं दो बांहों की भी आवश्यकता थी।

विवेक ने बम्बई जाने से पहले अर्चना को उसका सारा ही अधिकार दिया था परन्तु इस समय विवेक उसकी ओर जरा भी नहीं आकृष्ट हो सका। अर्चना जागकर उसे अपने मदभरे नयनों से नेवता भी देती तब भी वह उसमें जरा भी रुचि नहीं लेता। विवेक की भावनाओं पर भावना छा चुकी थी। उसे अर्चना पर दया आई, उसकी स्थिति पर रोना भी आया। आज यह लड़की भली-चंगी होती तो क्यों उसका दिल भटक कर प्यार का दूसरा रास्ता स्वीकार कर लेता?

विवेक खिड़की के समीप आकर बैठ गया। सिगरेट जलाकर कश लेते हुए बाहर देखने लगा जहां सुबह की पौ फट जाने को अधीर थी। पौ फट जाने से पहले ही प्रातः का तारा क्षितिज में अपना मुंह छिपा लेना चाहता था। हल्का अन्धकार था। सामने की दो पटरियां ओस से डूबी हल्के-हल्के चमक रही थीं। वातावरण शबनम के आंसू रो रहा था - शायद इसलिए कि उससे बिछड़ने के बाद भावना भी इस समय आंसू बहा रही थी - उससे बहुत दूर।

वह दिन यूं ही कट गया। विवेक हल्का नाश्ता करके दफ्तर चला गया था - अर्चना से बिना मिले ही। अर्चना ने भी उससे बात करके उस पर किसी प्रकार का मानसिक दबाव नहीं डाला। वह इस योग्य ही थी कि उसका पति उससे दूर रहे तो वह क्या करती? पति के व्यवहार पर वह मन-ही-मन रोकर रह गई। फिर माता-पिता की जिद पर उसने थोड़ा-सा नाश्ता कर लिया था। दिन भर अपने दुर्भाग्य को कोसती रही थी। ऐसे जीवन से तो अच्छा था कि वह उत्पन्न ही नहीं होती।

उस शाम विवेक देर से दफ्तर से लौटा तो अर्चना ने सदा के समान उसके कपड़े तथा टावल निकाल कर स्नानघर में रख दिया। विवेक ने भी किसी प्रकार की आपत्ति नहीं की। अर्चना से बात नहीं की तो उस पर अपना क्रोध भी नहीं प्रकट किया। स्नान के बाद अर्चना ने खाना परोसा तो उसने चुपचाप खा लिया, यदि अर्चना ने कोई बात की तो उसने हूं-हां में उत्तर दे दिया। उसके हाथ की चोट के बारे में पूछा तो विवेक ने दुर्घटना की बात बता दी। यह भी बता दिया कि इस चोट के कारण ही उसे आने में विलम्ब हुआ है। अर्चना को सन्तोष मिला। उसका पति उससे नाराज नहीं है। वह नाराजगी तो केवल अल्प समय के लिए थी। उसने कहा - 'जब आप बम्बई में थे तो मेरा दिल बहुत घबराता था।'

'क्यों?' विवेक ने धड़कते दिल के साथ पूछा। दिल के अन्दर चोर जो छिपा हुआ था।

'पता नहीं क्यों?' अर्चना ने कहा - 'परन्तु जब आपकी दी हुई इस अंगूठी को चूम लेती थी तो घबराहट वास्तव में कुछ कम हो जाती थी।' अर्चना ने उसके द्वारा सुहागरात में पहनी अंगूठी दिखाई जिस पर विवेक लिखा था।

विवेक सोचने पर विवश हो गया। उसकी पत्नी को उससे कितना अधिक प्यार है। कितना विश्वस्त है उसके ऊपर! क्या ऐसी स्थिति में उसे अपनी पत्नी को धोखा देने का अधिकार पहुंचता है? परन्तु वह करे भी क्या? प्यार तो दिल की गहराई से होता है - स्वयं ही। परन्तु प्यार करने का एक बहाना भी होता है - एक सहारा होता है। और उसने विवाह का बहाना तथा पत्नी का सहारा प्राप्त करके अर्चना को प्यार करना चाहा था परन्तु अर्चना के पागलपन ने इस प्यार को पनपने नहीं दिया तो वह क्या कर सकता था? उसके भटकते दिल को प्यार की सख्त आवश्यकता थी और यदि उसने भावना के प्यार को अपने जीवन का सहारा बना लिया तो कौन-सा ऐसा गुनाह किया? भावना से प्यार उसे अपने आप ही तो हुआ था।

उस रात विवेक खिड़की के समीप बैठकर बहुत देर तक सिगरेट के कश लेता रहा। अर्चना भी उसके कदमों में बैठी हुई थी - एक छोटे मोढ़े पर। अपने दोनों हाथों को विवेक के एक घुटने पर रखकर उसने अपनी अंगुलियां आपस में बांध ली थीं। मुखड़े को ऊपर उठाकर वह विवेक को बहुत प्यार तथा ध्यान से देख रही थी परन्तु विवेक की दृष्टि खिड़की के बाहर के वातावरण पर थी। चांदनी छिटकी हुई थी। क्षितिज में चन्द्रमा सामने के बजाए कुछ ऊपर उदास था। कहीं-कहीं छिटके बादलों में तारे मुंह छिपाकर आंसू बहा लेना चाहते थे। यद्यपि पूर्णमासी का चांद होने में अभी कुछ दिनों की देर थी फिर भी इसकी चांदनी में दूर-दूर तक का वातावरण दिखाई पड़ रहा था। रेलगाड़ी की पटरियां चमक रही थीं। पटरियों के उस पार खेतों की बालें बिल्कुल स्थिर थीं - खामोश। हर वस्तु में उदासी समाई हुई थी। हर वस्तु उसकी उदासी में सम्मिलित होकर मानो उसका गम बांट लेना चाहती थी। ऐसे वातावरण में विवेक का भावना को याद करके उदास होना स्वाभाविक ही था। भावना की एक-एक याद उसके मन

में टीस बनकर उत्पन्न हो रही थी। विवेक प्रतीक्षा करने लगा कि अर्चना सो जाए तो वह भी दूसरे कमरे में जाकर सो जाए। पिछली रात के समान आज फिर वह अर्चना के पास सोने का खतरा मोल लेना नहीं चाहता था। परन्तु जब अर्चना बहुत देर तक नहीं उठी तो विवेक को कहना ही पड़ा - 'तुम्हें नींद नहीं आ रही है क्या?'

अर्चना मुस्कराई - बहुत हल्के से। कितना सारा प्यार इस मुस्कान में उसके पति के लिए समाया हुआ था, यह विवेक को अनुमान लगाते देर नहीं लगी। अर्चना ने जबान से कुछ कहने के बजाए उसी प्रकार मुस्कराते हुए 'नहीं' के संकेत पर सिर हिला दिया।

'क्यों?' विवेक ने सिगरेट को होंठों से लगाने से पहले पूछा।

'नींद नहीं आ रही है।' अर्चना ने भावुक स्वर में कहा।

'जाओ...जाकर सो जाओ - बहुत रात हो गई है।' विवेक ने अपनी कलाई पर बंधी घड़ी देखने के बाद कहा। फिर उसने अपनी अंगुली में फंसी सिगरेट होंठों तक बढ़ाई।

'आपको नींद आ रही हो तो आप चले जाइए। फिर मैं स्वयं ही सोने का प्रयत्न करूंगी।'

चले जाइए! विवेक ने शब्दों पर ध्यान दिया तो चौंक गया, सिगरेट होंठों से लग चुकी थी - वह कश लेते-लेते रह गया। उसने अर्चना को बहुत ध्यान से देखा। तो क्या अर्चना को ज्ञात है कि वह पिछली रात अलग कमरे में सोया था? उसने पूछा - 'तो क्या तुम जानती हो कि मैं दूसरे कमरे में...।'

'मुझे मालूम है।' अर्चना ने उसी हल्की मुस्कान के साथ कहा - 'रात को उठकर जब मैंने अपने पलंग पर आना चाहा ताकि आपकी छाती में सिर छिपाकर आंसू बहाते हुए अपने दिल का बोझ हल्का कर सकूं तो देखा कि आप नहीं थे। आप कमरे में भी नहीं थे तो मैंने सोचा आपको तलाश करके आपकी ही परेशानी को कम करने का प्रयत्न करूं, परन्तु जब द्वार बाहर से बन्द पाया तो समझ गई कि आप मेरे पागलपन के अनिश्चित दौरे के कारण...।'

'अर्चना...।' विवेक अर्चना की बात सुनकर मन ही मन लज्जित हुआ। उसने अर्चना की बात काटकर उसके तथा अपने सन्तोष के लिए कहा - 'मानव को पहले से ही हर उस भय से सावधान रहना चाहिए जो...।'

'मैंने तो आपसे कुछ नहीं कहा - और न ही किसी बात की शिकायत की।' अर्चना उसी प्रकार मुस्करा रही थी। अपने प्यार पर उसे कितना विश्वास था। सब कुछ जानते हुए भी वह दुःखी होने के बजाए मुस्करा रही थी।

विवेक अर्चना को देखता ही रह गया। इतना प्यार - इतना बड़ा विश्वास? उसकी पत्नी उस पर दिल और जान से निछावर है...उसके मन के सन्तोष के लिए उसने कुछ भी नहीं कहा - उसके लिए वह मुस्करा रही है और वह उसे धोखा देकर मन में किसी और की छवि छिपाए प्यार कर रहा है? विवेक ने तब भी स्वयं को मन ही मन नहीं धिक्कारा। वह करता भी क्या? एक पागल लड़की से उसका दिल नहीं लग सका तो वह करता भी क्या? मन लगा भी तो

भावना से। परन्तु विवेक के मन में अर्चना के प्रति श्रद्धा तथा सहानुभूति अवश्य बढ़ गई। अर्चना ने उसके घुटने पर सिर रख दिया - आंखें बन्द कर लीं और प्यार के सपनों में डूब गई तो विवेक उसके इस सपने को तोड़ने का साहस नहीं कर सका। अर्चना को उसने उसके हाल पर छोड़ दिया और फिर बाहर देखता हुआ सिगरेट के गहरे-गहरे कश लेने लगा।

कुछ देर बाद अर्चना ने स्वयं ही विवेक को छोड़ देना उचित समझा। विवेक दिन भर दफ्तर में व्यस्त था। उसे आराम नहीं मिलेगा तो उसके स्वास्थ्य पर बुरा असर पड़ेगा। वह उठी। मुस्कराती दृष्टि से उसने विवेक को देखा। फिर बोली - 'नींद आ रही है। आप भी जाकर सो जाइए।' उसने विवेक के उठने की प्रतीक्षा की।

विवेक अर्चना के उठने का कारण समझ गया। अर्चना को उसके स्वास्थ्य की चिंता है। चिंता नहीं होती तो वह उसकी गोद में सिर रखकर बैठे ही बैठे सारी रात बिता देती। अर्चना की आंखें विवेक को स्पष्ट बता रही थीं कि उसे नींद आ रही है, वह केवल उसके आराम का विचार करके उठी है। परन्तु अर्चना के कहने के बाद विवेक का तुरनूत उठ जाना भी उचित नहीं होता, संकोच भी तो कोई वस्तु होती है। उसने कहा, 'तुम सो जाओ। मैं थोड़ी देर बाद लेटूंगा।'

अर्चना हल्के से मुस्करा दी। विवेक के संकोच का कारण भी समझ गई। उसके मासूम दिल को प्रसन्नता हुई। विवेक को उसका कितना ध्यान है। उससे पहले वह सोना नहीं चाहता। उसे नींद नहीं आ रही थी मानो एक युग बाद आज वह अपने पति के पास इतने प्यार से बैठी थी। फिर भी वह जाकर पलंग पर लेट गई। आंखें बंद कर लीं ताकि उसका पति उसे नींद में डूबा समझकर आराम करने चला जाए।

कुछ देर बाद विवेक ने अपना सिगरेट समाप्त किया। फिर उसे खिड़की के सलाखों के बाहर फेंककर खड़ा हो गया। अलमारी में से अपना नाइट सूट निकालते हुए देखा, अर्चना सो नहीं रही है। केवल उसके जाने की प्रतीक्षा कर रही थी। उसे अर्चना पर बहुत दया आई। एक बार मन हुआ इसी कमरे में सो जाए परन्तु फिर उसके अनिश्चित समय पर दौरा पड़ने का अनुमान लगाकर वह कांप गया। उसने हल्के से अलमारी बन्द की और कमरे से बाहर निकल गया। दरवाजे पर रुककर उसने कुछ सोचा। फिर दरवाजा बिना बन्द किए दूसरे कमरे की ओर बढ़ गया। उसने सोचा, वह जिस कमरे में सोएगा उसे अन्दर से बन्द कर लेगा। अर्चना के दिल को उसकी ओर से जितनी कम ठेस पहुंचे, उतना ही अच्छा है। यदि अर्चना पर रात में पागलपन का दौरा पड़ने का उसे भय नहीं होता तो वह अर्चना के समीप सोने में जरा भी नहीं सकुचाता।

विवेक चला गया तो अर्चना ने अपनी पलकें खोलीं। खुले द्वार की ओर देखते-देखते उसकी आंखें छलक आईं होंठ कांपने लगे। दबी-दबी सिसकियां उभरने लगीं। उसके पति ने उस पर दया करके दरवाजा खुला छोड़ दिया था। अब उसका यह समय आ गया है कि वह

अपने पति की दया पर निर्भर करती है। परन्तु फिर अर्चना ने अपने पति की दया को भी अपने लिए एक बहुत बड़ा खजाना समझा। उसके पति से उसे प्यार मिलने से तो रहा, दया ही मिलती रहे तो बहुत है। वह इसी योग्य है। अर्चना के मन में टीस उठ रही थी। उसने अपनी आंखें दोबारा बन्द कर लीं। वह सिसकियों पर काबू पाने का असफल प्रयत्न करती हुई रोती रही - आंसू बहाती रही - बहुत देर तक। उसके आंसुओं से उसका तकिया भीगकर तर हो गया फिर जाने कब उसे नींद आई।

अगली सुबह विवेक फिर जल्दी उठा। उठकर वह अर्चना के पास पहुंचा, अर्चना निद्रा में पलंग पर मदहोश सो रही थी। खिड़की के समीप बैठकर उसने कुछ सिगरेट पी...धुआं खिड़की द्वारा बाहर फेंकता रहा और सोचता रहा, अपनी भावनाओं में डूबकर भावना के लिए - जो उससे हजारों मील दूर होकर भी उसके मन और मस्तिष्क से चिपकी हुई थी। कैसे दिन बीत रहे होंगे उसके? उससे बिछड़ने के बाद उसका क्या हाल है? उसे याद करती भी है या नहीं? याद क्यों नहीं करेगी? ऐसे धोखेबाज व्यक्ति को कभी कोई भूल सकता है? घृणा - और केवल घृणा। भावना के मन में उसके प्रति हो भी क्या सकता है? विवेक ने अपने मन के संतोष के लिए सोच लिया - अर्चना उसकी धर्म पत्नी है। अर्चना के साथ ही उसे जीवन व्यतीत करना है। आज नहीं तो कल उसे अर्चना को प्यार करना पड़ेगा - उस समय जब अर्चना अच्छी हो जाएगी। तब उसे भावना को भूलने में आसानी भी हो जाएगी। तब वह अर्चना को प्यार देते-देते सच्चा प्यार देने लगेगा, संगति का प्रभाव पड़ता ही है। परन्तु भावना का वह कभी नहीं बन सकता। एक झूठ बोलकर उसने भावना को प्यार दिया था। अपनी वास्तविकता छिपाकर उसने उसका प्यार प्राप्त किया था। अब इसी झूठ पर स्थिर रहता था चाहे भावना के मन में उसके प्रति घृणा रहे या न रहे।

उस सुबह विवेक को नाश्ता अर्चना ने परोसा। विवेक कभी-कभी अर्चना से बातें कर लेता था। उसकी मुस्कान में मुस्कराकर सम्मिलित भी हो जाता था। परन्तु उसका दिल अर्चना के आगे प्यार का उपहार लिए जरा भी नहीं झुक सका। नाश्ते के बाद समाचार-पत्र पढ़ते-पढ़ते दफ्तर का समय हो गया तो वह चला गया।

वह दिन भी उसी प्रकार बीत गया - काम करते हुए। वह शाम - वह रात भी उसी प्रकार बीत गई जैसे पिछली शाम तथा पिछली रात बीती थी। विवेक के कदमों में मोढ़े पर बैठकर अर्चना ने विवेक की गोद में सिर रख लिया था। विवेक अपनी भावना में डूबकर खिड़की द्वारा बाहर के वातावरण में देखने लगा था। पिछली रात समान आज भी सब कुछ उदास था। वही खामोशी थी - वही उदासी। चांदनी में कुछ अधिक चमक थी परन्तु उदासी में कोई अन्तर नहीं आया था।

आज शायद तेरह दिन का चन्द्रमा था। इस चन्द्रमा को वह भी देख रहा था और शायद भावना भी देख रही होगी - यदि वह उसकी बेवफाई पर उसे धिक्कारती हुई एकान्त में बैठी

होगी। विवेक को ऐसा ही विश्वास था। फिर अर्चना कल के समान ही आज भी विवेक के आराम को ध्यान में रखकर अपने पलंग पर चली गई थी - आंखें बंद कर ली थीं और विवेक के जाने के बाद खुले द्वार को देखकर दुर्भाग्य को कोसते हुए गई रात तक सिसक-सिसक कर आंसू बहाती रही थी। परन्तु उसे विश्वास हो चला था - एक बार फिर वह अपने पति का दिल उसी प्रकार जीतने में सफल हो सकेगी जिस प्रकार उसने उसका दिल उसके बम्बई जाने से पहले जीत रखा था, उसके पति की यह दूरी तो केवल अल्पकाल के लिए सीमित है। उसके पागलपन के दौरे से कोई भी डर सकता है। जब वह पूर्णतया स्वस्थ हो जाएगी तो उसका पति उसे एक मिनट के लिए भी अपने से दूर रखना उचित नहीं समझेगा।

अगली सुबह विवेक अपने दफ्तर जाने के समय कोठी से बाहर निकल रहा था कि बरामदे की सीढ़ी उतरते समय डाकिया ने उसे एक पत्र थमा दिया। विवेक ने पत्र भेजने वाले का नाम देखा - प्रीति वह बुरी तरह चौंक गया। पत्र हाथ से छूटकर गिरते-गिरते बचा। दिल बहुत जोर से धड़का। पत्र को पॉकेट में डालकर छिपाते हुए उसने पलटकर पीछे देखा। ऐसा न हो कि किसी ने उसके चौंकने का अन्दाज देख लिया हो परन्तु वहां कोई भी नहीं था। विवेक को संतोष मिला। वह आगे बढ़ा और कार में जाकर बैठ गया। उसने कार स्टार्ट की फिर दिल के अन्दर पत्र पढ़ने की अधीरता लिए वह तेजी के साथ मुख्य द्वार से बाहर निकल गया। जब वह कोठी से बाहर एक सुरक्षित सड़क पर निकल आया तो उसने एक किनारे कार रोकी। दिल के अन्दर पत्र पढ़ने की इतनी बेचैनी थी कि वह दफ्तर तक पहुंचने की प्रतीक्षा नहीं कर सका था। कार रोककर उसने आगे-पीछे और इधर-उधर देखा। फिर पत्र निकालकर खोला। पढ़ा लिखा था -

विवेक जी,

मेरी बहन ने आपका क्या बिगाड़ा था जो इस प्रकार आपने उसका दिल तोड़ दिया? क्या लड़की का दिल एक खिलौना है जिससे जब जी चाहा खेला और फिर फेंक कर तोड़ दिया? यदि इसी प्रकार भागना था तो आपने उसे अपने व्यक्तित्व में रुचि लेने पर क्यों उत्साहित किया? आप पुरुष नहीं पत्थर हैं। जाने क्यों आपका नाम विवेक रख दिया गया है? आपके अन्दर विवेक होता तो आप भावना को कभी ठेस नहीं पहुंचाते। यदि आपकी अन्तरात्मा आपको धिक्कार रही हो तो जाकर भावना से तुरन्त मिलिए, ऐसा न हो कि भावना दिल टूटने के बाद अधिक दिन जीवित रहना न स्वीकार करे। आपके जाने तथा आपका पत्र पढ़ने के बाद मेरी बहन पर क्या बीती यह आप स्वयं ही अनुमान लगा सकते हैं। आज ही वह देहरादून के लिए रवाना हुई है। उसका पता मैं नीचे लिख रही हूं।

भावना की बहन
प्रीति

विवेक के दिल को गहरी ठेस पहुंची। उसने भावना का पता पढ़ा। फिर सोच में डूबते हुए उसने कार आगे बढ़ा दी। उसके जाने के बाद भावना का दिल टूटना स्वाभाविक ही था। उसने भावना को ही नहीं स्वयं को भी धोखा दिया था। यदि उसकी पत्नी ठीक हो जाए तब भी क्या वह कभी भावना को भूल सकता है? भावना उसका पहला प्यार था - ऐसा प्यार जो उसके दिल की गहराई से प्यार बनकर उत्पन्न हुआ था। फिर वह उसे अपने जीवन की याद से कैसे निकाल सकता है?

विवेक दफ्तर पहुंचा। दफ्तर में उसने प्रीति का पत्र एक बार फिर पढ़ा। प्रीति का हर शब्द विवेक के दिल में तेज धारदार छुरी समान उतर गया। विवेक का मन किया वह पंख लगाकर उड़ता हुआ तुरन्त देहरादून पहुंच जाए। जाकर भावना से मिले और उससे क्षमा मांगते हुए उसे अपनी बांहों में समा ले। भावना निश्चय ही उसकी प्रतीक्षा कर रही है। उसे अब भी अपने प्यार पर विश्वास है। परंतु - विवेक ने सोचा - वह भावना के पास जाए कैसे? अपनी अन्तरात्मा का गला घोंटकर अर्चना को कैसे छोड़े? क्या उपाध्याय जी उसे चैन से रहने देंगे? क्या उसका पता लगाकर भावना के आगे उसके जीवन का भेद नहीं खोल देंगे? विवेक को वह स्वप्न भी याद आया जो उसने अन्तिम रात बम्बई की क्लीनिक में देखा था। उस स्वप्न द्वारा उसके जीवन का परिणाम कितना स्पष्ट छलकता था। भावना उसका भेद ज्ञात कर लेने के बाद उसे कभी क्षमा नहीं करेगी। उसके दिल में उसके प्रति अटूट घृणा भर जाएगी।

उस दिन विवेक का मन काम में जरा भी नहीं लगा। फिर भी वह दफ्तर में ही बैठा रहा। घर जाकर इस समय भावना के विचार से वह मुक्त नहीं होना चाहता था। वह यह भी नहीं चाहता था कि इस समय उसके विचारों में कोई बाधा डाले। यही कारण है कि उसने दफ्तर के द्वार पर बैठे चपरासी को बुलाकर आज्ञा दे दी थी कि अन्दर कोई भी न आने पाए। और फिर इसके बाद वह भावना के विचारों में गुम होकर उन क्षणों को दोहराता रहा जो उसके जीवन का अंग बन गए थे। काश वह दिन कभी नहीं समाप्त होते - काश, प्यार की उड़ान कभी नहीं टूटती - काश, भावना से वह कभी नहीं बिछड़ता तो आज उसका जीवन सफल हो जाता।

विवेक शाम को कोठी पर पहुंचा। उसे पता चला कि आज फिर अर्चना को दौरा पड़ा है। वह कोठी के पागलखाने में बन्द है। नौकर ने उसे कार से उतरते ही बता दिया था। विवेक को एक झटका लगा - बहुत हल्का-सा झटका। अर्चना के पागलपन के दौरे की सूचना प्राप्त करने का वह अभ्यस्त हो गया था इसलिए उस पर इस सूचना ने अधिक प्रभाव नहीं डाला। उसके दिल पर इस समय इस सूचना द्वारा प्रभाव न पड़ने का एक कारण और भी था । आज दिन भर वह केवल भावना के विचारों में डूबा रहा था - और दिनों से कुछ अधिक ही। प्रीति के पत्र ने उसके दिल में भावना के प्रति जितनी तड़प उत्पन्न कर दी थी उतना ही अर्चना के विचारों से

दूर भाग जाना चाहता था। अर्चना इस समय दौरे का शिकार थी इसीलिए उससे मिलना ही व्यर्थ था। वह सीधा अपने कमरे में चला गया और स्नान करने की तैयारी करने लगा।

* * *

रात का समय था। लगभग बारह बजे होंगे। अर्चना को अब तक अपने दौरे से मुक्ति नहीं मिली थी। वह कोठी के पागलखाने में बन्द थी। विवेक अपने कमरे में खिड़की के समीप बैठा जाने कितने सिगरेट फूंक चुका था। कमरे में नीला प्रकाश मानो उसकी भावना में डूबा सिसक रहा था। बाहर चांदनी छिटकी हुई थी। पूर्णमासी की रात थी परन्तु आज चांदनी उदास थी - और दिनों समान ही। चांदनी में कुछ दूर पर रेल की पटरियां चमक रही थीं, खामोशी छाई हुई थी। कुछ ही देर बाद इस खामोशी की छाती चीरने के लिए रेलगाड़ी अपने तूफानी शोर के साथ आने वाली थी। विवेक के मस्तिष्क पर प्रीति के पत्र की बातें छाई हुई थीं। वह अपनी पागल पत्नी के बजाए भावना के लिए ही सोच रहा था। कहीं ऐसा तो नहीं कि भावना दिल टूटने के बाद अधिक दिन वास्तव में जीना न स्वीकार करे। लड़की का दिल यूं भी बड़ा कोमल होता है। परन्तु भावना के प्रति वह कर भी क्या सकता था? उसे अपनी वास्तविकता कैसे बता सकता था?

सहसा विवेक के कानों में रेलगाड़ी आने का मद्धिम स्वर सुनाई पड़ने लगा। स्वर बढ़ने लगा तो इसके साथ पटरियों की चमक भी बढ़ने लगी। इस चमक के साथ उसने देखा, कोई व्यक्ति बहुत धीमे-धीमे अपनी छाया बना पटरी के किनारे-किनारे चला जा रहा है। सहसा विवेक को सिगरेट की आवश्यकता फिर पड़ी। उसने सिगरेट का पैकिट देखा। एक भी सिगरेट नहीं थी। वह उठा। कबर्ड के पास आया। कबर्ड खोला। इसके साथ ही खिड़की द्वारा आती रेलगाड़ी की छक-छक तेज हो गई। छक-छक में इन्जन की सीटी भी सम्मिलित थी। उसने सिगरेट का पैकिट उठाया। बाहर रेलगाड़ी दहाड़ती हुई खिड़की के सामने से निकली। विवेक ने कबर्ड बन्द किया तो कमरे के अन्दर रेलगाड़ी का शोर प्रविष्ट हुआ और निकल गया। विवेक खिड़की के समीप फिर आकर बैठ गया। उसने सिगरेट के पैकिट से सिगरेट निकाली। होंठों के मध्य दबाकर जलाई। गहरा कश लिया। धुआं हवा में छोड़ा तो यह खिड़की के बाहर के वातावरण में फैल कर गुम होने लगा - इस प्रकार जैसे रेलगाड़ी अपनी छक-छक के साथ दूर गुम हो रही थी।

अचानक विवेक की आंखें ठिठक गईं। चांदनी में पटरी पर कोई वस्तु पड़ी हुई थी - एक बड़ी गठरी या भरे हुए बोरे समान - उसी स्थान पर जहां उसने एक मानव छाया को जाते हुए देखा था। विवेक चौंक गया। मन के अन्दर एक अज्ञात सन्देह उठा। अभी-अभी तो यहां पर कुछ भी नहीं था। पटरी खाली थी। और अब यह क्या आ गया? वह सोचने पर विवश हो गया - वह व्यक्ति, हां वह व्यक्ति जो बहुत मद्धिम चाल से पटरी के किनारे-किनारे चल रहा था, वह

कहां गया? उसने खिड़की की सलाखों से सिर सटा कर बाहर दूर तक देखा। सन्नाटा छाया हुआ था। चांदनी में उसे कोई भी नहीं दिखाई दिया - दूर तक - पटरी के आस-पास न दूर ही।

विवेक के दिल की धड़कन बढ़ने लगी। पटरी पर पड़ी वस्तु को उसने फिर देखा। उसके मन में एक सन्देह उत्पन्न होने लगा। उस वस्तु को देखने की उसके अन्दर जिज्ञासा बढ़ी तो वह उठ खड़ा हुआ। कोठी से निकल कर वह पटरी के पास गया। चांदनी के झाग में उसने झुक कर देखा। वह एक लाश थी - एक पुरुष की लाश। ट्रेन के पहियों से कटकर उसके दो भाग हो गए थे। मुखड़ा इस प्रकार लथर गया था कि कोई उसे पहचान ही नहीं सकता था। निश्चय ही यह वही व्यक्ति होगा जिसे उसने पटरी के समीप चलते हुए देखा था। निश्चय ही इस व्यक्ति ने आत्महत्या की है। जब रेलगाड़ी आई होगी तो यह व्यक्ति अचानक ही सामने कूद पड़ा होगा। विवेक को याद आया - जब रेलगाड़ी आई थी तो वह सिगरेट निकाल कर कबर्ड बन्द कर रहा था।

विवेक लाश को देखकर कुछ भयभीत-सा हो गया। पलटकर वह अपनी कोठी की ओर लौट पड़ा। ऐसा न हो कि यहां उसे कोई देख ले और तब परिणाम में इस व्यक्ति की मृत्यु का दोष उस पर आ जाए। कौन विश्वास करने को तैयार होता कि इस व्यक्ति ने आत्महत्या ही की है। कोई उसे पटरी पर रेलगाड़ी के सामने ढकेल भी तो सकता था।

विवेक ने अपने कमरे में आकर सबसे पहले खिड़की बन्द की। लाश की भयानक स्थिति को वह देखना भी नहीं चाहता था। फिर अपने पलंग पर लेट गया। आंखें बन्द करके सोने का प्रयत्न करने लगा। विवेक का मस्तिष्क इस समय भावना से अधिक इस लाश की ओर लगा हुआ था जो उसकी कोठी के पीछे कटी हुई पड़ी थी। कौन था वह व्यक्ति? कौन? निश्चय ही कोई गम का मारा होगा। जिससे अब और अधिक अपने जीवन का बोझ उठाते नहीं बन रहा होगा। इसीलिए तो उसने आत्महत्या कर ली। उसे पटरी के किनारे चलता देखकर ही शायद इंजन के ड्राईवर ने सीटी बजाई थी।

अचानक विवेक का मस्तक ठनका। मस्तिष्क में एक विचार आया तो तुरन्त उठकर बैठ गया। उसने अपने विचार पर ध्यान दिया तो दिल को एक नया जीवन प्राप्त करने की आशा मिल गई। यदि वह यह सिद्ध कर दे कि उस व्यक्ति के स्थान पर शैलेन्द्र उपाध्याय के दामाद विवेक अवस्थी ने आत्महत्या की है तो वह अपने विवाह के बंधन से सदा के लिए अवश्य मुक्त हो सकता है। उसकी मृत्यु का विश्वास करने के बाद उपाध्याय जी के लिए उसकी खोज करने का प्रयत्न ही नहीं उठेगा। विवेक ने अपनी योजना पर खूब ध्यान दिया। अब - या कभी नहीं। ऐसा सुनहरा अवसर फिर कभी नहीं मिलेगा। इस अवसर से लाभ उठाकर यहां से जाने के बाद वह भावना को सदा के लिए प्राप्त कर सकता है। भावना को उसके लिए अपने इस जीवन के विषय में कुछ बताने की कभी आवश्यकता भी नहीं पड़ेगी।

विवेक ने खिड़की खोलकर बाहर झांका। सन्नाटे में वह लाश उसी प्रकार पड़ी हुई थी। उसने खिड़की बन्द की। फिर तुरन्त अपना टेबल लैम्प जलाया। एक कागज लिया। फिर पल लिखने लगा।

ससुर जी,

अपने जीवन से तंग आ गया हूं इसलिए आत्महत्या करने जा रहा हूं। कोठी के पीछे आपको मेरी लाश मिल जाएगी।

आपकी कोठी आपको मुबारक। मेरे लिए तो यह कोठी किसी पागलखाने से कम सिद्ध नहीं हुई। आपकी दी हुई हीरे की अंगूठियां पत्र के साथ हैं। आपके दिए बहुमूल्य कपड़े भी आप ही की अमानत हैं। मेरी गरीबी के समय का एक जोड़ा मेरे पास यादगार के समान अब भी है। आज आत्महत्या करने के लिए यह काम आ रहा है।

विवेक

विवेक ने पत्र तह किया। अंगूठियां उतार कर वहीं मेज पर रखते हुए पत्र दबा दिया। फिर कबर्ड से कुछ पैसे निकाले। उसकी अपनी कमाई भी तो कुछ थी। उसके अपने कपड़े भी तो कुछ थे। परन्तु उसने कपड़े लेना आवश्यक नहीं समझा। केवल रात का कपड़ा बदल लिया। वह कपड़ा पहन लिया जिसकी पॉकेट में प्रीति का पत्र था। यद्यपि उसके पास अपनी गरीबी के समय का कोई भी वस्त्र नहीं था फिर भी ऐसा वर्णन पत्र में उसने इसलिए किया था क्योंकि वह सावधानी बरत कर किसी प्रकार का रिस्क नहीं लेना चाहता था - ऐसा रिस्क जिससे प्रकट हो कि पटरी पर पड़ी वह लाश उसकी अपनी नहीं थी। विवाह के बाद उसने जो भी कपड़े पहने थे उसकी पहचान उपाध्याय जी को हो सकती थी। अपनी कमाई के रुपए लेने के बाद विवेक कोठी से बाहर निकलने से पहले दबे पांव पागलखाने के समीप गया। खामोशी के साथ उसने खिड़की से झांका।

अर्चना चारपाई पर बेसुध सो रही थी - कुछ इस ढंग से कि कोई देख लेता तो लाज से आंखें फेर लेता। घुटनों से ऊपर तक साड़ी उठी हुई थी। आंचल बेतरतीबी से ढलका था। ब्लाउज से नीचे कमर खुली हुई थी। गहरी-गहरी सांसों के साथ उसके नथुने फूल रहे थे। लटें इस प्रकार उलझी हुई थीं कि निद्रा में भी वह पागल दिखाई पड़ रही थी। फिर विवेक का मन अपनी पत्नी को छोड़ते हुए एक बार अवश्य खटका। उसके मन में सहानुभूति भी उमड़ आई। परन्तु फिर उसने अपने दिल को पत्थर किया। अपने जीवन का निर्णय लेने के लिए उसके पास यही एक समय था। वह तुरन्त कोठी से बाहर निकल गया।

परन्तु विवेक की अन्तरात्मा मरी नहीं थी। उसका विवेक जाग रहा था। उसकी मंजिल देहरादून अवश्य थी परन्तु वह रेल यात्रा आधे दिन से अधिक नहीं कर सका। अर्चना का

विश्वास उसे कुरेदता रहा। उसकी पतिव्रता विवेक को अपनी ओर खींचती रही। उसका निःस्वार्थ प्यार उसके मस्तिष्क पर हथौड़े मारता रहा। यही कारण है कि जब एक स्टेशन पर उसे हैदराबाद जाने वाली गाड़ी मिली तो उसमें जाकर बैठ गया। जब गाड़ी हैदराबाद के लिए चली तो विवेक का मन देहरादून जाने के लिए फिर मचलने लगा। भावना से मिलने के लिए दिल तड़पने लगा। उसके दिल को न उधर चैन था न इधर। एक ओर उसका प्यार था तो दूसरी ओर उसका विवेक था।

भावना से मिलने के लिए जो प्रसन्नता उसने महसूस की थी वह हैदराबाद की ओर बढ़ती गाड़ी के साथ मिटने लगी तो दिल के अन्दर टीस उठने लगी। उसने अपनी टीस पर काबू पाने का प्रयत्न करते हुए सोच लिया - वह भावना का विचार छोड़ देगा। उसका रास्ता अलग है तथा भावना का रास्ता अगल है। उसका अपना जीवन अर्चना के साथ ऐसे सूत्र में बंध चुका है कि अब उन्हें एक-दूसरे से केवल मृत्यु ही अलग कर सकती है। उसके लिए अर्चना को छोड़कर भावना को अपनाने का कोई प्रश्न ही नहीं उठता। एक-न-एक दिन तो अर्चना को अच्छा होना ही है उसके जीवन को एक शॉक द्वारा दौरा पड़ सकता है तो दूसरे शॉक द्वारा उसके पागलपन का दौरा सदा के लिए समाप्त भी हो सकता है। अब तक तो उस दौरे का प्रभाव अवश्य समाप्त हो गया होगा। जब उसे अपने पति की मृत्यु की सूचना मिली होगी तो क्या प्रभाव पड़ा होगा उस पर? कहीं शॉक के कारण दोबारा न उस पर दौरा पड़ गया हो?

विवेक ने अनुमान लगाया तो दिल कांप गया। नहीं-नहीं - ऐसा नहीं हो सकता। ऐसा नहीं होना चाहिए। विवेक ने अपने दिल के संतोष के लिए सोचा, उसकी मृत्यु की सूचना अर्चना के ऊपर अच्छा प्रभाव भी तो डाल सकती थी। विवेक अर्चना की बर्बादी का जिम्मेदार नहीं बनना चाहता था इसीलिए उसने ऐसा सोचा। वह अर्चना के पास जाएगा। उसे बता देगा कि वह उससे दूर भाग जाना चाहता था। परन्तु स्वयं को धोखा नहीं दे सका। यह विवेक का विवेक ही था जिसने अर्चना को उसके पागलपन के पश्चात् उससे बांध रखा था।

विवेक हैदराबाद पहुंचा तो शाम डूब चुकी थी। उसका मन बार-बार कर रहा था कि वह देहरादून भाग जाए। अब भी अवसर है। ऐसा अवसर जीवन में अब दूसरा कभी नहीं आएगा। परन्तु वह ऐसा नहीं कर सका। मानव यदि मानव है तो संसार को धोखा दे सकता है परन्तु स्वयं को धोखा कभी नहीं दे सकता। विवेक टैक्सी द्वारा कोठी पहुंचा तो शाम की धुंध अंधकार में परिवर्तित हो चुकी थी। कोठी के लॉन में अनेक कारें खड़ी हुई थीं। विवेक को समझते देर नहीं लगी कि उपाध्याय जी के परिचित लोग उसकी मृत्यु पर शोक प्रकट करने आए हुए हैं। विवेक की टैक्सी को पोर्टिको से दूर ही रुक जाना पड़ा। विवेक ने टैक्सी से उतरने से पहले सोचा - उसे टैक्सी से उतरना चाहिए या नहीं? या अपने जीवन के भेद पर पर्दा

डालकर वह स्वर्गवासी ही बना रहे? उसके मन में अर्चना को देखने की इच्छा उठी। उसकी मृत्यु की सूचना ने उस पर क्या प्रभाव किया है?

सहसा वहां दो व्यक्ति प्रकट हुए। कोठी से ही दोनों निकले थे। विवेक अज्ञात तौर पर कार के अन्दर आड़ में हो गया। उसने दोनों व्यक्तियों को पहचाना। एक व्यक्ति डॉक्टर भाटिया था हाथ में उनके फर्स्ट एड किट था। दूसरे व्यक्ति को भी उसने कभी अवश्य देखा था। टैक्सी के समीप खड़े होकर दोनों ने एक-दूसरे से हाथ मिलाया तो दूसरे व्यक्ति ने डॉक्टर भाटिया से कहा, 'अच्छा डॉक्टर साहब, चलते हैं।' स्पष्ट प्रकट था कि दोनों की मंजिल अलग-अलग थी।

'भई मुझसे तो जो हो सका कर दिया।' डॉक्टर भाटिया ने बिछड़ने से पहले कहा, 'अब अर्चना के भाग्य में ही अच्छा होना नहीं लिखा है तो मैं क्या करूं?'

'खैर, आपने तो इस वंश के लिए बहुत किया डॉक्टर साहब!' दूसरे व्यक्ति ने कहा, 'मैं तो समझता हूं कि उपाध्याय जी के दामाद ने आत्महत्या करके अच्छा ही किया। यदि जीते जी उसे ज्ञात होता कि उसकी पत्नी अब सदा के लिए पागल हो गई है तो उसे और धक्का लगता।'

'दरअसल मुझे तो विवेक के जीते जी ही ज्ञात हो गया था कि पिछले दिन अर्चना पर जो दौरा पड़ा है अब उसका प्रभाव कभी नही समाप्त होगा परन्तु क्या करूं? इन लोगों को सांत्वना तो देनी ही थी। परन्तु उपाध्याय जी के दामाद की आत्महत्या के बाद आज मुझे कहना ही पड़ा कि वह अर्चना के स्वस्थ होने की झूठी आशा छोड़ दें। अब झूठी आशा रखने से लाभ ही क्या है?'

'हां यह तो है ही।' दूसरे व्यक्ति ने कहा।

दोनों की बातें समाप्त हुईं तो एक बार फिर दोनों ने हाथ मिलाया। फिर बिछड़ने के बाद दोनों अपनी-अपनी कार की ओर बढ़ गए। दोनों अपनी-अपनी कारों में बैठे और फिर एक के पीछे एक कार चलाते हुए कोठी के मुख्य द्वार से बाहर निकल गए।

विवेक ने एक गहरी सांस ली। उसने सोचा, अर्चना अब सदा के लिए पागल हो गई है। उससे मिलने से कोई लाभ नहीं होगा। स्वस्थ होती तो बात अलग थी। जब वह उसे पहचानेगी ही नहीं तो उसके पास जाने से क्या लाभ? उल्टे उपाध्याय जी उसका बोझ अब उस पर और मढ़ देंगे। अर्चना का बोझ उठाने में अर्चना पर अब क्या अन्तर पड़ेगा? वह तो उसी प्रकार पागल रहेगी। यह भी नहीं समझ सकेगी। उसका पति उसके लिए कुछ कर रहा है। वह तो इस समय यह भी नहीं जानती कि उसका पति जीवित है या मर चुका है। इस वंश के लिए वह मर चुका है। अच्छा होगा यदि वह यहां से लौट जाए। जाकर भावना से मिले। उससे क्षमा मांग ले और फिर उसे अपना ले। भाग्य उसका साथ दे रहा है। उसे जाना ही चाहिए। यह अवसर उसे अन्तिम बार मिला है।

'आप यहां उतरेंगे नहीं?' सहसा टैक्सी ड्राईवर ने उसे खोया हुआ देखकर कहा।

'ऊंह?' विवेक मानो अपने विचारों से जागा। उसने एक क्षण सोचा। यही समय है जब उसे तुरन्त अपने जीवन का निर्णय कर लेना चाहिए - उसे जीवन भर नर्क की आग में जलना है या प्यार के स्वर्ग में सुखी तथा प्रसन्न रहना है? स्वर्ग में कौन जाना पसन्द नहीं करता? उसने कहा - 'स्टेशन वापस चलो।'

'जी?' टैक्सी ड्राईवर मानो चौंका। उसे अपने यात्री की बात पर मानो विश्वास ही नहीं हुआ। स्टेशन वापस जाना था तो वहां से यह यात्री आया ही क्यों?'

'स्टेशन वापस चलो।' विवेक ने अपना वाक्य दोहराया। परन्तु उसका स्वर उदास था। अर्चना को छोड़ते हुए उसके मन में अब भी कसक उठ रही थी। पलकें भी मानो गीली हो जाना चाहती थीं। शायद गीली हो जातीं यदि वह अपनी दृष्टि उठाकर अन्तिम बाद कोठी को देख लेता। उसने अपनी पलकें बन्द कर लीं और फिर सीट पर पूरी तरह पीठ रखते हुए सिर पीछे टेक लिया। टैक्सी स्टार्ट हुई। आगे बढ़ी। और जब कुछ देर बाद विवेक ने आंखें खोलीं तो कोठी बहुत पीछे छूट चुकी थी।

* * *

विवेक देहरादून के स्टेशन पर उतरा। बदला-बदला वातावरण था। उसका दिल हल्के-हल्के धड़क रहा था। यात्रा के मध्य विवेक ने बम्बई से अचानक चले जाने तथा अब वापस आने का बहाना ढूंढ लिया था फिर भी अज्ञात तौर पर उस पर एक भय छाया हुआ था। भावना को अचानक छोड़ने के बाद अब वह किस प्रकार उसका सामना कर सकेगा? यदि भावना ने उसे क्षमा नहीं किया तब क्या होगा? परन्तु नहीं, ऐसा होने की आशा जरा भी नहीं थी। विवेक के बाएं हाथ पर अब भी प्लास्टर चढ़ा हुआ था। हाथ गरदन से लटके कपड़े के फंदे में अब भी अटका हुआ था। भावना के लिए इस टूटे हाथ को देखकर पिछली घटना का याद आना निश्चित था। भावना उसे और केवल उसे ही प्यार करती थी। वह भावना का पहला प्यार है और अन्तिम भी भावना स्वयं भी तो उसका पहला तथा अन्तिम प्यार थी।

इतने दिनों की लम्बी यात्रा ने विवेक की स्थिति थकी-हारी कर दी थी। दाढ़ी बढ़ गई थी। आंखों में अर्चना ने बिछड़ने की उदासी थी तो भावना से मिलने की चमक भी थी। यात्रा में उसे अर्चना बहुत याद आई थी। अर्चना के साथ बिताए वह पल याद आए थे जिसमें उसने उसे अपनी बांहों में समाया था - प्यार किया था उसके शरीर को अपने शरीर का अंग बनाया था। अर्चना को याद करते समय विवेक के मन में उसके प्रति सहानुभूति का उमड़ आना स्वाभाविक ही था। यदि अर्चना पागल नहीं होती तो आज उसे यह दिन क्यों देखना पड़ता? परन्तु मानव के जीवन में कभी-कभी ऐसे गहरे मोड़ भी आते हैं जिसे मानव को अपनाना ही पड़ता है और आज विवेक ने भी परिस्थिति से विवश होकर इस मोड़ को अपना लिया था।

आज सब कुछ भूलकर वह एक नई डगर पर चला आया था।अब उसका घर यहीं होगा - यहीं स्वर्ग होगा - नर्क तो वह बहुत पीछे छोड़ आया था।

विवेक ने स्टेशन पर उतरकर एक गहरी सांस ली। फिर सिगरेट होंठों से लगाने तथा जलाने के बाद स्टेशन पर चारों ओर दृष्टि बिछा दी। यात्रियों को मानो किसी की कोई चिंता ही नहीं थी। अपनी धुन में तेजी के साथ सभी आ जा रहे थे। विवेक ने अपनी पॉकेट से प्रीति का पत्र निकाला। फिर स्टेशन से बाहर निकलकर उसने पत्र में लिखे पते के विषय में एक व्यक्ति से पूछा, पता लगा कि उसकी मंजिल यहां से पन्द्रह मील दूर है। उसने एक टैक्सी की। फिर वह अपनी मंजिल की ओर बढ़ गया।

शहर की चहल-पहल टैक्सी ने शीघ्र ही पार कर ली। फिर खेत और खलिहान आने लगे। दूर-दूर तक हरियाली दिखाई देने लगी। खेतों के आस-पास किसानों के झोंपड़े सावन के बासी फूल समान दिखाई देने लगे। कहीं-कहीं गन्दा पानी भी गड्ढों में एकत्र था गांवों के समीप खेतों की पगडंडियों पर गांव के बच्चे भी खेलते-कूदते मिले। कैसा निश्चिंत जीवन था उनका और ऐसे ही जीवन की विवेक को आवश्यकता भी थी...शहर के शोर-गुल से दूर...एकान्त में उसे अब केवल भावना के प्यार की ही आवश्यकता थी ताकि वह अपने अतीत से पीछा छुड़ा ले।

सहसा विवेक को सड़क के किनारे एक ओर खेतों के बीच से जाती कच्ची सड़क से पहले, एक संकेत पट्ट दिखाई दिया। संकेत पट्ट पर उसकी मंजिल का नाम लिखा था। उसने तुरन्त टैक्सी रुकवाई। टैक्सी से बाहर निकला। खेत में कुछेक नर-नारियां काम कर रहे थे। वह एक किसान के पास गया। उसने भावना के पिता प्रभुनारायण का नाम पूछा तो तुरन्त पता मिल गया। प्रभुनारायण का निवास स्थान यहां से दूर नहीं था। विवेक ने एक क्षण सोचा। प्रभुनारायण के यहां इस प्रकार पहुंच जाना उचित नहीं होगा। उसे पहले भावना से मिलने का प्रयत्न करना चाहिए, एकांत में। उससे मिलकर क्षमा मांगनी चाहिए। उसके सारे सन्देह दूर करके उसका दिल फिर जीतना चाहिए। फिर उसके प्यार का सहारा लेकर उसके घर वालों की सारी शंकाएं वह आसानी से दूर कर सकता है। विवेक टैक्सी के पास आया। उसने उससे टैक्सी का किराया पूछा। फिर रुपए देता हुआ बोला, 'यह लो, यहां से मैं अब खुद ही चला जाऊंगा।'

टैक्सी वाले ने रुपए लिए ओर फिर गाड़ी बैक करके अपने रास्ते चला गया। विवेक ने एक गहरी सांस ली। फिर वह खेतों के बीच कच्चे रास्ते की ओर बढ़ गया।

कुछ दूर जाने के बाद विवेक को खेतों के उस पार, वृक्ष के समीप एक सुन्दर बंगला दिखाई दिया। हरियाली के मध्य यह बंगला किसी रंगीन फूल के समान दिखाई पड़ रहा था। बंगले की ओर एक पतली सड़क जाती थी - गिट्टीदार सड़क। विवेक ने धड़कते दिल के साथ इस सड़क को अपना लिया। अगल-बगल खेती की हरियाली थी। धान के खेत लहरा रहे थे। विवेक चलते-चलते सोचने लगा। भावना की मांजी से उसकी भेंट कभी नहीं हुई। घर के अन्य

सदस्य भी उसे नहीं पहचानते। फिर भी वह भावना से अकेले कैसे मिल सकेगा? उसने तय कर लिया, वह भावना के बंगले से कुछ दूर रहकर खेतों की आड़ लिए इधर-उधर मंडराता रहेगा और जब भावना अपने बंगले से बाहर निकलेगी तो वह उसके सामने चला जाएगा। यदि भावना नहीं निकली तो उसे अवश्य उसके बंगले पर जाने का रिस्क लेना पड़ेगा। यदि उसके घरवालों ने कुछ कहा सुना तो वह अपने ढंग में उन्हें समझाने का पूरा प्रयत्न करेगा।

इस पतली सड़क पर खेत का एक कोना समाप्त होते ही एक गहरा मोड़ था। विवेक जैसे ही इस मोड़ पर पहुंचा, सामने से एक कार आ गई। फिर उससे टकराते-टकराते बची। टकरा जाती यदि चालक ब्रेक लगाकर पहिए जाम नहीं कर देता। विवेक चौंक गया। चौंककर वह किनारे हट गया। कार के पीछे से धूल का गुबार उठा और कार को अपनी लपेट में लेता हुआ विवेक पर भी छा गया। विवेक ने आगे बढ़ जाना चाहा परन्तु कार का चालक उसे पहचान चुका था। वह कार का द्वार खोलकर बाहर निकल आया। विवेक ने देखा, यह और कोई नहीं, भावना थी - उसकी अपनी भावना - उसके विचारों की भावना - दिल की भावना तथा मस्तिष्क की भावना - उसके अहसास पर दिन रात छाई रहने वाली भावना - विवेक की समझ में कुछ नहीं आया कि उससे क्या कहे।

भावना विवेक को देख रही थी, इस प्रकार मानो आंखों पर विश्वास नहीं हो रहा था। जो व्यक्ति उसके अरमानों से खेलने के बाद चोर समान चुपके से भाग गया था आज कैसे वापस लौट आया? भावना ने विवेक की स्थिति परखी। प्लास्टर चढ़ा हाथ - उसी की तो देन थी यह! उड़ी-उड़ी रंगत - दाढ़ी बढ़ी हुई - लटें उलझी - आंखों में वीरानी - किसी की चाह - तलाश, किसी की क्यों? विवेक की आंखों में उसे अपनी और केवल अपनी ही तो चाह नजर आ रही थी - अपने प्रति तलाश थी उसकी आंखों में। विवेक दीवानों समान खड़ा हुआ था - कुछ सहमा-सहमा-सा - लज्जित भी था वह। भावना को विवेक पर दया आई। दिल में एक मिठास भी उठी। निश्चय ही विवेक उन परिस्थितियों को ठुकरा कर चला आया है जिनके कारण वह बम्बई से भाग गया था इस विश्वास को रखने के पश्चात् भावना मुस्कराई नहीं। होंठों पर गम्भीरता रखते हुए उसने कहा, 'तुम!' वह उसकी ओर दो पग आगे बढ़ी।

'हां भावना-।' विवेक ने लज्जापूर्ण स्वर में कहा, 'मैं आ गया हूं - अपनी सारी बेड़ियां तोड़कर - सारा संसार ठुकराकर...क्योंकि...क्योंकि मुझसे तुम्हारे बिना रहा नहीं जाता भावना। क्या तुम मुझे क्षमा नहीं करोगी?'

भावना की आंखों में आंसू छलक आए। यह आंसू विवेक को प्राप्त करने की प्रसन्नता के कारण निकले थे या विवेक की उजड़ी हुई स्थिति देखकर तड़पने के बाद निकले थे वह स्वयं अनुमान नहीं लगा सकी। उसके होंठ थरथरा गए। थरथराते होंठों से निकला, 'विवेक...ओह विवेक!' भावना से सब्र नहीं हो सका। वह इससे अधिक कुछ नहीं कह सकी और विवेक की ओर इस प्रकार लपकी मानो विवेक उसे दोबारा छोड़कर न चला जाए।

विवेक ने तुरन्त अपनी एक बांह उसके लिए आगे बढ़ा दी। दूसरी बांह पर प्लास्टर था इसलिए उठा नहीं सका। भावना उसकी छाती में समा गई। विवेक ने उसे अपनी एक बांह द्वारा छाती पर समेट लिया - बहुत सख्ती के साथ। दो दिल मिल गए - कभी अलग न होने के लिए। भावना को उसका संसार मिल गया - और साथ ही विवेक को भी।

* * *

बम्बई में विवेक के जाने के बाद भावना सुबह ही सुबह क्लीनिक गई थी - प्रसन्नता में डूबी विवेक को बताने के लिए कि मां को उन दोनों के प्यार के बारे में सब कुछ ज्ञात हो गया है तथा मां उससे मिलने आने वाली हैं परन्तु जब उसने विवेक के स्थान पर पत्र प्राप्त करके पढ़ा था तो ऐसा लगा था मानो इस बार वह स्वयं विवेक की कार के नीचे आ गई थी। दिल छलनी हो गया था। दर्द बर्दाश्त नहीं हो रहा था। आंखों में आंसू छलक आए थे। होंठों को सख्ती से काटती हुई वह दौड़ पड़ी थी निवास स्थान की ओर। मां ने देखा तो कुछ समझ नहीं सकी थी। प्रीति का दिल भी अज्ञात तौर पर धड़क गया था। यह सुबह-सुबह आज उसकी बहन को क्या हो गया?

डॉक्टर तिलक प्रसाद स्नान की तैयारी कर रहे थे। पिछली रात उन्हें विवेक तथा भावना के विषय में ज्ञात हो गया था। अपनी पसन्द से अधिक अब उन्हें भावना की पसन्द की चिंता थी इसलिए आज उन्हें अपनी बहन तथा विवेक की भेंट के बाद अपनी बहन की राय जान लेने की प्रतीक्षा थी। भावना को परेशानी की स्थिति से भागते देखा तो चकित रह गए। उनकी धर्म पत्नी भी कुछ नहीं समझ सकी। भावना किसी से बात करने के बजाए सीधी प्रीति के कमरे में प्रविष्ट हुई और पलंग पर गिरकर फूट-फूट कर रो पड़ी थी। उसके पीछे-पीछे प्रीति वहां लपक आई थी, प्रीति के पीछे भावना की मां भी थी तथा प्रीति के पिता भी। सबने भावना से उसके इस प्रकार रोने का कारण पूछा परन्तु भावना थी कि उसकी तड़पती हिचकियां उसे कुछ कहने का अवसर ही नहीं दे रही थीं। आखिर मां की डांट पर तथा प्रीति की जिद पर भावना ने उसी प्रकार रोते-बिलखते हुए बिना अपना मुखड़ा तकिए से उठाए विवेक का पत्र अपनी मुट्ठी खोल कर उनकी ओर बढ़ा दिया था।

मां ने पत्र पढ़ा तो विवेक को कोसे बिना नहीं रह सकी थी। उसकी नादान बेटी में ऐसी क्या कमी थी जो अपनी परिस्थिति का सामना करने के बजाए विवेक उसे छोड़कर भाग गया था? प्रीति ने पत्र पढ़ा तो उसे विश्वास नहीं हुआ था कि विवेक कभी उसकी बहन को इस प्रकार छोड़कर भाग सकता है? आखिर ऐसी क्या परिस्थिति थी जो विवेक ने भावना को छोड़कर दूसरा रास्ता अपना लिया था? प्रीति अपने सन्देह की पुष्टि करने के लिए तुरन्त क्लीनिक भी गई थी - ऐसा तो नहीं कि विवेक ने भावना के साथ कोई मजाक किया था -

परन्तु जब विवेक पूरी क्लीनिक में ढूंढ़ने के पश्चात नहीं मिला था तो उसके दिल को गहरा धक्का पहुंचा था। भावना के लिए उसे विवेक स्वयं बहुत पसन्द था।

क्लीनिक में तलाश करने के बाद उसने विवेक को ताजमहल होटल में भी फोन किया था - कमरा नम्बर एक सौ दो। भावना द्वारा प्रीति को पहले ही ज्ञात हो चुका था कि विवेक ताहमहल के कमरा नम्बर एक सौ दो में ठहरा है। परन्तु ताजमहल होटल के मैनेजर से उत्तर मिला था कि विवेक होटल छोड़कर जा चुका है। प्रीति को विवेक पर अत्यधिक क्रोध आया था। फिर जब वह अपने कमरे में पहुंचीं थी तो भावना उसी प्रकार रो रही थी। मां समझाते समझाते थक गई थी परन्तु भावना पर उसकी बातों का कोई प्रभाव नहीं पड़ा था। भावना का गम बांटने के लिए प्रीति उससे लिपट गई थी। आंसुओं के साथ उसके गम में सम्मिलित हो गई थी। बड़ी कठिनाई के बाद ही जब भावना के आंसुओं का सोता समाप्त हुआ था तो वह चुप हो सकी थी।

'तू आज ही विवेक को एक पत्र लिख।' प्रीति ने भावना के आंसुओं को अपने हाथों से पोंछते हुए कहा था, 'उसका पता क्लीनिक के रजिस्टर में तो है ही।'

'कोई आवश्यकता नहीं है उसे पत्र लिखने को।' भावना की मां ने उसे डांट दिया था, 'उसे यदि भावना का इतना ही ध्यान होता तो जाता ही क्यों?'

'मां...।' भावना ने अपनी हिचकियों पर काबू पाते हुए कहना चाहा था।

'बेटी...।' भावना की बात काटकर इस बार प्रीति की मां ने कहा, 'जो गैरों समान मुंह छिपाकर भाग गया उसे पत्र लिख कर अब लिखित रूप से भी उसके हाथों का खिलौना बनना सरासर मूर्खता है। वह अब कभी नहीं आएगा। मेरा विश्वास करो।'

भावना चुप हो गई थी। उसने अपनी मां जी तथा (मामी) की बात पर ध्यान दिया तो उनकी राय उचित ही लगी थी विवेक ने उसे कभी प्यार नहीं किया। प्यार किया होता तो वह उसे छोड़कर इस प्रकार नहीं जाता। विवेक केवल उसके अरमानों से खेलता रहा था ताकि उसका दिल क्लीनिक में लगा रहे। अब पत्र लिख कर उसे उसके आगे और सस्ती नहीं बनना चाहिए।

उसने प्रीति को देखा। प्रीति अपनी तथा भावना की मां जी की बातों से जरा भी सहमत नहीं थी। वह यह जानना भी चाहती थी कि आखिर ऐसी कौन-सी परिस्थिति थी जिसके दबाव में आकर विवेक भावना को छोड़कर भाग जाने पर विवश हो गया था? और यही कारण था कि जब भावना अपनी मां जी के साथ देहरादून के लिए जाने को तैयार हो रही थी तो प्रीति ने उसे चुपके से बता दिया था कि वह विवेक को स्वयं पत्र लिखेगी। तब भावना अनुमान नहीं लगा सकी थी कि प्रीति का विवेक को पत्र लिखना उचित होगा या नहीं? इसलिए वह खामोश रह गई थी। सोच लिया था कि यदि विवेक पर प्रीति के पत्र का प्रभाव नहीं पड़ेगा तो वह उसे भूल जाने का प्रयास करेगी।

भावना के देहरादून के लिए रवाना होते ही प्रीति ने विवेक को पत्र लिख दिया था। देहरादून पहुंचने के बाद जब मां ने अपने पति प्रभुनारायण को भावना तथा विवेक के विषय में बताया तो वह दिल थाम कर रह गए थे। बेटी की प्रसन्नता के लिए उन्होंने उसे कितनी छूट दे रखी थी। माता-पिता दोनों ने ही भावना को बहुत समझाया था कि विवेक को भूल जाए - इस प्रकार छिपकर जाने वाला कभी वापस नहीं आता। परन्तु भावना इच्छुक होकर भी उसे नहीं भूल सकी थी। विवेक को भूल जाना उसके प्यार का सरासर अपमान होगा - और वह भी इतना शीघ्र।

जब कभी वह एकान्त में होती तो विवेक उसके मस्तिष्क की खिड़की खोलकर दिल में उतर आता था। एक-एक क्षण को वह यादों के पर्दे पर दोहराती और फिर हल्के से बड़बड़ा उठती - हरजाई। परन्तु उसके पश्चात् वह विवेक की बेवफाई पर उससे घृणा नहीं कर सकी थी। दिल का जाने कौन-सा ऐसा कोना था जो धड़क-धड़क कर उसको विश्वास दिला रहा था कि विवेक उसके पास आएगा - ओर फिर कभी छोड़कर नहीं जाएगा। प्रेम में धोखा होने के पश्चात् उसे विवेक की अज्ञात तौर पर प्रतीक्षा थी - और विवेक आज वास्तव में आ गया था - सदा के लिए - उसकी आत्मा में रचकर रहने के लिए।

ऐसी स्थिति में वह क्यों नहीं उसे क्षमा करती? क्यों नहीं उसे स्वीकार करके उसकी छाती में समाती? पहला प्यार कभी नहीं मरता - पहला प्यार भावना का था - विवेक से - तथा विवेक का भी पहला प्यार भावना से ही था। जो स्थान उसने अपने दिल में भावना का रखा था वह अर्चना का कभी नहीं हो सका था। हां, कभी यह स्थान उसने अर्चना को देने की इच्छा अवश्य की थी परन्तु केवल इच्छा से ही क्या होता है? प्यार का स्थान तो स्वयं बनता है।

विवेक को भावना के दिल की गहराई में प्यार की नींव बन कर समाना था और वह समा चुका था - बहुत पहले ही - परन्तु उसे बम्बई में छोड़कर भाग जाने का कारण भी बताना था इसलिए उसने इसके लिए झूठ का सहारा लेकर उसे सन्तुष्ट कर देना चाहा था। परन्तु भावना को मानो उस पर पहले ही विश्वास था, प्यार करने वाले सन्देह करना प्यार का अपमान समझते हैं। परन्तु विवेक मानो भावना के विश्वास से सन्तुष्ट नहीं था। यही कारण था कि जब विवेक को भावना प्रसन्नता में डूबी अपने बंगले की ओर ले जाने के लिए कार में बिठाने लगी ताकि अपनी प्रसन्नता में अपने घरवालों को भी सम्मिलित कर सके तो विवेक को उसकी कार में बैठने से पहले पूछना ही पड़ा। उसने कहा, 'भावना तुमने पूछा नहीं कि मैं बम्बई से क्यों भाग गया था?' विवेक के स्वर में गम्भीरता के साथ एक निवेदन भी था - ऐसा निवेदन कि भावना उससे इस प्रकार अचानक बम्बई से भाग जाने का कारण पूछ सके।

'मैं इसकी आवश्यकता नहीं समझती।' भावना ने उसका हाथ पकड़कर उसे कार में बिठाना चाहा। बात उसने जारी रखी, बोली, 'मेरे लिए यह क्या कम है कि तुम वापस आ गए - सदा के लिए।'

भावना को अपने प्यार पर कितना विश्वास था - विवेक का दिल भर आया। उसका दिल चाहा कि वह भावना को अपनी वास्तविकता बता दे - बता दे कि वह पहले ही एक स्त्री का पति है - पागल स्त्री का पति, परन्तु वह ऐसा साहस नहीं कर सका। अपनी वास्तविकता प्रकट करके वह किस प्रकार भावना को छोड़ सकता था जिसके लिए वह अपना सब कुछ त्याग करके यहां चला आया था। फिर भी उसे भावना को सन्तोष तो देना ही था। भावना उससे कुछ नहीं पूछ रही थी परन्तु भावना के घर वाले तो उससे बम्बई से चुपचाप भाग जाने का कारण पूछेंगे।

उसने कार में बैठने से पहले कहा, 'परन्तु मैं तुम्हें सब कुछ बता देना चाहता हूं।' भावना रुक गई। विवेक की बात न सुनने की इच्छुक होते हुए भी सुनने पर विवश हो गई। विवेक ने उससे कहा, 'भावना, दरअसल बात यह है कि बचपन में ही मेरे माता-पिता की मृत्यु हो गई थी। उसके बाद मुझ पर दया करके जिन लोगों ने मुझे पाला-पोसा तथा शिक्षित बनाया वह अपने एक रिश्तेदार की बेटी से मेरा विवाह कर देना चाहते थे। यही कारण है कि जब मुझे तुमसे प्यार मिला तो मैं अन्दर ही अन्दर तुम्हारे प्यार तथा अपने पालने वालों के एहसान के एहसास को लेकर संघर्ष करने पर विवश रहता था। और उस दिन जब तुम्हारी मां जी से मिलने का अवसर आया तो मैं उन्हें धोखा देने से पहले ही भाग खड़ा हुआ। मुझे विश्वास था कि तुम मुझे एक धोखेबाज समझने के पश्चात् क्षमा कर दोगी परन्तु यदि मैं मां जी से भेंट कर लेता तो वह मुझे क्षमा ही नहीं करतीं वरन् जीवन भर मुझे अभिशाप भी देती रहतीं।

भावना विवेक की बातें पूरे विश्वास के साथ बहुत ध्यान से सुनती रही और विवेक उसी प्रकार कहता रहा, 'परन्तु तुम्हें छोड़ कर जाने के बाद मुझसे एक क्षण भी नहीं रहा गया। और जब मुझे प्रीति का पत्र प्राप्त हुआ तो विश्वास करो भावना, तुमसे मिलने के लिए मेरे दिल की आग भड़क उठी और इसलिए मैं सब कुछ छोड़कर ही नहीं, ठुकरा कर भी तुम्हारे पास चला आया हूं। अब मैं उन लोगों के लिए सदा के लिए मर चुका हूं जिन्होंने मुझे पाला-पोसा था। अब मैं तुम्हारे लिए जीवित रहना चाहता हूं - केवल तुम्हारे लिए। मुझे अपने से कभी अलग मत करना। मुझे अपने से अलग तो नहीं करोगी ना।'

विवेक ने अपने प्यार को साकार रूप देने के लिए झूठ का सहारा अवश्य लिया था परन्तु इस प्यार में कितनी सच्चाई थी, कितनी गहराई थी यह एक प्यार करने वाला दिल ही जानता है।

भावना ने विवेक की बातें सुनीं तो दिल भावुक हो उठा। विवेक की व्यक्तिगत वास्तविकता से अनभिज्ञ होते हुए भी वह विवेक के वास्तविक प्रेम से अवश्य भिज्ञ थी क्योंकि यह एक सच्चाई थी। प्यार के अनेक रूप होते हैं और रूप के अनेक रंग होते हैं। विवेक के सच्चे प्यार का एक यह भी रूप था - रूप का एक यह भी नया रंग था। विवेक के प्यार की गहराई को देखकर भावना की आंखों के कोने भी नम हो गए परन्तु वह मुस्करा दी - चमकती

दृष्टि के साथ। उसे अपने जीवन का सबसे बड़ा खजाना मिल गया था। मन ही मन उसने अपनी बहन प्रीति को भी धन्य कहा जिसने विवेक को पत्र लिखकर उसे अपने प्यार में निर्णय लेने पर शीघ्र ही बाध्य कर दिया था। उसने विवेक को कार में बैठने का संकेत किया तो इस बार वह चुपचाप अन्दर बैठ गया। उसका प्यार साकार था। प्रयत्न असफल नहीं गया था।

भावना विवेक को लेकर अपने बंगले पहुंची। वह एक छोटा परन्तु अत्यन्त सुन्दर बंगला - नारंगी रंग की दीवारें। ऐसा लगता था मानो हरी-हरी घास में एक जंगली परन्तु सुन्दर फूल अंगड़ाई ले रहा हो। एक ओर से भावना तथा दूसरी ओर से विवेक भी कार से बाहर उतरा तो विवेक का दिल बुरी तरह कांप रहा था। पूछताछ में कहीं भावना के माता-पिता बाल की खाल न निकालने लगें। अपनी बेटी को कोई यूं ही किसी के सुपुर्द नहीं कर देता। भावना विवेक के समीप आई। उसकी आंखों में आंखें डालकर मुस्कराई। आंखों की चमक द्वारा चहकी। उसका हाथ पकड़कर उसे अपने बंगले के अंदर ले जाना चाहा परन्तु फिर हाथ पकड़ते-पकड़ते रुक गई। उसके माता-पिता जाने क्या कहते? उसने उसी मुस्कान के साथ कहा, 'यही मेरा छोटा-सा निवास स्थान है - यहीं अब हमारा संसार होगा। आओ चलो।' भावना ने विवेक को बंगले के अंदर चलने का संकेत किया।

विवेक ने बंगले पर दृष्टि जमा दी। बरामदे के बीच का भाग खुला हुआ था परन्तु बरामदे के अगल-बगल का भाग मोटे कैनवस के परदे से ढका हुआ था। फार्म होने के कारण शायद अधिक उड़ती गर्द से बचाव करने का यही एक रास्ता था। फिर भी बीच के खुले भाग द्वारा बरामदे में रखी कुछेक अखरोट की लकड़ी की कुर्सियां स्पष्ट दिखाई पड़ रही थीं। किनारे फर्श पर या छत से लटकते गमले भी दिखाई दे रहे थे जिनमें नीचे फूलों के पौधे थे तो ऊपर के गमलों में हरी-भरी लतरें भी लटक रही थीं। हैदराबाद की नर्क जैसी हवेली के सामने विवेक को यह छोटा-सा सुन्दर बंगला वास्तव में स्वर्ग लगा। अब उसका यही एक संसार था। इसी संसार को, इसी स्वर्ग को अपनाने के लिए तो वह अपना अतीत ठुकरा कर यहां चला आया था। उसने भावना को देखा। एक गहरी सांस ली फिर जब भावना ने पग बढ़ाया तो वह भी उसके साथ कदम मिलाता हुआ आगे बढ़ गया - अपने नए संसार में प्रवेश करने के लिए। शायद उसके जीवन की सारी खुशियां इसी एक संसार के खुले द्वार पर प्रतीक्षा कर रही थीं।

विवेक बंगले के बरामदे पर चढ़ा तो उसके दिल की धड़कनें और भी तेज हो गईं परन्तु भावना के साथ का उसे बहुत सहारा था। भावना के साथ वह सामने के खुले द्वार में प्रविष्ट हो गया। यह बंगले की बैठक थी। अच्छे प्रकार के सोफे, फर्श पर कालीन, दीवारों पर खानदानी फोटोग्राफ तथा गिनी-चुनी चित्रकारी के नमूने बंगले में रहने वालों के अच्छे स्तर का पता दे रहे थे भावना ने विवेक को बैठक में एक सोफे पर बैठाया। फिर लपककर वह अन्दर के एक कमरे में चली गई। विवेक एक बार फिर कमरे की सादी परन्तु आकर्षक सुन्दरता में खो गया।

भावना अपने मुखड़े पर असीमित रौनक लिए अन्दर के कमरे में पहुंची तो उसके माता-पिता एक-दूसरे के सामने गम्भीर बैठे मानो उसी के लिए चिंतित थे। लड़की ने जब से प्यार में धोखा खाया है सदा खोई-खोई सी रहती है। क्यों न शीघ्र ही उसका हाथ किसी अच्छे वर के हाथ में दे दिया जाए। भारतीय लड़कियां तो गऊ समान सीधी होती हैं। जिसके पल्ले केवल एक बार बांध दी जाए, सदा के लिए उसी की ही रहती हैं, प्रभुनारायण अपनी पहिएदार कुर्सी पर बैठे हुए थे तथा उनकी धर्मपत्नी सामने के सोफे पर। भावना जब कमरे में प्रविष्ट हुई तो उसके मुखड़े पर आशा के विपरीत चमक देखकर दोनों ही चौंक गए। कुछ समझ में नहीं आया कि बेटी को बैठे-बिठाए क्या हो गया है।

'मां-।' भावना ने कहते हुए अपने माता-पिता दोनों को ही देखा - कुछ लजाते, मुस्कराते तथा अपनी प्रसन्नता पर काबू करते हुए। बात उसने जारी रखी। बोली - 'वह...वह आ गए हैं।'

'कौन आ गए हैं?' प्रभुनारायण तथा उनकी पत्नी ने लगभग एक साथ ही पूछा - मस्तक पर बल डालकर। मानो कुछ समझे नहीं। दिल अज्ञात ढंग से धड़क उठा।

भावना ने अपनी दिल की प्रसन्नता का परदा खोल देना चाहा परन्तु होंठ कलियों समान कांप कर रह गए। लाज के कारण उसके कपोल और गुलाबी हो गए। अपनी प्रसन्नता पर वह काबू नहीं कर सकी तो अपने पिताजी की पीठ की ओर चली आई। बहुत दुलार तथा प्यार के साथ उसने अपने पिताजी के गले में अपनी बांहों की माला पहना दी। फिर उसी दुलार तथा प्यार के साथ उनके सिर पर गाल रखती हुई बोली, 'वही - विवेक।'

'क्या?' उसके माता-पिता अचानक चौंक गए...कानों पर विश्वास नहीं हुआ।

'मैं ठीक कह रही हूं मां।' भावना कहती हुई अपने पिता जी के सामने आ खड़ी हुई। बोली, 'इस समय वह बैठक में बैठे हैं।'

मां ने एक क्षण सोचा...उसकी बेटी के अरमानों से खेलने के लिए विवेक की यह कोई दूसरी चाल तो नहीं है? मस्तक पर बल डालकर उसने कहना चाहा, 'लेकिन...।'

'मां...।' भावना ने मानो मां का संदेह भांप लिया। विनती करती हुई बोली वह, 'उनसे कुछ भी न कहिएगा। वह स्वयं बहुत लज्जित हैं। उन्हें क्षमा कर दीजिएगा। अब वह यहां से कभी नहीं जाएंगे।' भावना के माता-पिता ने एक-दूसरे को देखा। फिर जब दोबारा भावना को देखा तो भावना ने उन्हें विवेक के बम्बई से चोरी छिपे भाग जाने की वही सारी मजबूरी कह सुनाई जो विवेक ने उसे बताया था।

प्रभुनारायण तथा उनकी धर्मपत्नी के दिल में विवेक की विवशता बैठ गई - वरन उन्हें विवेक पर दया भी आई। अनाथ बच्चों को किस-किस कठिनाई का सामना करना पड़ता है! भावना ने बात समाप्त करते हुए अपनी मां जी से कहा, 'मां, विवेक कह रहा था कि उससे धोखा खाने के बाद मैं तो उसे क्षमा कर सकती थी परन्तु यदि वह तुमसे भेंट कर लेता तो तुम

उसे क्षमा करना तो दूर, जीवन भर उसे अभिशाप देती रहतीं। यही कारण है कि वह तुमसे मिलने से पहले ही बम्बई छोड़कर चला गया था।'

भावना की मां ने अपने पति को देखा। फिर कुछ सोचकर उठ खड़ी हुई। अपने हाथों से अपने पति की कुर्सी ढकेल कर पति को साथ ले जाना चाहती तो भावना ने कु ुर्सी संभाल ली। मां साथ-साथ चलने लगी। तीनों एक के पीछे एक बैठक में प्रविष्ट हुए। विवेक एक दोषी समान सिर झुकाकर हथेली पर रखे हुए था - कोहनी को सोफे के बाजू पर रखकर मोड़ते हुए जाने किन विचारों में डूबा हुआ था? फिर भी वह भावना के माता-पिता के दिल की गहराइयों में एक ही दृष्टि में उतर गया। कौन कह सकता था इस सुंदर व्यक्तित्व का मालिक कारण ही उनकी लड़की को छोड़कर जा सकता था?

विवेक ने बैठक में किसी के प्रवेश करने की आहट सुनी तो चौंक गया। उसने भावना को एक अपंग सज्जन की पहिएदार कु ुर्सी ढकेलते देखा तो तुरंत समझ गया कि यही भावना के पिताजी हैं। बम्बई में भावना विवेक को पहले ही अपने पिताजी के विषय में बता चुकी थी। साथ ही स्त्री को देखकर भी वह तुरन्त समझ गया कि यह भावना की माताजी हैं। वह तुरन्त खड़ा हो गया। दिल की धड़कनें और तेज हो गईं। अपने ही दोष के बोझ से दब कर उसने अपनी पलकें झुका लीं। भावना के माता-पिता अपने मन की सन्तुष्टि के लिए जाने क्या उससे पूछें? यही कारण था कि वह उन्हें नमस्ते भी न कर सका।

'बैठो बेटा - बैठो-बैठो-।' उसके सामने आकर अचानक भावना की मां ने कहा।

विवेक ने भावना की मां को देखा। फिर उनके चरण छूते हुए बोला - 'मां, मुझे क्षमा कर दीजिएगा। मैं स्वयं बहुत लज्जित हूं...।'

'ठीक है बेटा - सब ठीक है।' भावना की मां जी ने विवेक को अपने चरण छूने से पहले ही बांहों से थामकर उठा लिया, फिर बोलीं, 'मानव के जीवन में ऐसे अनेक मोड़ आते हैं जब उसे अपनी इच्छाओं की आहुति देनी पड़ती है। परन्तु यह अच्छा ही हुआ कि तुम शीघ्र चले आए वरना हम भावना का विवाह जबरदस्ती कहीं न कहीं अवश्य कर देते।'

विवेक ने कुछ नहीं कहा। वरन भावना की मां की उदारता पर उसका दिल भर आया। मन ही मन लज्जित होते हुए उसने भावना के पिताजी के चरण भी छुए तो उन्होंने उसे आशीर्वाद दिया। विवेक से भावना के माता-पिता ने कुछ भी नहीं पूछा तो विवेक सोचे बिना नहीं रह सका कि यह वंश कितना सीधा है - कितना अच्छा तथा ईमानदार। छल-कपट तो दूर, केवल विश्वास करके ही यह लोग दूसरों का मन जीत लेना जानते हैं।

उसी समय विवेक को बंगले में एक कमरा देकर भावना के माता-पिता ने विवेक को अकेला छोड़ दिया परन्तु भावना ने उसका पीछा नहीं छोड़ा, उसे नहाने-धोने का भी समय नहीं दिया, विवेक को भी अभी इतनी जल्दी नहीं थी। अभी तो उन दोनों को आपस में बहुत

सारी बातें करनी थीं। दो प्रेमी मानो एक युग बाद आपस में मिले थे। दोनों की ही बांहें एक-दूसरे को आपस में समाने के लिए तड़प रही थीं। गले से गले मिलने के लिए छाती भड़क रही थी। जो मिलन आज से पहले नहीं हुआ था...वह आज हो जाना चाहता था, आंखों में आंखें तथा बांहों में बांहें डालकर दोनों के होंठ आपस में मिलकर मानो जीवन भर की प्यास बुझा लेना चाहते थे - और ऐसा ही हुआ भी। बिछड़ने के बाद मिल का जो आनन्द होता है वह बिछड़ने से पहले कभी नहीं होता।

घंटों एक कमरे में बैठकर बातें करने के बाद भी दोनों का दिल नहीं भरा। बातें थीं कि समाप्त होने का नाम ही नहीं ले रही थीं। परन्तु माता-पिता का लिहाज करके भावना विवेक को लेकर बंगले से बाहर निकल गई। फिर पक्षी चहके। वृक्षों के ऊपर कलाबाजी लगाकर चहकते हुए यह पक्षी दूर-दूर तक निकल जाते थे, दोनों को उनका संसार मिल गया था। प्रसन्नताएं असीमित होकर उनसे संभाले नहीं संभल रही थीं। बस, यहां एक इच्छा थी दोनों की ही - यह संसार अपनी धुरी पर घूमने के बजाए इसी स्थान पर ठहर जाए। दीवानगी की यह सीमा अपनी जगह पर स्थिर हो जाए। अब और उन्हें कुछ भी नहीं चाहिए था। भावना भी यही चाहती थी और विवेक भी। इतने दिनों बाद जब विवेक भावना से मिला तो एक क्षण के लिए भी अर्चना को याद नहीं कर सका।

उस शाम सूर्य डूबने से पहले भावना की बहन भी आ गई। आभा उसका नाम था। आभा देहरादून शहर में एक कॉलेज की छात्रा थी। वहां वह होस्टल में ही रहती थी। केवल सप्ताह के अन्त अर्थात् शनिवार की शाम को ही घर आती थी - वह भी कॉलेज के नियमानुसार महीने में केवल दो बार - और फिर रविवार की शाम को या सोमवार की सुबह उसे दोबारा अपने कॉलेज वापस पहुंच जाना पड़ता था। फार्म शहर से दूर था इसलिए प्रभुनारायण उसे लाने तथा वापस पहुंचाने के लिए ड्राईवर द्वारा गाड़ी भेज दिया करते थे। यद्यपि आज शनिवार नहीं था फिर भी प्रभुनारायण ने आभा को बुलवा भेजा था ताकि वह अपनी बहन की प्रसन्नता में सम्मिलित हो सके। इसके अतिरिक्त अगले ही दिन वह अपनी बेटी भावना की मंगनी विवेक के साथ कर देने का निश्चय कर चुके थे। जब तक मंगनी न हो विवेक उनके लिए पराया ही था और घर में दो जवान बेटियों के होते हुए एक परा पुरुष को रखना उचित नहीं था। मंगनी के बाद विवेक का इस घर का आधा दामाद बनना तो स्वाभाविक ही था।

विवेक से आभा की भेंट हुई तो उसने आभा को प्रीति से किसी भी प्रकार कम चंचल नहीं पाया। एक ही दिन में आभा विवेक से इस प्रकार घुल-मिल गई मानो वर्षों से दोनों एक-दूसरे को जानते हों। आभा भावना के समान ही सुन्दर थी, परन्तु गंभीर नहीं थी, चंचल थी। उस रात आभा विवेक के कमरे में बैठकर भावना के सामने ही विवेक को खूब मूर्ख बनाती रही और विवेक को ऐसा लगा मानो बम्बई के समान यहां भी उसका जीवन निश्चिंत हो गया है। विवेक ने आभा जैसी साली पाकर स्वयं को धन्य कहा। ऐसे ही जीवन की तो उसे तलाश

थी। ऐसी ही प्रसन्नता तथा शांति की तो उसकी आत्मा प्यासी थी। और आज उसे सब कुछ मिल चुका था - उसकी तड़पती आत्मा की प्यास बुझ चुकी थी।

परन्तु उस रात जब वह अकेले कमरे में अपने पलंग पर लेटा तो अर्चना ने उसके मालिक की खिड़की खोलकर दिल की गहराई में फिर झांक लिया। इस समय अर्चना का जाने क्या हाल होगा? पागल तो वह अब सदा के लिए ही हो चुकी है फिर भी क्या वह उसे भुला सकेगा? वह तो उसके शरीर का एक अंग थी परन्तु मानव के लिए अपने उस अंग को काटकर फेंक देना आवश्यक बन जाता है जब वह नासूर बन जाता है। यदि नासूर बना अंग न काटा जाए तो सारे शरीर में जहर फैल जाता है। विवेक इन्हीं विचारों का सहारा लेकर स्वयं को तसल्ली देता रहा फिर भी अर्चना को काफी देर तक याद करता रहा। परन्तु उसे विश्वास था कि भावना का प्यार उसके मन से अर्चना की याद सदा के लिए मिटा देगा। एक पागल लड़की को याद करने से लाभ भी क्या था।

चार

मंगनी के बाद विवेक तथा भावना का विवाह शीघ्र ही हो गया। विवाह बहुत साधारण हुआ था। केवल निकटीय रिश्तेदार तथा गिने-चुने लोग ही आए थे। प्रीति के घरवाले भी आए थे। प्रीति ने अपनी उपस्थिति द्वारा विवेक को एक पल भी चैन से रहने नहीं दिया। प्रीति तथा आभा मिल बैठीं तो उनकी चंचल बातों के सामने विवेक काठ का उल्लू बन गया। फिर भी विवाह के समय विवेक को अर्चना बहुत याद आई - विवाह की हर रीति पूरी करते समय - आरम्भ से अन्त तक। अर्चना से विवाह करते समय ऐसा ही मंडप था - ऐसी ही साधारण रौनक भी थी। परन्तु उस दिन उसने कितने सारे स्वप्न देखे थे - जीवन को स्वर्ग बनाने के अनेक स्वप्न। और वह पूरे नहीं हो सके। परन्तु आज वह कोई भी स्वप्न नहीं देख रहा था। वह जानता था उसे बिना कोई स्वप्न देखे ही उसका स्वर्ग मिल जाएगा। भावना उसका प्यार थी। भावना को प्राप्त करने के लिए ही उसने अपने विवेक से क्या संघर्ष नहीं किया? भावना का मन जीतने के लिए, उसे प्रसन्न रखने के लिए, उसका विश्वास प्राप्त करने के लिए उसने झूठ कहते हुए किस प्रकार अपने अतीत पर परदा डाला था यह वही जानता था। परन्तु वह सन्तुष्ट था, प्रसन्न था - और उसके साथ सभी सन्तुष्ट और प्रसन्न थे। अर्चना तथा अर्चना के घरवालों के लिए तो वह पहले ही मर चुका था।

फिर दिन बीतने लगे। बीतते दिनों के साथ विवेक के दिल से अर्चना की याद कम होने लगी। अर्चना के बारे में सोचने का मानो उसे समय ही नहीं मिलता था। हर क्षण तो भावना उसके पास समाई रहती - दिन में उसकी पलकों की छावं तले तो रात में बांहों की लपेट में। दिन इस प्रकार बीतने लगे जैसे हवा के तेज झोंके निकल रहे हों। समय का पता ही नहीं चलता। फिर धीरे-धीरे विवेक ने इंजीनियरिंग का स्वप्न छोड़कर फार्म का काम संभाल लिया।

ऐसा करते समय उसे अधिक कठिनाई का सामना नहीं करना पड़ा। फार्म का काम सीखने में उसे अपने फार्म के मैनेजर से बहुत सहायता मिली। परन्तु इंजीनियरिंग का शौक उसके अन्दर दम नहीं तोड़ सका। वह शौक इतनी आसानी से कैसे समाप्त हो सकता था जिसकी नींव उसने बचपन से अपने अन्दर डाल रखी थी? यही कारण था कि जब बीतते दिनों के साथ उसे कभी थोड़ा-सा भी समय मिल जाता तो वह उन पत्रिकाओं या पुस्तकों को पढ़ने बैठ जाता जिनमें इंजीनियरिंग सम्बन्धी कोई विषय होता। इन्हीं सब व्यस्तता के दबाव में आकर उसका अतीत उससे बहुत दूर चला गया।

अब वह भूले-भटके ही अर्चना को याद करता, वह भी भावना की अनुपस्थिति में - खेतों में - ट्रैक्टर चलाते या अन्य कार्य करते समय। परन्तु तब उसके मन में एक हल्की-सी इच्छा पनप उठती। वह चोरी छिपे हैदराबाद जाए। जाकर देखे कि अर्चना का क्या हाल है? कहीं उसके पागलपन से उकताकर उसके घरवालों ने उसे पागलखाने तो नहीं भेज दिया है? अपने पागलपन की इस अधिकता के कारण कहीं उसकी मृत्यु तो नहीं हो गई है? वह जीवित है भी या नहीं? परन्तु फिर विवेक अपनी इस कमजोर इच्छा का गला दबा देता - बहुत आसानी के साथ। हैदराबाद जाने से अब लाभ भी क्या था? कहीं कोई उसे हैदराबाद में देख लेता तो वह न इधर का रहता न उधर का। अपनी मृत्यु की धोखाधड़ी में उस पर अलग मुकदमा चलता। उसका स्वर्ग वही था...देहरादून में - इस फार्म में - भावना के प्यार की छांव तले - और यह स्वर्ग उसे मिल चुका था।

एक वर्ष बाद आभा का भी विवाह हो गया। वह अपने पति के साथ चली गई तो घर जैसे सूना-सा हो गया। विवेक से शरारत भरी बातें करने वाला अब कोई नहीं था। परन्तु उसका घर अधिक दिन सूना नहीं रहा। डेढ़ वर्ष बाद भावना ने एक नन्ही-मुन्नी बच्ची को जन्म दिया - अत्यन्त प्यारी-सी बच्ची। बच्ची को जन्म देते समय भावना की जान के लाले पड़ गए थे। ऑपरेशन थिएटर में भावना तड़प रही थी तथा ऑपरेशन थिएटर के बाहर विवेक। कितनी ही दवाइयां तथा इंजेक्शन उसे स्वयं शहर की अन्य दुकानों से जाकर लानी पड़ी थीं जो अस्पताल में उपलब्ध नहीं हो सकी थी। बच्ची का नाम उसने मीना रखा।

इस बच्ची में विवेक का मन ऐसा लगा कि उसका रहा-सहा अतीत भी उसके दिल के परदे में कम होकर एक धुंध बन गया। बच्ची को दिन-रात वह अपनी छाती से लगाए रहता। खूब प्यार करता। अपने साथ ही सुलाता भी उसे अपने तथा भावना के मध्य। भावना से उसका प्यार वही था जो पहले था। शायद बढ़ ही गया था क्योंकि भावना उसकी एकमात्र बच्ची की मां थी। भावना कभी-कभी बच्ची को दूसरी ओर किनारे लिटाकर उसके समीप चली आती थी। उसके कन्धे या बाजू पर सिर रखकर बहुत प्यार से सो जाती थी क्योंकि वह भावना का स्वर्ग था तथा भावना का प्यार उसका अपना स्वर्ग था। नन्हीं-मुन्नी बच्ची मीना

जैसे-जैसे बड़ी होने लगी वैसे-वैसे उसका रंग-रूप भी खिलने लगा। विवेक के मन में अपनी बेटी के प्रति समाया प्यार बहुत अधिकता के साथ बढ़ने लगा। अपनी लाडली को वह फार्म पर भी लिए रखता। उसकी तोतली भाषा में बातें सुनता तो सब कुछ भूल जाता। इसके साथ ही उसके दिल पर अतीत की रही-सही छाई धुंध मिटने लगी।

रात के सन्नाटे में भावना उसकी छाती पर या बाजू पर सिर रखकर निद्रा में विवेक के सपने देखती होती तब भी कभी-कभी अर्चना उसे याद आ ही जाती। तब दिल में एक इच्छा भी उठती - कभी तीव्र तो कभी एक हल्की-सी इच्छा। अर्चना अब कैसी है? पागल तो वह सदा के लिए ही हो चुकी है फिर भी पता चलाए कि वह जीवित है भी या नहीं? आखिर वह उसकी धर्म-पत्नी थी। उसकी बांहों की शोभा रही थी - अगणित रातें उसने उसके साथ बिताई थीं। अपने होश और हवाश में वह उसे कितना अधिक प्यार करती थी वह भी तो उसे कितना अधिक प्यार करना चाहता था। उसका और केवल उसका ही बनकर रहने का उसने सपना देखा था। विवाह से पहले तो कभी सोचा भी नहीं था कि वह पागल है जिसके करण उसके देखे प्यार के सपने छिन्न-भिन्न हो जाएंगे। भाग्य किसे, कब और कहां ला पटकता है कोई नहीं जानता।

परन्तु धीरे-धीरे समय के साथ अतीत की यह रही सही धुंध भी मिट गई। समय बड़ा बलवान है। जीवन का हर घाव धो देता है तो अतीत भी भुला देता है। रात के सन्नाटे में यदि अब उसे अर्चना कभी भूले-भटके याद आ भी जाती तो वह उसके लिए चिंतित नहीं होता। उसके विषय में सोचता नहीं। भावना के प्यार तथा समय के साथ बड़ी होती मीना में वह ऐसा खो गया कि उसके दिल ने अर्चना के विषय में कुछ जानने या सोचने की आवश्यकता ही नहीं महसूस की। दिल अज्ञात तौर पर भी परिस्थिति से मेल करने को तैयार हो ही जाता है। समय की मांग ही ऐसी है।

मीना और बड़ी हो गई। उसका रंग-रूप और निखर आया। विवेक का प्यार उसके प्रति और बढ़ गया। मीना भी विवेक से ही दुलार करती। मां तथा अपनी नानी-नाना की वह मानों चिंता ही नहीं करती। बेटियां यूं भी अपने पिता की अधिक दुलारी होती हैं। सुबह या शाम के मनमोहक वातावरण में फार्म की पगडंडियों पर वह विवेक के आगे-पीछे पक्षियों के समान फुदकती फिरती। विवेक की वह आत्मा पहले ही थी - मन की शांति।

यही कारण था कि जब वह पाठशाला जाने योग्य हुई, उसे छात्रावास में डालना पड़ा, वह भी देहरादून के शहर में क्योंकि फार्म के आसपास कोई पाठशाला नहीं थी, तो विवेक को मीना की दूरी बहुत अखरी परन्तु यह मीना के भविष्य का प्रश्न था। विवेक को अपने दिल पर पत्थर रखकर उसकी दूरी सहन करनी ही पड़ी। यदि पाठशाला अधिक दूर नहीं होती तो वह मीना को कार द्वारा पाठशाला छोड़ने तथा लेने सुबह शाम प्रतिदिन ही जाता। कार की इतनी लम्बी यात्रा करने के बाद उसकी लाडली थक जाती तो पढ़ती भी क्या? इसके अतिरिक्त

छात्रावास में रहकर पढ़ने में जो सुविधा उसे उपलब्ध थी वह शहर से इतनी दूर घर पर रहने में उपलब्ध भी कैसे होती? मीना को छात्रावास में डालने के बाद वह उसे स्वयं शनिवार को जाकर घर ले आता था - एक मास में दो बार, जैसा कि छात्रावास का नियम था। फिर छात्रावास के नियमानुसार ही उसे मीना को अगले रविवार की शाम को छात्रावास वापस छोड़ भी आना पड़ता था।

दिन बहुत तेजी के साथ बीतने लगे । मीना और बड़ी हो गई। उसका रंग और अधिक खिल गया। सुन्दरता जवानी में अंगड़ाई लेने को मचल उठी। वह दसवीं कक्षा में पहुंची परन्तु उसका बचपना वैसा ही था। विवेक के गले में बांहें पहनाकर वह छोटी-छोटी बात पर झूल जाती। जब भी वह किसी छुट्टी के मध्य विवेक से मिलती बिछड़ती, विवेक उसके होंठों द्वारा अपने गाल पर एक प्यार अवश्य लेता। विवेक की सारी खुशियां मीना में सीमित होकर रह गई थीं। मीना के छोटे-छोटे नखरे उठाने में भी वह आकाश धरती इस प्रकार एक कर देता कि भावना को टोकना पड़ जाता था। ऐसा न हो कि बच्ची दुलार में आकर बिगड़ जाए। परन्तु विवेक किसी भी बात की चिन्ता नहीं करता। मीना की हर इच्छा पूरी करने में उसे एक आत्मिक शांति तथा प्रसन्नता का आभास होता ।

समय के साथ विवेक में भी परिवर्तन आ गया - आयु के साथ शरीर परिवर्तन। कुछ बाल पक कर सफेद हो गए । मुखड़े पर कुछ झुर्रियां भी पड़ गई। वह अब पहले जैसा छैल छबीला व्यक्ति नहीं था। वह एक सुलझा हुआ व्यक्ति था। उसके स्वभाव में गम्भीरता आ गई थी। जीवन में एक ठहराव-सा आ गया था परन्तु उसके व्यक्तित्व में कोई परिवर्तन नहीं हुआ था - कोई विशेष परिवर्तन जिससे वह पहचाना न जा सके। समय बदल जाता है - एक युग बीत जाता है परन्तु मानव का व्यक्तित्व कभी नहीं बदलता। एक न एक बात उसके अन्दर सदैव उपस्थित रहती है जो वर्षों बाद भी उसकी पहचान बता देती है। परन्तु भावना उसकी दृष्टि में कभी नहीं बदली। वही सुन्दरता, वही आकर्षण, वही मुस्कान उसके अन्दर अब भी उपस्थित थी जिन पर वह जी जान से निछावर था। हां, मीना के नाना-नानी काफी बूढ़े दिखाई पड़ने लगे थे।

मीना ने दसवीं कक्षा पास की तो उसकी मां जी तथा नाना-नानी की राय पर विवेक मीना को दिल्ली ले गया और वहां के एक कॉलेज में उसका प्रवेश करा दिया। मीना का देहरादून से इतनी दूर जाना विवेक को बहुत अखरा। परन्तु मीना के भविष्य का प्रश्न था। वह अपने हाथों से अपने बेटी को प्यारे-प्यारे पत्र लिखता, हर छुट्टी में उसे स्वयं लेने जाता। मीना पिता के दुलार में सब कुछ भूल जाती। विवेक जब भी मीना को लेने जाता, मीना के अंदर सुन्दरता की अंगड़ाई पहले से अधिक दिखाई पड़ती। मीना शिक्षा समाप्त करते-करते बी. एस-सी. की छात्रा बन गई। बी. एस-सी. की अन्तिम परीक्षा समाप्त होने के बाद जब विवेक मीना को लेने गया तो मीना बहुत उदास थी इस प्रकार मानो कॉलेज छोड़कर घर नहीं जाना चाहती हो।

विवेक को मीना की यह उदासी बड़ी विचित्र लगी। इससे पहले जब भी वह किसी छुट्टी में मीना को लेने आया था वह देहरादून जाने की प्रतीक्षा में पहले ही बहुत अधीर बैठी मिलती थी। परन्तु फिर उसने सोचा, इतने वर्ष मीना ने कॉलेज में अपना जीवन व्यतीत किया था इसलिए कॉलेज सदा के लिए छोड़ते समय दिल का उदास होना स्वाभाविक ही है। शायद इससे पहले छुट्टियों में घर जाते समय मीना इसलिए प्रसन्न रहा करती थी क्योंकि वह जानती थी कि छुट्टियां समाप्त होने के बाद उसे एक दिन कॉलेज वापस तो पहुंचना ही है। मीना के साथ सामान उठवाकर विवेक दिल्ली के स्टेशन पर पहुंचा। फिर जब वह अगली सुबह मीना के साथ पहली श्रेणी के चार बर्थ वाले एक डिब्बे में बैठा तो मीना ने तुरन्त अपने लिए डिब्बे में खिड़की के समीप ही एक सीट सुरक्षित कर ली। संयोग से डिब्बे में और कोई भी यात्री नहीं था। सहसा विवेक ने ध्यान दिया कि मीना की खिड़की के समीप प्लेटफार्म पर एक लड़का मीना के दृष्टिकोण में आगे पीछे टहलते हुए बहुत बेचैनी के साथ चक्कर काट रहा था। मीना भी उसकी दृष्टि बचाकर उस युवक को देख लेती थी, कुछ इस प्रकार मानो उससे मिलने के लिए वह स्वयं भी तड़प रही हो। मीना की दृष्टि में उस युवक के प्रति असीम प्यार छलक रहा था। यही स्थिति उस युवक की भी थी।

विवेक की दृष्टि से अपनी बेटी तथा युवक की दृष्टि द्वारा छलकता अपार सागर का प्यार छिपा नहीं रह सका। उसके अनुभवी मन ने बहुत कुछ सोचा तो किसी सीमा तक वह मीना तथा उस नवयुवक की बेचैनी की तह तक पहुंच ही गया शायद यह चक्कर लगाता युवक मीना के साथ ही पढ़ता है। कॉलेज में छिपकर मिलने और फिर बिछड़ने के बाद भी अब यह दोबारा एक दूसरे से मिलने को तड़प रहे हैं। प्यार में ऐसा होता है। बार-बार मिलकर बिछड़ने के बाद भी मिलते रहने का दिल तड़पता रहता है। विवेक की समझ में आ गया कि मीना इस बार कॉलेज छोड़ते समय क्यों उदास है। प्यार का चक्कर ही ऐसा होता है। उसने लड़के को ध्यान से देखा। लड़का अधिक साफ रंग का नहीं था फिर भी सुन्दर था। नाक-नक्श तीखा। विचित्र ही खिंचाव था उसके अन्दर जो विवेक को अनिच्छुक होते हुए भी भा गया।

उसने सोचा जाने कौन है यह नवयुवक? कैसा चाल चलन है? क्या भविष्य है? इस युवक का? और फिर कुछ? मानव की अपनी वास्तविकता कुछ भी हो, जवानी में उसके दिन कैसे बीते हों, परन्तु जब उसके अपने बच्चे जवान हो जाते हैं तो वह उनके भविष्य के लिए अपने पुराने दिन अवश्य भूल जाता है। यही कारण था कि विवेक के मन में वह युवक अपना स्थान प्राप्त करने के पश्चात् किसी प्रकार का विश्वास नहीं प्राप्त कर सका।

अपने निश्चित समय पर गार्ड ने सीटी दी। इंजन की सीटी भी गूंजी। ट्रेन के पहिए प्लेटफार्म पर सरके तो विवेक ने कनखियों से देखा, बढ़ती गाड़ी के साथ खिड़की की ओर, उस युवक के पग कुछ तेज हो गए हैं। मीना तथा उस युवक, दोनों के प्यार में ही बिछड़ने की तड़प में अत्यधिक वृद्धि हो गई थी। विवेक को प्यार में बिछड़ने की तड़प का पूरा-पूरा अनुभव था।

शायद इसीलिए एक अज्ञात ताकत के दबाव में आकर न चाहते हुए भी उसे इन दो प्रेमियों पर तरस आ गया। वह मीना के सामने वाली बर्थ पर बैठा हुआ था। उसने अपना मुखड़ा डिब्बे के अन्दर की ओर फेर लिया और मीना की ओर से लापरवाह-सा बन गया। मीना ने कनखियों से अपने पिता को देखा। पिता की नादानी पर वह निश्चिंत हो गई। बच्चे वास्तव में कितने नादान होते हैं।

उसने अपना एक हाथ खिड़की से बाहर निकालकर नीचे लटका दिया - कोई रिस्क न लेते हुए अपने पिता से छिपकर - और फिर हवा में हाथ लहरा दिया। परन्तु तभी विवेक अपने दिल पर काबू न कर सका। आखिर वह एक जवान लड़की का पिता था। अपनी जवानी में वह कुछ भी रहा हो परन्तु इस समय एक जवान लड़का का पिता होने के नाते वह किस प्रकार सहन कर सकता था कि उसकी उपस्थिति में ही उसकी जवान तथा कुंवारी बेटी किसी पराए युवक के साथ प्रेम की पींगे बढ़ाए। उसे सन्देह हुआ कि कहीं वह लड़का मीना की खिड़की के समीप साथ-साथ तो नहीं लपक रहा है? वह तुरन्त मीना की खिड़की की ओर पलटा। उसने देखा, मीना की खिड़की के बाहर कोई नहीं था। उसने खिड़की से सटकर बाहर प्लेटफार्म पर देखा। वह नवयुवक गति पकड़ती गाड़ी के साथ प्लेटफार्म पर पीछे छूट रहा था - बहुत उदास। विवेक को सन्तोष मिला।

भारतीय लड़की कितनी ही एडवांस हो जाए परन्तु अपने माता-पिता की उपस्थिति में ऐसा काम कभी नहीं कर सकती...जिसकी विवेक ने आशा की थी। तभी मीना ने विवेक को खिड़की के बाहर झांकते देखा तो कांपकर उसने अपना हाथ खिड़की के अन्दर खींच लिया। उसका दिल बुरी तरह धड़क उठा था। कहीं उसके पिता को उस पर किसी प्रकार का सन्देह न हो जाए, विवेक मीना तथा उस युवक के दिल की वास्तविकता समझ चुका था। फिर भी उसने कुछ नहीं कहा। कुछ समय के लिए वह इस प्रकार अज्ञात बन गया जैसे उसे अपनी बेटी के प्रेम के विषय में कुछ ज्ञात ही नहीं है। ऐसा उसने इसलिए किया ताकि मीना अपने दिल की घबराहट पर काबू पा सके। यदि इस समय वह मीना से उस युवक के बारे में कुछ पूछता तो मीना अपनी घबराहट में अपनी स्थिति स्पष्ट करने के लिए उससे झूठ बोल सकती थी। उस युवक से परिचित होने से भी इन्कार कर सकती थी। यह झूठ उसे बागी बना सकता था मानव के जीवन का केवल एक ही झूठ कभी-कभी उसे सदा के लिए बर्बादी के रास्ते पर डाल देता है।

कुछ देर तक गाड़ी पूरी गति से भागती रही। वृक्ष खेत और खलिहान तथा गांव और गांवों में पटरी के दोनों ओर बने घरों तथा झोपड़ियों के मध्य निकलती रही। परन्तु मीना उसी प्रकार उदास बैठी थी, खामोश बाहर के संसार में खोई हुई और उसकी खामोशी को विवेक बहुत ध्यान से परख और समझ रहा था। परन्तु जब दो एक स्टेशन निकल गए, विवेक के कहने पर मीना ने कहीं-कहीं कोल्ड-ड्रिंक पी लिया, उसकी खामोशी में परिवर्तन आ गया, वह

विवेक से बातें करने लगी तो विवेक ने अवसर उचित समझकर विषय छेड़ा - बोला, 'बेटी, वह जो...।' विवेक कुछ सकुचाया। परन्तु फिर उसने पूछ ही लिया, 'दिल्ली के प्लेटफार्म पर एक युवक बार-बार तुम्हारे पास आ जा रहा था, क्या तुम उसे जानती हो?'

मीना ने आशा के विपरीत बात सुनी तो वह बौखला गई। मुखड़े की रंगत बिल्कुल उड़ गई। उसने अज्ञात बनते हुए पूछा, 'आप! आप किसकी बात कर रहे हैं पिताजी? मैंने तो वहां किसी को नहीं देखा।' मीना ने स्पष्ट इन्कार कर दिया परन्तु उसकी बौखलाहट से उसके दिल की वास्तविकता प्रकट हो चुकी थी।

विवेक ने मीना को ध्यान से देखा। कहीं वह अपनी लाड़ली पर गलत सन्देह तो नहीं कर रहा है? परन्तु नहीं ऐसा नहीं हो सकता था। प्यार में उसे जीवन का एक अच्छा भला अनुभव था। वह उठकर मीना के समीप आ बैठा। प्यार से उसने मीना के सिर पर हाथ रखा तो वह गम्भीर हो गई। कुछ सहम भी गई, दिल के अन्दर चोर जो छिपा था।

'बेटी...।' विवेक ने उसे बहुत प्यार से समझाया। उसने कहा 'मैं तो एक बहुत छोटे कुल में उत्पन्न हुआ था इसलिए तुम मेरी चिंता न करो यह तुम्हारी इच्छा पर निर्भर है परन्तु...।'

विवेक के कहने का ढंग ऐसा निराला, ऐसा दयनीय था कि मीना प्रभावित हुए बिना नहीं रह सकी। अपने पिता की बात सुनकर उसका दिल रो उठा। रोता भी क्यों नहीं? क्या इच्छाएं उसके अच्छे पिता ने पूरी नहीं की थीं उसकी? कितना प्यार दिया है उसे उसके पिता ने बचपन ही से। उसने बहुत प्यार से अपने पिताजी की छाती पर सिर रख दिया। बोली, 'पिताजी, आप ऐसी बात क्यों कर रहे हैं?'

'यह एक वास्तविकता है बेटी।' विवेक ने उसके सिर पर हाथ फेरते हुए कहा, 'इसीलिए तो तुम्हें समझा रहा हूं कि तू चाहे मेरा ध्यान रखे या ना रखे परन्तु अपनी मां तथा नाना-नानी का विचार अवश्य रखना क्योंकि उनका सम्बन्ध बहुत ऊंचे वंश से है, ऐसा कोई काम कभी भी मत करना जिससे किसी को कहने का अवसर मिले कि मेरे प्यार ने तुझे बिगाड़ा है।'

'पिताजी...।' मीना का मन अपने पिता का असीम प्यार देखकर भर आया। बच्चों के समान उसने अपने पिता के गले में बांहें डाल दीं। फिर झूलती हुई उसकी आंखों में देखकर बोली, 'क्या आपको अपनी बेटी पर विश्वास नहीं है?'

'विश्वास है बेटी। विश्वास नहीं होता तो तुझसे ऐसी बात पूछता ही क्यों।' विवेक ने उसी प्यार से कहा, 'पूछकर संसार की ऊंच-नीच की बातें समझाना क्या मेरा कर्त्तव्य नहीं है?'

मीना अपने पिता के गले से हाथ निकालकर सीधी बैठ गई। कुछ देर तक खामोश रही - गम्भीर। फिर उसने एक गहरी सांस ली, इस प्रकार मानो एक निर्णय कर लिया हो। जिस पिता ने उस पर इतना विश्वास किया, उसे इतना अधिक प्यार दिया, उससे अपने दिल की बात छिपाना क्यों उस पर अन्याय तथा स्वयं पर पाप ले। नहीं होगा? आखिर माता-पिता अपने

बच्चों को गलत राय देना पसन्द भी क्यों करेंगे? उसने कहा, 'पिताजी, मैं उसे जानती हूं - बहुत अच्छी तरह जानती हूं।'

विवेक मीना की बात का अर्थ समझ गया। परन्तु वह उसी प्रकार खामोश रहा।

'उसका नाम अरुण है।' मीना ने अपनी बात जारी रखी। बोली, 'वह हमारे कॉलेज का छात्र तो नहीं है परन्तु एक इन्जीनियरिंग कॉलेज का छात्र अवश्य है। इन्जीनियरिंग में उसका यह अन्तिम वर्ष है। अभी उसकी परीक्षाएं समाप्त नहीं हुई हैं। वह एक बहुत बड़ा इन्जीनियर बनना चाहता है।'

इन्जीनियर! विवेक के मस्तिष्क में एक भूली-बिसरी धुंध चली आई। कभी वह भी तो एक बहुत बड़ा इन्जीनियर बनना चाहता था परन्तु भाग्य से उसे कहां-से-कहां ला पटका। विवेक के मस्तिष्क में भूली-बिसरी धुंध आई तो उसे अर्चना भी याद आ गई - मानो एक युग के बाद उसे अर्चना का विचार आया था। अर्चना की वह तस्वीर उसकी आंखों के परदे पर थिरक आई जब वह अपनी सामान्य स्थिति में रहा करती थी। इतने दिनों बाद उसे अर्चना याद आई थी, अचानक ही, इसलिए दौड़ती हुई रेलगाड़ी की छक-छक भी उसके अतीत को छिन्न-भिन्न नहीं कर सकी। उसकी आंखों के दर्पण पर वह सारे के सारे क्षण थिरक आए जो उसने अर्चना के साथ उसकी सामान्य स्थिति में व्यतीत किए थे। परन्तु उसके पागलपन का वह दौरा? उफ! कैसा भयानक दृश्य हुआ करता था, वह। उस भयानक दृश्य को याद करने के पश्चात् इस समय, इतने युगों बाद भी विवेक का दिल अर्चना के प्रति सहानुभूति से भर गया - केवल सहानुभूति। प्यार तो उसका केवल भावना के लिए ही सुरक्षित था।

विवेक सोचने पर विवश हो गया - अर्चना अब कैसी है? पागल तो वह सदा के लिए तभी हो चुकी थी परन्तु अब वह जीवित है भी या नहीं? विवेक के लिए अर्चना के प्रति ऐसी बातें सोचना स्वाभाविक ही था क्योंकि अर्चना उसकी पत्नी थी। अनेक रातें उसने उसकी बांहों में बिताई थीं। यदि शादी के बाद वह पागलपन के दौरे से मुक्त हो गई होती तो आज उसके जीवन की कहानी कुछ और ही होती। विवेक अपने अतीत में ऐसा खोया कि इस समय सब कुछ ही भूल गया। अब उसे आभास हुआ कि मानव अपने आप को धोखा देकर अतीत को भूल अवश्य सकता है - कुछ दिनों के लिए, महीनों तथा वर्षों के लिए, युगों के लिए भी, परन्तु उसका अतीत उसका पीछा नहीं छोड़ता। कहीं न कहीं, दिल के किसी कोने में वह अनदेखे साये के समान अवश्य चिपका रहता है और फिर अवसर प्राप्त होते ही उसके विवेक को आ दबोचता है। यही मजाक इस समय विवेक के साथ भी उसका अतीत कर रहा था।

मीना को अरुण के बारे में अपने पिताजी से कुछ और कहने की आवश्यकता नहीं पड़ी। विवेक कुछ पूछता तब भी वह लाज के मारे उसे अपनी प्रेम कहानी नहीं बता सकती थी। अपने पिता से वह यह सब बातें करती भी कैसे? परन्तु अरुण से उसका प्यार एक

वास्तविकता थी इस वास्तविकता का जन्म भी एक विचित्र घटना द्वारा हुआ था। मीना की एक सहेली थी, अभिलाषा वह कॉलेज के छात्रावास में नहीं रहती थी, वह विज्ञान की छात्रा भी नहीं थी - आर्ट साइड से थी, फिर भी दोनों की मित्रता ऐसी थी मानो दोनों छात्रावास में रूम मेट हों। अभिलाषा को नृत्य-भरत नाट्यम...का शौक दीवानगी की सीमा तक था। यही कारण था कि जब एक बार अभिलाषा ने कॉलेज के एक प्रोग्राम में अपने नृत्य का प्रदर्शन किया तो देखने वाले देखते ही रह गए परन्तु मीना उसकी मुरीद बनकर रह गई थी। मीना की चहक भरी बधाई उसे इतनी अच्छी लगी कि उसने मीना को अपनी छाती से लगा लिया था। यूं भी एक ही कॉलेज की छात्रा होने के कारण उनमें जान-पहचान तो थी ही परन्तु नृत्य के इस प्रोग्राम के बाद उन दोनों की मित्रता ऐसी बढ़ी कि कॉलेज भर की चर्चा बन गई। फिर जब कभी-कभी छात्रावास के नियमानुसार शनिवार के दिन मीना को बाजार हाट करने की छुट्टी मिलती तो अभिलाषा उसे अपने घर भी ले जाती। विशेष पकवान से उसकी खातिरदारी करती। कभी जब कहीं अभिलाषा को नृत्य प्रोग्राम मिलता तो वह विशेष तौर पर शनिवार या रविवार का दिन ही चुनती या चुनने पर जोर देती ताकि मीना उसके साथ रहे। यूं भी सप्ताह में बस दो दिन आमतौर पर मनोरंजन के प्रोग्रामों के लिए ही सुरक्षित रहते हैं।

ऐसा ही नृत्य का एक प्रोग्राम एक शाम इन्जीनियरिंग कॉलेज में था। इन्जीनियरिंग कॉलेज के मनोरंजन विभाग ने अपने मनोरंजन प्रोग्राम में अभिलाषा को भी सम्मिलित किया था। बहुत कठिनाई के बाद ही अभिलाषा अपना नृत्य प्रस्तुत करने पर तैयार हुई थी, वह भी ऐसी स्थिति में जब इन्जीनियरिंग कॉलेज में कुछ एक लड़कों के साथ मनोरंजन विभाग के अध्यक्ष ने अभिलाषा के घर आकर स्वयं उससे अपनी नृत्यकला का प्रदर्शन करने का अनुग्रह किया था। और तब अभिलाषा को तैयार हो जाना पड़ा था। एक विद्यार्थी को दूसरे विद्यार्थी की सुननी ही पड़ती है, विशेष तौर पर कला सम्बन्ध में। और मनोरंजन के प्रोग्राम में जब अभिलाषा अपना नृत्य प्रस्तुत करने के लिए डूबते सूर्य के साथ अपने निश्चित समय पर अपनी कार द्वारा इन्जीनियरिंग कॉलेज पहुंची थी तो साथ में अपनी प्रिय सहेली मीना को भी लेती गई थी।

मनोरंजन हॉल के मुख्य द्वार के सामने कार रुकने से पहले ही मीना ने देखा था कि द्वार पर अभिलाषा के स्वागत में अनेक छात्र खड़े हुए हैं, हाथों में फूलों की माला लिए।

अभिलाषा की कार मनोरंजन हॉल के मुख्य द्वार के बिल्कुल सामने आकर रुकी - कुछ इस प्रकार कि कार को मनोरंजन हॉल के मुख्य द्वार पर खड़े छात्रों को बचाने तथा उनसे दूरी बरतने के लिए सड़क के दूसरी ओर लगी क्यारी से सट जाना पड़ा। भाग्य या दुर्भाग्य से अभिलाषा कार में पीछे उस ओर बैठी हुई थी जिधर क्यारी थी तथा मीना उस ओर पड़ गई जिस ओर मनोरंजन हॉल का मुख्य द्वार था। जिसके सामने लड़के अभिलाषा के स्वागत में फूलों का हार लिए खड़े थे। एक छात्र ने कार के रुकते ही मीना की ओर का गेट खोल दिया।

विवश होकर मीना को ही कार से पहले बाहर निकलना पड़ा। बाहर निकलकर उसने अपनी साड़ी का आंचल ठीक करना चाहा ही था कि तभी एक छात्र ने आगे बढ़कर अनजाने में उसे अभिलाषा समझते हुए तुरन्त उसके गले में हार पहना दिया - कुछ इस बेसब्री तथा जल्दबाजी के साथ गले में हार पड़ते ही मीना चौंक गई। एकाएक छात्र हंस पड़े, कुछ ठहाका भी लगा पड़े तो मीना बौखला भी गई। परन्तु मीना अकेली ही नहीं बौखलाई, वह युवक भी बौखला गया। घबराकर पलटते हुए उसने छात्रों को देखा।

'अरे भाई अरुण...।' सहसा मनोरंजन अध्यक्ष ने अपनी हंसी पर काबू करते हुए कहा, 'अभिलाषा जी यह नहीं हैं।' उसने मीना की ओर इशारा किया फिर अभिलाषा की ओर इशारा करते हुए उसने अपनी बात जारी रखी। बोला, 'अभिलाषा जी तो वह हैं जो हमारे प्रोग्राम में नृत्य करेंगी।'

मीना झेंप कर रह गई। भरे समाज में मानो किसी ने उसका अपमान कर दिया था। तभी अभिलाषा अपनी साड़ी का आंचल ठीक करती हुई मीना के पीछे कार से बाहर निकली। छात्र अभिलाषा की ओर टूट पड़े, कुछ इस प्रकार कि कुछ छात्रों से मीना को धक्का लगा तो वह अपने आपको इस समाज में अनावश्यक समझ कर एक किनारे सरक गई। छात्रों ने अभिलाषा को घेर लिया। उस पर फूल के हारों की बौछार कर दी। कलाकार का जितना अच्छा स्वागत हो वह उतना ही अच्छा अपनी कला का प्रदर्शन भी करता है। अभिलाषा बहुत गर्व के साथ अपने स्वागत करने वालों का हार उपहार में स्वीकार करती हुई अपनी लोकप्रियता पर मुस्कराने लगी। कुछ क्षणों के लिए वह अपनी प्रिय सहेली मीना को भी भूल गई। ऐसे जोश भरे स्वागत में वह उसे याद भी कैसे रखती?

मीना अभिलाषा की विवशता समझती थी फिर भी उसे ऐसा लगा मानो भरे समाज में अभिलाषा ने उसके गाल पर तमाचा मार दिया हो। उसका मन रो उठा। अपने गल में पड़ा हार वह घृणा से उतारती हुई छात्रों की भीड़ से हटकर लॉन में खड़ी होकर उसने अपने हार को हाथों से तोड़कर टुकड़े-टुकड़े करते हुए फेंक दिया और यहां से भाग निकलने का रास्ता ढूंढ़ने लगी। इतना बड़ा अपमान होने के बाद अब उसे यहां रहने की आवश्यकता ही क्या थी? परन्तु तभी उसने सुना - अभिलाषा चिन्तित-सी कह रही थी, 'अरे मीना कहां चली गई? मीना? मीना?' अभिलाषा को उसकी तलाश थी।

परन्तु मीना उत्तर देने या सामने आने के बजाए सदाबहार के वृक्ष की आड़ में और अधिक दुबक गई। अपनी सांस उसने इस प्रकार रोक ली मानो वह यहां के वातावरण में थी ही नहीं। सदाबहार की छाया में वह स्वयं छाया बन गई थी।

'आप हॉल के अन्दर चलिए अभिलाषा जी ।' मनोरंजन अध्यक्ष कह रहा था, 'हम आपकी सहेली का पता लगाते हैं। सम्भवतः वह पहले ही हॉल के अन्दर जा बैठी हों यूं भी प्रोग्राम का समय हो रहा है । सारे ही दर्शक बहुत बेसब्री से आपकी प्रतीक्षा कर रहे हैं।'

अभिलाषा ने एक पल सोचा। मनोरंजन अध्यक्ष ठीक ही कह रहा है। उसे अपनी कला के दर्शकों को अपनी अनावश्यक प्रतीक्षा कराने का कोई अधिकार नहीं पहुंचता। फिर भी उसने मीना की तलाश में इधर-उधर दृष्टि दौड़ाई। मीना कहीं भी नहीं दिखाई पड़ी। उसे सख्त आश्चर्य हुआ। परन्तु फिर उसके पहले ही हॉल के अन्दर जा बैठने की आशा लिए अभिलाषा मुख्य द्वार में प्रविष्ट होने के बजाए बगल की गैलरी से उस ओर बढ़ गई जिधर स्टेज पर प्रवेश करने का द्वार विशेष तौर पर कलाकारों के लिए ही सुरक्षित रहता था। मनोरंजन अध्यक्ष ने ही उसे उस रास्ते पर बढ़ने का संकेत किया था। अभिलाषा के पीछे-पीछे अन्य छात्र भी चले गए।

मनोरंजन हॉल के बाहर, मुख्य द्वार के सामने लॉन का वातावरण सूना हो गया। मीना ने इस सूनेपन का सहारा लेकर यहां से अब चले जाना ही चाहा। वह सदाबहार के वृक्ष की आड़ से हटने ही वाली थी कि तभी वहां एक छाया और सरक आई - मानव छाया। मीना ऊपर से नीचे तक कांप गई। कांपकर वहीं खड़ी रह गई वह। उसने दृष्टि उठाकर देखा, उसके सामने एक युवक खड़ा था - वही युवक जिसने भूल से उसे अभिलाषा समझते हुए उसके गले में हार पहना दिया था। इस युवक को कैसे ज्ञात हुआ कि वह यहां छिपी खड़ी है? युवक सदाबहार के वृक्ष की छाया से हटकर खड़ा था। मीना ने मरकरी बल्ब के प्रकाश में देखा - कुछ ध्यान से - वह युवक बहुत उदास था लज्जित भी था। उससे कुछ कहना भी चाहता था परन्तु जैसे अपने होंठ खोलने के पश्चात् वह शब्दों को निकालने में असमर्थ था। परन्तु मीना ने उसकी इस स्थिति की जरा भी चिंता नहीं की। इसी युवक की मूर्खता के कारण तो उसका इतना बड़ा अपमान हुआ था। वरना इस समय वह अभिलाषा की प्रिय सहेली होने के कारण हॉल के अन्दर दर्शकों के मध्य अत्यंत आदरणीय मेहमानों की पंक्ति में बैठी होती। युवक को देखकर उसके मस्तक पर बल पड़ गए। उसकी चिन्ता न करती वह आगे बढ़ गई - अन्धकार में मानो अपना मुखड़ा छिपाती हुई। लॉन के किनारे लगा बिजली का खम्भा उसके पीछे था और मीना की छाया उसके आगे। वह कॉलेज की सीमा से तुरन्त बाहर निकल जाना चाहती थी।

'सुनिए।' सहसा युवक उसके पीछे लपका।

अनिच्छुक होते हुए भी मीना के पग लॉन की घास पर जहां-तहां रुक गए। वह पीछे पलटी तो मरकरी बल्ब का भाग उसके मुखड़े पर ही नहीं सामने सारे शरीर पर छा गया। मीना का मन हुआ वह यहां से भाग जाए परन्तु वह एक बी.एस-सी. की छात्रा थी। इस प्रकार भाग निकलना उसका पिछड़ापन होता। इसके अतिरिक्त उस युवक के स्वर में जाने कैसा विनम्र जादू था कि वह नहीं रुकती तो अपने कोमल दिल पर अत्याचार करती। आखिर यह युवक उससे केवल कुछ कहने ही तो आया है। उसका उपहास उड़ाना होता तो अभिलाषा या अपने सहपाठियों को नहीं बता सकता था कि वह यहां छिपी खड़ी है? वह युवक मीना के कुछ समीप आया तो उसकी छाया कुछ लम्बी होकर मीना के पगों को छू गई। मीना ने इस छाया

को देखा तो मन के अन्दर एक विचित्र ही परिवर्तन महसूस किया। ऐसा लगा मानो उसकी छाया उसके कदमों में गिरकर उससे अपनी भूल की क्षमा मांग रही हो।

'मेरे कारण आपका इतना बड़ा अपमान हुआ। क्या आप मुझे कभी क्षमा नहीं करेंगी?' युवक ने वहीं खड़े-खड़े मानो विनम्र निवेदन किया।

मीना ने एक पल सोचा, फिर उसने अपने कदमों की ओर देखा। युवक की छाया अब भी उसके पगों को छू रही थी। जाने क्यों उसे यह बात अच्छी नहीं लगी। वह दो पग आगे बढ़ गई। युवक को उत्साह मिला तो वह भी आगे बढ़ गया। युवक की छाया मीना पर छा गई। मीना ने पूछा, 'क्या आपको मालूम नहीं था कि अभिलाषा कौन है?'

'जी बिल्कुल भी नहीं।' युवक ने कहा, 'आज से पहले तो मैंने उन्हें कभी देखा भी नहीं था। यह तो मेरे कुछ मित्र थे जिन्होंने अभिलाषा जी के स्वागत में मुझे भी जबरदस्ती अपने साथ खड़ा कर लिया।'

ओह! मीना ने मन ही मन सोचा। मन ही मन वह इस युवक छात्र की मूर्खता पर मुस्कराए बिना भी नहीं रह सकी। फिर बोली 'कोई बात नहीं - जो हो गया उसके लिए अब किया भी क्या जा सकता है?' मीना पलटकर चलने को तैयार हुई ताकि कॉलेज की सीमा से बाहर निकल जाए।

'आपने मुझे क्षमा कर दिया ना?' युवक छात्र ने मीना के पलटते ही पूछा।

'मैंने कहा ना कि जो हो गया उसके लिए अब क्या किया जा सकता है?' मीना ने रुककर कहा। वह पलटकर चलने को फिर तैयार हुई।

'यदि आप आज्ञा दें तो मैं आपको कॉलेज के मुख्य द्वार तक छोड़ दूं।' युवक छात्र ने उसके कुछ और समीप आकर कहा।

'जी नहीं, मैं स्वयं चली जाऊंगी।' मीना ने कहा। उसकी बात का जरा भी बुरा नहीं माना।

'शायद आपने मुझे अब तक क्षमा नहीं किया।' युवक छात्र के कहने का ढंग बड़ा करुणामय था।

मीना सोच में पड़ गई। युवक पर उसे पूरा विश्वास था। उसके कहने का ढंग भी उसके दिल को छू गया। परन्तु वह एक अजनबी छात्र के साथ इस प्रकार अकेले कैसे जा सकती थी?

'शायद आपको कार से आते समय यहां से कॉलेज के मुख्य द्वार की दूरी पता नहीं चली होगी।' युवक छात्र ने उसे खामोश देखकर कहा - 'परन्तु मुख्य द्वार है यहां से काफी दूर। और फिर रात का यह पहर। इस समय कॉलेज के सभी छात्र मनोरंजन हॉल में एकत्रित हैं। मुख्य द्वार तक सड़क अधिकांश सुनसान ही मिलेगी, क्या आपको रास्ते में डर नहीं लगेगा?'

मीना ने दृष्टि बिछाकर दूर तक वातावरण का निरीक्षण किया। अन्धकार ही अन्धकार। बातों ही बातों में समय कितनी जल्दी बीत गया था डूबती शाम अन्धकार में बदल गई थी क्षितिज ने अपनी लाल चादर बदलकर तारों से कढ़ा रेशमी आंचल पहन लिया था। मीना ने

देखा, जहां सड़क के किनारे बिजली के बल्ब जगमगा रहे थे वहां प्रकाश से अधिक सड़क के किनारे लगे घने वृक्षों की छाया का बसेरा है। अन्धकार में खड़े वृक्ष दैत्य समान अपने शिकार की ताक में खामोश खड़े थे। मीना का दिल कांप उठा। इसके अतिरिक्त जब उसने मुख्य द्वार की दूरी का अनुमान किया तो युवक छात्र की बात उसे सत्य ही लगी। यही नहीं, कार से आते समय उसे रास्ते में जाने कितने गहरे मोड़ तथा चौरास्ते और तिरास्ते भी मिले थे। आखिर कहां और किससे वह इस सुनसान रास्ते पर मुख्य द्वार का रास्ता पूछती फिरेगी? एक क्षण वह खड़ी सोचती रही। फिर असहाय दृष्टि से युवक छात्र को देखा, कुछ इस प्रकार मानो उसकी बात से वह पूरी तरह सहमत थी उसे वास्तव में इस सुनसान रास्ते पर मुख्य द्वार तक जाते हुए डर महसूस होगा।

इस समय युवक छात्र की पीठ की ओर बिजली का खम्भा था इसलिए उसके मुखड़े पर अन्धकार था परन्तु मीना बिजली के प्रकाश में उसका मुखड़ा पहले ही देख चुकी थी उस समय जब वह सदाबहार की आड़ में छिपी खड़ी थी और तब यह युवक छात्र उसके समीप आ गया था उससे क्षमा मांगने के लिए। उस रूप-रंग को याद करके मीना को अब ऐसा लगा मानो वह युवक छात्र विश्वास योग्य है। युवक छात्र के मुखड़े की असाधारण गम्भीरता ही इस बात का प्रतीक थी। इसके पश्चात् मीना अपनी जबान से कुछ नहीं कह सकी। युवक छात्र को देखने के बाद उसने उड़ती-उड़ती दृष्टि से क्षितिज की ओर देखा। रात के इस प्रारम्भिक पहर में तारों की झुरमुट की धुंध का सहारा लिए कुछेक छोटे-छोटे पक्षी चीं-चीं करते हुए कलाबाजी लगा रहे थे। उसने एक बार फिर युवक छात्र को देखा। हल्की-सी मुस्कराई भी । उसके होंठों पर कांपती मुस्कान मरकरी बल्ब के प्रकाश में बिजली समान चमकी और युवक छात्र की छाती पर गिर पड़ी। मीना उससे कुछ कहे बिना ही एक ओर को बढ़ गई। युवक छात्र को मुख्य द्वार तक मीना का साथ देने की आज्ञा मिल गई खामोश जबान से। उसके दिल में एक नई मिठास ने जन्म लिया। वह मीना के पीछे-पीछे हो लिया कुछेक पग तक वह मीना के पीछे-पीछे ही चलता रहा फिर उसके साथ चलने लगा।

खामोशी और इस खामोशी में दो अजनबी एक दूसरे के साथ-साथ चलते रहे। यद्यपि दो यात्री चार कदम साथ-साथ चल चुके हों तो अजनबी नहीं रहते फिर भी मीना तथा युवक छात्र एक दूसरे के लिए अब तक अजनबी थे। सुनसान सड़क थी फिर भी मीना को इस अपरिचित छात्र से बहुत सहारा मिल रहा था। सड़क के किनारे दोनों ओर कहीं-कहीं घुटनों से लेकर कमर तक ऊंची सुन्दरता से कटी झाड़बन्दी थी तो कहीं वृक्षों की पंक्तियां ऊपर से फैलकर एक-दूसरे की टहनियों तथा पत्तियों में घुल-मिल गई थी, कुछ प्रकार की सड़क पर दूर तक घना अंधकार फैला हुआ था। जहां बिजली के खम्भे मिलते वहां सड़क पर चलते समय इन

दो अजनबियों के साये पीछे से आते - छोटा-सा रूप धारण करके सिकुड़ते और फिर बिजली का खम्भा पार करते ही इनके सामने सड़क पर दूर तक लम्बे होकर फैलते जाते।

रास्ता काफी पार हो गया परन्तु खामोशी नहीं टूटी। मीना को अज्ञात तौर पर यह खामोशी बहुत अखर रही थी। एक तो यह छात्र उसे इस सुनसान सड़क पर मुख्य द्वार तक छोड़ने जा रहा है और वह है कि उससे बातें भी नहीं कर रही है। परन्तु एक लड़की जाति होकर वह बातों की पहल करती भी कैसे? छात्र भी खामोश था। छात्र की खामोशी तथा गम्भीरता के पीछे उसकी शराफत स्पष्ट झलक रही थी।

सहसा एक अंधेरी झाड़बन्दी के पीछे एक बहुत भयानक चीख उठी ऐसी चीख मानो एक बिल्ला गुर्राकर दूसरे बिल्ले पर टूट पड़ा हो। गुर्राहट इतनी अचानक तथा उनके समीप से उठी थी कि मीना चौंकी ही नहीं वरन् हल्के से चीख भी पड़ी चीखकर घबराते हुए युवक छात्र से बिनाधिकार ही लिपट गई कुछ इस झटके के साथ कि युवक छात्र के पैर लड़खड़ा गए। वह गिरते-गिरते बचा, गिर पड़ता यदि मीना को उसने स्वयं भी अपनी बांहों में समाकर अपना सहारा न बना लिया होता। बिल्ले आपस में लड़ने लगे चीखने लगे एक-दूसरे पर टूटकर भयानक रूप से गुर्राने लगे। मीना युवक छात्र की छाती में उसी प्रकार समाई रही उसके गले में अपनी बांहों की तंग माला बनाए। युवक छात्र ने भी उसे कमर से बांहों में लपेट कर थाम लिया परन्तु बहुत हल्के से, मानो उसे उसके भय पर काबू पाने के लिए सहारा दे रहा हो।

मीना का दिल बुरी तरह धड़क रहा था और उसके दिल की धड़कन की आवाज को वह युवक छात्र बहुत प्यार से सुनता रहा - छाती द्वारा छाती में समा कर। युवक छात्र का मन चाहता था कि झाड़बन्दी के पीछे यह बिल्ले इसी प्रकार सदा एक-दूसरे पर टूटते रहें - भयानक रूप से गुर्राते रहें और इनका स्वर सुनकर सहमी-सहमी यह लड़की इसी प्रकार गले में बांहें डाले सदा उसकी छाती में समाई रहे। रात का यह सन्नाटा स्थिर हो जाए। यह पहर कभी न टले। इन्जीनियरिंग कॉलेज में होता मनोरंजन प्रोग्राम कभी न समाप्त हो। युवक छात्र को मीना की छाती से निकलती धड़कनों द्वारा कई नई मिठास का आभास हुआ। मीना की सांसों की भीनी-भीनी सुगन्ध युवक छात्र के नथुनों द्वारा दिल की गहराई में उतर गई और एक नई ठंडक बनकर फैल गई। युवक छात्र की गर्दन में पड़ी मीना की बांहों का स्पर्श उसे बिजली समान अपनी लपेट में ले डूबा। बिल्ले अब भी लड़ रहे थे - लड़ते रहे। युवक छात्र ने मीना को अपनी बांहों में और भी सख्ती से लपेट कर छाती में समा लेना चाहा। परन्तु तब तक मीना संभल चुकी थी। उसका भय दूर हो चुका था। वह समझ चुकी थी कि समीप ही झाड़बन्दी के पीछे बिल्ले आपस में लड़ रहे हैं। एक पल के लिए उसे सन्देह हुआ - शायद इस युवक छात्र ने उसके भय से लाभ उठाते हुए अधिक ही सख्ती के साथ उसे अपनी बांहों में समेट लिया है परन्तु अपने मन में उठे इस सन्देह की वह पुष्टि नहीं कर सकती थी।

उसने अपनी बांहें ढीली छोड़ दीं तो उस युवक छात्र ने भी उसकी कमर पर लिपटी अपनी बांहें ढीली छोड़ दीं। मीना ने उसकी पकड़ से अलग हो जाना चाहा तो उस छात्र ने उसे रोकने का जरा भी प्रयत्न नहीं किया। अपनी शराफत का सबूत देता हुआ वह मानो स्वयं ही अलग हो गया। मीना का दिल उसके इस व्यवहार से बहुत प्रभावित हुआ परन्तु उसने कुछ कहा नहीं। बल्कि स्वयं लजा कर अपने अपनी पलकें नीचे झुका लीं। जीवन में पहली बार उसने किसी पुरुष की बांहों का स्पर्श इस प्रकार तथा इस सख्ती से प्राप्त किया था। उसने इस पर ध्यान दिया तो उसके शरीर में एक झुरझुरी सी फैल गई। सनसन मन में समा गई। एकाएक लाज के मारे उसके कपोल लाल हो गए तो उसने अपना चेहरा दूसरी ओर फेर लिया। वह युवक छात्र उसी प्रकार चुपचाप खड़ा उसे देख रहा था। जीवन में उसने भी किसी लड़की का स्पर्श पहली बार प्राप्त किया था। दिल के अन्दर अब तक मीना की सांसों की सुगंध समाई हुई थी। मन ही मन हल्के से मुस्करा दिया।

बिल्ले आपस में लड़कर, चीखकर तथा गुर्राकर इसी मध्य खामोश हो चुके थे। शायद एक बिल्ला दूसरे बिल्ले से हार मानकर भाग चुका था। शायद दोनों एक-दूसरे पर केवल इसलिए टूट पड़े थे ताकि एक तूफान खड़ा हो जाए - प्यार का तूफान - दो अजनबियों के मध्य - जिन्होंने आज से पहले एक दूसरे को कभी देखा भी नहीं था - और तूफान खड़ा हो चुका था। यह तूफान कहां जाकर रुकेगा? कहां जाकर रुकेगा? रुकेगा भी या नहीं? या अपने साथ सबको ले डूबेगा?

मीना एक बार फिर अपने रास्ते पर आगे बढ़ गई। युवक छात्र भी उसके साथ हो लिया। खामोशी - वही पहले जैसी खामोशी। दोनों के ही दिल धड़क रहे थे। दोनों के ही दिन एक-दूसरे की आवाज सुन रहे थे परन्तु फिर भी दोनों शायद अब तक एक दूसरे के लिए अजनबी थे। एक दूसरे की बांहों में समाने के पश्चात् अजनबी थे। एक दूसरे की सांसों में समाने के पश्चात् अजनबी थे। जीवन में ऐसे ही हालात आते हैं।

परन्तु दोनों अजनबी अब कुछेक पग क्या साथ चले मानो रात के इस सन्नाटे की खामोशी का गला घुटने लगा। दोनों से ही यह खामोशी सहन नहीं हो रही थी। दोनों ही एक-दूसरे से कुछ पूछ लेना चाहते थे - कुछ कह देना चाहते थे और इसलिए जब दोनों एक मोड़ पर पहुंचे तो मीना से अधिक खामोश नहीं रहा गया। कुछ तो उसे उस युवक छात्र के बारे में जान ही लेना था जो उसे अपनी एक छोटी-सी भूल के कारण कॉलेज के मुख्य द्वार तक छोड़ने जा रहा था तथा अनजाने में जिसकी बांहों में वह अचानक ही समा गई थी। उसने पूछना चाहा, 'आप।'

'आप।' परन्तु मीना के साथ ही वह युवक छात्र भी पूछ बैठा था। अपने आपको वह भी नहीं रोक सका था। कुछ तो इस लड़की के विषय में वह जान ही लेना चाहता था जिसके गले

में उसने भूल से माला पहना दी थी और अब अपनी इस भूल के सुन्दर दण्ड के रूप में वह उसे कॉलेज के मुख्य द्वार तक छोड़ने भी जा रहा था। इस लड़की के विषय में वह जानना भी क्यों नहीं चाहता जो अचानक ही कुछ क्षणों के लिए उसकी बांहों में समा गई थी तथा बिजली बनकर दिल की गहराई में उतर गई थी। यही कारण था कि उसने मीना के विषय में कुछ पूछ लेना चाहा था परन्तु दोनों की ही बातें एक साथ निकली थीं। 'आप' से 'आप' टकरा गया तो दोनों के ही होंठ बन्द होकर रुक गए। पग भी पल भर के लिए स्थिर हो गए। दोनों ने ही एक-दूसरे को देखा। दिल पहले ही टकरा चुका था - शब्द भी टकरा गए। दिल तथा होंठों पर एक-सी बातें थीं इसलिए टकराव होता भी क्यों नहीं?

दोनों ने ही एक-दूसरे के दिल की कमजोरी का अहसास किया। एक-दूसरे की झिझक को समझा। एक साथ ही दोनों ने एक-दूसरे से बातें करने का साहस किया था इसलिए जब बातों के प्रारम्भिक शब्दों का टकराव हुआ तो दोनों ही चौंक पड़े। फिर मुस्करा दिए आंखों में चमक उत्पन्न हुई। दृष्टि में प्यार के तूफान ने अंगड़ाई ली पूरे शोर के साथ तो दोनों अचानक ही जोर से हंस पड़े। फिर दोनों ही ठहाके लगाने लगे, इस प्रकार मानो अपनी ही मूर्खता का मजाक उड़ा रहे हों। इतनी दूर एक साथ चलने के पश्चात् दोनों क्यों खामोश-खामोश से थे? दिल मिलने के पश्चात् एक-दूसरे से क्यों दूर-दूर थे?

अपनी गलती, अपनी मूर्खता का एहसास उन्हें अब हो रहा था जिसका मजाक बनाकर ठहाका लगाने में उन्हें आनन्द भी खूब आ रहा था। फिर धीरे-धीरे दोनों के ही ठहाके कम होते-होते समाप्त हो गए। दोनों ही अपने रास्ते पर अग्रसर हो गए - एक साथ - एक दूसरे के बिल्कुल समीप होकर। फिर दोनों के ही हाथ एक दूसरे को थामने के लिए कुछ आगे बढ़े - हाथ से हाथ टकराए - बिजलियां फिर कौंधीं - शरीर में - और फिर दोनों ने ही एक दूसरे का हाथ बहुत सख्ती से पकड़ लिया - अंगुलियों में अंगुलियां भींचकर - ताकि बिजली शरीर में पहुंचने के बाद बाहर न निकल जाए।

कुछ दूर तक दोनों इसी प्रकार एक दूसरे का हाथ थामे चलते रहे। खामोशी थी परन्तु अब पहले जैसी बात नहीं थी। पहले जैसा संकोच भी होने का कोई प्रश्न नहीं उठता था। सहसा चलते-चलते युवक छात्र ने कहा, 'आपने अपना नाम नहीं बताया।'

'आपने पूछा ही नहीं।' मीना ने हल्के से मुस्करा कर उत्तर दिया, उसकी अंगुलियों की पकड़ का सहारा लेते हुए - वातावरण के तकिए पर गाल रखकर मानो झूमते हुए।

'अब तो पूछ रहा हूं।' युवक छात्र ने उसकी अंगुलियों को अपनी पकड़ में और सख्ती से भींचा, मीना को कुछ और अपने समीप खींचते हुए।

'मीना।' मीना ने कहते हुए अपना मुखड़ा उसके कन्धे से सटा दिया।

'और मेरा नाम।' युवक छात्र ने मीना को अपना परिचय देना चाहा।

'अरुण है।' मीना ने उसका वाक्य पूरा कर दिया।

अरुण ने आश्चर्य से मीना को देखा। उसके पग कुछ धीमे पड़ गए। उसने पूछा, 'आपको मेरा नाम कैसे ज्ञात हुआ?'

'क्यों? क्या उस समय जब आपने मेरे कार से निकलते ही मेरे गले में हार डाल दिया था तो छात्रों ने आपका नाम लेकर आपको नहीं बताया था कि अभिलाषा जी मैं नहीं हूं?'

'ओह!' अरुण को याद आया। वह मुस्करा दिया। बोला, 'कितनी अच्छी भूल मैंने की थी। है ना?'

'हां।' मीना प्यार के सपनों में खो गई। बोली, 'उस भूल की मिठास का अहसास अब हो रहा है।'

दोनों उसी प्रकार अंगुलियों में अंगुलियां पिरोए साथ-साथ चलते रहे - एक दूसरे के समीप - कन्धे से कन्धा मिलाए। मन चाहता था यह समय स्थिर हो जाए। रात का सन्नाटा बढ़ जाए। मुख्य द्वार का रास्ता और लम्बा हो जाए कभी न समाप्त हो। परन्तु जब मन चाहता है तो ऐसा कभी नहीं होता। नहीं चाहता है तो हो जाता है। न चाहने पर छोटी-छोटी दूरी लम्बी हो जाती हैं। छोटे से छोटा पल काटे नहीं कटता है। एक-एक क्षण पहाड़ बन जाता है।

कॉलेज का मुख्य द्वार आ गया। क्षण भर में ही दो दिल इतना समीप आ गए थे कि बिछड़ते हुए दर्द हो रहा था। बिछड़ने का मन नहीं कर रहा था। अभी उनमें बातें ही क्या हुई थीं? एक-दूसरे को दिल दे बैठे थे। समझ-बूझकर या नाप-तौल कर दिल दिया भी तो क्या दिया? इस प्रकार प्यार करने वालों को तो व्यापारी कहते हैं - प्रेमी-प्रेमिका नहीं।

मुख्य द्वार के बाहर मुख्य सड़क पर बिजली के प्रकाश में अनेक टैक्सियां खड़ी थीं। मुख्य द्वार पर खड़े होकर दोनों ने ही एक-दूसरे को देखा। दोनों ही मानो एक दूसरे से कुछ कहना चाहते थे। आखिर मीना ने ही कहा, 'मुझे एक टैक्सी करा दीजिए। मैं चलूंगी। छात्रावास जितनी जल्दी पहुंच जाऊं उतना ही अच्छा है।'

'मैं आपको छोड़ दूं?' अरुण ने पूछा।

मीना को मानो उसके मन की मुराद मिल गई। परन्तु अपने नारीत्व के कारण वह अपनी जबान द्वारा उसे आज्ञा नहीं दे सकी। केवल हल्के से मुस्करा दी। अरुण को उसके प्रश्न का उत्तर मिल गया। उसने तुरन्त एक टैक्सी बुलाई। मीना के साथ वह पीछे बैठा। फिर टैक्सी ड्राईवर को मीना के कॉलेज चलने की आज्ञा दे दी।

यह थी मीना तथा अरुण की पहली भेंट के प्रेम की कहानी जो आने वाली मुलाकातों में ऐसी बढ़ी मानो दोनों एक-दूसरे के बिना रह ही नहीं सकते थे। मीना ने इन्जीनियरिंग कॉलेज के उस मनोरंजन वाली शाम को गुम होने की क्षमा अभिलाषा से मांग ली थी। अभिलाषा ने भी उस स्थिति को दृष्टि में रखते हुए उसकी बात का बुरा नहीं माना था। हां, उसने उसे बताया कि जब हॉल के अन्दर जाने के बाद उसने उसे नहीं देखा तो आश्चर्य अवश्य हुआ था। परन्तु फिर भी वह उसके अचानक गुम होने का कारण समझ गई थी। मीना के स्थान पर कोई भी लड़की

होती तो इतना बड़ा अपमान सहन करने के बाद ऐसा ही करती। मीना ने जब अभिलाषा को उस शाम गुम होने के बाद अपने तथा अरुण के प्रेम की घटना सुनाई तो अभिलाषा ने उसे बधाई भी दी। प्रेम में आखिर क्या बुराई है? प्रेम तो एक पवित्र बन्धन है जो मानव को संसार की अन्य सभी बुराइयों से दूर रखता है।

मीना को ज्ञात था कि कल उसके पिताजी उसे लेने आएंगे देहरादून के लिए। परसों उसकी परीक्षा का अंतिम परचा समाप्त हुआ था। यही कारण था कि परसों शाम कॉलेज के कैम्पस के एक कोने में एक वृक्ष के अन्धकार तले वह बहुत देर तक अरुण के साथ बैठी बातें करती रही थी। इन्जीनियरिंग के अन्तिम वर्ष की परीक्षाएं अरुण की भी चल रही थीं परन्तु अपने तथा मीना के प्यार की खातिर वह मीना से मिलने चला आया था। पता नहीं इसके बाद मीना से कब भेंट हो - भेंट हो भी या नहीं? यद्यपि दोनों ने एक-दूसरे का जीवन भर साथ देने की सौगंध अनेक बार खाई थीं - एक-दूसरे के प्यार पर मर-मिटने की सौगन्ध अनेक बार खाई थी परन्तु भविष्य में क्या होगा, कौन जानता है?

परसों शाम दो प्यार भरे दिल जिस प्यार से मिले उससे पहले कभी नहीं मिले थे। मीना के गले में हाथ डालकर अरुण ने मीना के अपने शरीर के बिल्कुल समीप बैठा रखा था। बात-बात पर अरुण बहुत प्यार से मीना के कपोल चूम लेता तो मीना अपने कपोल के साथ अपने होंठों की कलियां भी उसके सुपुर्द कर देती। दोनों आज सदा के लिए एक हो जाना चाहते थे। आपस में अब एक-दूसरे से कभी नहीं बिछड़ना चाहते थे। बिछड़ने का अहसास ही उनके दिल पर आरे चला रहा था। जाने क्यों ऐसा महसूस हो रहा था मानो यदि आज दोनों एक-दूसरे से बिछड़ गए तो कभी नहीं मिल सकेंगे। प्यार में पहली बार बिछड़ने का अहसास कुछ ऐसा ही दुःखदायी होता है।

'अरुण।' बातों के मध्य मीना ने भावुक स्वर में कहा, 'कल तुम यहां मत आना। शाम के समय भी तुम स्टेशन पर मत आना जब हम देहरादून के लिए जा रहे होंगे।'

'क्यों?' अरुण ने उसकी लटों से खेलते हुए पूछा।

'तुम तो जानते ही हो कल पिताजी मुझे लेने आ रहे हैं। मैं नहीं चाहती कि उन्हें मुझ पर किसी प्रकार का सन्देह हो।'

'परन्तु कभी तो उन्हें हमारे प्यार की बात ज्ञात होनी ही है।'

'यह बात मैं उन्हें स्वयं बता दूंगी अवसर देखकर।' मीना ने उसे विश्वास दिलाया, 'तुम नहीं जानते वह कितने अच्छे हैं। कितना प्यार है उन्हें मुझसे।'

'जानता हूं।' अरुण ने कहा, 'यह बात तुम मुझसे अनेक बार कह चुकी हो।'

'तो फिर मुझ पर विश्वास करो।' मीना ने दृढ़ विश्वास से कहा, 'हमारा बन्धन कभी नहीं टूटेगा इस जन्म में तो क्या किसी भी जन्म में नहीं।'

'और यदि स्टेशन पर आ गया तो?' अरुण ने प्यार से पूछा।

‘तब शायद मैं अपने दिल पर काबू नहीं कर सकूंगी। हमारा भेद खुल जाएगा। जो बात समय से हो वह अधिक अच्छी होती है।’ मीना ने उसे समझाया।

‘खैर।’ अरुण ने एक ठंडी सांस लेते हुए सोचा। फिर बोला, ‘सोचूंगा।’

‘सोचोगे नहीं, दृढ़ मन से कहो कि स्टेशन पर मुझसे मिलने नहीं आओगे। आओगे तो मैं अपना मुंह फेर लूंगी। तुम्हें देखूंगी भी नहीं। समझे?’

‘समझ गया बाबा, समझ गया नहीं आऊंगा, बस?’ अरुण ने कहा और फिर मानो अपना वादा निभाने के मूल्य में उसने मीना को बुरी तरह अपनी बांहों में समेटकर छाती से लगा लिया। उसके होंठों पर प्यार की बौछार कर दी। मीना उसके प्यार में खो गई। भूल गई कि यह कॉलेज का क्षेत्र है। उसे अब मानो संसार की किसी भी वस्तु की चिंता नहीं रह गई थी।

अगली सुबह अरुण की परीक्षा थी मीना ने उसका अधिक समय लेना उचित नहीं समझा। वह उससे अलग नहीं होना चाहती थी परन्तु अरुण का यह अन्तिम वर्ष था उसके भविष्य का यह प्रश्न था। अपने स्वार्थ के लिए वह उसका जीवन या एक वर्ष नष्ट करने को तैयार नहीं थी। उसने अरुण को विदा कर देना चाहा परन्तु अरुण को भी अब मानो किसी भी वस्तु की चिंता नहीं थी - न भविष्य की, न संसार की। वह मीना के प्यार में खो गया था। परन्तु मीना को भी छात्रावास से अधिक देर बाहर नहीं रहना था। उसे अपनी इज्जत का पूरा ध्यान था। बड़ी कठिनाई के बाद ही उसने अरुण को अपने से अलग किया। उसे विदा होने पर तैयार किया था। उसके बाद फिर वही गिले-शिकवे - बिछड़ने के गम में आंहें और आंसू - कभी न साथ छोड़ने का वचन फिर दोहराया गया था। बिछड़ने से पहले जिस तड़प के साथ मीना अन्तिम बार अरुण की छाती में समाई थी उसने इन दोनों की ही आंखें आंसुओं से तर कर दी थीं।

अरुण से बिछड़ने के बाद मीना परसों सारी रात नहीं सो सकी थी। अरुण की याद में करवटें बदल-बदल कर सारी रात व्यतीत हो गई थी। ऐसा लगता था मानो अब वास्तव में उनकी भेंट कभी नहीं हो सकेगी। पंख होते तो वह उड़कर अपने अरुण के पास पहुंच जाती। प्यार में वह अपने प्रेमी से पहली बार बिछड़ी थी इसलिए तड़प असहनीय हुई जा रही थी। परन्तु उसे सब्र करना था। सब्र करने वाले कभी नहीं पछताते ऐसा उसका विश्वास था।

परन्तु दूसरे दिन अर्थात् पिछले दिन मीना के पिता शाम सवा पांच बजे दिल्ली पहुंचे थे - सहारनपुर तक टैक्सी द्वारा और फिर उसके बाद 372 डाउन हरिद्वार-दिल्ली पैसेन्जर ट्रेन पकड़ ली थी। समय काफी बीत चुका था, यात्रा की भी थकावट थी इसलिए उसी शाम देहरादून के लिए नहीं लौट सके थे परन्तु सुबह जब वह 6:55 पर 19 अप देहरादून एक्सप्रेस के लिए दिल्ली के प्लेटफार्म पर पहुंची थी तो आशा के विपरीत अरुण को देखकर वह चौंक गई थी।

विश्वास नहीं हो रहा था कि वह इस प्रकार उसकी जुदाई सहन न करके स्टेशन पर आ धमकेगा।

उस दिन रविवार थी । मीना को विश्वास हो गया कि अरुण पिछली शाम भी स्टेशन अवश्य आया होगा। अरुण के प्यार की सीमा को देखकर मीना को हार्दिक प्रसन्नता मिली। उसके प्यार की दीवानगी को देखकर मीना का दिल भर आया। पिछली रात अपनी बात के अनुसार उसकी ओर से मुखड़ा फेर न सकी वह बल्कि आज अरुण की आंखों में खो गई थी वह। अरुण ने प्यार के अनेक संकेत भी किए थे - परन्तु मीना बुत समान उसे देखती ही रह गई थी। अपने पिता की उपस्थिति में वह उसके संकेत का उत्तर भी कैसे देती? वरन् जब अरुण उसकी खिड़की के समीप प्लेटफार्म पर इधर-उधर टहलने लगा था तो उसको कनखियों से देखते हुए भी उसकी आत्मा कांप जाती थी। फिर भी गाड़ी चलते-चलते जब उसे अवसर मिला तो वह अपने दिल पर काबू नहीं कर सकी थी और अपने पिताजी की दृष्टि बचाकर खिड़की से हाथ बाहर निकालकर नीचे करते हुए लहरा दिया था। और इस समय उसके प्यार का भेद उसके पिता पर खुल ही गया।

छक-छक-छक-छक - गाड़ी अपनी गति के साथ भागी जा रही थी। खेत-खलिहान, गांव तथा गांव के मकान पीछे छूटते जा रहे थे। इनका अन्त ही नहीं हो रहा था, विवेक के विचारों के समान जो अब तक अपने अतीत में डूबा हुआ था, इस प्रकार मानो यह कल ही की बात थी। मीना को अपने पिता की इतनी लम्बी खामोशी पर दुःख हुआ। शायद उसके प्यार के भेद ने उसके पिता को जोरदार चोट पहुंचाई है। शायद उसने किसी से प्यार करके अपने पिता के प्यार तथा दुलार के साथ विश्वासघात किया है। शायद उसके पिताजी को अरुण जरा भी पसन्द नहीं आया। बच्चे, विशेष रूप से जवान लड़कियां जब अपने माता-पिता की इच्छा के विरुद्ध पग उठाते हैं तो उन्हें दुःख होता ही है। उसने डरते-डरते अपने पिताजी का हाथ पकड़ लिया। कांपते स्वर में पूछा, 'पिताजी आप मुझसे नाराज हैं क्या?'

विवेक अपने विचारों से जागा। अपने खोएपन पर वह मन ही मन लज्जित हुआ। जिस अतीत को ठुकरा कर उसने एक नया जीवन आरम्भ किया था उस अतीत को दोहराने का उसे क्या अधिकार पहुंचता है? मीना के सिर पर उसने बहुत प्यार से हाथ फेरा बहुत हल्के से मुस्कराया - अत्यन्त कटु मुस्कान थी यह मानो अपने जीवन का स्वयं ही मजाक उड़ा रहा हो। उसने कहा, 'नहीं बेटी, भला मैं तुमसे क्यों नाराज होने लगा?' विवेक का स्वर गम्भीर था, इस प्रकार मानो अब तक उसके मस्तिष्क पर उसके अतीत की छाया पड़ी हो।

'तो तो फिर आपको अरुण ' मीना का स्वर प्रसन्नता से कांपने लगा। वह अरुण के विषय में अपने पिताजी की राय तुरन्त जान लेना चाहती थी परन्तु कुछ पूछने का तब भी साहस नहीं कर सकी।

'अरुण मुझे पसन्द है' विवेक ने कहा, 'उसकी परीक्षा समाप्त हो जाए तो तुम उसे बुला लेना। मैं उससे बातें करना चाहता हूं। तेरी प्रसन्नता की खातिर तेरा विवाह मैं अब शीघ्र ही कर दूंगा। यूं भी मैं उस युवक को इसलिए पसन्द करता हूं क्योंकि वह इन्जीनियरिंग कर रहा है।'

मीना प्रसन्नता से बेकाबू होकर अपने पिता के गले में बांहें डालकर झूल गई। उसे मानो जीवन की सारी खुशियां मिल चुकी थीं।

पाँच

रात के साढ़े बारह बज चुके थे। देहरादून का वातावरण। दूर-दूर तक सन्नाटा छाया हुआ था। सारा देहरादून, शायद सारा जग सो रहा था, परन्तु अपने फार्म के बंगले के अन्दर अपने पलंग पर लेटे विवेक को अब तक एक क्षण के लिए भी नींद नहीं आ सकी थी। देहरादून वह पिछली शाम ही पहुंचा था, अपनी लाड़ली मीना को लेकर - परन्तु फार्म पहुंचने के पश्चात् जाने क्यों उसे किसी प्रकार की प्रसन्नता नहीं महसूस हो रही थी। एक अनचाही सी गम्भीरता उसके मुखड़े पर छाई हुए थी मानो उसका कुछ खो गया है वह वस्तु जिसकी उसे आवश्यकता नहीं थी - तलाश नहीं थी। देहरादून वापस पहुंचने के बाद भावना से मिलकर चहकने की इच्छा रखते हुए वह चहक नहीं सका था। उसके अतीत ने मानो उसकी इच्छा के विरुद्ध अज्ञात तौर पर उसके दिल और दिमाग को जकड़ रखा था - वह अतीत जिसमें उसे नाममात्र भी रुचि नहीं थी। उस अतीत के विषय में वह सोचना भी नहीं चाहता था। ऐसा क्यों था वह स्वयं सोचने से वंचित था। क्या वास्तव में उस अतीत से उसका कोई सम्बन्ध नहीं था? प्यार का न सही दिल का सही? दिल के भी अनेक सम्बन्ध होते हैं। उसकी इस गम्भीरता का कारा भावना ने यात्रा की थकावट समझ ली थी। वह स्वप्न में भी नहीं सोच सकती थी कि उसका पति उसकी मुस्कान की छांव तले किसी और उलझन का शिकार हो सकता है। ऐसा सन्देह करने का प्रश्न ही नहीं उठता था। अच्छा-भला जीवन दोनों का साथ कट चुका था - हंसते-खेलते। विवेक अपनी गम्भीरता में इस प्रकार उलझा हुआ था कि उसने मीना तथा अरुण के प्रेम के विषय में भावना से कोई जिक्र तक नहीं किया। मीना ने भी पहले ही दिन मां को अरुण के बारे में सब कुछ बताना आवश्यक नहीं समझा था। वह जानती थी कि उसके पिताजी शीघ्र ही उसकी मां से अरुण तथा उसके प्यार की बात अवश्य करेंगे। और तब यदि मां ने पूछा तो वह उसे भी अरुण के बारे में सब कुछ बता देगी।

इस समय विवेक के समीप ही भावना का भी पलंग सटा हुआ था - सदा के समान, परन्तु इस समय भावना अपने पलंग पर सोने के बजाए विवेक के पलंग पर आकर लेट गई थी। उसकी एक बांह पर सिर रखकर वह उसी प्यार से सो रही थी जिस प्यार से वह विवाह के बाद सोती आई थी। कितनी निश्चिन्त निद्रा थी उसकी, गहरी-गहरी सांसों के साथ उसके नथुने फूल उठते थे उसकी सांसों में अब भी पहले समान ही भीनी-भीनी सुगन्ध थी। विवेक से लगकर

वह इस प्रकार सो रही थी मानो विवेक वर्षों बाद दिल्ली से लौटा था। अब भी वह उसकी एक दिन की भी जुदाई सहन नहीं कर पाती थी। परन्तु विवेक की आंखों से निद्रा बहुत दूर थी। अनिच्छुक होते हुए भी वह अपने अतीत को जाने क्यों याद कर रहा था।

यही वह समय था जब हैदराबाद में उसने कोठी में अपने कमरे के पीछे से एक ट्रेन के जाने के बाद एक कटी हुई लाश देखी थी। उस लाश को उसने अपनी लाश सिद्ध कर दिया था और मुंह छिपाकर यहां भाग आया था। एक युग बीत चुका था इस घटना को। इस युग के अन्दर वह भावना के प्यार में सब कुछ भूल गया था। मीना के प्यार ने उसे जीवन की सारी खुशियां दे दी थीं। आज - आज फिर वह उन दिनों को क्यों याद कर रहा है? क्यों इतना बेचैन है अपने अतीत में खोकर? क्या मिलेगा उसे अब अपने अतीत को याद करके? अर्चना पागल तो पहले ही हो चुकी थी। शायद अब जीवित भी न हो। जाने क्यों ऐसा सोचते समय विवेक के दिल में एक टीस-सी उठी। परन्तु फिर उसने सोचा इतने लम्बे युग तक पागल रहने से तो यह अच्छा है कि मानव अपना प्राण ही त्याग दे। पागलपन का जीवन भी कोई जीवन होता है? उसके माता-पिता को बेटी के गम में बूढ़े होकर जाने कब का ही परलोक सिधार गए होंगे। क्या हुआ होगा उनके इतने बड़े कारोबार का? विवेक अनेक बातें हर पहलू से सोचता रहा और यही कारण था कि उसे नींद नहीं आ रही थी। एक अज्ञात ताकत ने उसके अतीत का द्वार खोल कर उसे उलझन में डाल दिया था जिसमें वह कोई रुचि नहीं ले रहा था फिर भी सोचने पर विवश था।

मीना का कमरा अलग था। जब से वह सयानी हुई थी उसे एक अलग कमरे की आवश्यकता पड़ गई थी ताकि वह अपनी इच्छानुसार कमरे को सजाकर रख सके। इस समय उसे भी नींद नहीं आ रही थी। अरुण की याद में करवटें बदल-बदलकर उसने इतनी रात बिता दी थीं। परन्तु उसे सन्तोष था - उसके पिताजी अरुण को पसन्द कर चुके हैं। अपनी बेटी की प्रसन्नता के लिए वह सब कुछ कर गुजरने से भी नहीं चूकेंगे। उन्होंने उसे वचन दिया है। यही कारण था कि आज देहरादून पहुंचते ही उसने समय निकालकर अरुण को पत्र लिख दिया था। वह सारी बातें भी लिख दी थीं जो उसके पिता ने उससे ट्रेन में कही थीं - वह उसे पसन्द कर चुके हैं - उन्होंने उसे बुलाने को कहा है ताकि बात कर सकें और फिर शीघ्र ही शादी भी कर दें। वह उसे यूं भी इसलिए पसंद करते हैं क्योंकि वह इन्जीनियरिंग कर रहा है। मीना ने अरुण से पत्र द्वारा यह भी अनुरोध किया कि यदि वह कॉलेज की परीक्षा समाप्त होने के बाद अपने घर जाने के बजाए देहरादून उसके पास चला आए तो अधिक अच्छा होगा। तब मां भी उसे देख लेगी। उसके बाद शादी के सम्बन्ध में उसकी मां जी से बात होती रहेगी, नेक काम में देर क्यों?

दूसरे दिन विवेक स्वयं ही सुबह उठकर अपने फार्म पर चला गया - भावना की आंखें खुलने से पहले ही। फार्म में जाकर उसने जबरदस्ती कोई न कोई काम निकालकर स्वयं को उलझा दिया। विवेक को तब भी कोई सन्तोष नहीं मिला। फिर भी वह स्वयं को व्यस्त रखकर

जैसे एक अज्ञात जकड़ से छुटकारा पाने का प्रयत्न करता रहा। पिछली यात्रा में अपने अतीत को दोहराकर उसके अन्दर एक अनचाही गम्भीरता-सी आ गई थी। प्रयत्न करने के पश्चात् वह हंस सका था न पिछली रात भावना से प्यार की बातें ही कर सका था। अपने दिल की इस स्थिति को भावना से छिपाने के लिए ही वह इतनी सुबह-सुबह फार्म पर चला आया था।

सुबह के लगभग साढ़े आठ बजने लगे तो मीना उसके पास आ धमकी। अपने फार्म की पगडन्डियों तथा खेतों के मध्य वह आरम्भ से ही एक स्वतन्त्र तितली के समान इधर-उधर फुदकती रहती थी। यह फार्म ही उसका था। उसे यहां बोल भी कौन सकता था? मीना फार्म के उस अड्डे पर पहुंची जहां ट्रैक्टर्स के गैरेज थे तथा अनाज रखने के अनेक गोडाउन। खेतों की कटाई पहले ही हो चुकी थी। इसलिए मशीन द्वारा बोरे पर बोरे भर कर तौले जा रहे थे। मीना अपने पिता के पास पहुंची तो विवेक अपने मुनीम से अपने पिछले दिनों की अनुपस्थिति में किए गए काम का हिसाब ले रहा था। मीना को देखकर उसने तुरन्त काम छोड़ा और मुस्कराने का प्रयत्न किया। आश्चर्य प्रकट करते हुए पूछा उसने, 'अरे बेटी, तुम यहां कैसे आई?'

'मां ने भेजा है।' मीना ने प्यार भरा क्रोध प्रकट किया। बोली, 'सुबह स्नान नहीं किया - नाश्ता भी नहीं किया और यहां चले आए! क्या काम इतना आवश्यक है?'

'काम तो बहुत आवश्यक है।' विवेक ने मुस्कराते हुए कहा, 'पिछले दिनों मैं गायब था इसलिए हिसाब करने चला आया। मैं यह सब नहीं देखूंगा तो कौन देखेगा?'

'मैं यह सब कुछ नहीं जानती।' मीना ने इतरा कर कहा, 'मां नाश्ते पर आपकी प्रतीक्षा कर रही है। मैं भी तभी नाश्ता करूंगी जब आप यहां से चलेंगे।'

विवेक को भावना तथा मीना का प्यार देखकर दिल को शांति प्राप्त हुई। इतना असीम प्यार अपनी पत्नी तथा बेटी से प्राप्त करने के पश्चात् वह क्यों गम्भीर बना हुआ था? क्या कमी है उसके इस छोटे से कुटुम्ब में? क्या नहीं मिला उसे यह नया संसार बसाकर! फिर क्यों वह इस प्रकार स्वयं को परेशान किए हुए है? क्यों एक अज्ञात भय के कारण स्वयं को व्यस्त रखते हुए अपने आप से भाग जाना चाहता है? क्या यह भावना के प्यार के साथ विश्वासघात नहीं था? उसके विश्वास का अपमान नहीं था? उसने स्वयं को संभाला। फिर हंसता हुआ बोला, 'इतने वर्ष हो गए शादी को परन्तु तेरी मां ने मेरे बिना नाश्ता करना नहीं छोड़ा, आ चल।'

विवेक अब अपने बंगले शीघ्र ही पहुंच जाना चाहता था। उछलकर वह वहीं खड़े एक ट्रैक्टर पर चढ़ा। पीछे-पीछे मीना भी लपककर ट्रैक्टर पर चढ़ती हुई उसके समीप ही खड़ी हो गई। विवेक ने ट्रैक्टर स्टार्ट कर दिया और फिर अपने बंगले की ओर बढ़ गया। भावना की इतनी देर तक नाश्ते के लिए उसकी प्रतीक्षा करना उसे जरा भी अच्छा नहीं लग रहा था। जीवन में इतनी सुबह भावना को सोते में छोड़कर तथा फार्म जाकर उसने एक अनहोनी बात की थी परन्तु इसका बहाना उसके पास अच्छा भला था - पिछले दिनों देहरादून से अनुपस्थित

रहने के कारण काम बढ़ गया था और अनाज का हिसाब-किताब देखना आवश्यक था ताकि समय पर बाजार में पहुंचकर जल्द से जल्द देखा जा सके।

दिन बीतने लगे। गरमी के दिन थे इसलिए भावना ने मीना को अपने माता-पिता के साथ अपनी कार द्वारा मसूरी भेज कर गरमी के दिन बिताने के लिए अनेक बार कहा परन्तु मीना स्पष्ट इन्कार कर गई। वह अरुण को पत्र लिख चुकी थी। अरुण की परीक्षाओं की तिथि उसे ज्ञात थी। एक-एक दिन गिन कर वह उसकी परीक्षाओं के समाप्त होने की प्रतीक्षा कर रही थी। उसे पूरा विश्वास था कि अरुण परीक्षा समाप्त होते ही अपने घर जाने के बजाए सीधा उसी के पास आएगा। इसलिए देहरादून छोड़कर जाने के लिए उसके आगे प्रश्न ही नहीं उठता था।

कुछेक दिनों में विवेक ने भी अपनी स्थिति संभाल ली थी। वह अतीत को ठुकराने में शीघ्र ही इसलिए सफल हो गया क्योंकि अब भावना के साथ उसकी लाड़ली भी उसके समीप थी। केवल भूले भटके ही उसका अतीत उसके एकान्त का लाभ उठाकर एक धुंधले स्वप्न के समान उसकी आंखों के दर्पण पर आ जाता था परन्तु उसने इसे किसी प्रकार का महत्त्व नहीं दिया। जिस प्रकार वर्षों सागर की खामोशी के बाद भूले-भटके कोई तूफान अचानक धमक कर उसकी शान्ति को भंग कर देता है उसी प्रकार दिल्ली से देहरादून की यात्रा में तथा देहरादून पहुंचने के बाद पहली रात तथा दूसरे दिन तक के लिए विवेक के अतीत ने अरुण की शिक्षा का विषय लेकर उसके दिल को कुरेद दिया था। उसके बाद फिर वही सामान्य जीवन हो गया।

एक दिन जब रात के समय भावना शयन कक्ष में विवेक के बगल में लेटी हुई थी तो विवेक ने उसकी ओर करवट लेते हुए शोखी से कहा, 'मेम साहब, जानती हो, हमारी लाड़ली ने भी प्यार करना सीख लिया है - अरुण नाम के एक लड़के से।'

'क्या?' भावना को विश्वास ही नहीं हुआ। अपना समय भूलकर उसने सोचा, 'क्या उसकी लाड़ली इतनी बड़ी हो गई है?'

'हां! वह इन्जीनियरिंग कर रहा है। मैं उसे देख चुका हूं। मुझे तो वह एक ही दृष्टि में पसन्द आ गया है।'

'कहां का रहने वाला है वह? क्या कुल है उसका?' भावना ने अधीर होकर पूछा।

'यह सब पूछने की मैंने आवश्यकता नहीं समझी।' विवेक ने कहा, 'यदि तुम आवश्यकता समझती हो तो मीना से स्वयं पूछ लेना।'

भावना एक पल सोचती रही। फिर उसने कहा, 'यदि लड़का इन्जीनियरिंग कर रहा है तो इन्जीनियर ही बनेगा। यदि वह इन्जीनियर बनकर हमारी लाड़ली को ब्याह ले गया तो हमारे बाद हमारा फार्म कौन देखेगा?'

'यह सब तो बाद की बातें हैं।' विवेक ने सीधे लेटते हुए कहा, 'मेरी बात और थी जो मैंने अपने प्यार की खातिर इन्जीनियरिंग छोड़ फार्मिंग कर ली, परन्तु उस लड़के के शौक पर तुम

किसी प्रकार का दबाव मत डालना। यदि उसे मीना से सच्चा प्यार होगा तो वह सारा संसार छोड़कर उसकी प्रसन्नता का पूरा ध्यान रखेगा।'

भावना ने कुछ नहीं कहा। पति की बातों में जोर था। वह सोच में पड़ गई - उन बातों पर ध्यान देते हुए जो मीना के अन्दर इस बार दिल्ली से लौटने के बाद उत्पन्न हो गई थीं। प्रायः उसने मीना को अपने साथ बातें करते-करते खो जाते महसूस किया था तो कभी बे बात की बात पर लजाते भी देखा था। अब उसे इसका कारण समझ में आने लगा।

दूसरी सुबह जब नाश्ते के बाद विवेक फार्म पर चला गया तो भावना से अधिक देर तक सब्र नहीं हो सका। उसने एक नौकर द्वारा मीना को बुला भेजा। तब भावना अपने शयन कक्ष में पलंग पर बैठी कढ़ाई करती हुई बेटी के प्यार पर ध्यान करके अपने प्यार को याद करती हुई मन-ही-मन मुस्करा रही थी। मीना आई तो उसने उसे बहुत भेद भरी दृष्टि से देखा। मीना की आंखों में प्यार की नई ज्योति थी। मुखड़े पर एक नई लालिमा छाई हुई थी। उसके शरीर के अंगों में भी एक नया निखार था। वह अब बच्ची नहीं मालूम पड़ रही थी। इन बातों का अनुमान भावना को अब हुआ। इस बार जब से वह दिल्ली से आई थी सारे-सारे दिन अपने आपको संवार कर रखती थी। फैशन के अनुसार नए डिजाइनदार कपड़े पहनने का शौक उसे आरम्भ से ही था। परन्तु इस बार भावना ने मीना में यह बात इस समय कुछ अधिकता से महसूस की तो उसे कारण समझ में आ गया। ऐसा प्रकट होता था कि मीना इसलिए हर क्षण बन संवर कर तैयार रहती है मानो उसका प्रेमी आने वाला है - कभी भी - किसी भी समय।

मीना ने अपनी मां को अपनी ओर ध्यानपूर्वक देखते हुए पाया तो एक क्षण वह चौंक पड़ी। उसने अपने शरीर का निरीक्षण किया। फिर मां से पूछा, 'तुमने मुझे बुलाया है मां?'

भावना अपने विचारों से जागी। मुस्कराई। कढ़ाई अलग रखती हुई बोली, 'हां बेटी! आ, यहां बैठ।' भावना ने उसे अपने समीप बैठने का संकेत किया। वह गम्भीर थी।

मीना ने मां की गम्भीरता परखी। दिल धड़क उठा। परंतु फिर वह चुप-चुप सिर झुकाए मां के समीप जाकर बैठ गई।

'यह अरुण कौन है?' मां ने बेटी के सिर पर प्यार से हाथ रखकर पूछा।

मीना लजाई, सकुचाई भी। परन्तु फिर अपने प्यार के विषय में मां को बताते-बताते बातों के बीच में ही बच्चों समान लजाकर मां की गोद में गिरती हुई मचल गई।

'अरे पगली-।' भावना ने उसे उत्साह दिया, 'कभी अपनी मां से भी यह सारी बातें छिपाई जाती हैं।' भावना ने भेद भरे ढंग में पूछा, 'उसके घर में कौन-कौन हैं? क्या कुल है उसका? किस शहर का रहने वाला है?'

'कभी आएगा तो यह सारी बातें तुम उससे स्वयं पूछ लेना।' मीना ने मानो बात समाप्त कर दी। वह अपनी मां को बताती भी कैसे कि उसकी आज्ञा के बिना उसने उसे पत्र लिखा है - पत्र में अरुण से यहां आने के लिए अनुरोध किया है - केवल अनुरोध। यद्यपि उसे विश्वास था

कि उसका अरुण दिल्ली से सीधा यहीं आएगा, उसके अनुरोध को वह कभी अस्वीकार नहीं करेगा, परन्तु इसके साथ ही अरुण के न आने की सम्भावना भी उसके दिल में अवश्य थी। अरुण ने अपने न आने की पुष्टि अब तक नहीं की थी।

भावना ने भी मीना से अधिक पूछताछ करना उचित नहीं समझा। अरुण यहां आएगा तो मीना को कम से कम सूचित तो करेगा ही। तब वह खुलकर बातें कर लेगी।

* * *

मीना अपने कूलर लगे कमरे के नीले अन्धकार में बड़ी गहरी निद्रा में सो रही थी। पिछली रात उसे बहुत देर बाद नींद आई थी। पिछले दिन वह हर क्षण अरुण के ही विषय में सोचती रही थी। सुबह के समय में उसने सोचा था कि आज अरुण की परीक्षा का अन्तिम परचा है। वह अरुण की परीक्षा की तिथियों तथा समय से भली-भांति परिचित थी। हर परचे पर वह उसकी सफलताओं के लिए प्रार्थना करती थी। फिर पिछले दिन हर क्षण उसके दिल में खलबली मची रही थी...आज शाम अरुण छः बजकर चालीस मिनट पर 379 अप दिल्ली-हरिद्वार पैसेंजर गाड़ी से चलेगा। फिर हरिद्वार से गाड़ी बदलकर 41 अप मंसूरी एक्सप्रेस द्वारा सुबह नौ बजे पहुंच जाएगा। परीक्षा देने के बाद अरुण को देहरादून शीघ्र पहुंचने के लिए यही एक रास्ता मिल सकता था।

यद्यपि मीना ने उससे देहरादून आने के लिए केवल अनुरोध ही किया था फिर भी उसे विश्वास था कि अरुण अवश्य आएगा। इसी विश्वास के सहारे उसने पिछली शाम बंगले का गेस्ट रूम अपने हाथों से सजा दिया था। माली को सुबह-सुबह ताजे फूल फूलदानों में रखने का आदेश दे दिया था। परन्तु अपने घर में उसने अरुण के आने का समय किसी को भी नहीं बताया था क्योंकि अरुण ने अपने आने की पुष्टि नहीं की थी। बता देती और तब यदि अरुण नहीं आता तो यह उसके प्यार का ही नहीं अरुण का भी अपमान होता। फिर पिछली शाम छः बजकर चालीस मिनट पर उसका दिल प्रसन्नता की ठण्डी मिठास के लिए धड़कने लगा था - दिल्ली से अरुण की गाड़ी अब चलना आरम्भ हो गई होगी। मीना अरुण की प्रतीक्षा में इतना अधिक प्रसन्न थी कि उससे ठीक से रात का खाना भी नहीं खाया गया था। फिर पिछली रात नींद आने से पहले बहुत बेचैनी के साथ वह अरुण के विचारों में डूबी रही थी कि अब अरुण की गाड़ी इस स्टेशन पर पहुंची होगी, इस समय वह फलां-फलां स्टेशन पार कर चुका होगा। गाड़ी में लेटा वह भी उसी के बारे में सोच रहा होगा। मीना को अरुण की कितनी अधिक प्रतीक्षा थी। कितना विश्वास था उसे अपने प्यार पर। सोचते-सोचते जाने कब उसे नींद आ गई स्वयं नहीं समझ सकी थी।

सुबह जब उसकी आंखें खुलीं तो कोई उसके कमरे का द्वार खटखटा रहा था उसे नींद से जगाने का यह ढंग उन दिनों के लिए ही सुरक्षित था जब कभी मीना बहुत देर तक सोती रहती

थी। मीना ने एक गहरी अंगड़ाई ली। फिर करवट बदलकर बगल की छोटी मेज पर से अपनी कलाई घड़ी उठाई। नाइट बल्ब में उसने समय देखा। सुबह के साढ़े सात बजने वाले थे। 'उई मां!' मीना हल्का कम्बल फेंकती हुई उठ बैठी। कूलर चलाने के लिए कमरे में चारों ओर से अन्धकार क्या कर दिया कि समय का पता ही नहीं चला। आज तो सुबह नौ बजे वली गाड़ी से अरुण आने वाला है और वह है कि पड़ी अब तक सो रही है । उसने उठकर तुरन्त द्वार खोला! द्वार पर नौकर चाय की ट्रे लिए खड़ा था। मीना ने द्वार पर ही खड़े-खड़े चाय के घूंट जल्दी-जल्दी पीना आरम्भ किया तो नौकर विस्मित हुए बिना नहीं रह सका। घर की छोटी मालकिन ने पहली बार ऐसी हरकत की थी। मीना ने प्याला खाली किया और फिर नहाने-धोने की तैयारी करने लगी। समय मानो बहुत कम था और काम बहुत अधिक।

किसी प्रकार जल्दी-जल्दी नाश्ता करने के बाद मीना ने तैयार होना आरम्भ किया। समय का ध्यान रखते हुए उसने स्वयं को संवारा। ऊंची हील की जूती पहनी - बेलबाटम पैण्ट तथा ऊपर से कटी आस्तीन का 'टॉप'। लटों का एक छोटा-सा जूड़ा गूथ कर उसने एक फूल भी टांक लिया। इस बीच विवेक फार्म का काम देखने के लिए निकल चुका था। मीना ने घड़ी देखते हुए स्टेशन पर फोन किया। गाड़ी अभी-अभी ही अपने निश्चित समय पर स्टेशन पहुंची थी। मीना तुरन्त सूखे खेतों के मध्य बनी मिट्टीदार सड़क पर निकल आई। फिर वह तारकोल की मुख्य सड़क पर पहुंची। धूप चढ़ रही थी इसलिए वह वहीं एक आम के वृक्ष की छांव तले खड़ी हो गई - दिल में प्रसन्नता की असीमित धड़कनें लिए हुए। वृक्षों का पत्ता-पत्ता हवा के दबाव पर झूम-झूम कर कह रहा था कि उसका प्रेमी आ रहा है। क्षितिज से दूर तक उड़ते पक्षी चहक-चहक कर कह रहे थे कि उसका प्रेमी आने वाला है। मीना का दिल कह रहा था कि उसका प्रेमी आने वाला है...अवश्य आने वाला है। उसने बड़े विश्वास के साथ आने वाली सड़क पर अपनी दृष्टि बिछा दी।

मीना को यहां खड़े-खड़े काफी समय बीत गया। शहर की ओर से अनेक टैक्सियां आईं...मीना के दिल की धड़कनें तेज थीं और फिर तेजी के साथ आगे निकल गईं। हर आने वाली टैक्सी को देखकर मीना के दिल में आशाओं के दीप जल उठते थे और जब टैक्सी समीप से निकल जाती तो यह दीप हवा के किसी झोंके बिना ही तुरन्त बुझ जाते। तब मीना का दिल टूट-सा जाता। खड़े-खड़े मीना को बहुत देर हो गई। धूप के साथ गरमी भी बढ़ गई। मीना पसीने में तर हो गई। उसने कलाई पर बंधी घड़ी देखी। दिन के ग्यारह बज चुके थे। वह अपने आप पर खिसियाती तथा पैर पटकती हुई बंगले की ओर लौट पड़ी। उसने क्यों अरुण से ऐसी आशा बांध ली? उसका मन करने लगा कि वह एकांत में जाकर रो ले। परन्तु फिर उसने स्वयं को ढाढस दिया। आशा की कि उसकी 371 अप दिल्ली हरिद्वार एक्सप्रेस छूट गई होगी। वह अब 19 अप देहरादून एक्सप्रेस से शाम को 05:40 वाली गाड़ी से देहरादून पहुंचेगा।

उस दिन का एक-एक क्षण मीना ने शाम की प्रतीक्षा में कैसे बिताया यह वही जानती थी। शाम होने पर वह एक बार फिर तैयार हुई - बनी संवरी - नए रंगीन वस्त्र पहने। एक बार उसने फिर स्टेशन फोन किया। गाड़ी अपने निश्चित समय पर आने वाली थी। मीना का मन हुआ वह अरुण को लेने स्टेशन पहुंच जाए। इस गाड़ी से वह अवश्य आएगा। न आने का कोई प्रश्न ही नहीं उठता था। प्रीतम से मिलने के लिए दिल धड़क कर मानो छाती के बाहर आ जाना चाहता था। पन्द्रह मील दूर जाने के लिए मां को वास्तविकता बताती तो मां अरुण के आने की पुष्टि चाहती। यूं भी वह अकेले उसे स्टेशन कभी नहीं जाने देती। पुरुष नारी के पीछे भागे तो ठीक है परन्तु नारी का पुरुष के पीछे दीवानों समान भागना सारी ही नारी जाति का अपमान है।

मीना ने एक बार फिर गेस्ट रूम का निरीक्षण किया। अपने हाथों से फूलदान में ताजा फूल लगाए। फिर जाकर तारकोल की मुख्य सड़क के किनारे खड़ी हो गई। स्टेशन की ओर से आने वाली हर टैक्सी पर उसने दूर तक दृष्टि बिछा दी, आने वाली हर टैक्सी को देखकर उसके दिल की धड़कनें तेज हो जातीं। अरुण शायद इसी में है। परन्तु टैक्सी समीप से जब निकल जाती तो मीना का दिल टूट जाता। जाने कितनी टैक्सियां आईं और चली गईं। मीना के दिल की धड़कन तेज हुई और फिर निराशा के अन्धकार में डूब गई। अरुण किसी भी टैक्सी में नहीं दिखाई दिया। यहां तक कि शाम डूब गई। फिर धीरे-धीरे क्षितिज की लालिमा अन्धकार में परिवर्तित होने लगी। मीना निराश हो गई। अरुण इस गाड़ी से भी नहीं आया। निराशा ने उसके मन में टीस उत्पन्न की तो आंखें छलक आईं। दिल रोने को तड़प उठा। उसने अपने दिल में उठते दर्द पर काबू पाने के लिए दांतों द्वारा अपने निचले होंठ का एक किनारा काटा। फिर क्षितिज पर आंखें बिछा दीं। पक्षी अपने-अपने नीड़ को लौट रहे थे। वह भी चुपचाप सिर झुकाए अपने बंगले की ओर लौट पड़ी। अरुण कितना कठोर है - मीना ने सोचा इस प्रकार मानो अरुण ने आने का उससे वास्तव में कोई वादा कर रखा था।

मीना अपने बंगले वापस लौटी और चुपचाप लॉन में एक कुर्सी पर जाकर बैठ गई - एकांत में। पूर्व दिशा की ओर चन्द्रमा सिर उठाने लगा - घटता चन्द्रमा। पूर्णिमा का चांद पिछली रात था। चन्द्रमा भी मीना के दिल के समान ही उदास था। तारे शबनम के आंसू बहा रहे थे। मीना अरुण की ओर से पूर्णतया निराश हो चुकी थी फिर भी हर आहट पर चौंक जाती थी। दिल धड़क उठता था। ऐसा लगता था मानो उसका अरुण आ गया है। छिटकती चांदनी में वह चारों ओर दृष्टि दौड़ाती परन्तु फिर कुछ न देखने के बाद निराश होकर इसे दिल का भ्रम समझकर खामोश हो जाती। प्यार में ऐसी ही स्थिति पाई जाती है।

सहसा वहां एक जीप आकर रुकी। जीप का प्रकाश मीना पर पड़ा तो वह खड़ी हो गई। जीप का स्वर वह पहचानती थी। जीप के दमकते प्रकाश में मीना का बनाव श्रृंगार उसका रंग-रूप सहित एक दुल्हन समान चमक उठा। जीप का इन्जन बन्द हुआ। बत्ती बुझी। फिर जीप से

विवेक उतरा। वह मीना के समीप आया। मीना निराशा की मूर्ति बनी चुपचाप उसी स्थान पर खड़ी रही। विवेक ने मीना को बड़े ध्यान से देखा - सफेद चांदनी का सहारा लेकर। उसकी बेटी उसे बहुत अच्छी लगी - बहुत प्यारी - परन्तु उसकी उदासीनता उसे जरा भी अच्छी नहीं लगी। उसने पूछा, 'क्या बात है बेटी? तुम यहां अकेली क्यों बैठी हो? क्या भावना शहर गई है?'

मीना ने निराश दृष्टि में चन्द्रमा को देखा। फिर सिर नीचे झुकाते हुए नहीं के संकेत पर धीरे से सिर हिला दिया। जाने क्यों उससे मन में उठती निराशा की टीस सहन नहीं हो सकी तो आंखों में आंसू भी आने को तड़प उठे जिन्हें रोकने के प्रयत्न में वह अपनी जूती के अन्दर अपने पैर का अंगूठा मरोड़ने लगी।

विवेक को अपनी लाड़ली की खामोशी बहुत भेद भरी लगी। उसने उसे ऊपर से नीचे तक ध्यान से देखा। बेटी को प्यार की जुदाई तड़पा रही है इसलिए एकांत में बैठी थी। अपनी यादों को दोहराते हुए वह अपने प्रेमी के लिए तड़प रही है। मीना के सिर पर उसने बहुत प्यार से हाथ रखा। बोला, 'बेटी तेरे यह दिन खेलने-कूदने के हैं। तू उदास मत हुआ कर वरना मेरा दिल तड़प उठेगा। जिसके लिए तू उदास है उसकी चिन्ता मत कर। समय आने पर बात अपने आप पूरी हो जाती है। और फिर मैं जो यहां उपस्थित हूं तेरी सारी इच्छाएं पूरी करने वाला। फिर तू क्यों किसी बात से भय खाती है? तेरा सुख ही तो मेरा सुख है बेटी।' विवेक ने प्यार से मीना के कन्धे पर हाथ रखा। बोला, 'आ चल अन्दर चल, आज सुबह से काम करते-करते बिल्कुल ही थक गया हूं। बस, नहा-धोकर खाना खाऊंगा और फिर बहुत गहरी नींद सो जाऊंगा।' विवेक उसे बंगले के द्वार के अन्दर ले जाने लगा।

मीना ने तब भी कुछ नहीं कहा। अपने पिताजी की बातों पर उसे पूर्ण विश्वास था। वह अपने दिल के साथ बंगले के द्वार की ओर बढ़ गई।

* * *

रात के बारह बज चुके थे। मीना अपने कमरे के पलंग पर लेटी हुई करवटें बदल रही थी। नींद आंखों से कोसों दूर थी बार-बार वह यही सोच रही थी - आखिर अरुण देहरादून क्यों नहीं आया? शायद वह कल आए - हां, शायद। इस 'शायद' से मानव की कितनी सारी आशाएं बंधती हैं। अरुण को कल तो हर स्थिति में आना चाहिए उसने उसकी इच्छा का निरादर आज तक नहीं किया है।

सहसा उसके कानों में कुत्तों के भौंकने का स्वर सुनाई पड़ा। बन्द दरवाजों के अन्दर कूलर के शोर में भी कुत्तों के भौंकने का स्वर सुनाई पड़ रहा था। मीना का दिल बहुत जोर से धड़का। वह उठकर तुरन्त बैठ गई। मानो अकारण ही किसी की प्रतीक्षा करने लगी। कुत्ते भौंक रहे थे - भौंकते रहे। मीना ने लपककर अपने कमरे तथा बैठक के मध्य का द्वार खोल दिया। कोई

बरामदे की घण्टी बजाएगा तो वह स्पष्ट सुन लेगी। कुत्तों के भौंकने का स्वर और तेज हो गया। तभी किसी ने बरामदे में लगी कॉलबेल बजाई। मीना के दिल की धड़कन अपनी चरम सीमा पर पहुंच गई, दिल के एक कोने ने कहा, 'उसका अरुण आ गया है। मीना ने दौड़ कर बैठक की बत्ती जलाई। फिर लपककर बरामदे का द्वार खोल दिया। बरामदे के प्रकाश में बंगले का चौकीदार सामने खड़ा हुआ था। मीना का मन हुआ कम्बख्त के गाल पर एक तमाचा रसीद करे। उसे आशाओं का दीपक दिखाकर मानो उसने उसे अंधकार के गड्ढे में धकेल दिया था। परन्तु फिर उसने अपने ऊपर काबू किया। उसे मानो डांटते हुए पूछा, 'क्या है?'

'जी वह...चौकीदार मीना के सख्त व्यवहार पर कांप उठा। उसने कहा, 'जी वह एक साहब दिल्ली से आए हैं।'

'क्या?' मीना को विश्वास ही नहीं हुआ। उसके दिल की धड़कन प्रसन्नता के कारण एक बार फिर अपनी चरम सीमा पर पहुंच गई।

'जी हां।' चौकीदार ने कहा, 'मैंने उनसे बहुत कहा कि आप सो रही हैं, कल सुबह आइए परन्तु...'

'कहां हैं वह?' मीना ने चौकीदार की बात काटी और बरामदे में निकल आई। उसने देखा, बरामदे के एक ओर एक छाया खड़ी है। छाया के दोनों ओर फर्श पर दो सूटकेस रखे थे। छाया को देखते ही मीना पहचान गई। पहचानती भी क्यों नहीं? वह तो उसकी सांसों से भी परिचित थी। अरुण! आखिर उसका अरुण आ ही गया। उसने उसके प्यार की लाज रख ही ली। वह अरुण की ओर बहुत तेजी से लपकी - उससे गले मिलने के लिए - उसकी बांहों में समाने के लिए - उससे गिले-शिकवे करने के लिए उसकी प्रतीक्षा में वह आज कितना अधिक तड़पती रही थी। परंतु फिर अचानक ही अरुण के समीप पहुंचकर जब उसने चौकीदार की उपस्थिति का एहसास किया तो वह रुक गई। अपनी प्रसन्नता पर उसने काबू किया। चमकती दृष्टि तथा मुस्कान के साथ पूछा, 'अरुण तुम...' मीना की समझ में नहीं आ रहा था कि अरुण से क्या कहे। फिर भी उसने कहा, 'तुम इस समय किस गाड़ी से आ रहे हो?'

'हरिद्वार पर मैं रुक गया था।' अरुण ने कहा, 'सोचा नेक काम के लिए जा रहा हूं इसलिए भगवान के दर्शन भी करता चलूं। फिर अन्तिम गाड़ी द्वारा देहरादून स्टेशन रात नौ बजकर दस मिनट पर पहुंच जाना था परन्तु दुर्भाग्य से वह गाड़ी लेट हो गई तो क्या करता।'

मीना ने कुछ नहीं कहा। अरुण का यहां आ जाना ही उसके लिए बहुत था। वह उसी प्रकार मुस्कराती रही।

सहसा बरामदे में भावना आ धमकी। उसने भी कालबेल का स्वर सुन लिया था। मीना को उसने एक अजनबी से बातें करते देखा तो चौंक गई। वह उन दोनों के समीप पहुंची तो मीना ने तुरन्त अरुण की भेंट मां से करा दी। 'मां...' मीना ने कहा, 'यह अरुण हैं।'

अरुण ने नमस्ते के लिए हाथ जोड़ दिए।

'अरुण! कौन अरुण?' मां मानो समझी नहीं।

'वही, जिसके विषय में पिताजी ने आपसे बात की थी।' मीना ने मां को याद दिलाया।

भावना को अचानक याद आ गया। उसने बहुत ध्यान से अरुण को देखा। उसके मुखड़े पर आश्चर्य के साथ प्रसन्नता की लालिमा दौड़ी तो अरुण ने इस बार झुक कर उसके पग छू लिए।

'जीते रहो बेटा।' भावना ने उसे थामते हुए आशीर्वाद दिया फिर बैठक में ले जाने लगी तो अरुण ने चलते-चलते अपना सूटकेस उठाना चाहा। परन्तु तभी भावना ने उसे मना करते हुए कहा, 'रहने दो बेटा, इसे चौकीदार ले आएगा। भावना ने चौकीदार को सूटकेस अन्दर लाने की आज्ञा दी। फिर अरुण को लिए बैठक में पहुंच गई। साथ में मीना भी थी। भावना कह रही थी, 'यदि आना ही था तो तार कर दिया होता। कम से कम स्टेशन पर तुम्हें लेने गाड़ी तो भेज देते। रात में तुम्हें जाने कितना परेशान होना पड़ा होगा।'

अरुण ने मीना को देखा। उसने उसके आने की सूचना अपने घरवालों को क्यों नहीं दी? परन्तु फिर उसने स्वयं की भी गलती महसूस की। उसे चलने से पहले खुद भी तो अपने यहां आने की पुष्टि कर देनी चाहिए थी।

भावना ने अरुण को बैठक में एक सोफे पर बिठाया और स्वयं उसके समीप बैठ गई। मीना सामने के सोफे पर बैठ गई। ट्यूब लाइट के प्रकाश में मीना के रेशमी जैसे पतले रात के वस्त्र से उसके शरीर की सफेदी झांक रही थी परन्तु अरुण ने उस ओर एक बार भी दृष्टि नहीं उठाई। भावना अरुण को प्रकाश में अब और भी अधिक ध्यान से देख रही थी। यात्रा की थकावट के पश्चात् अरुण के सुन्दर व्यक्तित्व पर कोई प्रभाव नहीं पड़ा था। अरुण उसकी दृष्टि में भा गया। बेटी की पसन्द पर वह मुस्कराए बिना नहीं रह सकी।

'मीना के पिताजी सो रहे हैं क्या?' कुछ देर बाद अरुण ने ही बात छेड़ी।

'हां बेटा।' भावना ने कहा, 'आज कल उन पर कुछ अधिक ही काम आ पड़ा है। बहुत थक गए थे इसलिए सो गए।' फिर भावना मीना से बोली, 'मीना, जा बेटी, चौकीदार द्वारा बंगले का गेस्ट रूम ठीक करा दे। अरुण भी यात्रा में थक गया होगा इसलिए स्नान करके कुछ खाने-पीने के बाद आराम कर ले तो अच्छा है।'

'स्नान तो मैं कल सुबह ही करूंगा। मुंह हाथ धोकर तरोताजा मैं स्टेशन पर ही हो चुका हूं। रहा खाने-पीने का प्रश्न तो रात को ट्रेन में मैं अच्छा भला भोजन पहले ही ले चुका हूं।'

अरुण ने मीना को देखा। वह नहीं चाहता था कि मीना उसकी दृष्टि से हटे। परन्तु मीना उठ चुकी थी। मां से वह कैसे कहती कि गेस्ट रूम तो पहले ही ठीक है? जब आरम्भ से अरुण के आने की बात छिपाई थी तो अब भी छिपानी थी। चौकीदार सूटकेस अन्दर रख कर बरामदे में खड़ा था। उससे सूटकेस उठवा कर मीना गेस्ट रूम की ओर बढ़ गई।

'खैर, तुम्हारी इच्छा। परन्तु आराम करने से पहले एक गिलास दूध अवश्य पी लेना। मैं दूध भेज दूंगी।' भावना ने कहा। अरुण ने आशा की कि दूध लेकर मीना ही आएगी। उसने तय कर लिया, वह अवसर निकालकर मीना को अपनी छाती से लगाते हुए प्यार करके अपने इतने दिनों की दूरी की तड़प तुरन्त मिटा लेगा। भावना कह रही थी, 'सारी बात हम कल ही करेंगे। तब हमारे बीच मीना के पिता तथा नाना-नानी भी होंगे। अभी तो तुम यहां कुछेक दिन ठहरोगे ही?'

'सोच रहा हूं कि परसों वापस चला जाऊं। मां प्रतीक्षा करेगी।' अरुण ने कहा, 'आने से पहले मां को लिख चुका हूं कि मैं दिल्ली से सीधा देहरादून आऊंगा - केवल दो दिन के लिए ही।

अरुण ने अपनी मां को मीना के विषय में तभी सब कुछ लिख दिया था जब उसका प्यार मीना के साथ आरम्भ हुआ था। हर पत्र में ही वह मीना की प्रशंसा के पुल बांधते नहीं थकता था। मां अरुण की नानी से पत्र पढ़वाती। वह मीना के प्यार में बेटे की प्रसन्नता देखती तो फूली नहीं समाती थी। अरुण ने अपनी मां को मीना की कुछेक तस्वीरें भी भेज रखी थीं। अरुण की मां विधवा थी। कुछ वर्षों पहले अन्धी भी हो गई थीं - पति के वियोग में। फिर भी मां मीना की तस्वीरों को अरुण के नाना-नानी की दृष्टि से देखती तो आंखें चमक उठतीं। ज्योतिहीन आंखें होते हुए भी वह दिल की दृष्टि द्वारा मीना को पसन्द कर चुकी थी। मीना से मिलने के लिए वह इच्छुक थी। उसे अपनी बहू बनाने के लिए वह अधीर थी। ज्योतिहीन आंखें होने पर भी बेटे को आड़ी-तिरछी पंक्तियों में वह स्वयं पत्र लिखती तो उसके साथ मीना को आशीर्वाद दिए बिना नहीं रहती थी मां से पत्र प्राप्त करने के बाद अरुण मीना को पत्र पढ़ाता था। अरुण की मां की प्यार भरी बातें पढ़कर मीना का दिल भर आता था। उसका दिल करता वह शीघ्र ही अरुण के घर की लक्ष्मी बन जाए। और मां की खूब सेवा करे। अरुण उसे बता चुका था कि उसके पिता की मृत्यु उसके उत्पन्न होने से पहले ही हो चुकी थी जिसके वियोग में अब वह अन्धी भी हो गई हैं इस घटना को सुनकर मीना के दिल में मां के प्रति सहानुभूति तथा अरुण के प्रति प्यार पहले ही बढ़ चुका था। वह दृढ़ मन में निश्चय कर चुकी थी कि अपने विवाह के बाद वह अरुण के घर में प्रसन्नताओं का ढेर लगा देगी। अरुण ने उससे यह भी कहा था कि उसके उत्पन्न होने से पहले उसकी मां की एक बहुत ही दुःख भरी कहानी और है जिसे वह कभी समय आने पर अवश्य बताएगा। उन बातों को लेकर वह कॉलेज के दिनों में अपने रोमांचित क्षणों को उदास नहीं करना चाहता था।

इस समय जब अरुण ने भावना को बताया कि वह दो दिन बाद चला जाएगा तो भावना ने उसे और अधिक रोकना अपना कर्त्तव्य समझा। उसने कहा, वापस जाने के बजाए क्यों नहीं अपनी मां जी को तार देकर यहीं बुला लेते हो। यहां से मंसूरी है ही कितनी दूर? मैं मीना को ले लूंगी, तुम मां को ले लेना। फिर हम कुछ दिनों के लिए मंसूरी चले चलेंगे। कुछ दिनों के लिए उनका भी दिल बहल जाएगा और रिश्ते की बातें भी विस्तार में हो जाएंगी।'

अरुण को मीना की मां की बातें अवश्य पसन्द आतीं यदि ऐसा होना सम्भव होता। तब उसे अपने रोमांस का मंसूरी में सही आनन्द भी मिल जाता। उसने निराश स्वर में कहा, 'मेरी मां अंधी है। वह अकेली यात्रा नहीं कर सकेगी।'

'ओह!' भावना को दुःख हुआ। क्षण भर के लिए वह खामोश रह गई।

'वैसे हैदराबाद यहां से समीप होता तो मैं स्वयं ही उन्हें जाकर ले आता!' अरुण ने कहा, 'अपने अन्धेपन के कारण बेचारी कभी बाहर भी नहीं निकलती है। परन्तु अब जब मुझे फुर्सत मिली है तो मैं उन्हें भारत के कोने-कोने की सैर कराऊंगा।'

हैदराबाद! भावना ने सोचा। फिर पूछा, 'तुम हैदराबाद के रहने वाले हो?'

'जी हां। क्या मीना ने आपको नहीं बताया?'

'मीना बहुत शर्मीली लड़की है।' भावना ने कहा, 'यह क्या कम है कि उसने अपने पिता के सन्देह करने पर अपना प्यार स्वीकार कर लिया और बाद में मेरे सामने भी अपने दिल का भेद खोल दिया? वैसे मीना के पिता स्वयं विवाह से पहले हैदराबाद में ही रहते थे। क्या नाम है तुम्हारे पिताजी का? सम्भवतः वह उन्हें जानते हों।'

'जी, अब वह जीवित नहीं हैं। उनका निधन तो मेरे उत्पन्न होने से पहले ही हो चुका था।' अरुण ने उदास मन से कहा, 'मेरी मां ने तो मुझे विधवा बनने के बाद ही जन्म दिया था।'

'ओ!' भावना के मन को एक और धक्का लगा। कैसा अभागा युवक है यह! बजाए इसके कि वह यह सोचे कि उसकी बेटी ने उचित चुनाव किया है या नहीं, उसके मन में अरुण के साथ उसकी मां जी के प्रति भी सहानुभूति समा गई। मृत्यु पर किसका अधिकार रहा है? अरुण की आंखों में ऐसा दर्दनाक तथा गम्भीर आकर्षण था कि देखते ही वह किसी का मन जीत लेता था।

'वैसे उनका नाम भी वही था जो मीना के पिताजी का है - विवेक अवस्थी।' अरुण ने स्वयं ही कहा।

भावना क्षण भर के लिए चौंकी। फिर मुस्करा दी। अरुण अभी-अभी ही आया था इसलिए गम्भीर वातावरण उसे अच्छा नहीं लगेगा उसने प्यार से कहा, 'कोई बात नहीं बेटा, अब तुम्हें अपने पिता की कमी कभी नहीं महसूस होगी। अब मां भी तुम्हारे पास हो जाएगी।'

मीना की मां की उदारता पर अरुण का दिल श्रद्धा से झुक गया।

तभी वहां मीना आ गई। गेस्ट रूम पहले से ही तैयार था इसलिए वह वहां अरुण के बिना रुकती भी कितनी देर? उसने कहा, 'गेस्ट हाऊस तैयार है मां।' उसके पीछे-पीछे चौकीदार भी था।

'जाओ बेटा...।' भावना ने खड़े होते हुए कहा, 'चौकीदार तुम्हें गेस्ट रूम दिखा देगा।' भावना के साथ अरुण भी खड़ा हो गया था। भावना ने चौकीदार को आज्ञा दी, 'साहब को गेस्टरूम में पहुंचा दो।'

चौकीदार एक ओर बढ़ गया। पीछे-पीछे अरुण भी चल दिया - कुछ उदास-सा। यदि मीना उसे गेस्ट रूम तक पहुंचा देती तो क्या हर्ज था? फिर भी उसे आशा थी, मीना उसके लिए दूध लेकर आएगी। और तब वह किसी भी प्रकार उसके अकेलेपन से लाभ उठाकर अपने होंठों की प्यास बुझा लेगा।

'तू जा, अपने कमरे में सो जा।' अरुण के जाने के बाद भावना ने मीना को अपने सामने उसके कमरे में भेजना आवश्यक समझा। उसने सोच लिया था कि अरुण के लिए दूध वह चौकीदार द्वारा ही भेजेगी - मीना द्वारा नहीं। इतनी रात गए अपनी जवान बेटी को किसी भी कार्य के लिए एक अजनबी के कमरे में अकेले भेजना उचित नहीं था, चाहे भले ही यह उसका अपना ही मकान था। अरुण इस समय इस घर के लिए अजनबी ही तो था। मीना जैसी जवान तथा कुंवारी बेटी की मां होकर भावना का इस प्रकार सावधानी बरतना स्वाभाविक ही था।

मीना कुछ नहीं बोली। आज उसे अपनी मां की जिम्मेदारी का पूरा-पूरा अहसास हुआ। वैसे भी उसे मां की आज्ञा का पालन करना ही था। मां उसकी भलाई उससे अधिक समझती थी। यदि मीना को ज्ञात होता कि अरुण के कमरे में दूध पहुंचाना है और वह भी उसके बजाए चौकीदार पहुंचाएगा तो वह निश्चित ही पैर पटक कर रह जाती। वह चुपचाप अपने कमरे की ओर बढ़ गई - अरुण से सुबह तड़के मिलने की आशा में। उसे विश्वास था कि अरुण भी एकान्त में उससे शीघ्र ही मिलने के लिए तड़प रहा होगा।

मीना के अपने कमरे में जाने के बाद भावना रसोई में पहुंची गैस के चूल्हे पर उसने दूध गरम किया। तब तक चौकीदार भी अरुण को गेस्टरूम में छोड़कर आ चुका था। उसे अरुण के लिए दूध का गिलास देते हुए भावना ने एक और आज्ञा की। बोली, 'सुबह जैसे ही 'कुक' आए, उससे कहना कि मेहमान के उठते ही बेड टी पहुंचा दे।'

'जी मेम साहब।' चौकीदार ने कहा और गिलास का दूध लेकर चला गया। भावना हर ओर से निश्चिन्त होकर अपने शयन कक्ष की ओर बढ़ गई। वह अरुण के बारे में सोच रही थी बेचारा, मां अंधी है। साथ ही सिर पर पिता की छाया नहीं। पिता की सूरत जीवित अवस्था में उसने कभी देखी ही नहीं। परन्तु वह जानती थी कि जब विवेक को अरुण की इस वास्तविकता का पता चलेगा तो उसे भी बहुत दुःख होगा। वह निश्चय ही अरुण को एक सगे पिता का प्यार

देकर उसकी सारी कमियां दूर कर देगा। उसका दिल यूं भी बहुत भावुक है। मीना के पिता की प्रसन्नता आरम्भ से ही अपनी बेटी में रही है अब उनकी बेटी की प्रसन्नता केवल अरुण में ही है। अपनी बेटी की प्रसन्नता स्थिर रखने के लिए मीना के पिता क्या करने को तत्पर नहीं हो जाएंगे?

चौकीदार जब दूध लेकर गेस्ट रूम पहुंचा तो अरुण की रही-सही आशाओं पर पानी पड़ गया। परन्तु मन मार कर वह चुप रह गया। चौकीदार से मीना के बारे में वह कुछ पूछ भी तो नहीं सकता था। चौकीदार को उसने दूध का गिलास मेज पर रखने को कह दिया। फिर चौकीदार के जाने के बाद द्वार भेड़कर वह धीरे-धीरे दूध की चुस्कियां लेने लगा, इस प्रकार मानो समय बिताते हुए मीना की प्रतीक्षा कर रहा हो। शायद मीना अपनी मां के सो जाने के बाद उससे मिलने आए। यद्यपि मीना ने उसे इस समय मिलने का कोई संकेत नहीं दिया था फिर भी उसे उसके आने की पूरी आशा थी।

परन्तु मीना नहीं आई। उसे अपने माता-पिता के सम्मान का पूरा ध्यान था। अपने कमरे में पलंग पर पड़ी वह बहुत देर तक करवटें बदलती रही। कभी-कभी उठकर टहलने लग जाती थी। अरुण से वह इतने दिनों बाद मिली थी। इसीलिए उसकी बांहों में समाने के लिए उसकी छाती फड़क रही थी और इसीलिए एक बार साहस करके वह अपने कमरे का द्वार खोल कर चुपचाप बाहर भी निकल आई - दबे पगों गेस्ट हाऊस के द्वार पर भी पहुंची। द्वार के पट बन्द थे परन्तु पटों के मध्य अन्दर से आते प्रकाश की मोटी लकीर बिना कहीं गांठ बने इस बात को सिद्ध कर रही थी कि दरवाजा अन्दर से खुला है। अरुण उसकी प्रतीक्षा कर रहा है।

इसे आहिस्ता से खोलने के लिए उसने अपना एक हाथ भी ऊपर उठा दिया। दरवाजे के पट पर हाथ रख भी दिया। परन्तु फिर अचानक ही दिल कांप उठा। साहस जवाब दे गया। रात के इस पहर उसका अरुण के कमरे में जाना उचित नहीं था। उसने अपने आप पर काबू किया। एक गहरी सांस लेकर वह तेज पगों से अपने कमरे की ओर बढ़ गई, फिर कमरे में प्रविष्ट होकर दरवाजा अन्दर से बन्द कर लिया। पलंग पर लेटने के बाद वह बहुत देर तक अरुण के विषय में सोचती रही। सुबह तड़के अरुण को उठाकर अपना फार्म दिखाने के बहाने वह उसे यहां से ले जाएगी और फिर एकांत में खूब बातें करेगी - खूब बातें करेगी।

* * *

अपने शयन कक्ष में विवेक की आंखें पलंग पर सुबह छह बजे खुलीं। छह बजे उसकी आंखें खुलने की आदत बन चुकी थी। उसने अपनी आदत के अनुसार समीप सो रही भावना की ओर करवट बदली और फिर उसे छाती में समेट लिया। भावना की आंखें खुल गईं विवेक की छाती में समाई वह कुछ देर तक उसी प्रकार पड़ी रही। एक जवान लड़की के माता-पिता

होने के पश्चात् उनके प्यार तथा रोमांस में कमी नहीं आई थी। दो जवान दिलों की धड़कन बनकर मानो उनका प्यार स्थिर हो गया था। सहसा भावना को कुछ याद आ गया तो वह विवेक की छाती से अलग होती हुई बोली - 'अरे सुनिए, मैंने अरुण को देख लिया है।'

'सपने में?' विवेक ने भावना की लटों से खेलते हुए कहा। भावना की बात को उसने मजाक समझा।

'सपने में नहीं, हकीकत में।' भावना ने कहा - 'कल रात बारह बजे के करीब वह यहां पहुंचा है। मैंने उसे गेस्ट रूम में ठहरा दिया है।'

'क्या?' विवेक ने सिर उठाकर कोहनी को मोड़ते हुए गरदन हथेली पर टेकी। उसे विश्वास ही नहीं हुआ।

'मैं ठीक कह रहा हूं।' भावना ने कहा, 'तब आप थके-मांदे सो रहे थे इसलिए मैंने आपको उठाना उचित नहीं समझा।'

विवेक सोच में पड़ गया - मीना ने ही उसे बुलाया है वरना पिछली रात लॉन में अकेली बैठी हुई वह खोई-खोई नहीं रहती। अवश्य उसे दिल्ली से यहां शाम पांच बजकर चालीस मिनट पर आने वाली गाड़ी द्वारा अरुण की प्रतीक्षा रही होगी और जब वह नहीं आया तो वह उदास हो गई थी। उसका बनाव- श्रृंगार भी कुछ ऐसा ही था मानो वह अपने प्रेमी का स्वागत करने के लिए ही तैयार हुई थी।

'मेरी उससे कुछेक बातें हुई थीं।' भावना ने फिर कहा - 'बेचारा बिन पिता की सन्तान है। पिता का देहान्त उसके उत्पन्न होने से पहले ही हो गया था।'

'ओह!' विवेक को अरुण पर दया आई। बिन पिता के जीवित रहने का तो उसे भी एक कटु अनुभव था। उसने कहा - 'कोई बात नहीं। मीना से उसका विवाह हो जाए तो उसे एक पिता का इतना अधिक प्यार दूंगा कि उसे पिता की कमी महसूस नहीं होगी।'

'मैं जानती थी आप ऐसा ही कहेंगे।' भावना अपने देवता जैसे पति के कदमों में दिल ही दिल के अन्दर न्यौछावर हो गई।

भावना अभी कुछ और भी कहने ही वाली थी कि अचानक किसी ने द्वार पर थपकी दी। विवेक जानता था कौन हो सकता है। नौकर बेड टी लेकर आया था। उसने उठकर द्वार खोल दिया फिर वह पलट कर खूंटी पर से अपने स्लीपिंग सूट की कमीज पहनने लगा। नौकर ने पलंग के समीप छोटी मेज पर चाय रख दी तो भावना चाय बनाने लगी। विवेक ने अपने स्लीपिंग सूट की कमीज का बटन लगाते हुए पूछा, 'लड़का पसन्द आया तुम्हें?'

'लड़का तो हीरा है - हीरा। पसन्द न आने का कोई प्रश्न ही नहीं उठता।' भावना ने चाय के प्याले में चीनी डालते हुए कहा, 'और फिर जब वह मीना की ही पसन्द है तो हमारे नापसन्द करने का कोई प्रश्न ही नहीं उठता।'

'सो तो है ही।' विवेक चाय की मेज के समीप कुर्सी खींचकर बैठ गया। उसने एक सिगरेट जलाई और फिर कश लेने लगा।

भावना ने चाय बनाने के बाद एक प्याला विवेक की ओर बढ़ा दिया तथा दूसरे प्याले द्वारा स्वयं चाय पीने लगी। दोनों ही कुछ क्षणों के लिए मीना के भविष्य में खो गए। लड़का हीरा है तो मीना का भविष्य भी हीरे की तरह चमकता रहेगा। इन क्षणों के मध्य सोचते-सोचते विवेक ने चन्द घूंट में चाय कब समाप्त कर दी स्वयं उसे पता नहीं चला। चाय समाप्त हो गई तो वह उठा। बगल के श्रृंगार कक्ष में गया। टावल लिया और फिर वापस आकर बोला, 'अब तुम भी नहा-धोकर शीघ्र ही तैयार हो जाओ। हमें अपने होने वाले दामाद के स्वागत में कोई भी कमी नहीं रखनी है।' विवेक कमरे से बाहर निकल गया।

बंगले में दो स्नान-गृह थे - गेस्ट रूम स्नान-गृह को छोड़कर। भावना ने अपनी चाय समाप्त की। फिर स्नान करने के लिए जब वह अपने कमरे से बाहर आई तो उसने देखा कि उसका नौकर हाथ में चाय की ट्रे लिए रसोई की ओर वापस लौट रहा है। उसने उसे रोक कर आश्चर्य से पूछा - 'क्यों? किसने चाय नहीं पी?'

'जी वह जो मेहमान आए हुए हैं ना? उन्हीं के लिए चाय गेस्ट रूम लेकर गया था। परन्तु वह वहां हैं ही नहीं। दरवाजा भी खुला हुआ है।'

भावना ने एक पल सोचा - शायद अरुण को सुबह-सुबह उठकर टहलने की आदत है। इसीलिए बाहर निकल गया होगा। फिर भी उसने कुछ सोचते हुए पूछा - 'मीना अपने कमरे में है या नहीं?'

'जी, वह भी अपने कमरे में नहीं हैं। आज उन्होंने भी बेड टी नहीं ली।'

भावना एक क्षण उसी प्रकार खड़ी सोचती रही। फिर पलट कर अपने शयन कक्ष में वापस चली गई। वह समझ गई कि मीना तथा अरुण सुबह-सुबह फार्म की सैर के लिए निकल गए हैं। परन्तु उन्होंने इस प्रकार अकेले जाकर अच्छा किया या नहीं, वह कोई अनुमान नहीं लगा सकी। दिल्ली में घूमने-फिरने की बात और थी परन्तु यहां तो मीना को उसके फार्म के सभी नौकर-चाकर जानते हैं। मीना को एक अजनबी के साथ इतनी सुबह-सुबह अकेले देखकर सब क्या कहेंगे? शयन कक्ष में जाकर वह अपने पलंग पर बैठ गई और विवेक के आने की प्रतीक्षा करने लगी।

विवेक स्नान करने के पश्चात् शयन कक्ष द्वारा श्रृंगार गृह में जाने लगा तो अचानक ही भावना को देखकर चौंकते हुए रुक गया। उसने पूछा - 'अरे! अभी तक तुम स्नान करने नहीं गईं?'

भावना तुरन्त खड़ी हो गई। विवेक के पास आकर उसने सारी बातें बताईं - मीना तथा अरुण के लिए - कि सुबह-सुबह दोनों उठकर बंगले से बाहर निकल गए हैं। उसने उनके प्रति चिंता भी प्रकट की।

'इसमें चिंता की क्या बात है?' विवेक ने निश्चिंत होकर कहा, 'अरुण यहां नया-नया आया है, मीना उसे फार्म की सैर कराने ले गई तो अच्छा ही किया।'

'परन्तु इतनी सुबह-सुबह अकेले...।' भावना ने कहना चाहा कुछ चिंतित होकर।

'गर्मी के दिनों में फार्म के खेतों की ठण्डी-ठण्डी हवाओं का आनन्द केवल सुबह-सुबह ही आता है।' विवेक ने भावना के कन्धे पर हाथ रखा। बात उसने जारी रखी, 'और फिर अब वह बच्चे नहीं रहे। उनका विवाह होने वाला है। आखिर हम भी तो कभी जवान थे। अपना समय भूल गईं?' विवेक ने मुस्कराते हुए भावना की आंखों में झांका। उसने भावना को अपनी छाती से लगा लेना चाहा।

'अरे-अरे!' भावना ने उससे अलग होते हुए कहा, 'एक जवान बेटी के पिता हो गए हो परन्तु छेड़-छाड़ करना नहीं छोड़ा, कोई आ जाएगा तो?' भावना ने खुले द्वार की ओर देखा।

'आ जाएगा तो आ जाए। कोई ब्लैकमेल थोड़े ही कर रहा हूं। अपनी धर्मपत्नी से प्यार कर रहा हूं।' विवेक ने भावना को फिर अपने समीप करना चाहा।

परन्तु भावना वहां रुकी नहीं। उसे विवेक की बातों में आनंद अवश्य आ रहा था परन्तु उसने वहां इस समय रुकना उचित नहीं समझा। मीना की ओर से निश्चिंत होकर वह स्नान के लिए कमरे से बाहर निकल गई।

विवेक मुस्कराता हुआ श्रृंगार कक्ष की ओर बढ़ गया।

* * *

सुबह की सफेदी नील गगन पर बहुत हल्की-सी छिटकी ही थी कि मीना अपने पलंग से उठ खड़ी हुई थी। रात में देर से सोने के पश्चात् वह इतनी सुबह उठना नहीं भूली थी। भूलती भी कैसे? अरुण से एकान्त में मिलने के लिए मानो वह एक युग से तड़प रही थी। सुबह-सुबह उठकर उसने अपने मुखड़े पर पानी फेरा - आसमानी रंग का बेलबाटम पैण्ट तथा छोटी आस्तीनदार सुर्ख टॉप कबर्ड से निकालकर पहना और फिर जैसे-तैसे लटों को गूंथ लिया। इस सादगी में भी वह सुबह की सुन्दरी दिखाई पड़ रही थी। फिर वह अपने कमरे का द्वार खोलकर अरुण के द्वार पर पहुंच गई थी - दबे कदमों। यद्यपि रात का समय नहीं था फिर भी अपनी आहट द्वारा उसने किसी को घर में जगाना उचित नहीं समझा था। अरुण के द्वार पर पहुंचकर उसने बहुत हल्के से थपकी दी थी - इस प्रकार मानो अपने दिल की धड़कन द्वारा वह अरुण को जगा रही हो।

तब तुरन्त गेस्ट रूम का द्वार इस प्रकार खुला था मानो अरुण पहले से ही मीना की प्रतीक्षा कर रहा था। मीना रात में नहीं आई थी इसलिए उसे मीना के सुबह आने का पूरा विश्वास था। इस समय उसने नीली धारीदार बेलबाटम पैण्ट तथा कमीज पहन रखी थी। उसकी लटें फैशन की मांग के अनुसार कुछ लम्बी थीं जिन्हें सादगी से संवारने के पश्चात् उसका मुखड़ा बहुत आकर्षक लग रहा था। मीना तथा अरुण की नजरें लड़ीं। आंखें चमकीं। मुखड़े की रौनक बढ़ गई। होंठों पर मुस्कान खिल उठी। अरुण ने मीना को अपने कमरे में लाने के लिए अपना एक हाथ उसकी ओर बढ़ा दिया ताकि मीना को अन्दर खींचकर अपनी बांहों में समा ले।

मीना ने भी अपनी एक बांह उसके हाथ की हथेली पर रख देनी चाही, परन्तु फिर सकुचा गई। अपने ही बंगले में अरुण से इस प्रकार प्रेम जताना उचित नहीं था। कोई आ जाता तो जाने क्या हो जाता। वह नौकरों की दृष्टि में गिर जाती तथा अरुण उसके माता-पिता की दृष्टि में। अच्छा-भला बना-बनाया खेल बिगड़ जाता। बहुत अदा के साथ मुस्कराते हुए उसने अपना बढ़ता हाथ पीछे खींच लिया। वह बड़ी अदा से मुस्कराई - बहुत मीठी मुस्कान थी उसकी। वह दो पग पीछे हट गई। अरुण को विवश होकर कमरे के बाहर निकल जाना पड़ा। मीना की विवशता को वह समझता था इसलिए उसने उस पर किसी प्रकार का दबाव नहीं डाला।

'आओ चलो...।' सहसा मीना ने दबे स्वर में कहा, आंखों में प्यार की प्यास दिखाते हुए कुछ मुस्कराकर, कुछ लजाकर। बात उसने जारी रखी। बोली, 'हम बाहर चलकर बातें करेंगे। यहां गर्मी में सुबह-सुबह बाहर का वातावरण बहुत सुहाना होता है।'

अरुण उत्तर में मुस्करा दिया। फिर मीना एक ओर बढ़ी तो वह उसके साथ चल पड़ा - बाहर के सुहाने वातावरण में अपने सपनों को रंगीन बनाने के लिए - इतने दिनों की जुदाई की तड़प को कम करने के लिए...मीना को अपनी बांहों में समाकर प्यार करने के लिए...ताकि वातावरण का सुहानापन उसके प्यार में डूब कर सुगन्धित हो जाए।

बंगले के बाहर जैसे ही दोनों निकले, ठण्डी-ठण्डी मनमोहक ताजी हवाओं ने अपने हाथों का दामन फैलाकर उनका स्वागत किया। पक्षियों ने उनके स्वागत में अपनी मीठी चूं-चूं-चूं-चूं द्वारा संगीत बिखेरा और नृत्य के अन्दाज में कलाबाजी लगाते हुए क्षितिज में दूर-दूर तक उड़कर इतराने लगे। उनके स्वागत में वृक्षों की पंक्तियां भी टहनियों सहित झूम रही थीं। ऐसा लगता था मानो फार्म का कोना-कोना तथा चप्पा-चप्पा उनके प्यार की प्रसन्नता में सम्मिलित होकर झूम उठा हो।

दोनों ने बढ़ते पगों के साथ एक-दूसरे को देखा - चहकती दृष्टि से। दोनों के ही हाथ एक-दूसरे की ओर बढ़े। दोनों ने ही एक-दूसरे का हाथ पकड़ लिया तो उनके पगों में तेजी आ गई। फिर मीना ने दौड़ने के लिए अपने पग और तेज किए तो अरुण ने भी उसके साथ दौड़ना

आरम्भ कर दिया। अकारण ही दोनों दौड़ने लगे - चहकते तथा ठहाका लगाते हुए...कहीं सूखे खेतों के मध्य तो कहीं आड़ी-तिरछी पगडंडियों पर। दोनों इस संसार से भागकर निश्चिंत होते हुए मानो शीघ्र ही एक-दूसरे की बांहों में समा कर खो जाना चाहते थे। उन्हें अब किसी भी बात की चिन्ता नहीं थी। उनके ठहाके पक्षियों के चहक भरे गीतों में संगीत बनकर घुल-मिल गए। सारा संसार थिरक उठा।

सफेदी छिटक रही थी - और छिटक आई। क्षितिज की नीलिमा दूर-दूर तक सफेदी में घुल-मिल गई। इससे पहले कि सुबह की पौ फटे, सूर्य की किरणें उनके प्यार की चोरी पकड़ें, अरुण मीना को समीप की झाड़-झंखाड़ के मध्य ले गया। इस गर्मी के मौसम में भी यह झंखाड़ हरी-भरी थी। इनमें लगे कुछ जंगली फूल पतझड़ का बसन्त बनकर उनके स्वागत में मुस्करा रहे थे। यहां स्वयं को दूसरों की दृष्टि से सुरक्षित समझते हुए अरुण ने मीना को अपनी बांहों में समेट लिया। मीना भी उसकी छाती में समा गई। दो धड़कते दिल मानो एक युग बाद एक-दूसरे से मिले थे। दिल की आग को ठण्डा करने के लिए उनके पास इस समय इससे सुरक्षित स्थान कोई नहीं था। अरुण ने मीना के कपोलों तथा होंठों पर प्यार की वर्षा आरम्भ कर दी। मीना की सांसें तेज-तेज चलने लगीं। उसकी सांसों की सुगंध ने जंगली फूलों को बसन्त की ताजगी दे दी। उसके कपोल गुलाबी हो गए। आंखों में खुमार छा गया।

जब दोनों के प्यार की दीवानगी कुछ कम हुई तो अरुण ने अपने दोनों हाथों को मीना की कमर पर लपेट कर अपनी अंगुलियां बांध लीं। मीना ने भी उसकी पकड़ के सहारे अपना हाथ अरुण के कन्धे पर रख दिया। दोनों एक-दूसरे को खामोशी के साथ बहुत ध्यान से देखने लगे मानो इतनी देर तक इतना समीप रहने के पश्चात् दोनों ने अभी तक एक-दूसरे को ठीक से देखा नहीं था। फिर सुबह की पौ फटी तो चमकती किरणों ने उनकी खामोशी को चुम्बन दिया। झाड़-झंखाड़ की पत्तियां सुनहरी होकर चमक उठीं। फूलों की पंखुड़ियों पर रंग निखर आया। अरुण तथा मीना की बिखरी तथा उड़ती लटें भी सुनहरी हो गईं।

सहसा समीप से निकलते कुछ किसानों की बातें उनके कानों में पड़ीं तो दोनों चौंक गए। चौंककर एक-दूसरे से अलग हो गए। वातावरण पर उन्होंने ध्यान दिया। दिन निकल रहा था। दोनों टहलते हुए उस ओर बढ़ गए जहां सूखे खेतों के उस पार - कुछेक आड़ी-तिरछी चट्टानों के भी आगे, एक साधारण-सा झरना था। फिर भी दो दिलों के प्यार करने के लिए यह झरना एक अच्छा समां अवश्य बांधता था।

'तुमने अपने आने की सूचना क्यों नहीं दी?' मीना ने मानो शिकायत भरे ढंग से पूछा - एक ओर कदम बढ़ाते हुए।

'आवश्यक नहीं समझा।' अरुण ने कहा, 'इसके अतिरिक्त तुम्हारा मेरे यहां आने के लिए अनुरोध करना क्या मेरे समक्ष आज्ञा के बराबर नहीं था?'

'यदि तुम अपने आने की पुष्टि कर देते तो हम सब तुम्हें स्टेशन पर लेने आ जाते।'

'दरअसल मीना...।' अरुण ने कहा, 'मैं अन्त तक मां के पत्र की प्रतीक्षा करता रहा। शायद उन्हें मेरा दिल्ली से सीधा यहां आना पसन्द न आए। परन्तु उनका कोई उत्तर ही नहीं आया तो मैं यहां चला आया। मां के पत्र की प्रतीक्षा में ही तुम्हें अपने आने की सूचना नहीं दे सका।'

बात आई-गई समाप्त हो गई। मीना को अरुण की मजबूरी समझ में आ गई। उसके लिए यही बहुत था कि अरुण आ गया था, उसके विश्वास की उसने लाज रख ली थी।

दोनों साथ चल रहे थे। खेतों की पगडंडियां पार करने के बाद रास्ता पथरीला आ गया - ऊबड़-खाबड़ भी। चट्टानों के मध्य जहां-जहां अभी सूर्य की किरणें नहीं पहुंची थीं वहां सुबह की पौ फटने से पहले का ही समां था। किसी प्रकार दोनों आखिर झरने के समीप पहुंच ही गए। प्यार करने वालों के लिए कोई भी रास्ता कठिन नहीं होता। कांटे भरे रास्ते फूलों से भरे रास्ते में परिवर्तित हो जाते हैं। यही कारण था कि अपने प्यार की धुन में डूबकर उनके लिए पथरीला रास्ता भी आसान बन गया था।

गर्मी का दिन होने के कारण झरना सूखा-सूखा-सा था। ऊपरी चट्टान से पानी की कुछ पतली धाराएं जगह-जगह मोटी ओलती समान नीचे चट्टानों की दरार में गिरकर यहां के सन्नाटे में एक भोंडा-सा संगीत उत्पन्न कर रही थीं परन्तु प्यार भरे दो दीवाने दिलों को इस भोंडे संगीत में भी एक मिठास मिली। दो प्यार भरे दिल जहां एकत्र हों वहां बंजर इलाका भी स्वर्ग बन जाता है। कुछ दूर तक फैली ऊंची-नीची चट्टानों के मध्य कहीं-कहीं पानी एकत्र था। जहां पानी कम था वहां कुछ छोटे-छोटे पक्षी निश्चिंत होकर स्नान करते हुए अपने पंखों को फड़फड़ा रहे थे। अरुण तथा मीना एक चट्टान के किनारे बैठ गए। पैरों को उन्होंने नीचे लटका लिया जहां पानी एकत्र था, ठण्डा-ठण्डा पानी। मीना अपने पैरों द्वारा पानी से खेलने लगी। बातों से अब उनका मन ही नहीं भर रहा था। प्यार की बातें जितनी भी हों कम ही होती हैं। फिर अरुण तथा मीना तो मानो आज एक युग बाद मिले थे वह मानो सारा जीवन बातें करते तब भी एक युग की बातें समाप्त नहीं होतीं। प्यार की बातों में दोनों इस प्रकार खोए कि घर लौटने का उन्हें ध्यान ही नहीं रहा।

* * *

नाश्ते के समय मीना तथा अरुण नहीं लौटे। विवेक ने अरुण की प्रतीक्षा करना उचित नहीं समझा। बच्चे ही तो हैं। सुबह की सैर करने के बाद जाने कब लौटें? नाश्ते के बाद वह फार्म जाकर अपने मुनीम या फार्म मैनेजर को आवश्यक कार्य समझाने के बाद वापस आ सकता था। फार्म न जाकर लापरवाही बरतना ठीक नहीं था। फार्म में यूं भी आजकल काम कम नहीं था। अनाज शहर भेजकर अच्छा मूल्य प्राप्त करने के दिन भी यही थे। जब तक वह फार्म से वापस आएगा अरुण तथा मीना भी वापस आ चुके होंगे। शायद नाश्ता भी कर चुके

होंगे। अरुण को उसने एक दिन दिल्ली के प्लेटफार्म पर देखा था - बहुत ध्यान से - फिर भी उसे देखने की इच्छा बढ़ी हुई थी। उससे बातें करने की उत्सुकता भी जाने क्यों उसके दिल में बढ़ती ही जा रही थी।

विवेक नाश्ते के लिए डाइनिंग रूम में मेज के चारों ओर लगी कुर्सियों में से एक पर बैठा तो भावना को भी उसका साथ देना पड़ा। पति को अकेले नाश्ता करने देना उसके विचार में पति का अपमान था। मीना के नाना-नानी प्रभुनारायण तथा उनकी धर्म-पत्नी को सुबह उठते ही ज्ञात हो गया था कि मीना का मंगेतर आया हुआ है। ऐसा सुसमाचार सुनकर उन्हें पहले तो विश्वास ही नहीं हुआ था। क्या उनकी नातिन इतनी बड़ी हो गई है? देखते ही देखते कभी उनकी बेटी भावना नन्हीं-मुन्नी बच्ची से एकदम जवान हो गई थी और अब उनकी नातिन भी देखते ही देखते इतनी बड़ी हो गई है कि उसके विवाह का समय आ गया? फार्म की बालों के समान। धान के खेत के समान यह शीघ्र ही हरी-भरी होकर लहराने लगती हैं। अपनी नातिन के मंगेतर को देखने के लिए प्रभु नारायण तथा उनकी धर्मपत्नी दोनों ही बहुत इच्छुक हो गए थे - अत्यधिक अधीरता के साथ। अरुण को देखने तथा उससे बातें करने के लिए दोनों ही बिना स्नान किए गेस्ट रूम की ओर बढ़ जाना चाहते थे कि भावना ने उन्हें रोक दिया था। 'अरे-अरे!' भावना को अपने माता-पिता को मीना की प्रसन्नता में सम्मिलित होते देखकर हर्ष हुआ था। उसने कहा था, 'पहले स्नान आदि कर लीजिए। उसके बाद उससे मिल लीजिएगा। तब तक वह दोनों वापस भी आ जाएंगे।'

'वापस आ जाएंगे?' प्रभुनारायण कुछ समझे नहीं।

उनकी धर्मपत्नी ने भी एक बार अपने पति को देखा - फिर भावना को, इस प्रकार मानो वह सारी बातें स्पष्ट रूप से जान लेना चाहती हों।

'अरुण यहां पहली बार आया है इसलिए मीना सुबह ही सुबह उसे लेकर फार्म की सैर को निकल गई है।' भावना ने बात स्पष्ट की।

प्रभुनारायण तथा उनकी धर्मपत्नी निराश हो गए। वहीं पलंग पर दोनों एक साथ बैठ गए और कुछ क्षण सोचते रहे। फिर प्रभुनारायण ने पूछा, 'लड़का देखने में कैसा है?'

'बहुत सुन्दर।' भावना ने मानो अपने होने वाले दामाद की बलैंया लीं।

'करता क्या है?' इस बार भावना की मां जी ने पूछा - बहुत उत्सुक होकर। अरुण के विषय में मानो वह तुरन्त ही सब कुछ ज्ञात कर लेना चाहती थीं।

'इस वर्ष इन्जीनियरिंग के अन्तिम वर्ष की परीक्षा दी है।' भावना ने गर्व प्रकट किया।

'उसके पिता क्या करते हैं?' प्रभुनारायण ने पूछा।

'उसके पिता नहीं हैं।' भावना ने गम्भीर स्वर में कहा, 'उसके उत्पन्न होने से पहले ही उसके पिता की मृत्यु हो गई थी।'

'ओह!' प्रभुनारायण की धर्मपत्नी को अरुण के विषय में सुनकर दुःख हुआ।

क्षण भर को खामोशी छाई रही।

'फिर भी अरुण को देखने तथा पढ़ाने वाला तो कोई होगा ही।' प्रभुनारायण ने कहा, 'सम्भवतः उसकी मां जी ही कोई काम-धाम करती हों।'

'मां अवश्य है उसकी परन्तु वह बेचारी भी अन्धी है। वैसे घर में अन्य सदस्य भी अवश्य होंगे वरना वह अपनी मां को अकेला छोड़कर दिल्ली इन्जीनियरिंग करने क्यों जाता?' भावना ने कहा, 'कल रात बारह-साढ़े बारह बजे वह आया है फिर उससे सारी की सारी बातें तुरन्त कैसे पूछ लेती? अब हम सब इकट्ठा बैठेंगे तो बातें होंगी।'

'जब तुम उसके विषय में कुछ नहीं जानतीं तो मीना से उसके विवाह के बारे में कैसे सोच बैठीं?' प्रभुनारायण ने कहा, 'इससे पहले मुझसे इस विषय में राय लेना तो दूर मुझसे इस सम्बन्ध की चर्चा तक नहीं की!'

'दरअसल पिताजी...।' भावना ने अपने पिता के सामने एक कुर्सी खींचकर बैठते हुए कहा, 'इस सम्बन्ध के विषय में मैं स्वयं कुछ नहीं जानती थी। मीना ने इस युवक का मेल-जोल दोनों के विद्यार्थी जीवन काल में दिल्ली में ही बढ़ गया था। जब मीना के पिताजी मीना को लेने दिल्ली गए तो उन्हें इस वास्तविकता का पता चला। उन्होंने मुझे सब कुछ बताया और मैंने मीना की उसकी पसन्द की पुष्टि कर ली। अब जब वह यहां आ ही गया है तो मैंने आप दोनों को भी सब कुछ बताना आवश्यक समझ लिया।'

प्रभुनारायण को मीना तथा अरुण के इस अकस्मात तथा घर में बिना चर्चा उठे सम्बन्ध के बनने का कारण समझ में आ गया। तभी वहां 'कुक' आ गया था। आज उसे विशेष प्रकार का स्वादिष्ट नाश्ता तैयार करना था। घर में विशेष मेहमान जो आया हुआ था। मीना तथा अरुण के लिए विशेष भोज्य सूची बनाने के लिए भावना कुक के साथ रसोईघर में चली गई। स्वयं वह सुबह सादा नाश्ता लेती थी। विवेक को भी अधिक घी में डूबा खाना पसन्द नहीं था। प्रभुनारायण तथा उनकी धर्मपत्नी यूं भी अपनी बड़ी आयु के कारण केवल सादा खाना खाने पर ही सान्द्रित किया करते थे इसलिए जो भी स्वादिष्ट तथा घी में डूबा नाश्ता बनना था वह केवल मीना तथा अरुण के लिए ही बनना था।

इस समय नाश्ते के समय जब भावना अपने पति के साथ नाश्ते पर बैठी तो उसने नाश्ते के लिए अपने माता-पिता को भी बुला भेजा। पूरे कुटुम्ब को एक साथ नाश्ता तथा हर समय का खाना खाने की आदत आरम्भ से ही थी। मीना तथा अरुण के लिए सब कब तक प्रतीक्षा करते? जाने कब वह दोनों वापस लौटते? प्रभुनारायण तथा उनकी धर्मपत्नी डाइनिंग टेबल के समीप लगी कुर्सियों में अपने सुरक्षित स्थान पर आकर बैठ गए - सुरक्षित स्थान इसलिए क्योंकि आमतौर पर डाइनिंग टेबुल पर खाना खाते-खाते खाना खाने वाले के लिए एक ही

स्थान सुरक्षित बन जाता है। फिर वह इच्छुक होते हुए भी अनजाने तौर पर टेबुल के दूसरे स्थान पर नहीं बैठता।

फिर नौकर ने नाश्ता लगा दिया। विवेक, भावना तथा भावना के माता-पिता ने नाश्ता आरम्भ भी कर दिया। नाश्ते के मध्य अरुण की ही बातें चल रही थीं। भावना अरुण की प्रशंसा इस प्रकार कर रही थी मानो स्वादिष्ट नाश्ते से अधिक उसे अरुण की प्रशंसा में आनन्द आ रहा था। यद्यपि वह अधिक बातें अरुण के विषय में नहीं जान सकी थी फिर भी उसे अपनी बेटी पर विश्वास था। अपने पति की परख पर भी उसे पूरा विश्वास था जिसने दिल्ली के प्लेटफार्म पर उसे एक ही दृष्टि में अपने दिल में स्थान दे दिया था। ऐसा बहुत कम होता है परन्तु जाने भगवान की ऐसी किस लीला का दबाव था जिससे अरुण का स्थान विवेक के दिल में पहली ही दृष्टि में बना दिया था। परन्तु विवेक था कि उसने भगवान की इस लीला पर कभी ध्यान देने का कष्ट ही नहीं किया।

'बेटी...।' सहसा प्रभुनारायण ने चम्मच द्वारा नाश्ते का कौर मुंह में डालने से पहले पूछा, 'अरुण यहां कब तक ठहरेगा? यदि कुछेक दिन ठहरने का विचार हो तो उसे हमारे साथ मंसूरी भेज दो। उसके साथ हम मीना का भी पूरा ध्यान रखेंगे।'

'ऐसा सुझाव मैंने उसे दिया था। कहा था कि अपनी मां को भी बुला ले परन्तु परिस्थिति ने ऐसी उसे आज्ञा ही नहीं दी।' भावना ने चाय का घूंट लिया। बात उसने जारी रखी। बोली, 'वह यहां केवल दो दिन के लिए ही आया है। परसों वह हैदराबाद के लिए वापस चला जाएगा।'

हैदराबाद? विवेक कांटे में टोस्ट फंसाकर छुरी द्वारा एक टुकड़ा काटने के बाद मुंह में रख चुका था। उसके हाथ जहां-तहां रुक गए। टोस्ट कांटे में फंसा हुआ था। कांटा टोस्ट सहित उसी प्रकार जबान पर रखा रह गया। उसका दिल अज्ञात तौर पर धड़क उठा। उसने भावना को देखा - उसी प्रकार, तिरछी दृष्टि द्वारा, प्लेट पर कुछ झुके हुए। शरीर का अंग-अंग मानो अपने स्थान पर क्षण भर के लिए स्थिर हो गया था।'

हैदराबाद के नाम पर प्रभुनारायण को भी याद आ गया - उनका दामाद भी तो वहीं का रहने वाला है। उन्होंने विवेक को देखा। विवेक की उत्सुकता ने उन्हें एक अज्ञात दुविधा में डाल दिया।

'अरे हां...!' सहसा भावना को मानो कुछ याद आ गया। विवेक के दिल की धड़कन से अनभिज्ञ भावना कह रही थी - विवेक से ही, 'आपको यह बताना तो मैं भूल ही गई कि अरुण के पिता का नाम भी विवेक अवस्थी था।'

क्या? विवेक का दिल अचानक ही मानो अन्दर ही अन्दर बहुत खामोश स्वर के साथ चीख उठा। कांटा टोस्ट का टुकड़ा फंसाए उसकी जबान पर अभी तक था। वह बुरी तरह चौंक गया, कुछ इस झटके के साथ कि उसका हाथ डगमगा गया। मुंह में जबान पर रखा कांटा

झटखा खा गया। कांटे की एक नोंक जबान में धंस गई। विवेक तड़प उठा। उसने कांटा तुरंत होंठों के बाहर खींच लिया और प्लेट में रख दिया। कांटे की एक नोंक रक्त में डूबी हुई थी। प्रभुनारायण अपने दामाद को विवेक अवस्थी का नाम सुनकर चौंकता देख चुके थे। विवेक की स्थिति उनसे छिपी नहीं रह सकी। प्लेट के अन्दर रक्त में डूबे कांटे की एक नोंक को रक्त में डूबा देखकर वह कुछ सोच में पड़ गए।

विवेक ने अपने होंठों को सख्ती से दबाते हुए बन्द किया। ऐसा न हो कि रक्त होंठों के बाहर निकल आए। वह अपना नाश्ता छोड़कर उठा। सीधा 'वाश बेसिन' की ओर गया। 'वाश बेसिन' में उसने मुंह का कौर थूक दिया। कौर रक्त में डूबा लाल था। उसने नल खोल कर पानी से जल्दी-जल्दी चुल्लू बनाकर कुल्ला करना आरम्भ कर दिया। पानी के हर कुल्ले में रक्त की धार मिली हुई थी। रक्त था कि बन्द होने का नाम ही नहीं ले रहा था। फिर भी उसने कुल्ला करना नहीं छोड़ा।

'क्या हो गया?' सहसा उसने अपने समीप ही कुछ पीछे भावना का स्वर सुना। वह पूछ रही थी, 'यह रक्त कैसे निकल रहा है?' भावना ने 'वाश बेसिन' में रक्त के छींटों की ओर इशारा किया। नाश्ता छोड़कर वह भी डर गई थी।

विवेक ने पलट कर भावना को देखा नहीं। दिल में चोर था इसलिए उससे दृष्टि मिलाने का साहस नहीं कर सका। चुल्लू द्वारा पानी मुंह में भरने के बाद उसने फिर कुल्ला किया। उसके बाद बोला, 'कुछ नहीं बस जरा खाते समय ध्यान बंट गया था इसलिए जबान में कांटा चुभ गया।'

'बहुत अधिक चोट आई है?' भावना ने सहानुभूति प्रकट की।

'कोई विशेष नहीं।' विवेक ने कहा, 'तुम थोड़ी रूई ले आओ ताकि जबान पर रखकर दबा लूं। कम से कम रक्त का नष्ट होना तो बन्द हो जाए।'

भावना अपने पति की आज्ञा का पालन करने के लिए तुरन्त दूसरे कमरे की ओर चली गई। विवेक अरुण के विचारों में डूबा धीरे-धीरे कुल्ला करने लगा। फिर जब भावना रूई ले आई तो रूई उसके हाथ से लेने के बाद विवेक ने उससे कहा, 'मैं अब फार्म जा रहा हूं। शीघ्र ही वापस आने का प्रयत्न करूंगा।' विवेक ने केवल क्षण भर के लिए ही भावना की आंखों में देखा। फिर दृष्टि चुरा ली। रूई का एक टुकड़ा तोड़कर उसने जबान के घाव पर रखते हुए सोचा, भावना ने अरुण के विषय में जो कुछ बताया है वह तो सत्य ही होगा परन्तु वह बात गलत हो जाए तो कितना अच्छा होगा जिसका अनुमान लगाते हुए उसका दिल कांप रहा है। हां, काश ऐसा ही हो जाए - काश! अरुण के विषय में इतनी-सी बातें जानने के बाद बिनाधिकार ही उसे अपने दिल को संभालना कठिन हो रहा था। बाकी की बची हुई रूई उसने अपनी पॉकेट में डाल ली। फार्म पर रक्त निकलेगा तो काम आ जाएगी।

फिर वह बहुत तेजी के साथ बैठक में होकर बाहर की ओर निकल गया। डाइनिंग रूम बैठक से ही लगा हुआ था - ड्राइंग-कम-डाइनिंग रूम। प्रभुनारायण तथा उनकी धर्मपत्नी अब तक धीमे-धीमे नाश्ता कर रहे थे। प्रभुनारायण ने विवेक को तेज कदमों द्वारा ड्राइंग रूम से बाहर जाते हुए देख लिया था। वह विवेक के प्रति पहले ही सोच में डूबे हुए थे। विवेक को इस प्रकार तेजी से घर से निकलते देखकर उनके विचारों में गम्भीरता आ गई, विवेक इस प्रकार घर से निकला था मानो घर के वातावरण से भाग रहा हो - उस पर मानो एक भय छाया हुआ था जिसे वह किसी पर भी प्रकट करना नहीं चाहता था। हैदराबाद सुनकर विवेक का भावना को भेद भरे ढंग से देखना - अरुण के पिता का नाम सुनकर उसका बुरी तरह चौंकना - कांटे का जबान में चुभना और फिर तुरन्त घर से फार्म के लिए निकल जाना - विवेक की यह सारी हरकतें पहेलियों समान थीं। परन्तु उन्होंने कुछ कहा नहीं। कुछ न समझते हुए भी अपने दिल की बात अपने तक ही सीमित रखी। चुपचाप वह उस खुले द्वार की ओर देखने लगे जिसमें से होकर अभी-अभी विवेक बाहर निकला था।

विवेक बंगले से बाहर निकला था। लॉन में उसकी जीप खड़ी हुई थी। एक झटके के साथ वह जीप पर बैठा। इंजन स्टार्ट किया, फिर इस प्रकार एक्सीलेटर दबाते हुए क्लच छोड़ा कि जीप ने एक झटका खाते हुए शोर मचाया और फिर तेजी के साथ आगे बढ़कर लॉन का चक्कर लगाती हुई बाहर निकल गई। प्रभुनारायण के विचारों की गम्भीरता में और वृद्धि हो गई। वह विवेक के विचित्र व्यवहार पर ध्यान करते हुए चुपचाप धीमे-धीमे अपना नाश्ता करने लगे।

विवेक जीप कुछ तेजी से ही चला रहा था। फार्म के गोडाउन तथा दफ्तर तक जाने के लिए गिट्टीदार सड़क थी परन्तु वह गोडाउन या दफ्तर न जाकर मनमानी एक ओर भागा जा रहा था इस प्रकार मानों अपने मन में समाई शंका से पीछा छुड़ा रहा हो खेतों के ऊबड़-खाबड़ रास्तों तथा पगडंडियों पर उसकी जीप उछल-उछल जाती थी। उसके मन के अन्दर एक घमासान युद्ध चल रहा था। वह उन बातों पर विश्वास नहीं करना चाहता था जो भावना ने उसे अरुण के विषय में बताई थीं। भावना की बातों से जो बात सिद्ध होती थी उनका अनुमान लगाकर विवेक का मन करता था कि वह अपनी जीप की गति और बढ़ा कर किसी खड्ड में गिरा दे और अपनी जान दे दे। मीना तथा अरुण के प्यार को देखने से पहले आत्महत्या कर ले। हे भगवान, क्या ऐसा शर्मनाक दृश्य देखना उसी के भाग्य में लिखा था।

भावना ने जो कुछ कहा था उससे निश्चय ही यह सिद्ध होता था कि अरुण भी उसी का बेटा है। अरुण के पैदा होने से पहले ही उसके पिता का निधन हो गया। वह हैदराबाद का रहने वाला है। उसके पिता का नाम विवेक अवस्थी ही था। विवेक की समझ में एक बात और आई। अरुण अपनी मां को देहरादून इसलिए साथ नहीं लाया क्योंकि वह जीवित तो है परन्तु पागल है। कहीं जाने योग्य नहीं है। शायद उसने अपनी मां के विषय में मीना को अभी तक

कुछ नहीं बताया है। विवेक ने अपने संतोष के लिए बहुत प्रयत्न किया कि वह अपने मन में जोर पकड़ते भ्रम पर जरा भी विश्वास न करे - हैदराबाद में विवेक अवस्थी नाम का अरुण का पिता कोई और भी हो सकता है। किसी और विवेक अवस्थी नाम के व्यक्ति की मृत्यु अपनी संतान देखने से पहले हो गई होगी, परन्तु उसके दिल के चोर ने उसे किसी प्रकार का बहाना लेकर संतुष्ट होने की जरा भी आज्ञा नहीं दी।

अरुण को दृष्टि में रखकर उसकी आयु का अनुमान लगाते हुए भी यही सिद्ध होता था कि जिस समय वह अर्चना को हैदराबाद में छोड़कर यहां के लिए भाग निकला था उस समय अर्चना उसकी संतान की मां बनने वाली थी। ऐसा विश्वास करने के पश्चात् उसने अपने दिल में उठते विचारों को भ्रम समझने का जी तोड़ प्रयत्न किया परन्तु परिस्थितियों की सच्चाई ने उसे इसकी आज्ञा नहीं दी। फिर भी उसने अपने मन में उठते विचारों को जबरदस्ती भ्रम समझा - जबरदस्ती भ्रम समझने पर विवश होना पड़ा क्योंकि इसी पर उसकी अन्तिम आशा निर्भर करती थी। उसने अरुण से मिलकर उसे कुछ न बताते हुए उसके विषय में सब कुछ जान लेना उचित समझा ताकि उसके दिल का संदेह दूर हो सके परन्तु फिर अरुण से भी कुछ पूछने का साहस उसके अन्दर नहीं उत्पन्न हो सका। यदि वही बात निकली जिसका उसे भय है तब क्या होगा? हां, तब क्या होगा?

ऐसा सोचते समय विवेक की आत्मा कांप गई। उसने मानों स्वयं से कहा, 'नहीं-नहीं, ऐसा नहीं होना चाहिए। ऐसा हो गया तो अनर्थ हो जाएगा। आकाश धरती पर गिर पड़ेगा। यह संसार नर्क की भभकती आग बन जाएगा। एक भाई को बहन से प्यार! वह भी प्रेमी-प्रेमिका समान! क्या यही उसके पापों का दण्ड है? अर्चना को चुपचाप छोड़कर भाग आने का परिणाम! भावना को सारे जीवन विश्वास के अन्धकार में रखने का फल है?

विवेक के मन में अनेक बातें उठ रही थीं। उसने अपनी मानसिक उलझनों से छुटकारा पाने के लिए जितना प्रयत्न किया उतना वह उलझता चला गया। कोई हल नहीं मिल पा रहा था उसे अपने दिल में उठते तूफान को दबाने के लिए, उलझनों से छुटकारा पाने के लिए तथा उस पाप से मुक्ति पाने के लिए जिस पाप को उसने परिस्थितियों के दबाव में ही आकर किया था। विवेक ने अपनी जबान पर दबी रूई को उलझने के रूप में थूक दिया परंतु उलझनें कम नहीं हुईं। रूई रक्त से लथपथ थी। जबान से अब भी रक्त निकल रहा था, परन्तु धीमे-धीमे। उसने दुबारा रूई का टुकड़ा जबान पर नहीं रखा। अपना ही रक्त मानों वह पीने पर विवश था।

जीप गाड़ी उछलती-कूदती चली जा रही थी - अनमनी-सी। विवेक का मन कर रहा था वह मीना तथा अरुण का प्यार देखने से पहले अपनी आंखें सदा के लिए बन्द कर ले। भावना को मुंह दिखाने से पहले अपनी जान दे दे। वास्तविकता खुलने पर भावना के ऊपर जो बीतेगी उसे तो वह शायद सहन कर लेगी - किसी प्रकार, रो-धोकर, आंसू बहाकर, शायद अपने निःस्वार्थ प्यार के कारण अपने पति की परिस्थिति पर ध्यान करके वह उसकी मृत्यु के बाद

उसे क्षमा भी कर दे परन्तु अरुण तथा मीना पर उस समय क्या बीतेगी जब उन्हें ज्ञात होगा कि वह दोनों भाई-बहन हैं - एक ही बाप के बेटे-बेटी हैं! क्या संसार को मुंह दिखाने के बजाए दोनों आत्महत्या नहीं कर लेंगे? नहीं-नहीं, मीना लाड़ली है, उसके दिल का टुकड़ा है। उसे उसने बहुत प्यार से पाला है। एक-एक इच्छा उसकी पूरी की है। उसकी एक-एक प्रसन्नताओं को पूरा करने के लिए उसने अपनी लाड़ली को वचन दिया है। अभी पिछली रात ही तो उसने उसके स्वप्न को साकार रूप देने का वादा किया था। फिर इतनी जल्दी वह उसका दिल कैसे तोड़ सकता है? प्यार में देखे उसके सपनों को कैसे छिन्न-भिन्न कर सकता है? या दिल टूटने के बाद वह जीवित रहना स्वीकार कर सकेगी? इस बात का अनुभव विवेक को अच्छी तरह था कि दिल टूटने के बाद जीवित रहना कितना कठिन हो जाता है। फिर मीना तो एक लड़की थी - कोमल तथा भावुक दिल की लड़की। अपने अरुण के बिना वह कैसे जीवित रह सकती थी? वास्तविकता जानने के पश्चात् तो उसे आत्महत्या करने से कोई रोक ही नहीं सकता था।

विवेक ने अरुण को भी अपने बेटे के रूप में देखा तो उसका दिल उसके प्रति प्यार से उमड़ आया। अरुण को गले से लगाने के लिए उसकी छाती फड़क उठी। रक्त था कि रक्त से मिलने के लिए तड़पने लगा। क्या यही कारण तो नहीं था कि दिल्ली के स्टेशन पर अरुण ने एक ही दृष्टि में उसके दिल के अन्दर स्थान प्राप्त कर लिया था। प्रकृति के नियम भी विचित्र होते हैं। कोई नहीं जानता कि किसके मन में किसके प्रति सहानुभूति तुरन्त ही क्यों समा जाती है?

विवेक जीप गाड़ी चलाते-चलाते काफी दूर निकल गया...फार्म के उस पार...जहां आड़ी-तिरछी तथा ऊंची-नीची चट्टानें थीं। विवेक ने तब भी जीप चलाना नहीं छोड़ा। पथरीली चढ़ाई पर उसने जीप चढ़ा दी, इस प्रकार मानो वास्तव में वह स्वयं से भागने के लिए आत्महत्या करने जा रहा हो। सहसा जीप ने ऐक्सीलेटर पकड़ना छोड़ दिया। इंजन बन्द होने लगा तो विवेक ने अनेक बार ऐक्सीलेटर पर दबाव डाला परन्तु कोई लाभ नहीं हुआ। सहसा उसने देखा कि जीप का तेल समाप्त हो चुका था। इंजन खामोश था। विवेक अपने सिर पर हाथ रखकर सोचने लगा कि उसे क्या करना चाहिए और क्या नहीं जिससे उसके पापों का दण्ड उसे मिले न मिले परन्तु उसके बच्चों को उसके पापों का दण्ड नहीं मिलना चाहिए।

विवेक का शरीर पसीने में तर था - लटें बिखरी हुई - परेशान - उसके मन तथा मस्तिष्क समान। कुछ समझ में नहीं आ रहा था कि वह क्या करे और क्या नहीं? परन्तु मीना तथा अरुण के प्रेम का बन्धन उसे हर स्थिति में तोड़ना था चाहे उसकी दृष्टि में वह कितना ही अधिक नीचे गिर कर अत्याचारी बन जाए। परन्तु ऐसा कैसे सम्भव था? बिना कोई कारण बताए वह कैसे उनके रास्ते की दीवार बन सकता था? आखिर पिछली रात तक वह मीना का साथ देने का वादा करता रहा था। आज सुबह भी उसने भावना के समझ मीना तथा अरुण का जोड़ा बनकर देखने में अपनी हार्दिक प्रसन्नता प्रकट की थी।

सहसा उसके कानों में किसी के ठहाकों का स्वर सुनाई दिया - चट्टानों से टकराकर गूंजते हुए। स्वर एक लड़की तथा एक लड़के का था। कोई जोड़ा संसार की सारी समस्याओं से निश्चिन्त तथा अपने आप में मगन सुबह के वातावरण का पूरा आनन्द उठा रहा था। विवेक ने स्वर पहचाना - लड़का का स्वर मीना का ही था। अरुण का स्वर उसने कभी सुना नहीं था परन्तु मीना का स्वर पहचानने के बाद उसे अनुमान लगाते देर नहीं लगी कि पुरुष का ठहाका अरुण का ही है। इन ठहाकों में प्रसन्नता की असीमित मिठास थी परन्तु यह मिठास विवेक के कानों में उसके अनजानेपन में किए पाप का जहर बनकर उतरने लगी।

विवेक ने अपने कानों पर हथेलियां रख लीं। चाहा कि यहां जीप छोड़कर भाग जाए। वह किस प्रकार अपने ही बच्चों की प्रसन्नताओं का गला घोंट सकता था? वह जीप से उतरा। फार्म की ओर सीधे पलटना चाहा परन्तु मीना तथा अरुण के ठहाके अज्ञात तौर पर उसके पगों को अपनी ओर खींचने लगे। उसने स्वयं को एक बार फिर विश्वास दिलाया - जबरदस्ती। अरुण उसका बेटा नहीं हो सकता। हैदराबाद में विवेक अवस्थी नाम का उसका पिता कोई और ही होगा। प्रकृति उसके साथ इतना बड़ा मजाक नहीं कर सकती। उसने अपने दिल को कड़ा किया और फिर उस ओर चट्टानों के मध्य बढ़ गया जहां मीना तथा अरुण के ठहाके आ रहे थे। उसके बढ़ते पगों के साथ ठहाकों का स्वर और तेज होने लगा। विवेक ने कुछेक चट्टानों के मोड़ पार किए फिर अचानक ही वह ऐसे स्थान पर पहुंच गया जहां उसकी दृष्टि मीना पर पड़ गई।

मीना अपने पिता की अनुपस्थिति से अनभिज्ञ पक्षियों समान ठहाके लगाती हुई पानी के मध्य निकली चट्टानों पर चौकड़ियां लगाकर भाग रही थी और अरुण उसे पकड़ने का प्रयत्न कर रहा था। समीप ही एक चट्टान द्वारा ओलती समान पानी गिर रहा था। विवेक तुरन्त एक चट्टान की आड़ में खड़ा हो गया। छिप कर उसने देखा - मीना तथा अरुण अपने प्यार में खोकर कितना अधिक प्रसन्न थे। उसने मन ही मन प्रार्थना की - हे भगवान, इन बच्चों की प्रसन्नता कभी न कम हो, उसके पाप का दण्ड इन बच्चों को न मिले, वह सारी बातें भ्रम सिद्ध हों जिसके विश्वास में डूबा वह अब तक सुबह से ही तड़प रहा है। इसके पश्चात् विवेक की छाती अरुण को अपने में समाने के लिए तड़पने लगी। दिल उछल कर बाहर आना चाहता था।

दौड़ते-दौड़ते मीना थक गई तो एक चट्टान पर रुककर वह गहरी-गहरी सांसें लेने लगी। अरुण ने लपककर उसे पकड़ लिया। बोला, 'आखिर मैंने तुम्हें पकड़ ही लिया। अब तुम मुझसे बचकर कहां जाओगी?'

'बांध कर रख लो वरना चली गई तो हाथ मलते रह जाओगे।' मीना ने मजाक किया।

'ऐसी बात है तो लो अभी तुम्हें अपने से सदा के लिए बांध लेता हूं।' अरुण ने कहा और फिर उसने अपनी अंगुली में पहनी अंगूठी बाहर निकाली। बोला, 'इधर लाओ अपना हाथ।'

'इसे पहनाओगे क्या?' मीना ने पूछा।

'हां।'

'परन्तु...' मीना सकुचाई। बोली, 'यह अंगूठी तो तुम्हारी मां जी की है। तुम्हारे पिताजी का इस पर नाम भी लिखा हुआ है।'

विवेक ने सुना तो उसके शरीर का रक्त जम गया। अरुण के पिता का नाम विवेक था। अरुण के पिता ने ही अपनी नाम लिखी अंगूठी उसकी मां को दी थी। विवेक की आंखों में अर्चना के साथ बिताई सुहागरात का दृश्य घूम गया। सुहागरात में यह अंगूठी उसी ने ही तो अपनी पत्नी को भेंट की थी। विवेक की रही-सही आशाओं पर भी पानी पड़ गया। उसके दिल में तीव्र चुभन उत्पन्न हुई।

इस संसार में हर पापों का प्रायश्चित्त हो सकता है परन्तु विवेक ने जो पाप अनजाने में किया था - अनजाने में अपनी बेटी के लिए अपने ही बेटे को पसन्द किया था, उसका कोई प्रायश्चित्त नहीं था। कोई सुधार भी नहीं था, सुधार था तो केवल एक अपनी बेटी की प्रसन्नता छीनकर वह उसका जीवन नर्क बना दे - अपने बेटे को जीवन भर तड़पने के लिए छोड़ दे। उसकी वास्तविकता उन पर प्रकट करने के बाद वह उनकी आत्महत्या करने का जिम्मेदार भी तो नहीं बन सकता था। उसका मन हुआ वह यहां से भाग जाए, अपने बच्चों के स्थान पर स्वयं अपनी जान दे दे। जो जैसा चल रहा है चलने दे। परन्तु मीना तथा अरुण के प्रेम का मिलन ऐसा पाप होता जो उसे मरने के बाद भी उसकी आत्मा को चैन से नहीं रहने देता। मीना जब अरुण को अपने पिता की तस्वीरें दिखाती तो उसकी जवानी की तस्वीरें देखकर अरुण उसे तुरन्त पहचान लेता। आखिर अरुण के घर में भी तो उसकी तस्वीरें होंगी ही। भेद खुल जाएगा तो एक नहीं अनेक जीवन नष्ट हो जाएंगे।

विवेक के दिल का दर्द असहनीय होने लगा तो उसकी आंखों में आंसू छलक आए। उसने अपनी पलकें बन्द कर लीं। पीठ तथा सिर चट्टान से टेक लिया और अपने होंठों को सख्ती के साथ दांतों द्वारा काटने लगा। परन्तु तभी उसने अपने मस्तिष्क को एक झटका दिया। यह पाप यदि हो गया तो इसका प्रायश्चित्त कभी नहीं हो सकेगा। मीना यदि अरुण की बन गई तो इस धरती पर भूकम्प आ जाएगा। धरती फट जाएगी तथा वह ही नहीं, मीना तथा अरुण भी इसमें समा जाएंगे। यही अन्तिम अवसर था उन्हें एक-दूसरे का बनने से रोकने के लिए। अब या कभी नहीं।

अपनी आंखें खोलकर उसने देखा, अरुण बहुत प्यार से मीना का हाथ थामे हुए है - अपने बाएं हाथ द्वारा। अपने दाहिने हाथ की अंगुलियों द्वारा वह बहुत कोमलता के साथ मीना की अंगुली में अंगूठी पहनाने ही वाला था। उस मध्य जब विवेक आंखें बन्द किए क्षण भर के लिए खो गया था, मीना जाने कैसे अंगूठी पहनने को तैयार हो गई थी। अंगूठी पहनने से पहले ही उसके कपोल लाज के मारे गुलाबी हो गए थे। आंखों में हया की सुर्खी छा गई थी। उसकी

आंखों से अरुण के प्रति प्यार का अथाह सागर छलक रहा था। दबी-दबी मुस्कान थी होंठों पर, इस प्रकार मानो दुल्हन बनकर सुहागन बनने की उसकी घड़ी आ गई थी। विवेक पाप की इस डगर को और अधिक बढ़ते नहीं देख सका। पाप को अपना साकार रूप लेते हुए वह नहीं देख सका तो उन दोनों की ओर लपकता हुआ चीख पड़ा, 'ठहरो।'

प्यार के संसार में मानो एक जलजला-सा आ गया। मीना तथा अरुण दोनों ही चौंक पड़े। चौंककर घबराते हुए मीना ने अपना हाथ पीछे खींच लिया - एक झटके के साथ कि अरुण के हाथ से अंगूठी छूटकर नीचे गिर पड़ी तथा लुढ़कती हुई कुछ दूर चली गई। आवाज सुनने के बाद वह विवेक को देख चुका था। दिल्ली के स्टेशन पर मीना से बिछड़ते हुए उसने विवेक की एक झलक भी देखी थी। वह तुरन्त समझ गया कि यह मीना के पिता हैं। डर कर वह मीना से दो पग पीछे हट गया। अंगूठी उठाने का भी उसने साहस नहीं किया। मीना ने अपने पिता को देखा तो वह स्वयं भी ऊपर से नीचे तक कांप गई। उसके पिता तो स्वयं ही उसकी प्रसन्नता पूरी करना चाहते हैं, फिर अरुण से यहां एकांत में मिलकर उसने प्रेम करने में क्यों जल्दी की? जब उसके पिता उसकी प्रसन्नता के लिए अरुण को स्वीकार कर चुके हैं तब वह यहां इस प्रकार छिपकर मिलते हुए क्यों उनकी बदनामी का साधन जुटा रही है? अरुण तथा मीना ने एक-दूसरे को सहमकर देखा, फिर धड़कते दिल के साथ विवेक को देखने लगे।

विवेक इन दोनों के समीप आया - आकर वह खड़ा हो गया जहां उसके कदमों के समीप अंगूठी पड़ी हुई थी। उसने अरुण की ओर देखा। अरुण के प्रति उसकी आंखों में अथाह सागर-सा प्यार छलक रहा था। फिर भी उसने अपने दिल को काबू में किया। मुखड़े पर गम्भीरता बनाए रखी। अरुण विवेक के देखने का कोई अनुमान नहीं लगा सका। परन्तु फिर भी उसे जाने क्यों ऐसा महसूस हुआ मानो उसने मीना के पिता को कहीं देखा है - दिल्ली के स्टेशन पर मीना को छोड़ने से पहले भी कहीं देखा है। कहां? कब? उसे याद नहीं आ सका। विवेक के सफेद अधिक तथा कम काले मिले-जुले बाल, झुर्रीदार मुखड़ा। सब कुछ मानो परिचित-सा लगा। अरुण विवेक के अन्दर कुछ ढूंढ रहा था। विवेक ने सहमकर अपनी आंखें मीना पर जमा दीं। मीना सहमी-सहमी खड़ी हुई उसी को देख रही थी। पिता से दृष्टि मिलते ही उसने अपनी पलकें झुका लीं।

विवेक ने झुककर अपने कदमों में पड़ी अंगूठी उठाई। अरुण के दिल की धड़कन और तेज हो गई। विवेक ने सीधे खड़े होकर अंगूठी को देखा। अंगूठी पर विवेक ही लिखा हुआ था। बिल्कुल वही अंगूठी - सुहागरात में अर्चना को दी हुई एक प्यार भरी यादगार - जो यादगार तो वास्तव में बन गई थी परन्तु जिसमें प्यार नहीं समा सका था। प्यार के स्थान पर केवल सहानुभूति ही सीमित रह गई थी। अंगूठी को उसने उलट-पलट कर देखा - फिर अरुण को। अरुण! उसका अपना बेटा - अपना रक्त - जिसे अर्चना के गर्भ में छोड़कर वह एक चोर समान

यहां भाग आया था। आज उसे वह अपने जीवन में पहली बार देख रहा था, इतने ध्यान से, प्यार से भी। अर्चना समान ही रंग था उसका - आंखें भी उसी प्रकार तीखी थीं।

विवेक का मन हुआ कि अपने जिगर के टुकड़े को वह अपनी छाती से लगा ले। छाती में समाने के लिए उसकी बांहें उसकी ओर उठते-उठते रह गईं - उसे छाती में समा लेते यदि वह भावुकता में बह कर क्षण भर के लिए भी उन दोनों के परिणाम को अपने मस्तिष्क से भुला देता। अपने दिल पर यदि वह तुरन्त काबू नहीं करता तो सब कुछ नष्ट हो जाता। उसकी क्षण भर की लापरवाही दो जीवन की मृत्यु का कारण बन जाती। अपनी बेबसी पर वह तड़प कर रह गया। आंखें छलक आईं। उसका बेटा उसके सामने था। जीवन में वह उसे पहली बार इतने समीप से देख रहा था - बेटे के रूप में - फिर भी उसे छाती से लगाने में असमर्थ था। उसे बताने में असमर्थ था कि वह उसका अपना बेटा है - उसके शरीर के अन्दर उसी का रक्त बह रहा है। विधाता का यह कैसा खेल था कि वह उसे कुछ भी तो नहीं बता सकता था? उल्टे उसकी घृणा प्राप्त करने में ही उसके बेटे की भलाई थी बेटी की भी भलाई थी - मीना की जिसे उसने अपनी जान से अधिक प्यार के साथ पाला था। अब उसे अपनी बेटी की ओर से भी घृणा स्वीकार करनी थी - उस बेटी की ओर से जिसे अपने पिता पर पूरा विश्वास था तथा जिस बेटी को हर प्रसन्नता पूरी करने का उसने वचन दे रखा था। कल रात तक सब कुछ सम्भव था। आज सुबह नाश्ते से पहले तक सब कुछ सम्भव था, परन्तु अब सब कुछ असम्भव हो गया था। संसार की कोई शक्ति अब इसे सम्भव नहीं बना सकती थी। उसके ज्ञान होते हुए उसकी बेटी को उसके बेटे की पत्नी नहीं बना सकती थी।

उसने मीना को देखा। मीना अपने पिता के विचित्र व्यवहार को सहमी-सहमी होने के पश्चात् बहुत ध्यान से देख रही थी। फिर भी अपने पिता से उसे बहुत सारी आशाएं बंधी हुई थीं। वह घर की अकेली सन्तान है। पिताजी उसकी इच्छा अवश्य पूरी करेंगे। उन्होंने उससे वादा जो किया है।

विवेक ने आंखों ही आंखों में अपने आंसू पी डालने का प्रयत्न किया। परन्तु बेटी का दिल तोड़ने से पहले ही आंसू और छलक आए। मीना से वह दृष्टि नहीं मिला सका तो उसने अपनी दृष्टि अंगुलियों में थामी अंगूठी पर फेर ली। अंगूठी को देखते हुए वह अपने दिल पर पत्थर रखकर स्वयं पर काबू करता रहा। फिर उसने अरुण की ओर देखा। अरुण आशा निराशा की मूर्ति बना अब भी सोच रहा था कि उसने मीना के पिताजी को कहां देखा है? और कब देखा है? विवेक ने दो पग आगे बढ़ कर अंगूठी उसकी ओर बढ़ाई। बोला, 'यह लो अंगूठी और...' विवेक ने अपनी बात रोककर दिल को कठोर किया परन्तु दिल था कि अरुण के प्रति पिता का प्यार लिए पिघलता ही जा रहा था।

उसने अपने आपको जितना कठोर किया, दिल विवेक को छाती में समाने के लिए उतना ही तड़पने लगा। मन के अन्दर सुइयां चुभने लगीं। परन्तु यह समय भावुकता का नहीं था। इससे पहले कि उसकी आंखों से आंसुओं की झड़ी लगे, उसने उसी प्रकार खड़े-खड़े अपना मुखड़ा दूसरी ओर फेर लिया ताकि कोई उसके मुखड़े पर छाए दर्द को नहीं पहचान सके। अरुण ने आगे बढ़कर अपनी अंगूठी विवेक के हाथ से ले ली। विवेक अपना वाक्य पूरा करने के लिए पलटा, उस आरे जिधर मीना तथा अरुण का मुखड़ा छिपाते हुए वह चट्टानों को देख रहा था। मीना तथा अरुण की ओर पीठ किए वह कुछ आगे बढ़ा - अपने सामने की ओर। कुछ कहने से पहले उसने अपने दिल पर मानो पत्थर का बोझ रखा तो ऐसा लगा मानो छाती फट जाएगी। दिल छाती से बाहर निकलने से पहले ही टुकड़े-टुकड़े हो गया। स्वयं पर काबू पाने के लिए वह अपने दांतों द्वारा इस सख्ती से होंठ काटने लगा कि एक होंठ कट गया। रक्त की कुछ बूंदें होंठों पर छलक आई। उसने इन्हें पोंछा नहीं बल्कि होंठों को अन्दर दबाकर रक्त पी गया। अपनी मुट्ठियों को भींचते हुए उसने सख्ती से मानो अब अपना वाक्य पूरा किया। बोला, 'और अब तुम इसी समय इस फार्म को छोड़कर सदा के लिए चले जाओ। और इसके बाद यदि तुम इस फार्म में कभी भूल से भी दिखाई दिए तो याद रखना, तुम्हारे पक्ष में जरा भी अच्छा नहीं होगा।' विवेक ने कहा और फिर जज्बात में वह गहरी-गहरी सांसें लेने लगा।

अरुण को अपने कानों पर विश्वास ही नहीं हुआ। उसे लगा मानो अपने प्यार के उड़न खटोले पर वह स्वर्ग की यात्रा कर रहा था कि अचानक अपने किसी स्वार्थ के लिए मीना के पिता ने उसे एक झटके से नर्क की आग में ढकेल दिया है। गुमसुम-सा वह वहीं खड़ा विवेक को देखता ही रह गया।

'पिताजी...' मीना को भी अपने पिता की बातों पर विश्वास नहीं हुआ। वह मानो चीख-सी पड़ी थी। चीखकर तड़पती हुई वह आगे बढ़ी और अपने पिताजी के सामने आकर खड़ी हो गई। कल तक जो पिता उसकी एक-एक इच्छा पर जी-जान से निछावर हो जाने को तैयार थे, उसकी एक-एक प्रसन्नता समेटने का दावा करते थे, आज वह अचानक ही इस प्रकार बदल जाएंगे, वह स्वप्न में भी नहीं सोच सकती थी। उसने कांपते स्वर में कहा, 'पिताजी, यह आप क्या कह रहे हैं?'

विवेक से मीना की तड़प देखी नहीं गई। उसकी तड़प देख कर उसे अपनी तड़प पर काबू पाना कठिन हो गया। इससे पहले कि उसकी आंखों में आंसुओं की धारा फूटे, उसने कहा, 'मैं ठीक कह रहा हूं बेटी, यह विवाह नहीं हो सकता - किसी भी स्थिति में नहीं हो सकता।' विवेक ने आगे बढ़ जाना चाहा।

'आखिर क्यों नहीं हो सकता हमारा विवाह? क्या पाप किया है हमने?' मीना ने अपने पिता का रास्ता रोका। बोली, 'यदि हमारा विवाह नहीं हो सकता था तो हमारा भेद जानने के बाद आपने मेरा साथ क्यों दिया? क्यों मेरे प्यार को साकार बनाने का सपना दिखाते रहे? क्यों

नहीं मेरा गला उसी समय घोंट दिया जब मैंने अपने दिल का भेद पूरे विश्वास के साथ आप पर खोल दिया था?' मीना की आंखें छलक आईं।

विवेक ने अपनी लाड़ली की आंखों में पहली बार आंसू देखे थे - आंसुओं की मोटी-मोटी बूंदें सुबह की किरणों में बिल्कुल मोतियों समान चमक रही थीं। विवेक के दिल पर आरे चल गए। सारे जीवन उसने अपनी बेटी के हर नाज नखरे उठाए थे। उसकी एक-एक इच्छा पूरी की थी। परन्तु आज...आज समय आने पर वह इन आंसुओं का मूल्य क्या चुका रहा था? जीवन भर झूठ बोलकर वह अपनी प्रसन्नता के साथ भावना की प्रसन्नता को भी सुरक्षित रखने में सफल था। आज फिर एक झूठ बोलकर उसे अपनी बेटी तथा बेटे के जीवन की सुरक्षा हर स्थिति में करनी थी। उसने कहा, 'क्योंकि बेटी, मैं हैदराबाद में रह चुका हूं, मैंने अरुण की मां के विषय में सुन रखा था। वह एक पागल औरत है इसीलिए तुम उस घर की बहू बनकर उसकी सेवा करने नहीं जाओगी।'

'मिस्टर अवस्थी।' सहसा अरुण क्रोध में चीख पड़ा। मुट्ठियां भींचता हुआ वह कुछेक पग आगे आया। विवेक के पीछे खड़ा हो गया और उसी क्रोध में उसने कहा, 'यदि आप मीना के पिता नहीं होते तो अपनी मां को पागल कहने पर मैं आपकी जबान खींच लेता।'

विवेक उसी प्रकार खड़ा रहा - खामोश। कुछ भी नहीं कहा उसने वरन उसे प्रसन्नता हुई कि उसका बेटा अपनी मां को इतना अधिक प्यार करता है कि उसके विरुद्ध एक भी बात नहीं सुन सकता। उसके दिल में एक संदेह उत्पन्न हुआ। अरुण के क्रोध करने का ढंग ही ऐसा था। उसने उसका दिल टटोलने के लिए पूछा, बहुत धैर्य के साथ, 'क्या तुम्हारी मां जी पागल...'

अरुण को मीना के पिता पर और भी क्रोध आया। परन्तु उसने विवेक की बात काट कर कहा, 'मेरी मां पागल थीं, परन्तु मेरे उत्पन्न होने से पहले। परन्तु उसका यह पागलपन आम पागलों समान नहीं था। बचपन में उन्हें एक बहुत बुरा शॉक पहुंचा था जिसके कारण उन पर कभी-कभी पागलपन का दौरा आता था। विवाह के बाद उनके पागलपन का दौरा जब अपनी चरम सीमा पर पहुंच गया तो इससे तंग आकर मेरे पिता ने आत्महत्या भी कर ली, परन्तु मैंने जैसे ही उनकी कोख से जन्म लिया, उनके पागलपन का दौरा सदा के लिए समाप्त हो गया। स्वस्थ होने के बाद जब उन्हें पता चला कि मेरे पिता ने उनके पागलपन के कारण आत्महत्या कर ली तो वह दिन-रात आंसू बहाने लगीं। वह स्वयं भी आत्महत्या कर लेतीं क्योंकि अपने पति की मृत्यु का जिम्मेदार वह स्वयं को समझने लगी थीं। परन्तु मुझमें अपने पति की अंतिम निशानी देखकर वह जीवित रहने पर विवश हो गईं। पति की याद को छाती से लगाकर रोते-रोते वह अभी कुछ वर्षों पहले ही अंधी हुई हैं। वह कुछ देख नहीं सकतीं परन्तु इससे घर के वातावरण में अधिक अन्तर नहीं आया। मेरे नाना-नानी मेरी मां की आंखें बनकर उनकी सारी कठिनाई दूर कर देते हैं।'

मीना को अब ज्ञात हुआ कि अरुण क्यों कहा करता था कि उसकी मां बहुत दुखी स्त्री हैं। उसकी दर्द भरी कहानी यही थी। उसके दिल में अरुण की मां जी के साथ अरुण के प्रति भी सहानुभूति बढ़ गई। यदि अरुण की मां अब तक भी पागल होतीं, तब भी वह अपने प्यार की खातिर अरुण को कभी नहीं छोड़ती। आखिर इसमें अरुण का दोष भी क्या था? उसने स्वयं भी अरुण की मां जी की आंखों का तारा बनने का निश्चय कर लिया।

विवेक ने अरुण की बात सुनी तो सन्न रह गया। वह कभी स्वप्न में भी नहीं सोच सकता था कि अर्चना के जीवन में चमत्कार इस प्रकार जन्म लेगा। एक बच्ची को रक्त में तर देखकर वह शॉक के कारण पागलपन का शिकार हो गई थी। दूसरे बच्चे को जन्म देते समय शॉक के कारण वह सदा के लिए अपनी सामान्य स्थिति में आ गई होगी। स्वस्थ होने के बाद जब उसने अपने पति की आत्महत्या का उत्तरदायी अपने पागलपन को पाया होगा तो निश्चय ही उसका दिल टूट गया होगा? क्यों नहीं वह अपने पति के जीवन काल में ही स्वस्थ हो गई? आज वह उसी के गम में ही तो रोते-रोते अन्धी हो चुकी है।

विवेक ने अर्चना के अंधेपन का जिम्मेदार स्वयं को समझा तो दिल तड़प उठा। अर्चना के साथ उसने क्यों ऐसा किया? क्यों उसे धोखा देकर चोर समान भाग गया? उस कोमल समय में तो अर्चना को उसकी विशेष आवश्यकता थी। अर्चना को सामान्य स्थिति में देखने के लिए विवेक का दिल तड़प उठा। सामान्य स्थिति में तो वह बहुत आकर्षक लगती थी। मन ही मन अर्चना को प्यार न करने के पश्चात् अपने मन में उसके प्रति सहानुभूति समाए वह उसकी हर इच्छा की भेंट कितनी आसानी से बनकर चढ़ जाता था। परन्तु फिर विवेक ने वर्तमान स्थिति को देखते हुए अपने दिल के जज़्बात पर काबू कर लिया। इस समय उसे वही करना था जो समय की मांग थी। वह मीना तथा अरुण का साथ तोड़ने के लिए संसार की हर परिस्थिति से मुकाबला करने को तैयार हो गया। ऐसा करना उसके लिए अत्यन्त आवश्यक था। उसने कहा, 'कुछ भी हो, परन्तु तुम दोनों का विवाह किसी भी स्थिति में नहीं हो सकता।' विवेक ने मानो निर्णय दिया और फिर मीना के बगल से होकर आगे बढ़ गया।

'पिताजी!' मीना के दिल पर बिजली गिर पड़ी। उसने अरुण को देखा। फिर अपने पिता के पीछे लपक गई। विवेक ने चलना नहीं बन्द किया। मीना उसके साथ पग से पग मिलाकर चलती हुई मानो विनम्रता के साथ बोली, 'नहीं पिताजी नहीं। कह दीजिए यह सब झूठ है। आप मजाक कर रहे हैं। अरुण को आप मेरे लिए पसन्द कर चुके हैं।' मीना ने अपने पिता से विनती की। पलकों की झोली फैलाकर अपनी प्रसन्नता की भीख मांगी। उसका स्वर कांप रहा था। परन्तु विवेक के दिल पर अपनी लाड़ली की बातों का जरा भी प्रभाव नहीं पड़ा। उसने अपने दिल को और कठोर बना लिया। उसने अपनी बेटी की ओर देखा भी नहीं। देख लेता तो जाने क्या हो जाता। अपने दिल पर पत्थर रखने के अतिरिक्त उसके पास चारा भी क्या था? परन्तु पत्थर की छाती भी निरन्तर एक स्थान पर पानी गिरते रहने से चाक हो जाती है। यही

कारण था कि विवेक मीना के आंसुओं को अब और अधिक देखने का साहस नहीं कर सका, मीना आखिर उसकी बेटी थी - उसके दिल का टुकड़ा। वह कब तक उसके आंसुओं को देख कर सब्र किए रहता? वह उसी प्रकार चलता रहा - बिना कुछ कहे ही।

'पिताजी-।' सहसा मीना के स्वर में सख्ती आ गई। अपने का ध्यान प्राप्त न करके उसके अन्दर का प्यार दीवाना बनकर जोश मारने लगा। अपनी प्रसन्नताओं को बिखरता देखकर दिल संसार के विरुद्ध बागी बनकर सिर उठाने लगा। उसने तुरन्त ही अपने प्यार के रास्ते में आए हर पत्थर को ठोकर मारकर अलग कर देने का निश्चय कर लिया। अपने पिता के साथ कदम से कदम मिलाकर चलते हुए उसने अपने पिता को सावधान किया। बोली, 'पिताजी', अचानक उसने अपने स्वर की सख्ती में कुछ कमी की। गम्भीरतापूर्वक बोली वह, 'अब मैं बालिग हो चुकी हूं। अपना भला-बुरा स्वयं समझती हूं। यदि आपने अपनी इच्छा से मुझे अरुण का नहीं बनने दिया तो...तो मैं स्वयं अपनी इच्छा से उसकी बन जाऊंगी।'

विवेक के बढ़ते कदम अचानक ही धीमे पड़ गए। फिर रुक गए। उसके साथ मीना भी रुक गई। उसने गरदन घुमाकर मीना को देखा। वह गम्भीर थी - इतनी गम्भीर कि अपने प्यार के लिए वह संसार की किसी भी वस्तु से मुकाबला कर सकती थी। क्या उसकी बेटी इतनी बड़ी हो गई है, क्या उसके अन्दर इतना साहस उत्पन्न हो गया है कि आज वह अपने प्यार को साकार रूप देने के लिए अपने पिता की इच्छा के विरुद्ध भी पग उठाने में पीछे नहीं हटना चाहती है।

विवेक को अपना समय याद आ गया। एक दिन वह भी तो अपने प्यार को साकार रूप देने के लिए अपने सगों को छोड़कर यहां चला आया था - किसी और को नहीं अपनी ब्याही पत्नी को छोड़कर यहां चला आया था - वह भी उसे धोखा देने के बाद - चोरों समान। परन्तु उसकी बेटी चोरों समान नहीं भाग रही थी वह संसार को दिखाकर अपने प्रेमी के साथ चले जाने का दावा कर रही थी - अपने जीवनसाथी को छोड़कर नहीं, अपने पिता को छोड़कर जिसे एक न एक दिन हर लड़की को सदा के लिए छोड़ना ही पड़ता है।

इस सत्यता के पश्चात् विवेक ने अपने समय की परिस्थिति को मीना की परिस्थिति से बहुत अलग पाया। इन परिस्थितियों की नींव केवल वही जानता था। किसी और को इस विषय में बता भी नहीं सकता था। मीना को बिना कुछ बताए उसे अरुण का बनने से रोकने के लिए उसके पास केवल एक ही चारा था। उसने एक गहरी सांस ली। फिर गम्भीर स्वर में बोला, 'अरुण की बनने से पहले तुम्हें मेरी लाश पर से होकर गुजरना पड़ेगा।'

'पिताजी!' मीना ने स्वप्न में भी नहीं सोचा था कि कल तक उसकी हर इच्छा पूरी करने वाले उसके पिताजी आज उसकी इच्छा के विरुद्ध ऐसी शर्त रख देंगे। वह ऊपर से नीचे तक कांप गई। पिता की कठोरता पर दिल में छाले पड़ गए। आंखों से आंसुओं की धार फट निकली।

विवेक ने मीना की बात का कोई उत्तर नहीं दिया। वह तेज पगों से आगे बढ़ गया। मीना ने अब उसका पीछा करने की आवश्यकता नहीं महसूस की। वह अपने पिता का अन्तिम निर्णय सुन चुकी थी। गुम-सुम वह वहीं खड़ी रह गई। विवेक ने अपने पीछे मीना की आहट सुनी तो एकांत में उसका दिल तड़प कर फट गया। आंखों द्वारा आंसुओं की झड़ी लग गई। आज वह इच्छुक होकर भी बेटी की प्रसन्नताएं उसे उपलब्ध करने में असमर्थ था। कितनी बड़ी मजबूरी थी उसके सामने! परन्तु वह कर भी क्या सकता था?

उसकी आंखों में आंसू गालों से होकर नीचे बहने लगे और फिर हवा का दामन थामकर पथरीली जमीन में जज्ब होने लगे। इन आंसुओं का क्या मूल्य था? इन्हें कोई देखने वाला भी तो नहीं था। वह स्वयं भी तो इन आंसुओं को किसी को नहीं दिखा सकता था। जीवन में ऐसी भी परिस्थितियां आती हैं।

विवेक अपने फार्म के दफ्तर पहुंचा। फार्म के कर्मचारी अपने कामों में व्यस्त थे। उसे देखकर सभी कर्मचारियों ने सलाम किया। उसके दफ्तर के द्वार के बाहर स्टूल पर बैठा चपरासी भी उठ खड़ा हुआ। विवेक ने अपने दफ्तर के अन्दर प्रविष्ट होने से पहले उसे आज्ञा दी, 'दफ्तर के अन्दर किसी को भी मत आने देना।'

'जी साहब।' चपरासी ने उत्तर दिया।

विवेक ने द्वार खोला और फिर अन्दर प्रविष्ट हो गया। द्वार अपने आप बन्द हो गया। द्वार के बन्द होने की क्रिया 'ऑटोमेटिक' थी। वह अपनी कुर्सी पर जाकर बैठ गया। कुर्सी 'एग्जीक्यूटिव' थी - पहियों पर आगे-पीछे सरकने वाली तथा पीठ से नीचे झुक जाने वाली। विवेक उस पर बैठ गया। पैर द्वारा उसने कुर्सी को कुछ पीछे ढकेला। फिर पीठ उसने पीछे टेकी तो कुर्सी पीछे नीचे तक झुककर आरामदेह बन गई। उसने अपने पैरों को समाने मेज पर फैलाकर रखते हुए पैर एक पर एक चढ़ा लिया। मेज पर सिगरेट का पैकिट रखा हुआ था। परन्तु विवेक जानता था कि सिगरेट के गहरे कश भी इस समय उसकी परेशानी को कम नहीं कर सकते थे।

उसने अपनी आंखें बन्द कर लीं और अपने भाग्य के विषय में सोचने लगा। परिस्थितियों ने उसे कहां ला पटका? आज वह अपने बच्चों की सहायता करने की इच्छा रखते हुए भी उनका सुख चैन छीनने पर विवश था...उसके प्यार के मध्य दीवार बनने पर विवश था। यदि दीवार नहीं बनता तो अनर्थ हो जाता। सब कुछ नष्ट हो जाता। भेद खुलने पर अनेक नहीं तो दो जीवन का अन्त अवश्य हो जाता। अर्चना अन्धी थी। वह उसे नहीं पहचान सकती थी परन्तु विवेक को विश्वास था कि उसका स्वर अर्चना के कानों में प्यार का मीठा संगीत बनकर अब भी गूंज रहा होगा। आत्महत्या करने के बाद वह अर्चना को अपने स्वर की पहचान देने से अवश्य वंचित रह सकता था। अर्चना अन्धी थी इसलिए उसकी तस्वीरों को भी नहीं पहचान सकती थी। परन्तु इन सब बातों का लाभ उठाते हुए यदि वह आत्महत्या कर लेता - अपने

दिल का भेद अपने तक ही सीमित रखते हुए - तब भी मीना तथा अरुण का विवाह होना एक घोर पाप होता। यह पाप उसे मरने के बाद भी शांति से नहीं रहने देता।

अरुण ने अपने पिता को अपने जीवन काल में नहीं देखा था। केवल अपने पिता की जवानी की तस्वीरें ही देखी होंगी - अपनी कोठी में। यही कारण था कि अपने पिता की वृद्धावस्था में एक अजनबी के रूप में देखकर वह नहीं पहचान सका था। जवानी की खामोश तस्वीर तथा वृद्धावस्था की जीवित तस्वीर में उस व्यक्ति के लिए अवश्य अन्तर होता है जिसने जवानी की तस्वीर को कभी जीते-जागते रूप में नहीं देखा हो। परन्तु विवाह के बाद जब मीना अरुण को अपने पिता की तस्वीरें दिखाती - वह तस्वीरें जो उसने इस फार्म में अपनी जवानी के दिनों में खिंचवाई थीं, तो क्या अरुण उसे तुरन्त नहीं पहचान लेता? आखिर अर्चना की कोठी में भी तो उसकी जवानी की तस्वीरें ऐसी ही थीं।

विवेक उसी प्रकार आंखें बन्द किए मेज पर पैर चढ़ाए सोच रहा था, यदि वह आत्महत्या कर लेता तब भी कोई लाभ नहीं होता। उल्टे मीना तथा अरुण का विवाह उस पर पाप का ऐसा कर्ज चढ़ा देता जिसे अनन्त काल तक उसकी आत्मा भटकने के पश्चात् नहीं चुका सकती थी। उसकी जवानी की तस्वीरों को देखकर जब अरुण उसकी पहचान अपनी मां को देता तो उसका सारा भेद खुलते देर नहीं लगती। तब वह सबकी दृष्टि से नीचे गिर जाता - अर्चना की दृष्टि से, भावना की दृष्टि से तथा अपने बेटे-बेटी की दृष्टि से भी। कोई उसे क्षमा नहीं करता। सब के सब उसे धिक्कारते। उससे घृणा करने लगते। संसार को मुंह न दिखाने के लिए आत्महत्या कर लेते। और इतनी बड़ी बरबादी का एकमात्र कारण केवल वही होता - विवेक। विवेक ने अपने निर्णय पर ध्यान दिया। उसने इस समय मीना तथा अरुण के प्यार को तोड़ने के लिए जो भी पग उठाया है वह बिल्कुल उचित है। इसके अतिरिक्त उसके पास चारा भी क्या था। इसी में सबकी भलाई स्थिर थी। सबका जीवन सुरक्षित था। दिल टूटने के बाद एक दिन मीना तथा अरुण एक दूसरे के बिना स्वयं जीना सीख लेंगे। अपना-अपना रास्ता अलग पकड़ लेंगे। समय की यही मांग है। समय जीवन के हर घावों का सबसे बड़ा मरहम है।

विवेक का दफ्तर वातानुकूल था परन्तु दिल की आग ठण्डी होने के बजाए बढ़ती ही जा रही थी। वह चुपचाप उसी प्रकार पड़ा अपने किए निर्णय को उचित समझते हुए बहुत देर तक अपनी परिस्थितियों पर ध्यान करता रहा इस प्रकार मानो मीना तथा अरुण का नहीं, उसका अपना सब कुछ लुट गया है।

सहसा दफ्तर का द्वार एक झटके से खुला। विवेक ने चौंककर अपनी आंखें खोलीं। सामने भावना खड़ी थी। दफ्तर का चपरासी अपनी मालकिन को द्वार पर रोकने का साहस नहीं कर सका था। विवेक उसी प्रकार मेज पर टांग चढ़ाए तथा कुर्सी पर पीठ टेके बैठा रहा। उसने कहा, 'तुम?' उसे मानो भावना के आने की पूरी आशा थी।

‘आखिर यह सब क्या तमाशा है?’ भावना मानो बिफर कर उसकी ओर बढ़ती हुई बोली, ‘क्यों आपने मीना तथा अरुण का सम्बन्ध तोड़ दिया? यदि ऐसा ही था तो क्यों आप...।’

‘भावना...।’ विवेक ने भावना की बात काटते हुए मेज पर से अपना पैर नीचे किया। फिर खड़ा हुआ। खड़े होकर उसने भावना को ऊपर से नीचे तक देखा। अपनी बेटी की प्रसन्नता के लिए भावना उसी के समान चिंतित थी - परेशान भी थी। विवेक उससे दृष्टि नहीं मिला सका तो अपना चेहरा दूसरी ओर फेरकर पीठ भावना की ओर कर ली। दो पग आगे बढ़ने के बाद उसने बहुत सब्र के साथ कहा, ‘तुम्हें मुझ पर विश्वास है?’

‘विश्वास नहीं होता तो जीवन का इतना बड़ा तथा बहुमूल्य भाग आपके साथ सुखमय क्यों व्यतीत होता?’ भावना ने नम्रता बरती। विवेक के पीछे, समीप आकर वह खड़ी हो गई।

‘तो फिर यह विश्वास करो कि जो कुछ मैं कर रहा हूं मीना के सुख के लिए ही कर रहा हूं।’ विवेक ने पलट कर भावना की आंखों में देखा। उसका स्वर दर्द से डूबा हुआ था। बात उसने जारी रखी, ‘भावना, मीना मेरे दिल का टुकड़ा है। मुझे स्वयं से अधिक उसके सुख का ध्यान है। मेरा विश्वास करो।’

भावना ने अपने पति की आंखों में झांका। आंखें आंसुओं से गीली थीं। पति पर उसे बहुत दया आई। पति का एकान्त में बेटी के सुख के लिए रोना तथा तड़पना ही उसके प्यार का ठोस प्रतीक था। उसे अपने पति की बात पर विश्वास हो गया। फिर भी उसने पूछा, ‘क्या आप मीना का विवाह इसलिए अरुण के साथ नहीं करना चाहते क्योंकि उसकी मां कभी पागल रह चुकी है?’ भावना को मीना के घर वापस लौटने के बाद यह सारी बातें आज ही ज्ञात हुई थीं। उसने बात जारी रखी। बोली, ‘या इसलिए तो आप मीना का विवाह अरुण से नहीं करना चाहते क्योंकि आपको डर है कि अपनी अन्धी सास की आंखों का तारा बनते-बनते मीना एक दिन स्वयं न अन्धी हो जाए?’

‘कुछ ऐसी ही बातें हैं भावना।’ विवेक ने अनिच्छुक होकर कहते हुए एक आह भरी। उसने सोचा, काश ऐसा सम्भव होता। काश मीना अर्चना की आंखों का तारा बन जाने योग्य होती तो कितना अच्छा होता। आखिर अर्चना उसके कारण ही तो अन्धी हुई थी।

भावना कुछेक क्षण उसी प्रकार खामोश खड़ी रही। विवेक भी खामोश ही रहा।

‘आइए - घर चलिए।’ भावना ने उसके समीप आकर उसका हाथ पकड़ा। उसका स्वर प्यार में डूबने के पश्चात् भर आया था। इस समय विवेक को उसके प्यार की सख्त आवश्यकता थी।

विवेक ने भावना के पकड़े हाथ पर अपना हाथ रखा और उसकी ओर पलटा। उसने पूछना चाहा, 'अरुण...।'

'वह मुझसे बिना मिले ही चला गया।' भावना ने कहा, 'मीना ने उसे बहुत रोकना चाहा परन्तु वह नहीं रुका। मीना वास्तव में उसके साथ चली जाती यदि आपने उसके आगे अपने शव पर से निकलने की शर्त नहीं रखी होती।'

विवेक ने सन्तोष की सांस ली। अरुण के जाने के बाद मीना ने सारी बातें अपनी मां को बता दी हैं। उसने उसी प्रकार भर्राए स्वर में पूछा, 'मीना इस समय क्या कर रही है?'

'अपने कमरे में पड़ी आंसू बहा रही है। सुबह से कुछ खाया भी नहीं है उसने।'

विवेक के होंठों पर एक तड़पती आह चली आई। उसने सोचा, आज मीना को रो लेने दो। कल और उसके बाद भी वह जितना जी चाहे रो सकती है परन्तु एक दिन अवश्य उसके आंसुओं का सोता खाली हो जाएगा। वह अरुण के बिना जीना सीख लेगी। और तब यह धरती पाप का एक बहुत बड़ा बोझ उठाने से बच जाएगी।

* * *

दिन के बारह बजे का समय था। धूप चटकी हुई थी। विवेक पसीने में तर सूखे खेत के मध्य दीवानों समान ट्रैक्टर चला रहा था। हल चलाना था न बीज बोना था। स्वयं पर काबू पाने के लिए उसने यह विचित्र साधन अपना लिया था - इस प्रकार मानो अपनी परिस्थितियों पर खिसिया रहा हो। उसके इस असाधारण क्रोध को देखकर फार्म के कर्मचारी कुछ सहम गए थे। उससे कुछ कहने या पूछने का साहस नहीं कर सके थे।

पिछले दिन घर पहुंचने के बाद मीना ने उससे एक भी बात नहीं की थी। अपने कमरे से वह निकली भी नहीं थी। सुबह का नाश्ता तो क्या, दिन तथा रात का खाना भी उसने नहीं खाया था। खाना खाने के लिए उसे भावना से अधिक उसके नाना-नानी ने समझाया था, परन्तु अपनी जिद पर अड़ी वह किसी की बात भी मानने को तैयार नहीं हुई थी। आखिर उसका क्या दोष था जो उसके पिता ने समय आने पर उसके सपनों का महल एक ही ठोकर में तोड़कर चकनाचूर कर दिया? उसने अपनी मां से स्पष्ट शब्दों में रूठकर कह दिया था कि वह अपने पिता से अब कभी बात नहीं करेगी।

बेटी को रोती-तड़पती देखकर विवेक ने भी उसे समझाना चाहा था, परन्तु उसके सामने जाने का वह साहस नहीं कर सका था। जिस बेटी को उसने इतने सारे स्वप्न दिखाए थे उसके सपने तोड़ने के बाद वह उसके सामने जाता भी कैसे? बेटी को भूखा देखकर उसने भी कुछ नहीं खाया था। फिर वह रात भर अपने पलंग पर पड़ा बेचैनी के साथ करवटें बदलता रहा था। समीप लेटी भावना अपने पति के दिल की वास्तविकता न समझते हुए भी पति की परेशानी में

सम्मिलित थी क्योंकि उसे अपने पति पर पूरा विश्वास था। वह जानती थी कि उसका पति अपनी लाड़ली के लिए जो भी करेगा उसके हित के लिए करेगा।

फिर सुबह होने के बाद भी विवेक ने कुछ नहीं खाया था। केवल एक कप चाय पीकर फार्म चला गया था। भावना ने उसे मना नहीं किया था। वह जानती थी कि उसका पति जितना अधिक व्यस्त रहेगा उतना ही शीघ्र वह अपनी परेशानियों पर भी काबू पा जाएगा। सुबह-सुबह विवेक फार्म के दफ्तर पहुंच गया था। दीवानों समान अपनी कुर्सी पर धंसकर मीना तथा अरुण के लिए सोचता रहा था। अपनी बेबसी पर भी सोचते-सोचते जब वह झुंझला गया था तो अपने दफ्तर से बाहर निकल आया था। दफ्तर के सामने एक ट्रैक्टर खड़ा था। अपनी परेशानी को कम करने के लिए वह दीवानों समान ट्रैक्टर चलाता हुआ खेतों की ओर बढ़ गया था। मन की आग ठण्डी करने या अपना क्रोध अपने ऊपर ही उतारने का एक ढंग यह भी था।

विवेक ट्रैक्टर चला रहा था - चलाता रहा - मनमानी। सूखे खेतों की ऊबड़-खाबड़ सतहों पर ट्रैक्टर उछल-उछल जाता था। धूप सख्त थी। विवेक से अधिक गर्मी सहन नहीं हो सकी तो उसने एक वृक्ष के नीचे छांव में ट्रैक्टर रोक दिया। ट्रैक्टर से वह नीचे उतरा। पेड़ की जड़ें धरती की सतह पर अजगर सांप के समान बल खाई फैली हुई थीं। विवेक एक जड़ पर दीवानों समान बैठ गया। एक पैर को उसने फैला लिया। दूसरे पैर को मोड़कर घुटनों पर अपना एक हाथ रख लिया। फिर गर्दन झुका कर अपने भाग्य के विषय में सोचने लगा जिसने उसके जीवन को तमाशा बनाने से अधिक दूसरों के जीवन को तमाशा बना दिया था - मीना तथा अरुण के जीवन को। पाप उसने किया था परन्तु दण्ड उसके बच्चे भोग रहे थे। परन्तु यह दण्ड सहनीय था वह दण्ड हरगिज सहनीय नहीं होता जो मीना तथा अरुण को अपने विवाह का पाप करने के बाद भोगने को मिलता।

दूर-दूर तक खेत सूखे पड़े थे। गर्मी के कारण धरती बंजर बन गई थी। बड़े-बड़े वृक्षों के अतिरिक्त कहीं भी हरियाली नहीं थी। सहसा विवेक की दृष्टि एक छोटे से पौधे पर पड़ी - उसके कुछ समीप ही - खेत की मुंडेर पर एक टहनी थी - सूखी हुई - जिसमें लगी दो छोटी-छोटी पत्तियां हवा के दबाव पर हल्के-हल्के कांप रही थीं। पत्तियां पीली थीं - उदास - कुछ मुर्झाई-सी, मानो किसी भी समय अपनी टहनी से टूटकर अलग हो सकती थीं। और इनके मध्य इस बला की गर्मी में भी सूखी धरती पर जाने कैसे एक गुलाबी फूल खिला मुस्करा रहा था, इस प्रकार मानो पतझड़ का सावन बनकर इन पत्तियों के जीवन को हरा-भरा कर देना चाहता था। विवेक को फूल की मुस्कान के पीछे एक खामोश दर्द झलकता दिखाई दिया। वह अपने लिए नहीं मानो इन पत्तियों के लिए पतझड़ का सावन बना हुआ था। विवेक को फूल से स्वयं की उपमा दी - पत्तियों को अर्चना तथा भावना से। यदि उसके जीवन का भेद खुल जाता तो भावना तथा अर्चना संभवतः परिस्थिति या अपने स्वार्थ प्यार की खातिर उसे क्षमा कर देतीं, उसके दामन से बंधी भी रहतीं परन्तु कभी सुखी नहीं रहतीं। फिर वह इस फूल समान

अपने दिल का घाव छिपा कर उनके पतझड़ से जीवन में कैसा ही सावन लाने का प्रयत्न करता परन्तु कभी सफल नहीं होता। एक स्त्री दूसरी स्त्री का दुःख बांट सकती है, सुख बांट सकती है परन्तु अपना सुहाग कभी नहीं बांट सकती।

'बेटा-।' सहसा एक स्वर उठा - परिचित-सा।

विवेक चौंक गया। उसने गर्दन घुमाकर देखा। प्रभुनारायण अपनी बैसाखी के सहारे उसके बगल में ही खड़े हुए थे। विवेक अपने विचारों में इतना तल्लीन था कि उसे उनके आने की आहट तक नहीं मिली। उसने खड़ा हो जाना चाहा।

'बैठे रहो, बैठ रहो, बैठे रहो बेटा-' प्रभुनारायण कहते हुए किसी प्रकार बैसाखी का सहारा लेकर स्वयं भी वहीं वृक्ष की एक जड़ पर छांव में बैठ गए। फूलती सांसों के साथ उन्होंने कहा, 'भावना को विश्वास था कि तुम लंच पर नहीं आओगे इसलिए वह स्वयं ही तुम्हारा लंच दफ्तर ले जाना चाहती थी। परन्तु मैंने ही से मना कर दिया। उसने लंच देकर वादा लिया कि तुम्हें खिलाकर ही वापस लौटूंगा, परन्तु जब तुम अपने दफ्तर में नहीं मिले तो लंच वहीं रख दिया। फिर जब नौकरों से पूछने पर पता चला कि तुम ट्रैक्टर लेकर इधर निकले हो तो तुम्हारी तलाश करते-करते यहां आ पहुंचा। क्या सोच रहे थे इस गर्मी में यहां बैठे हुए?'

विवेक ने उत्तर देने से पहले प्रभुनारायण को देखा। वह पसीने में तर थे। धूप में इतनी दूर बैसाखी द्वारा चलते-चलते वह थक गए थे। इस घर के सभी लोग उसका कितना अधिक ध्यान रखते हैं! उसे प्रभुनारायण के बुढ़ापे पर दया आई। परन्तु उसने कुछ कहा नहीं। अपना सिर उसने नीचे झुका लिया।

'बेटा-।' प्रभुनारायण ने फिर कहा, 'यदि तुम्हारे दिल पर किसी भेद-भाव का कोई बोझ है तो उसे बांट लो। बोझ बांट लेने से हल्का हो जाता है।'

विवेक ने उत्तर न देते हुए दृष्टि उठाकर मुंडेर पर लगे पौधे को देखा। अपने दिल का भेद वह किसे बताए - भावना को या अर्चना को - या दोनों को ही। क्या उसका भेद खुलते ही भावना तथा अर्चना का जीवन पौधे में लगी इन पत्तियों समान नीरस नहीं बन जाएगा?

'बेटा-।' प्रभुनारायण ने विवेक के साथ पूरी सहानुभूति बरती। उन्होंने कहा, 'मैंने अपने यह बाल धूप में सफेद नहीं किए हैं। मैं जानता हूं कि कल सुबह नाश्ते पर हैदराबाद का नाम सुनकर तुमने अकारण ही भावना को ध्यान से नहीं देखा था। मैं यह भी जानता हूं कि अरुण के पिता का नाम विवेक अवस्थी सुनकर अकारण ही तुम्हारी जबान में कांटा नहीं चुभा था। उसके बाद तुम्हारे अन्दर अकारण ही परिवर्तन नहीं आया था। मैं यह भी जानता हूं कि तुमने अचानक बिना किसी कारण मीना तथा अरुण के प्रति अपना निर्णय नहीं बदला है बेटा, अपने विवाह से पहले बम्बई में तुम्हारा भावना को अचानक छोड़कर भाग जाना क्या कोई अर्थ नहीं रखता था? उसके बाद तुम्हारा हैदराबाद छोड़कर सदा के लिए देहरादून चले आना क्या वास्तव में किसी भेद से रहित था? बेटा, उस समय हमने तुम्हारी बातों का विश्वास कर लिया

था परन्तु आज...अरुण की आयु का अनुमान लगाते हुए बहुत सारे सन्देह मेरे मन में अपने आप जन्म ले चुके हैं। मुझे बताओ बेटा, आखिर तुम्हारे जीवन की क्या सच्चाई है? तुम भावना को नहीं बता सकते तो मुझे अपने जीवन की वास्तविकता से परिचित कराओ। मेरा विश्वास करो बेटा, यह भेद सदा मुझ तक ही सीमित रहेगा। शायद मैं तुम्हारे काम आ सकूं। मैं कब चाहूंगा कि भावना तुम्हारे विषय में ऐसी बात जाने जिससे उसकी प्रसन्नताओं में आग लग जाए। आखिर वह मेरी बेटी है। उसकी हर प्रसन्नता का ध्यान हमने आरम्भ से ही रखा है।'

विवेक उसी प्रकार सिर झुकाए सोचता रहा। अपने ससुर को वह अपने दिल का भेद बताए या नहीं? परन्तु उसके ससुर को उसके भेद भरे जीवन पर सन्देह हो चुका था। वह उन्हें अपने दिल के भेद का साझेदार नहीं बनाता तो वह वास्तविकता ज्ञात करने के लिए कोई और रास्ता ढूंढ सकते थे। हैदराबाद जाकर अर्चना से भी भेंट कर सकते थे। उसने उन्हें अब सब कुछ बता देना ही उचित समझा। उसने एक गहरी सांस ली। गले में अटका थूक निगला। फिर अपना वह सारा अतीत दोहरा दिया जो अब तक उस पर बीता था - इस प्रकार मानो उसने अपना अपराध स्वीकार किया था। अन्त में उसने भर्राए स्वर में कहा, 'बाबू जी यदि अरुण अर्चना से उत्पन्न मेरा बेटा नहीं होता तो आज उसे तथा मीना को एक-दूसरे का बनने से कोई नहीं रोक सकता था। अब आप ही बताइए कि मैं ऐसी स्थिति में क्या करता और क्या नहीं?' विवेक ने अपने ससुर को देखा।

प्रभुनारायण कुछेक क्षण मौन रहे। उनके मुखड़े पर एक दुविधाजनक रौनक आई और चली गई। उन्होंने कहा, 'बेटा, एक भेद मेरे दिल में भी है। यदि बता दूं तो मीना के प्रति तुम्हारे दिल में समाया प्यार कम तो नहीं हो जाएगा?'

विवेक ने प्रभुनारायण को बहुत ध्यान से देखा। वह कुछ समझा नहीं।

'मीना तुम्हारी बेटी नहीं है।' प्रभुनारायण ने अचानक कहा।

'क्या?' विवेक को विश्वास ही नहीं हुआ। उसने आश्चर्य से प्रभुनारायण को देखा। ऐसा कैसे सम्भव था?

'मैं ठीक कह रहा हूं बेटे, वह तुम्हारी बेटी नहीं है और न ही भावना की। भावना को स्वयं यह बात नहीं मालूम। मेरे अतिरिक्त कोई भी इस वास्तविकता को नहीं जानता।' प्रभुनारायण ने कहा, 'तुम्हें याद होगा कि मां बनने के लिए अस्पताल के ऑपरेशन थियेटर में ले जाया गया था तो उस समय उसकी स्थिति बहुत गम्भीर थी। तब तुम्हें दवाइयां लेने के लिए कहां-कहां नहीं भागना पड़ा था। उसी रात तुम्हारी अनुपस्थिति में ऑपरेशन थियेटर में एक गरीब गर्भवती विधवा भी लाई गई थी - अपनी सास-ससुर के ठहराए जाने के बाद। विधवा की बूढ़ी विधवा मां ही उसे लेकर आई थी। उस गर्भवती विधवा की स्थिति भी गंभीर थी। भावना ने अचेत अवस्था में अपनी बच्ची को जन्म दिया परन्तु बच्ची उत्पन्न होते ही चल बसी थी। उसी समय उस विधवा ने भी अपनी बच्ची को जन्म दिया तो वह विधवा बच्ची को जन्म देते-देते

चल बसी। डॉक्टर जानता था कि भावना को होश आने पर यदि उसे अपनी सन्तान नहीं मिली तो उसका मानसिक संतुलन डगमगा सकता है। सन्तान की मृत्यु भावना की मृत्यु का भय भी बन सकती थी। वह यह भी जानता था कि विधवा की बच्ची को पालने के लिए विधवा की बूढ़ी मां अधिक दिन जीवित नहीं रहेगी। उसने तुरन्त बच्ची बदल दी। भावना को एक सन्तान मिल गई तथा बच्ची को मां। यह सारी बातें जब मुझे डॉक्टर ने बताई थीं तो मैंने उससे इस वास्तविकता पर सदा के लिए परदा डाल देने का वचन ले लिया था क्योंकि उसके बाद डॉक्टर के कहने के अनुसार भावना भविष्य में सन्तान उत्पन्न करने योग्य नहीं रह गई थी।' प्रभुनारायण खामोश हो गए।

'आपने यह बात मुझे पहले क्यों नहीं बताई?' विवेक ने पूछा।

'ताकि यह भेद खुलकर भावना तक न पहुंच जाए। वास्तविकता ज्ञात करके उसका दिल टूट जाता। साथ ही मीना भी तुम दोनों की ओर से माता-पिता का प्यार प्राप्त करने से वंचित रह जाती।'

विवेक एक क्षण सोचता रहा। उसे मीना की वास्तविकता ज्ञात करके प्रसन्न होना चाहिए या नहीं? मीना उसकी बेटी नहीं थी। उसका विवाह अब अरुण के साथ हो सकता था। मीना को अपनी सगी बेटी न महसूस करके उसकी आंखें छलक आईं फिर भी उसके मन में मीना के प्रति बेटी का समाया प्यार जरा भी कम नहीं हो सका। होता भी कैसे, अपनी आत्मा से बढ़कर उसने उसे प्यार किया था। उसने कहा, 'परन्तु अब मेरे जीवन के भेद पर से परदा हटकर ही रहेगा। अपने स्वार्थ के लिए मैं यह कभी नहीं चाहूंगा कि मीना तथा अरुण का प्यार साकार न हो।'

'बेटा-' प्रभुनारायण ने उसे समझाया, 'यदि तुम्हारा भेद खुल गया तो भावना का दिल टूट जाएगा। मीना को भी भावना वह ममता न दे सकेगी जो अब तक देती आई है। अपने विश्वास का दुरुपयोग देखकर उसका जीना कठिन हो जाएगा।'

'परन्तु यह भेद अब छिपाया भी कैसे जा सकता है?' विवेक ने कहा, 'मीना का विवाह अरुण से अवश्य होगा। अर्चना अन्धी है। वह भावना के घर आएगी तो मेरी तस्वीरें नहीं पहचान सकती। परन्तु जब कभी भावना बेटी से मिलने हैदराबाद जाएगी तो क्या वह मेरी उन तस्वीरों को नहीं पहचानेगी जो अर्चना की अमानत हैं? फिर क्यों न मैं मीना का विवाह होते ही भावना की दृष्टि से दूर भाग जाऊं ताकि जीवन में ठोकरें खाते हुए भटक-भटककर अपने पाप का प्रायश्चित्त करता रहूं?'

'नहीं बेटे नहीं, ऐसा मत कहो।' प्रभुनारायण उठकर किसी प्रकार विवेक के समीप आए। बगल में जड़ पर बैठते हुए बोले, 'भावना को छोड़कर तुम चले गए तो वह संसार में स्वयं को अकेली महसूस करने लगेगी। उसके दिल पर और बड़ा आघात पहुंचेगा। क्यों न हम तुम्हारे इस भेद को भावना से सदा के लिए छिपाने का प्रयत्न करें?'

विवेक ने प्रभुनारायण को आश्चर्य से देखा। ऐसा कैसे संभव था।

'तुम जाकर अरुण से भेंट करो।' प्रभुनारायण ने उसे समझाया, 'अपना राजदां अरुण को बना लो। वह आवश्यक समझेगा तो मीना को अपना राजदां बना लेगा। मीना अपने प्यार की खातिर उसकी किसी भी बात को मानने से इन्कार नहीं कर सकेगी। भावना कभी-कभी ही मीना के घर जाएगी। तब अरुण तथा मीना बहुत आसानी के साथ अर्चना के घर में तुम्हारी तस्वीरें छिपा सकते हैं। अर्चना अन्धी है उसे पता नहीं चलेगा कि कौन सी तस्वीर अल्बम या किस फ्रेम में लगी है। लगी भी है या नहीं? अर्चना जब कभी तुम्हारे घर आए तो तुम उसके सामने खामोश ही रहना। यूं भी इतने वर्षों बाद उसके लिए तुम्हारा स्वर पहचानना कठिन ही होगा।'

विवेक खामोशी के साथ सोचता रहा। ऐसा रिस्क लेकर भावना की प्रसन्नता स्थिर रखी जा सकती थी। अर्चना के लिए तो वह बहुत पहले मर चुका है। उसने तय कर लिया, वह आज ही अरुण से मिलने के लिए हैदराबाद को रवाना हो जाएगा।

* * *

हैदराबाद के लिए गाड़ी बहुत तेजी से चली जा रही थी, विवेक फर्स्ट क्लास के डिब्बे में बैठा खिड़की द्वारा डिब्बे के बाहर देखता हुआ अपने विचारों में तल्लीन था। पिछली शाम ही उसने देहरादून छोड़ा था। देहरादून के स्टेशन पर उसे घर के सभी सदस्य छोड़ने आए थे। मीना भी आई थी। पिछले दिन जब मीना की वास्तविकता ज्ञात करने के बाद तथा अपने ससुर से सलाह मशविरा करने के बाद जब बंगले पहुंचकर उसने मीना को बताया था कि वह उसकी प्रसन्नताओं को पूरा करने के लिए अरुण को लेने हैदराबाद जा रहा है तो पहले मीना अपने कानों पर विश्वास ही नहीं कर सकी थी। फिर प्रसन्नता से बेकाबू होकर इस प्रकार उसके गले से लिपट गई थी कि उसका असीम प्यार देखकर विवेक की आंखें छलक आई थीं। प्रसन्नता से भावना की आंखें भी छलक आई थीं। मीना ने तब तक अन्न का एक दाना भी मुंह में नहीं डाला था। एक ही दिन में वह अपना शव बन गई थी। विवेक ने महसूस किया था कि यदि मीना का प्यार साकार नहीं होता तो वह अवश्य ही दिल की लाइलाज बीमारी का शिकार हो जाती। परंतु अपने पिता का निर्णय अपने पक्ष में पाते ही उसके मुखड़े पर रौनक खिल उठी थी। उसकी प्रसन्नता कूद कर उसके दिल में समा गई थी।

गाड़ी अपनी गति के साथ भागी जा रही थी। यात्री की अन्तिम शाम डूबी तो विवेक हैदराबाद पहुंच चुका था। हाथ में अपना एक छोटा सूटकेस लिए वह प्लेटफार्म पर उतरा। वही जाना पहचाना स्टेशन - केवल दुकानें बढ़ गई थीं। प्रकाश के लिए निओन लाइट्स बढ़ गई थीं। यात्रियों की भीड़ में वृद्धि हो गई थी, विवेक ने एक गहरी सांस ली। अपना सूटकेस अपने क्लोक रूम में रख दिया। नहा-धोकर कपड़े उसने अपने कम्पार्टमेंट में ही बदल लिए थे। वह

स्टेशन की सीमा से बाहर आया। अच्छी भली दुकानें बन गई थीं। मेला-सा लगा हुआ था। उसने एक टैक्सी की और टैक्सी चालक को उस कोठी की ओर चलने को कहा जो कभी उसका अपना घर था, तो उसका दिल धड़क उठा।

टैक्सी जैसे-जैसे कोठी की ओर बढ़ने लगी, विवेक के दिल की धड़कनें भी तेज होने लगीं। परन्तु वह एक इरादा करके आया था, वह अर्चना से नहीं मिलेगा - केवल अरुण से ही मिलेगा। अर्चना को तो देखेगा भी नहीं। इतने वर्षों बाद उसे देख लेगा तो शायद अपने दिल पर काबू नहीं कर सकेगा। फिर भी जाने क्यों बढ़ती हुई टैक्सी के साथ दिल का एक कोना मानो अज्ञात तौर पर अर्चना से मिलने के लिए अधीर हुआ जा रहा था। विवेक अनुमान नहीं लगा सका कि ऐसा उसके मन में अर्चना के प्रति सहानुभूति समाने के कारण था या अब अर्चना के स्वस्थ होने के कारण उसके मन में उसके प्रति एक नया प्यार उत्पन्न हो रहा था।

विवेक ने टैक्सी कोठी के मुख्य द्वार पर बाहर ही रुकवा दी। ऐसा न हो कि कोई पुराना नौकर इतने लम्बे युग बाद भी उसे पहचान ले। उसने टैक्सी वाले को पैसे अदा किए। फिर टैक्सी से बाहर निकला। शाम की धुंध छट चुकी थी। अन्धकार ने अपना जाल बुनना आरम्भ भी नहीं किया था कि चांदनी ने छिटकना आरम्भ कर दिया था। कोठी के ठीक सामने पूर्णिमा का चांद पूर्व दिशा की ओर से क्षितिज पर पग बढ़ा चुका था चांदनी का सहारा लेकर विवेक ने कोठी को देखा - वही, परन्तु कितनी पुरानी दिखाई पड़ रही थी, दीवारों पर मानो कोई चमक नहीं थी। सीमेंट का प्लास्टर अनेक स्थान से टूटा-फूटा था। परन्तु कहीं-कहीं कोठी की ताजी मरम्मत भी चमक रही थी। विवेक की आंखों में एक भूली-बिसरी याद चली आई। उसने एक गहरी सांस ली। फिर मुख्य द्वार पर आकर उसने लॉन में झांका। लॉन में कोई नहीं था। लॉन के चारों ओर खुदाई करके मानो नई क्यारियों को लगाने की तैयारी की गई थी। कोठी का बरामदा सूना था बरामदे में जलता प्रकाश मानो किसी विधवा के जीवन समान सिसक रहा था। बरामदे के बीच का द्वार खुला हुआ था - बैठक में जाने का द्वार। विवेक ने मुख्य द्वार खोला और फिर साहस एकत्र करके अन्दर प्रविष्ट हो गया।

विवेक कुछेक पग आगे बढ़ा - दबे कदमों - धीमे-धीमे - अपनी ही कोठी में चोरों समान। चांदनी में उसने देखा, कोठी की बाहरी दीवारों पर लकड़ी की सीढ़ियां टिकी खड़ी थीं नीचे। सीमेंट तथा बालू का ढेर था। अवश्य कोठी को नया रंग-रूप देकर किसी विशेष उत्सव की तैयारी की जा रही थी। सहसा अपने पीछे एक स्वर सुनकर चौंक गया। कोई पूछ रहा था, 'किससे मिलना चाहते हैं साहब?'

विवेक ने पलटकर देखा। यह कोठी का कोई नौकर था। विवेक उसे नहीं पहचानता था। विवेक ने अपनी स्थिति संभाली। फिर बोला, 'मैं...अरुण बाबू से मिलना चाहता हूं।'

'वह तो यहां नहीं हैं।' नौकर ने उत्तर दिया।

'क्या हैदराबाद में ही नहीं हैं?' विवेक के मन में एक अज्ञात भय उठा।

'हैदराबाद तो कल ही रात आ गए थे। परन्तु आज सुबह से ही जाने कहां चले गए? कुछ खाया पीया भी नहीं। जब से आए हैं, निराशा की एक विचित्र ही सूरत बना रखी है। मालकिन ने उनके आने की कितनी सारी तैयारी कर रखी थी। एक युग बाद इस कोठी के भाग्य जागने वाले थे परन्तु...' नौकर ने एक आह भरी और चुप हो गया।

विवेक ने एक बार फिर कोठी की अर्द्ध मरम्मत की हुई दीवारों को देखा। बात उसकी समझ में आ गई। बेटे के प्यार का भेद ज्ञात करने के बाद अर्चना ने उसके विवाह की तैयारी आरम्भ कर दी थी परन्तु विवेक ने भी एक आह भरी, स्वयं को उसने धिक्कारा। उसके कारण सभी का दिल टूट गया था। परन्तु उसे विश्वास था, जिस प्रकार मीना तथा भावना की प्रसन्नताएं लौट आई हैं उसी प्रकार अब अरुण और अर्चना की प्रसन्नता भी लौट आएगी। मीना इस कोठी की ड्योढी पर पग रखेगी तो यहां लॉन के फूल एक बार फिर खिल उठेंगे। मीना की उपस्थिति में यह फूल मुस्कराएंगे तथा सदा के लिए महकते रहेंगे।

'हरिया - अरे हो हरिया।' सहसा विवेक के कानों में आवाज पड़ी, आवाज उसके कानों में रस घोल गई। आवाज को वह एक ही बार में पहचान गया। आवाज अर्चना की थी - दर्द में डूबी वही मिठास - वही अन्दाज। दर्द मानो उसकी आत्मा में रच गया था। रचता भी क्यों नहीं? जीवन में उसने दुःख के सिवा देखा भी क्या था? जब सुख देखने के दिन आए तो वह उसे सुहागन होते हुए भी विधवा बनाकर भाग गया था। अर्चना ने कोठी के अन्दर से ही हरिया को पुकारा था। विवेक के मन में सख्त टीस उठी। अर्चना को देखने के लिए उसका दिल तड़प उठा।

'मैं चल रहा हूं साहब।' नौकर ने चलने से पहले कहा, 'कोई विशेष बात हो तो बड़े सरकार से मिल लीजिए।'

'मैं फिर आ जाऊंगा।' विवेक ने बड़ी कठिनाई से कहा। उसका गला सूख रहा था। वह पलटा और फिर भारी पगों से मुख्य द्वार की ओर निकल गया।

विवेक मुख्य द्वार से बाहर निकला तो अर्चना को देखने की इच्छा उसके अन्दर और बलवती हो उठी। उसने अपने दिल पर पत्थर रखकर इस इच्छा का जितना दमन किया, यह इच्छा उतनी ही और अधिक बढ़ने लगी। एक अज्ञात शक्ति उसे अर्चना की ओर खींचने लगी तो वह मुख्य द्वार की ओर न पलटकर कोठी के पिछले भाग की ओर बढ़ गया - उस ओर जहां उसका तथा अर्चना का कभी कमरा था। कोठी के बगल की दीवार से सटकर पीछे जाते हुए उसने देखा, कोठी के पीछे रेलगाड़ी की दो पटरियां उसी प्रकार चांदनी में चमक रही थीं जैसे युगों पहले वह उन्हें अपने कमरे में बैठकर खिड़कियों द्वारा देखा करता था। पटरियों के उस पार दूर तक खेत गए हुए थे परन्तु उसके बाद मकानों की गिनती काफी बढ़ गई थी। खिड़की तथा रोशनदानों से निकलता प्रकाश उन मकानों की अधिकता का प्रतीक था। विवेक कोठी के पिछले भाग के कोने पर पहुंचा। खिड़की की ओर मुड़ते ही उसने देखा, उसके कमरे

की खिड़की द्वारा प्रकाश बाहर झांक रहा था। दबे कदमों वह अपनी खिड़की की ओर बढ़ा। खिड़की के समीप जाकर वह खड़ा हो गया। कमरे के अन्दर से किसी की सांसों की भीनी-भीनी सुगन्ध आ रही थी।

विवेक ने अपनी सांस रोक ली। छिपकर उसने अन्दर झांका, अर्चना - उसकी अपनी अर्चना - उसकी धर्मपत्नी। कमरे के प्रकाश में अर्चना दीवार पर टंगी अपने पति की तस्वीर के आगे हाथ जोड़े अपनी ज्योतिहीन आंखों द्वारा श्रद्धा तथा प्यार के फूल चढ़ा रही थी। विवेक का कलेजा उसके मुंह को आ गया। इतने वर्षों गमों का पहाड़ उठाते-उठाते वह उदासी की मूर्ति बन गई थी। लटें सफेद हो गई थीं। मुखड़े पर झुर्रियां पड़ गई थीं। शरीर हड्डी का ढांचा बन गया था। अपना ही शव संभाले वह किसी प्रकार जी रही थी, शायद इस आशा में कि एक दिन जब उसका बेटा जवान होकर घर में बहू लाएगा तो अपने पोते-पोतियों की मुस्कान में सम्मिलित होकर वह स्वयं भी मुस्करा सकेगी। विवेक की तस्वीर के फ्रेम पर ताजा फूलों का हार चढ़ा हुआ था। अगल-बगल अगरबत्तियां जल रही थीं। विवेक से यह दर्दनाक दृश्य देखा नहीं गया। अपनी मृत्यु का तमाशा भी उससे नहीं देखा गया था। नहीं-नहीं - वह मानो स्वयं से बोला - सिर की कम्पन द्वारा नहीं का संकेत करते हुए - ऐसा नहीं हो सकता। ऐसा नहीं होना चाहिए। इतना बड़ा धोखा देने के बाद वह इस योग्य नहीं रहा कि उसकी पत्नी उसकी पूजा करे। उस पर श्रद्धा के फूल चढ़ाए। विवेक कुछेक पग पीछे हटा - कांपता हुआ। अर्चना का निःस्वार्थ प्यार तथा पूजा उससे सहन नहीं हो रही थी। पीछे हटते हुए वह दीवानों समान जोर से चीख उठा, 'नहीं।'

परन्तु तभी कोठी के पीछे, कहीं आस-पास ही ट्रेन के इन्जन की सीटी भी बहुत जोर से गूंजी। ट्रेन कोठी के पीछे गई पटरियों पर से होकर निकलने वाली थी। इतने बड़े युग में इन पटरियों पर गाड़ियों के आने-जाने का समय अनेक बार बदल चुका था। विवेक की चीख इंजन की सीटी में खो गई। उसके पश्चात् अर्चना के कान मानव चीख को सुनने से वंचित नहीं रह सके। दिल की धड़कन अचानक ही बढ़ गई। वह लपक कर खिड़की पर आई। रेलगाड़ी के आने का स्वर उसके कानों में सुनाई पड़ने लगा - धड़-धड़-धड़-धड़-धड़। रेलगाड़ी बहुत तेज गति के साथ आ रही थी।

विवेक ने पीछे हटते हुए खिड़की पर अर्चना की छाया देखी तो उसे ऐसा महसूस हुआ मानो अर्चना उसे अपनी ज्योतिहीन आंखों द्वारा ही घूर रही है। उसकी चोरी वह पकड़ चुकी है। उसके धोखे को वह समझ चुकी है। विवेक पर दीवानगी छा गई। पागलों समान पलट कर वह पटरी ओर भागा अपनी दीवानगी में वह इस प्रकार बहरा हो गया था कि उसे ट्रेन के आने का स्वर सुनाई ही नहीं पड़ा। अपने ही दिए धोखे का शिकार होकर वह इस प्रकार बहरा हो गया था कि उसे कुछ भी सुनाई नहीं दे रहा था। अपने आप से छुटकारा पाने के लिए भागते हुए उसने रेल की पटरी पार कर लेनी चाही परन्तु तब तक रेलगाड़ी कोठी के पीछे पटरी पर

आ चुकी थी। विवेक को एक डिब्बे के बाहरी भाग से ऐसा धक्का लगा कि वह छटक कर दूर जा गिरा। दो एक कलाबाजी खाता हुआ वह लुढ़का और फिर समीप की झाड़ी में जाकर अटक गया। गाड़ी अपनी गति के साथ आगे निकल गई। विवेक का सिर फट गया। शरीर की हड्डियां अनेक स्थान से टूट गईं। अंग-अंग रक्त में मानो नहा गया। विवेक पर बेहोशी छाने लगी। उसने किसी प्रकार अपनी ताकत समेट कर आंखें खोलीं। रक्त में डूबा उसका मुखड़ा कोठी की ओर था। उसने देखा अर्चना अब भी खिड़की में एक छाया बनी खामोश खड़ी है। अर्चना रात की खामोशी में दूर गुम होती रेलगाड़ी की घड़घड़ाहट को सुन रही थी। मानव चीख को उसने अपना भ्रम समझ लिया था। वह इन्जन की सीटी की ही चीख होगी।

विवेक को ऐसा लगा मानो उसका दम निकल रहा है। दिल डूब रहा है। उसकी आंखों के सामने वह दृश्य घूम गया जब इसी पटरी पर कटी हुई एक लावारिस लाश को उसने अपनी लाश सिद्ध कर दिया था और अर्चना को धोखा देकर उसके संसार से भागने में सफल हो गया था। उसके उस पाप का दण्ड आज उसे कुछ उसी ढंग में मिल रहा था। उसकी आंखें छलक आईं। उजली चांदनी में उसके आंसू मोती बनकर चमकने लगे उनमें भावना की तस्वीर भी उभर आई तथा मीना की भी। भावना के साथ बिताए प्यार भरे क्षण उसकी यादों के परदों पर तेजी के साथ आए और चले गए। मीना की निश्चिंत चहक भी उसकी आंखों के दर्पण पर आई, छोटी-छोटी बात पर कितने प्यार से मचलकर वह उसके गले में अपनी बांहों का झूला डालकर लटक जाती थी। कितना प्यार है उसे अपने पिता से - कितना विश्वास था उसे अपने पिता पर! परन्तु अब क्या हो सकता था? जिस काम के लिए वह इतनी दूर यहां आया था वह तो अधूरा ही रह गया। अब क्या भविष्य होगा उसकी लाड़ली का? उसके बेटे अरुण का भी? परन्तु इससे पहले कि वह कुछ और सोचे, उसके मस्तिष्क की कड़ियां सुस्त पड़ गईं। उसके होंठ कांपने लगे। आंसुओं की धार बढ़ गई। आंसू गालों से होकर नीचे बहते और फिर गर्मी की सूखी धरती की प्यार बुझाने लगे। विवेक ने अन्तिम बार कोठी की खिड़की पर देखा। अर्चना अब भी वहीं खड़ी थी - बिल्कुल खामोश - पहले समान ही, उसके लिए मानो बाहर के संसार में कोई तूफान आया ही नहीं था। विवेक की आंखों के पपोट भारी होकर बन्द होने लगे।

* * *

रात के लगभग बारह बजे थे। अरुण दिल के हाथों मजबूर होकर दीवानों समान अपनी कोठी को लौट रहा था - ट्रेन की पटरियों के उस पार से - अपनी कोठी के पिछले भाग की ओर। दूर से ही उसने देख लिया था कि मां के कमरे की खिड़की द्वारा प्रकाश झलक रहा है। शायद मां जाग रही थी - उसकी प्रतीक्षा में। बेटा जब से देहरादून से आया है, परेशान है। अर्चना ज्योतिहीन आंखें होते हुए भी बेटे की उखड़ी-उखड़ी बातों द्वारा उसके दिल की स्थिति

समझ गई थी। समझती भी क्यों नहीं? अरुण उसके पति की एकमात्र ही तो निशानी थी। मां की आंखों का तारा था अरुण जिसे वह दिल की दृष्टि से भली-भांति देख सकती थी। मां ने उसकी परेशानी का कारण पूछा था - कहीं मीना से कोई झगड़ा तो नहीं हो गया है? यदि ऐसी बात है तो वह अपने पिता को लेकर स्वयं मीना से जा मिलेगा। उससे अपने बेटे की प्रसन्नताओं के लिए झोली फैलाकर भीख मांगेगी। परन्तु अरुण टाल गया था, कह दिया था कि ऐसी कोई बात नहीं। वास्तविकता बता कर वह मां का दिल नहीं तोड़ना चाहता था। समय के साथ जब प्यार की आग ठण्डी होगी तो वह मां को सब कुछ बता सकता था। पिछली रात मां से अधिक बातें न करने के लिए उसने अपनी यात्रा को थकावट का बहाना लेकर मां से पीछा छुड़ा लिया था।

यात्रा के मध्य अरुण ने कुछ भी नहीं खाया था। केवल पानी तथा कभी-कभी चाय से ही पेट की झुलसती आग बुझा ली थी। दिल टूटने के बाद भूख भी तो नहीं लगती। कोठी पहुंचकर पिछली रात भी उसने कुछ नहीं खाया था। आज भी सुबह से अन्न का एक दाना मुंह में नहीं डाला था। मीना की तड़पती याद ने आग बनकर मानो उसके शरीर के रक्त को सुखा डाला था। शरीर हड्डी का ढांचा बन चला था। इतने दिनों शेव न करने के कारण दाढ़ी झंखाड़ समान बढ़ गई थी। आंखों के आंसू मीना के गम में मानपो पलकों के अन्दर ही अन्दर बहकर सूख गए थे। मां पर अपने दिल की स्थिति प्रकट नहीं करने के लिए वह आज सुबह ही सुबह कोठी से निकल गया था। दीवानों समान जाने कहां-कहां भटकता रहा था वह - कहीं खुली सड़कों की धूप में तो कहीं थक जाने के बाद किसी पार्क के अन्दर वृक्षों की छांव तले। दिल क्या टूटा मानो उसके सोचने-समझने की शक्ति ही समाप्त हो गई थी।

रात लगभग बारह बजे जब कोठी के पिछले भाग की ओर लौटते समय उसने दूर से मां की खिड़की में प्रकाश देखा तथा उसके जागने का एहसास किया तो उसे मां पर दया आई। क्या अधिकार पहुंचता है उसे अपने साथ अपनी मां को भी परेशान करने का? मां अन्धी नहीं होती तो शायद उसे स्वयं ढूंढने निकल पड़ती। हां इसी सीमा तक प्यार है उससे उसकी मां को - इससे भी कहीं अधिक, जीवन और मृत्यु के मध्य संघर्ष करते हुए मां ने उसे जन्म दिया था। छाती से दूध नहीं रक्त पिलाकर पाला था उसे। पिता के न होते हुए भी उसने पिता का प्यार दिया था उसे। उसने मन ही मन सोच लिया, कल से वह मां को छोड़कर कहीं नहीं जाएगा। अपना दुख भूलकर अब वह उसके सुख का साधन बनेगा।

कोठी के पीछे पटरी के उस पार दूर तक तथा पटरी के इस पार कोठी की दीवार तक धरती ऊबड़-खाबड़ थी। झाड़-झंखाड़ भी इधर-उधर बेतरतीब-सी फैली हुई थी। चांदनी छिटकी हुई थी फिर भी चलते समय अरुण के पग ठोकर खा जाते थे। वह लड़खड़ाकर गिरते-गिरते संभल जाता था। कोठी के पिछले भाग की ओर आते हुए उसने रेलवे लाइन पार की।

कुछेक पग वह बढ़ा ही था कि कहीं आसपास एक तड़पती कराह उठी और उसके पैरों की जंजीर बन गई। उसके बढ़ते कदम रुक गए। कराह को दिल का भ्रम समझते हुए भी उसने इधर-उधर देखा। समीप ही एक झंखाड़ से लगा कोई घायल व्यक्ति पड़ा हुआ था। अरुण का दिल ऊपर से नीचे तक कांप गया। उसका दिल चाहा कि वह वहां से भाग जाए। यहां रहकर वह कहीं किसी कानूनी उलझन का शिकार न हो जाए। परन्तु अपने विवेक का वह गला नहीं घोट सका। उसे विश्वास था कि झंखाड़ में पड़ा शरीर जीवित है। एक अज्ञात शक्ति उसे शरीर की ओर खींचने लगी तो वह जाकर वहां खड़ा हो गया उसके मुखड़े की ओर झुककर उसने चांदनी की भरपूर रोशनी में देखा। यह एक पुरुष था - जीता जागता व्यक्ति रक्त में डूबा - बुरी तरह घायल। अरुण के ऊपर एक अज्ञात भय छाने लगा। उसने यहां एक क्षण भी रुकना उचित नहीं समझा।

परन्तु तभी घायल पुरुष को मानो होश आ गया। रात की ठण्डी शबनम ने तरस खाकर उसे ताजा दम करते हुए जीवन के चन्द क्षण दे दिए थे। उसने अपनी पलकों का बोझ बड़ी शक्ति लगाकर हटाया। आंखें खोलीं। अरुण को देखा तो देखता ही रह गया। आंखों पर विश्वास ही नहीं हुआ। अरुण एक अज्ञात ताकत द्वारा उसकी दृष्टि की डोर से बंधकर वहीं खड़ा रह गया। घायल व्यक्ति ने भारी सांसों के साथ कहा, 'अरुण बेटा तुम?'

अरुण एक बार फिर ऊपर से नीचे तक कांप गया। स्वर परिचित था। उसने चांदनी का सहारा लेकर घायल पुरुष को झुकते हुए और भी समीप से देखा तो दिल की धड़कनें अचानक ही तेज हो गईं। आंखों पर विश्वास ही नहीं हुआ। उसने आश्चर्य से कहा, 'मीना के पिता, आप?'

'हां बेटे...' विवेक ने एक गहरी सांस लेकर टूटे स्वर में कहा, 'तुमसे क्षमा मांगकर तुम्हें लेने आया था परन्तु...'

'यह सब बातें छोड़िए।' अरुण ने तुरन्त कहा। उससे मीना के पिता की स्थिति देखी नहीं जा रही थी। उसने कहा, 'चलिए, पहले मैं आपको अस्पताल...।' अरुण ने कहते हुए मीना के पिता को अपनी बांहों में उठाना चाहा।

'नहीं बेटा नहीं...' विवेक ने उसकी बात काटी। बोला - 'मेरे पास समय कम है और बातें अधिक करनी हैं। जिस काम के लिए आया था उसे पूरा हो जाने दो बेटा।' विवेक ने तड़पकर कराह के साथ एक आह भरी। अरुण ने परिस्थिति की गम्भीरता समझने का प्रयत्न किया। कोई चारा न पाकर वह वहीं बैठ गया। विवेक ने उसकी आंखों में देखते हुए अपनी बात जारी रखी। बोला, 'बेटे मीना मेरी बेटी नहीं है। यह वास्तविकता मुझे तुम्हारे जाने के बाद ज्ञात हुई। परन्तु अब भी वह मेरे दिल का टुकड़ा है। मेरे बेटे तुम हो तुम!'

'क्या?' अरुण कांप कर चौंक गया। उसे विश्वास ही नहीं हुआ। यह सब क्या पहेली है? वह समझा नहीं। फिर भी दिल की धड़कनें मीना के पिता को छाती से लगाने के लिए अधीर हो गईं। रक्त अपने रक्त के लिए जोश मार ही उठता है।

'यह सच है बेटा।' विवेक ने फिर कहा, 'तुम्हारे उत्पन्न होने से पहले जब एक रात मैंने इस पटरी पर कटी हुई लाश देखी थी तो तुम्हारी मां के पागलपन से पीछा छुड़ाने के लिए उस लाश को अपनी लाश सिद्ध करके मैं भाग गया था। देहरादून में जब तुम्हारा परिचय प्राप्त हुआ तो मुझे समझते देर नहीं लगी कि तुम्हीं मेरे बेटे हो। यही कारण था कि तब तुम्हें अपना बेटा तथा मीना को अपनी बेटी समझकर मैं तुम दोनों के प्यार के मध्य दीवार बनने पर विवश हो गया। परन्तु बेटे...' विवेक ने फिर एक गहरी सांस ली। उसका स्वर और मद्धिम पड़ गया। उसने कहा -

'अब वह दीवार टूट चुकी है। तुम दोनों स्वतन्त्र हो। तुम मीना के नाना से भी एकान्त में अवश्य भेंट कर लेना। उनकी बातों का ध्यान रखना बेटे। भावना को मेरे पहले जीवन का भेद न मालूम हो और अर्चना को मेरे दूसरे जीवन का, वरना दोनों मुझे क्षमा नहीं करेंगे। दोनों एक-दूसरे का दुःख भी नहीं बांट सकेंगी - वरन अपने सुख की बर्बादी का दोष एक-दूसरे पर लगाने लगेंगी। एक स्त्री अपने जीवन की हर वस्तु दूसरी स्त्री में बराबरी से बांट सकती है परन्तु अपने सुहाग का बंटवारा वह कभी स्वीकार नहीं कर सकती बेटा।'

विवेक ने उसी प्रकार लेटे-लेटे एक अंगुली द्वारा दूसरी ओर चांदनी में चमकती रेल की पटरियों पर इशारा किया, उसकी सांस फूलकर जल्दी-जल्दी चलने लगी फिर भी उसने बात जारी रखी। बोला, 'भावना तथा अर्चना का जीवन रेल की इन दो पटरियों समान है जो साथ-साथ मीलों दूर जाकर भी आपस में नहीं मिलतीं परन्तु तुम और मीना गाड़ी के वह पहिए हो जो आते-जाते इन पटरियों को एक-दूसरे से अवश्य मिला सकते हो। इसलिए बेटा...।' विवेक को एक गहरी सांस के साथ हिचकी आई। सांसें और भारी हो गईं। उसका स्वर अटक-अटक कर आने लगा। उसने फिर भी अपनी अन्तिम सांसों तक कहना नहीं छोड़ा। बोला, 'इसीलिए बेटा, तुम और मीना अपनी दोनों मांओं के सुख और शान्ति का पूरा...'

विवेक का स्वर लड़खड़ाने लगा। अन्तिम सांसों पर उसके होंठ कांपे, 'ध्या...न...रख....ना...' उसने मानो अपने होंठों की कम्पन द्वारा अपना वाक्य पूरा कर दिया था जिसे केवल अरुण ही समझ सकता था। विवेक के होंठ स्थिर हो गए। परन्तु उसकी आंखें अब भी खुली हुई थीं। उसकी आत्मा उसका साथ छोड़ गई परन्तु आंखों में आंसू उसका साथ अब भी दे रहे थे। दिल में गम का जाने कितना बड़ा छाला था कि उसके मरने के बाद भी फूट कर उसकी आंखों से आंसुओं के रूप में नासूर बनता हुआ बह रहा था।

अरुण का दिल तड़प कर रो पड़ा। आंसुओं से उसके गाल तर हो गए। पिता के जीते जी वह एक बार भी तो उसकी छाती से नहीं लग सका था। सहसा उसकी दृष्टि अज्ञात तौर पर

अपनी कोठी की ओर आकर्षित हो गई। उसने देखा, मां अपने कमरे की खिड़की पर खड़ी थी - बिल्कुल खामोश। चन्द्रमा कोठी के उस पार, कोठी के सामने की ओर क्षितिज में काफी ऊपर आ चुका था, चांदनी उदास थी। तारे भी शबनम के आंसू बहा रहे थे। मां अपनी ज्योतिहीन आंखों द्वारा रात के इस मध्य चांदनी में जाने क्या देख रही थी - जाने क्या सोच रही थी वह?

आज सुबह से ही अर्चना का दिल जाने क्यों घबरा रहा था। अपनी घबराहट को उसने अपने बेटे की परेशानी का कारण समझ लिया था। परन्तु शाम डूबने के बाद उसके दिल में बेटे के प्रति समाई चिन्ता के ऊपर उसके अतीत की धुंध छा गई थी। आज उसे अपना पति बार-बार याद आ रहा था - बहुत अधिक। यही कारण था कि वह इतनी देर तक जागती रही थी। खिड़की पर आकर बार-बार उस ओर अपनी ज्योतिहीन आंखों द्वारा घूरती रही थी जहां वर्षों पहले उसके पति ने पटरी पर गाड़ी से कट कर अपनी जान दे दी थी। जब उसकी आंखों में ज्योति थी तब भी वह पति की याद आने पर इसी खिड़की पर आ खड़ी होती थी और घण्टों अंधकार या चांदनी में रेल की पटरियों को देखती रहती थी और जब उसकी आंखों की ज्योति चली गई तब भी वह पति की याद आने पर ऐसा ही किया करती थी। आंखों की ज्योति खोने के पश्चात् उसे पटरियों की दूरी का अच्छा भला अनुमान था। वातावरण का सूनापन उसे रात का एहसास दिला देता था। आज भी जब अर्चना को पति की बहुत याद आई - और दिनों से कहीं अधिक ही, तो वह खिड़की पर बार-बार बाहर आकर देखती रही थी। उसे क्या मालूम था कि उसकी आंखों के सामने उसका पति जीवन की अन्तिम सांसें गिन रहा है - और अब दम तोड़ चुका है।

अरुण ने खिड़की पर मां की छाया देखी तो उसकी बेचैनी का कारण समझ में आ गया। दिल अकारण ही नहीं बेचैन हो उठता है। उसने अपने पति को देखा। मरने के पश्चात् मानो खुली आंखों द्वारा वह अपनी पत्नी को अब भी देख रहे थे।

कुछ क्षण बाद अर्चना खिड़की से हट गई। फिर कुछ देर बाद उसके कमरे की बत्ती भी बुझ गई। अर्चना बाहर के संसार से अज्ञात अपने पलंग पर जाकर लेट गई। पता नहीं उसे आज रात भर नींद आएगी या नहीं? अरुण ने अपने पिता की खुली पलकों पर अपने दोनों हाथों की अंगुलियां रखीं - बहुत आहिस्ता से - फिर बहुत कोमलता के साथ पिता की पलकें बन्द कर दीं। एक गहरी सांस लेकर वह उठ खड़ा हुआ और फिर सिर झुकाए अपनी कोठी की ओर बढ़ गया। मीना की मां से पिता के पहले जीवन का भेद तथा अपनी मां से पिता के दूसरे जीवन का भेद छिपाने के लिए उसने सोचा, पिता की इस लाश को लावारिस सिद्ध होना आवश्यक है। ऐसा न हो कि सुबह उसके नाना-नानी उस लाश को देखकर पहचान लें और तब उसके पूज्य पिता का सारा भेद खुल जाए। इसी में उसकी दोनों मांओं की भलाई थी, इसी में उसकी दोनों

मांओं का सुख सुरक्षित था। तभी उसके पिता का प्यार दोनों मांओं के दुःख भरे जीवन में पतझड़ का सावन बनकर सुख और शान्ति की ताजगी प्रदान करता रहेगा।

अरुण अपनी कोठी की ओर बढ़ता चला गया - बढ़ता चला गया पलटकर उसने एक बार भी पीछे नहीं देखा क्योंकि अब वह एक लावारिस की लाश थी।

www.ingramcontent.com/pod-product-compliance
Ingram Content Group UK Ltd.
Pitfield, Milton Keynes, MK11 3LW, UK
UKHW041825200726
13854UKWH00002BA/564

9 789356 847873